2017中国年度报告文学

何建明　主编　丁晓平　纪红建　副主编

漓江年选 ▪ 品质阅读 ▪ 恒久珍藏

漓江出版社

目 录
contents

关于新时代的"主题"作品创作［序言］

何建明*

　　讲中国故事，是我们报告文学作家的立身之本。中国社会所发生的伟大变革与进步，所经历的拼搏与奋斗，都被我纳入笔下，成为故事的源泉。党性、时代性和人民性，可以说是我作品的共同标签。文学上的"党心"，其实就是"人民心""时代心"和"时代的文人心"。所有的文学作品，其实都是在"讲故事"。但讲述中国故事是有讲究的：有人讲中国的黑暗或愚昧，有人讲中国的光明和精彩。站在什么立场讲什么故事，是当代作家首先应该解决的命题。一个有良知的作家应该以强烈的社会责任感和使命感，真实地记录社会发展过程中与人民群众生活和命运息息相关的重大事件，为人民代言，关注弱势群体，塑造时代英雄，抓住最能反映人心的事件和时代的闪光点。

　　将怎样的题材纳入自己的写作范围，我给自己定的标准是：国家大事、党的大事、人民群众特别关切的事，再苦再累，时间再紧也必须去写。这是几十年来我一直的作风和文风，我觉得，这也是一个作家的责任和使命。我在所有的大事当中，选择的方向是：重中之重、能以小见大的人与事，还有人民群众特别关切的事。比如 2014 年，国家设立第一个国家公祭日，是当年的 12 月 13 日。我接到写作任务，要求书稿必须在半年之内完成。要采访调查、要创作修改，这在一般作家看来似乎不可思议，尤其当时我还是在岗工作的一名领导干部，只能利用业余时间创作。怎么办？拼了！我别无选择。我所创作的国家大事题材作品几乎都是拼出来的。

　　在报告文学写作这条漫长的道路上，我的中国故事题材在不断变化，唯一不变的，是无一不关系到国家大事，无一不关系着民生利益。准确地说，我应该是个时代的歌者，或者说是时代的记录者。"主旋律"的概念被一些人误解

---

* 何建明，中国作家协会副主席、中国报告文学学会会长。

了，本来是个很好的名称，结果慢慢地因为有人把主旋律归为"主题好""艺术不咋样"的东西。这是完全不对的。"主旋律"其实说的是时代性、现实性和人民性。设想，我们这些作家的作品内容缺少时代性，没有现实性，又不顾及人民性，有谁会理会？

所以我认为，一部好的作品，一定是主旋律的作品。把为时代呐喊、为人民写作的现实作品，简单理解为好主题不好看的"官样文章"是片面和歧义的。真正的主旋律作品，既高扬时代性、人民性和现实性，还一定是有广泛的读者群并具有当代文学较高水准的优秀艺术品。一些人一听主旋律，似乎就认为都是些"表扬稿"，这也是片面地理解主旋律。在现实生活中，表扬并不一定就不是批判与批评，很多时候有艺术的领导者，为了批评某个人、某些现象或某个事件时，并不直截了当针锋相对地批评批判，而是通过表扬的方式反其道行之。文学作品也是这样。尤其是在当下，直接的批评往往不容易被接受，一次"给足面子的表扬"，反而能够更好地达到批评的目的。这是十分可取的工作方法。为什么用在文学上，很多理论研究者和批评家就找不到这样的类比和联想呢？因此，我要在此慎重地指出：优秀的、正能量的作品，其实包含了对那些低俗丑恶现象的强烈批判性，只是它所采取的艺术形式不一样而已。我恰恰认为，那些听起来看起来很激烈的"批判性"作品，貌似狂风暴雨，其实是缺少批判的基础和客观性，点不到要害上，甚至缺乏起码的对被批判对象的基本尊重。这样的"批判性"其实很低级。

当然，我们也必须看到，报告文学是新的文体，新文体的成熟需要很长的时间与实践，尤其是新的技术革命时代，传播的力量越来越强大，现场感是我们今天和未来生活的基本状态，而以现场感为本色的报告文学和非虚构作品受到的挑战是和其他文体不同的。创作者必须面对这种严峻的挑战，必须对自己的文本进行不断的实践与探索。作为一名报告文学写作者，我是这么要求的，也是这么做的。我从未在创新之路上止步，而是不断地寻求突破。

但我们是幸运的一代，因为我们生活在中国快速发展的伟大时代，这个时代给予我们的生活和文学的材料太丰富多彩。漓江出版社组织出版的《2017中国年度报告文学》所选作品，便是对这个时代的精彩呈现。今年的年选集中梳理和归纳了2017年度中国报告文学作家的创作成果，都是新时代的优秀主题作品，值得关注。我们从全国权威文学期刊和公开出版的报告文学作家的作品中几经遴选，收录了李春雷、王鸿鹏、马娜、李青松、王宏甲、彭学明、李朝全、江永红、高翎、沙志亮、陈启文、哲夫、丁燕、谢宗玉等人的13部（篇）作品，共计20多万字。如李春雷的《初心——"新时期党员、干部的楷模"廖俊波纪事》，描述了我们这个时代所有党员、干部的学习楷模廖俊波，有血有肉，感动人心；王鸿鹏、马娜的《Robot——另一个中国梦》记录了以蒋新松、王天然、曲道奎为代表前仆后继致力于机器人研发的几代中国科学家，展现了中国几代科技工作者在这一领域忘我拼搏奋斗、勇于开拓创新、不断超越自我的前行历史；李青松的《塞罕坝时间》呈现了生态文学的样貌和内涵，"绿水青山就是金山银山，这是生态文学的主题。从一棵树到一片海，上升到'绿色中国梦'的高度"；王宏甲的《塘约道路》通过塘约困惑、塘约经验、塘约模式、塘约道路，讲述了中国特色社会主义道路在基层的成功实践；彭学明的《人间正是艳阳天——湖南湘西十八洞的故事》讲述了各级领导干部与十八洞村民一道，积极响应习近平总书记的号召，将大山深处积贫落后的边远村寨，逐步建设成为因地制宜、精准扶贫、合理规划、精准脱贫的模范之村的故事；李朝全的《国家书房——金兴安和全国第一个农家书屋》讲述了中国好人金兴安在家乡创办农家书屋、奉献农家书屋的感恩故事，揭示了传承中华美德和办好农家书屋在农村"两个文明"建设中的重要作用；陈启文的《袁隆平的世界》生动、严谨、科学地论述了袁隆平对杂交水稻的科学探索之路，是一部史诗型作品；哲夫的《国家高速——京新高速明哈段纪实》，作者始终在历史与现实中穿梭，看似民俗、历史、水土、文化纷繁瑰丽，但民族融合"援疆稳疆"的主题从未偏离；丁燕的《尼西村的"童话"与"变化"》、谢宗玉的《青稞谣》，则是对西藏自治区所取得的辉煌成就、涌现出的先进人物进行的真诚记录与讴歌。特别值得关注的是江永红的《中国蓝军——实战化训练改革纪实》、高翎的《风动中国——空气动力试验研发纪实》、沙志亮的《大国巨舰——中国第一艘航母辽宁舰训练纪实》，这些作品集中反映了军队在党的十八大以来，在习近平总书记强军目标的指引下，以战斗力为核心，在实战化训练中所取得的新成就、新风貌……作品既有现实题材，也有历史题材；既有宏大叙事，也有微观表达；既有在重要文学评奖中获奖的精品，也有在重要文学报刊发表的优秀作品，以及在重要文学选刊上转载的佳作。不少作品发表后产生了良好社会影响，受到文学界广泛关注。

同时，我也注意到，读者越来越挑剔，要求也越来越高，任何艺术作品都面临挑战，如果不在艺术上进一步求美求精，就有可能被淘汰。这就让我感觉到一种压力和责任。这也促使我创作之余，拿出很多的时间和精力放在培养后备力量上。让人欣慰的是，近年来中青年报告文学作家迅速成长，如党益民、李青松、李春雷、陈启文、铁流、徐锦庚、张子影、孙学丽、余艳、杜文娟等"60后"佳作频频问世；马娜、丁燕、丁晓平、纪红建、陈新、程雪莉、高艳国、杨秀丽、赵雁、连忠诚、邢小俊等"70后"，也已有获得国家大奖和徐迟报告文学奖等重量级文学奖；青年理论家李朝全、马建辉、辛茜、王国平、苏宁等也在迅速崛起。这种成长的势头，令人欣喜。

初 心

——"新时期党员、干部的楷模"廖俊波纪事

李春雷[*]

全新生态的社会,复杂多元的时代。这个出身草根的农家之子,学历不高的乡村教师,何以如此成功?他的心中,到底揣着怎样的"秘密武器"……

一、乡村教师

其实,在 24 岁之前,廖俊波并没有什么政治理想。他的愿望,只是当一名合格的乡村教师。

1968 年 7 月,他出生于南平市浦城县一个偏僻农村,父亲是一名公社办事员,母亲是一位民办教师。家境呢,虽比赤贫略好,但也只是聊以温饱。

他的天资,似乎并不突出。中学期间留过一级,首次高考又名落孙山。而且复读一年,也只是考取一所普通高校——南平师专物理系。

或许因为年龄大,成熟早,表现好,他被推选为系学生会主席。正当校方看好,准备培养担任校学生会负责人时,他却有了新的目标,那就是同班女同学。他热烈地追求,颇有爱美人不爱江山的决心。学校并不提倡恋爱,尤其是他这么一位引人注目的学生干部。奉劝再三,情志依然。于是,组织上叹息着,

---

[*] 李春雷,男,1968 年 2 月生,河北成安县人,国家一级作家。主要作品有:散文集《那一年,我十八岁》,长篇报告文学《宝山》《摇着轮椅上北大》等 19 部。

放弃了对他的进一步培养，只是任命为校学生会保卫部部长。

大学毕业。他毅然背井离乡，投奔女友的家乡——邵武市。

没有任何背景，不懂社会，更不会走关系。当年，这对情侣竟然没有分配在一起：女方到城外60公里的一所最偏僻中学，而他落脚的乡中，距离邵武也有30公里。

对于热恋中的他们，这是最糟糕的分配结果，但他十分知足。

执教之初，他便担任初二年级班主任。

他备课有一个习惯，喜用红笔和黑笔。黑笔是正稿和主体，是关键点和知识链；红笔是修改和补充，是延展和花絮。黑红相间，工工整整，既有枝有干，又有叶有蔓。上课呢，除了严正的讲授，多采用快乐教学法和激励教学法。整个课堂，时而蓝天丽日，时而杏雨霏霏，时而鱼翔浅底，时而鹰击长空；春园芳草，日日见长；秋蚕食桑，夜夜育肥。

校长姓刘，特别喜欢这个勤奋而又阳光的年轻人，却又发现他生活的困局：每个周末，都要骑自行车去探望女友，太远了，太累了。于是，刘校长悄悄地、主动地向教育局申请将其女友调入。

很快，一对情侣终于团聚。

内心的挚爱，组织的关怀，使他的热情之火愈加白亮。

学校有500多名寄宿生，生活管理极其烦琐。廖俊波却主动要求担任宿管老师。每天早晨5点开始，组织跑操、晨读和早餐；中午监督午餐和午睡；晚上最需操心：夜自习严禁外出，闭灯睡觉更要保证准时和安静。琐琐碎碎，凌凌乱乱。他却乐此不疲，津津有味。

教室通往宿舍的小路上，碎石堆积，野草丛生，偶有毒蛇出入。他发动学生义务劳动，搬走石块，铲除杂草。半个月后，一条整洁平坦的甬道，出现了。

两年后，毕业考试。他的班，居然名列片区第一！

刘校长看着这个外地小伙子，煞是惊奇。他身上，确乎有着一种特殊的魅力。

恰在这时，乡政府请他推荐一名文笔好、品行优的年轻语文老师调去工作，培养担任办公室主任。

刘校长陷入苦恼，选谁去呢？

有几位年轻语文老师，虽然文笔不错，但颇为惰性：早晨赖床，常常耽误早操和晨读，甚至上午第一节课，也需要自己拍门催促，总是牵肠挂肚。这样的素质和作风，怎么能干好政府工作呢。

综合考虑，还是选定廖俊波。虽然他是物理老师，文笔略差，但综合素养高，可塑性强。

这天夜里，刘校长严肃地找他谈话，并以长辈的口吻真诚相告：以他的潜质，应该选择一个更宽大的舞台，更适合的岗位。

青涩涩的廖俊波，热恋中的廖俊波，若有所悟。他感激地看着校长，看着组织……

二、一镇之长

拿口镇，是廖俊波主政的第一块试验田。

1998 年 9 月，他被任命为镇党委副书记、镇长。

拿口镇位于城东 36 公里处，当时刚刚遭受一场百年不遇的水灾，房屋倒塌严重，894 户 3843 人无家可归。

大灾过后，当务之急是建房。红砖紧俏。当地个体户借机抬价，砖价比过去高出两倍。面对歪风汹汹，他通过组织，马上联系，用火车从外地调运红砖数十车皮。

外来红砖"入赘"，骤然稳定市场！

他，第一次感受党和政府正能量调控的巨大优势。

短短时间，建造楼房 102 座。春节之前，全部灾民迁入新居。

农民收入偏低。他深层调整农产结构，推广种植烟叶，倡导多养鳗鱼。两年之内，烟叶种植面积由 1000 亩扩大到 6000 亩，鳗鱼养殖水面达到 1000 亩，使全镇农民收入平均提升近千元。

小镇财政寡淡。他充分调研后，果断改革财税体制，对镇属电站和集体竹山进行重新竞争承包，使镇财政每年增收 70 余万。

在此期间，廖俊波最大的贡献，是创建工业园。

乡镇建造工业园，整个南平市前所未有。但他经过反复考察，决定打破这个先例！

首先规划 600 亩的园区平台，总体设计，分批开发。针对具有当地资源优势的竹木加工、工艺品、竹炭、矿产加工等行业，进行重点招商。

经过几年深情呵护，热情服务，这个工业园竟然迅速发展起来。他离任之时，已经落户企业 27 家，工业税收达到 260 万元。

正是这个工业园，使拿口镇一跃成为邵武市名列前茅的经济强镇！

在拿口镇，谈起廖俊波，人们总要说到一条路。

拿口镇是由两个乡镇合并而成。由于原朱坊乡的 20 多个村庄地处偏僻，没有一条硬化公路，致使 1.3 万村民苦不堪言。但通村公路不在国家计划之列，没有政策资金补助。

一条路，关乎一方土地的未来，更关系到两个片区群众的和谐。廖俊波经过综合考虑，决定修筑这条民心路。

但问题接踵而至：修柏油路，还是水泥路？

全路总长 19.6 公里、宽 7 米，柏油路需要 400 万元，但寿命较短；而水泥路，则需要 600 万，如果质量保证，可使用 20 年。

他，果断选择后者！

困难，困难，党委解困，政府克难！

除了镇政府自筹和贷款，资金还有不小缺口。他捐出一个月工资，动员全乡干部和教师捐款，并游说当地企业家赞助，然后又四处奔波，苦苦化缘。

终于，筑路资金基本凑足。

他日夜值守现场，协调监督施工质量。

铺路的石子大多从河中捞出，沾满泥沙。他主张对石子们统一洗澡。

现场工程师嘲笑他多此一举。

他是物理老师出身，明白在混凝土硬化过程中，凝结物之间的杂质容易产生裂缝。这些微裂纹，虽然肉眼难辨，却是质量隐患。

于是，在他的严正坚持下，工人用高压水枪对全部石料进行细细冲洗。

2000年12月26日，公路终于通车。

当天上午，数百名群众自发地拥向乡政府，敲锣打鼓，点鞭放炮。最引人注目的是几十位白发苍苍的老翁和老婆婆，从家里拿出铁锅和脸盆，用铁勺拼命地敲击着，高喊着，脸上全是笑容和泪水。

霎时间，他泪流满面。

共产党的干部，什么是为人民服务？什么是信仰？什么是动力？什么是目标？

这就是目标！这就是动力！

难道，我们还需要别的什么动力吗？

17年过去了，这条公路至今未曾损坏，仍然在坦坦荡荡、扎扎实实、日日夜夜地为这片土地服役……

三、共享荣华

独骑勇闯荣华山，是廖俊波生命中的又一段传奇！

拿口镇工作五年，年年考核全市第一。2004年2月，他被选举为邵武市副市长。在这个岗位上，他率先提出建设专业化产业平台，并主持创建占地26平方公里的省级循环经济园区和南平市最大的化工基地——金塘工业园，使全市规模工业产值三年几乎翻番。2006 年 5 月，他调任南平市政府副秘书长，协调工业和城建系统。

此时，南平市为了突破发展瓶颈，决定在闽浙赣交界浦城县仙阳镇的荣华山一带，上马一个工业园区。

2007 年 10 月，廖俊波被任命为荣华山产业组团管委会主任。

从地理位置上看，荣华山位于福建最北端，紧邻浙江和江西，位于长三角、珠三角和海西三个经济影响圈的叠合部，的确是一块天然的聚财和吸金宝地。

但当时，它却是一片荒山，没有土地，没有规划，没有人员。

更重要的是，市委、市政府授权他的启动条件，只有一个人、一部车和2000 万元包干经费。

所需人员，只能从当地政府机关借用。而办公场所，只好租用附近农村的五间小房。

真是白手起家，平地创业啊。

不，没有平地，因为每一寸平地，也都需要开辟！

实在难以想象，四年时间，廖俊波投注了多少智慧和心血。

一组数字为证：

铲平山头 13 个，新造平地 3732 亩，完成征地 7000 余亩。

签约项目 51 个，开工项目 23 个，前期投资 28.03 亿元。

……

最苦最累的，是他的汽车。四年时间，行程 36 万公里。平均每天，竟然250 公里！

一部崭新的汽车，跑成了老旧，而一个年产值近百亿元的产业组团，已经无中生有，蔚为大观，成为南平市实体经济的重要支撑！

他把荒山，变成了金山，变成了财富！

荒山把他，变成了中年，变成了黧黑！

四、"省尾书记"

毋庸讳言，廖俊波人生的最辉煌，是在政和县。

政和县位于闽北、浙南交界，全境山地丘陵面积约占 93% 以上，其余为河谷盆地。由于地处偏僻，自然条件恶劣，历史上曾用名关隶县。

关隶，顾名思义，就是关押奴隶罪犯之地。

但，荒蛮之地有特产，尤以白茶最优。

北宋政和五年（公元 1115 年），颇有雅趣的宋徽宗品尝到这种稀世佳茗，惊叹之余，竟以本朝年号相赐。政和县由此而来。

这在历史上，绝无仅有。

但是千百年来，这里却没有富庶祥和。直到廖俊波就任县委书记时的 2011 年 6 月，只有两条省道过境，没有国道，更没有高速公路。全县财政收入只有 1.6 亿，位居全省倒数第一。

最让人惊奇的是，整个县城，没有一盏红绿灯，没有一条斑马线，没有一根独杆路灯，没有一家规模超市。高压电缆和弱电线路布满天空，密如蛛网。居民用水，时时瘫痪。

这样落后的县城，在中东部地区也是绝无仅有。

……

时任政和县城乡发展规划局局长卓成庆告诉我，廖俊波第一次见面，就向他索要一张全县等高线地图。

"什么？等高线地图？"他疑惑地问。

"是的！"

卓成庆心内震撼。过去历任领导，谁曾询问过这样的专业地图呢。

又过半个月，廖俊波再次找上门，严肃地说，准备给他划拨1000万元，作为全面改造、提升城乡功能的设计费。

"1000万？"卓成庆大惊失色。几十年来，全部的城乡规划设计费相加，也不过几十万元啊。

廖俊波说，政和要发展，必须要建设一个具有现代化功能的县城。道路、桥梁、超市、电路、管网、文化场所、绿化等，都要进行全盘的科学规划和设计。缺少这些，谈何归属感，谈何吸引力。我们要穷尽这代人的全部智慧，力争不留遗憾！

年近五十的卓成庆，慨然出涕，热血沸腾。

谁都清楚，县域经济发展必须依靠规模化的实体经济。

而政和，是南平市唯一没有工业区的县。

为什么没有工业区呢？一是因为政和县交通闭塞，经济落后，招商引资特别困难。更主要的是，在这里创建工业区，周期长，见效慢，最少需要五六年时间，而哪个县委书记有此耐心呢。

但是，为了政和县的长远发展，廖俊波下定决心。

经过再三踏寻，终于在县城西部6公里外的丘陵地带寻找到一片合适场地，可以最大限度地节省土地。

下一个难题，就是征地。

如何才能调动大家的积极性，共同克难呢？他想起了县人大、县政协的领导们。他们都是当地人，在民间颇有威望，只是这些年的落后使大家信心不足。

县人大常委会副主任许绍卫曾任开发区所在地的镇党委书记，现在临近退休。他摸着自己的满头白发，对廖俊波说："我老了，还是让年轻人冲锋陷阵吧。"

廖俊波说："老将出马，一个顶仨。这种事，还是老同志。"

劝说再三，老许仍是不愿出山。

一天晚上，廖俊波再次登门拜访。当许绍卫再度说到自己的白发时，他从口袋里掏出一盒染发剂："老兄啊，这是我专门给你买的，保证绿色产品，保证立马年轻！哈哈……"

老许再也坐不住了，站起来，一把握住书记的手。

……

五、政通人和

"小张，能不能帮我网购一双皮鞋？我的手机没有开通支付宝。"

"当然可以。多少码？"

"42码，黑色，内增高5厘米。价格300至400之间。"

上网搜索，即刻锁定，定价368元。

第三天，鞋到了。当天晚上，他向廖俊波办公室走去。

张斌，男，1982年生，政和县黄垱村人，初中毕业到上海打工，后来从事电商业务，主销手表。近几年，在县委、县政府的召唤下，他回乡创业。不仅如此，他根据市场感觉，设计开发自家品牌手表，在广东生产，在政和销售。

2014年，政和县成立电商协会，散落全国各地的政和籍电商终于有了自己的组织，而张斌也与廖俊波成了无话不谈的朋友。

此时，全县工商登记注册的电商类企业达到460家，注册网店总数超过2500人，直接间接从业人员达到4800多人。

据阿里巴巴发布的中国县域电商发展指数排行榜显示：全国2700多个县市，政和电商赫然排名第73位。而在手表销售单项中，位居全国第一！

这个成绩，让人惊叹。

……

2015年6月上旬的这天晚上，廖俊波试穿皮鞋后，特别满意。

他悄悄地却是兴奋地告诉张斌，这是他平生最昂贵的一双鞋。因为，近日要去北京参加一个重要会议，习近平总书记亲自接见。

说着，他拿出一个信封。368元，不多不少。

小张满脸窘色。这几年，在县委、县政府的鼓励支持下，自己成了千万富翁，而且我们又是好朋友，一双不足400元的皮鞋，竟然……

廖俊波温和却又坚定地说："小张，咱们是君子之交。亲兄弟，明算账！"

张斌仍是尴尬不已。

"你如果过意不去的话，就考虑一下我的建议。我希望你把手表生产地从广东迁回政和，带动家乡发展……"

廖俊波常说，招商引资，要有跪地求婚的真诚和勇气。

一天，他正在福州开会，晚餐间偶然听说一位国内知名机电企业董事长正在福安市。这位董事长曾来政和考察，而后没有回音。

马上通电话，恳请见面。

但这位老板公务繁忙，次日一早就要赶往厦门，飞往美国。

廖俊波恳求："我现在赶过去，您方便吗？"

老板大惊。从福州到福安，开车需要三个多小时，而且是夜行。正在他犹豫之时，廖俊波已经动身了。

当晚十点，双方见面。

一个小时后，廖俊波返回福州。

三个月后，这个投资3亿的项目，落户政和！

国内某著名大型养殖企业，原料直供肯德基、麦当劳等企业。

他通过中间人联络多次，对方拒不见面。正常情况下，别人早就知难而退。可廖俊波说，双方没有见面，没有沟通，希望犹在，一切皆有可能！

2013年3月，廖俊波终于见到对方董事长。谁知刚进门，对方就毫不客气地说，我知道政和，那是一个兔子也不拉屎的地方，我怎么能往那里投资呢？

现场气氛，立时冷如冰雕。

片刻，廖俊波高兴地说，兔子不拉屎的地方，正是投资创业的好地方。您想想，过去兔子不拉屎，是因为偏僻，现在高速公路开通，这个问题已经解决；兔子不拉屎，说明这个地方广阔而且生态，正是养殖的首选；再者，兔子不拉屎的地方，地价肯定便宜。总之，希望您去看一看。

事态的发展，果如廖俊波所言。

董事长从政和考察回来的路上，一个全新的构想诞生了。

双方签约后，廖俊波内心仍不甚满足：这个项目虽然富民，却没有税收。

此时，他又得到信息：一家以熟食加工业务为主的美国著名公司正在寻找合作伙伴。

猛然，一个更加高新的构想再次升空！

于是，他又开始了新一轮的奔波和游说。

2013 年 10 月，一家全新的集养殖加工于一体的中外合资企业，在政和呱呱落地！

如今，这家投资 15 亿的大型合资企业，已在全县闲置千年的山沟里发展养殖场 44 家，日屠宰量达到 12 万，用工 3000 余人。500 多辆冷链运输车，每天日夜不停地奔跑在这片曾经贫穷和寂寞的大地上。

天生天养的鸡鸭，源源不断地进入世界的肠胃；花花绿绿的现钞，滔滔不绝地回归小县的财政⋯⋯

短短四年，天翻地覆！

2012 年，县域经济发展指数提升 35 位，上升幅度全省第一；2013—2014 年，蝉联全省"县域经济发展十佳县"；2016 年，财政收入由 2011 年的 1.6 亿元猛增到 4.9 亿元。

廖俊波离任之时，一座现代化的县城已经脱胎换骨：改造 5 条大道，打通 9 条断头路，新增 3 家大型超市，设置 4 个红绿灯和 1500 盏路灯，建造高标准的市民广场和文化中心，电缆和弱电线路全部地埋，供水管网统统改造。特别是县城周围，高速公路通车，两条国道过境，8座大桥竣工……

更让政和人欣慰的是，经过几年培育，政和白茶再度崛起。一座投资2亿元的中国白茶博物馆已经奠基，"白茶银行"正在全国形成网络……

春节到了，外出的乡亲和学子纷纷回家过年。

走下高速，是宽阔的迎宾大道，两侧站立着一排排璀璨的中华灯，高挂着一枚枚喜庆的中国结，是父亲的迎迓，像母亲的微笑。看着这亮堂堂、红彤彤、热辣辣的场景，看着这全新的故乡，不少人瞠目结舌，热泪横流……

政和政和，政通人和！

一个千年梦想，终于实现！

最关键的是，政和蝶变，不仅把经济搞上去了，还把人心搞上去了。

他，不仅是县委书记的形象，更是共产党的形象！

六、我爱武夷山

南平，俗称闽北。这里，真是一块特殊的风水宝地啊：三溪汇流，闽江之起首；武夷巍峨，福建最高峰。然而，令人尴尬的是，其经济发展水平却位于全省之尾。

这些年，南平人一直在试图突围。

毋庸置疑，南平的发展存在着巨大瓶颈。首先，政府所在地延平区是一片狭窄山地，四周无处延展，而且处于市境的犄角地带。这些年来，为了寻找一方舞台，省市层面的领导和专家费尽心思，终于选定了一个好地方，那就是版图中心区域的邻近武夷山的建阳市市郊。如果依托现有城市基础，再创建一个武夷新区作为政府所在地，岂不是凤凰涅槃！于是，经过多年论证，在省委和中央的支持下，整套计划已经通过。

2013年，新区整体规划完成，进入建设时期。

2016 年，市党代会明确提出：2018 年启动搬迁，2020 年结束。

不仅要尽早建造一座武夷新区，还要搬迁一座地级城市，这是一项多么巨大的工程！

这项任务，又历史性地落在了廖俊波肩上。

2016 年 8 月，身为南平市委常委、副市长的廖俊波，兼任武夷新区党工委书记。

市政府，他是常务负责人；武夷新区，他更是第一负责人。

武夷新区距离南平市委、市政府所在地 130 公里。于是，穿插于两地之间，便成了他的常态。日日夜夜，风风雨雨。

工作之忙，压力之大，可想而知。

什么叫殚精竭虑？什么叫绞尽脑汁？什么叫夙兴夜寐？什么叫披肝沥胆？都是此时的廖俊波！

进入 2017 年之后，廖俊波的工作重心是软件园招商。

是啊，新区，新区，新在哪里？信息时代，怎么可以缺少软件产业？

但南平是一个偏僻之地，落后之隅，谁来落户呢？

一个多月时间，廖俊波马不停蹄，联系和拜访了国内 IT 业内多家规模企业，其中十多家已经签订协议并陆续入驻。特别是在福州，他与浪潮集团福建公司总经理孙庆弟已达成初步协议。

3 月 15 日中午，他飞到北京，正好下午空闲。工作人员提醒说，你父母住在北京。是的，父母在妹妹家已经住下两三年，自己还没有登门看望，只是春节期间在老家见一面。作为儿子，他常常心有愧疚呢。

转念一想，软件园工作太紧迫。即刻通过孙庆弟联系浪潮集团总部，正好，对方执行总裁答应会面。

他马上拿出西服，整正领带，梳理头发，擦亮皮鞋，像谈恋爱一样，雀跃而去。

这一次，终于取得实质性进展。双方相约，3月21日，南平见！

3月16日，回到南平时，已是半夜。他兴奋地对大家说，这几天行程太紧，太累，你们明天休息一下吧，晚一个小时上班。

第二天8点30分，大家仍是正常到岗。可他呢，已参加过一个早上8点的开工仪式，又赶往南平市开会去了……

3月17日下午，纪检部门在武夷新区调研，他全程陪同。

3月18日上午，市长主持会议，协调研究武夷新区生活区搬迁等问题，直到12时30分结束……

午饭后，他睡得深沉。

妻子不情愿唤醒。可他早就设定了手机闹钟：14时30分。

闹钟响了。他睁开眼，又闭上，对妻说："我再睡一会儿，36分喊我，盯紧啊。"

时间到了。妻子犹豫一下，还是推醒他。

下午3点，他主持会议，研究上午会议内容的具体落实。

会议5时半结束。他又与市国土局局长等人会面，商议武夷山国家公园事宜。

下午6点，回家吃饭。饭后还要赶到130公里之外的武夷新区，主持晚上8点开始的协调会。多项工作当务之急，迫在眉睫啊。

妻子静静地看着他。

这个匆匆忙忙的男人啊，真是她今生注定的眷侣。结婚25年了，他仍是像新婚一样宠爱着自己。几乎每天，他都要给自己送一束花——微信玫瑰！只是，他常常不在身边。每次想他了，就打电话，可总是不接。有时候，回一个字：忙。有一次，他抱歉地说，以后退休了，买菜、做饭、拖地、养花，我全包了！你什么也不用干，只需坐在沙发上，双手指挥，哈哈……

那一刻，他兴奋得像一个孩子。而她，幸福得宛若初恋。

可他，毕竟心累啊。离开政和时，他还是一个精壮的中年人，而两年来，头发全部灰白，几乎脱落一半。脸上和手上，竟然长出了一片片老人斑……

想到这里，她一阵心酸。

他埋头喝粥。

这时，天色骤然阴沉，大雨将至。

忽然想起还有长长的山路，妻子试着说："今天是星期天，你休息一下，也让大家休息一下吧。"

他没有吭声。

她又说了一遍。

他沉默一下，略有嗔怪地说："你是老师，下雨天，就可以不去上课吗？"

妻子愣怔，无语。

这是多少年来，他们第一次交锋，第一次红脸。

于是，他微驼背，弓身，点点头，笑一笑，走出门……

40分钟后，车祸发生！

七、雨别

3月21日，遗体告别日。

不啻说，这是闽江流域和武夷山区有史以来最大规模的吊唁了。

南平各界人士，纷纷要求现场祭奠，当面告别。限于安全、交通等方面原因，官方真诚劝阻。但执意前来者，仍数千人，敬献花圈，达1500枚；而网上吊唁人群，超过40万！

一位在南平做生意的政和籍商人，深感故乡巨变，却从来没有见过廖俊波。这天一大早，他特意赶到灵堂，像拜祭长者那样，双膝跪下。而他的年龄，比廖俊波还年长三岁。

许绍卫俯坐于地，泣不成声。昨天晚上，他再一次把满头霜雪，染成一片黑发。

张斌赶到南平时才发现，全市宾馆爆满。他只得借住朋友家。去年以来，他遵从廖俊波的愿望，高薪聘请16名广东工匠，在本村创办手表制造厂，并对本地青年进行培训。大山深处的原始村落，竟然可以生产精密手表了！

浪潮集团执行总裁和福建公司总经理孙庆弟也来了。在廖俊波遗体和遗像前，他们噙着眼泪，用最简短、最低沉的语言告知，集团已经决定：在武夷新区投资50亿，建造一个高标准的软件基地。

……

那一天，南平再降大雨。

天上雨，人间雨！

南平是一座山城。

采访结束时，我专门拜访廖俊波的办公室。他的桌上，放着一个笔记本，和两支红黑水笔，仿佛是教师的教案，好像是学生的作业。

窗外，是九峰山。苍苍翠翠的群山之间，两条清清的溪水——建溪和沙溪，在南平市中心相约，举行婚礼，合二为一，形成一个大大的"丫"字。

这，就是闽江。

一江清水，向南流去。流向大海，汇入中国潮流，汇入世界潮流……

原载于2017年9月27日《人民日报》副刊

Robot
——另一个中国梦

王鸿鹏　马　娜 [*]

中国愿景：当科学潮在春天里涌动时，历史开启一个新时代，梦想从这里再出发。

一、用一种精神奠基

中国科学院沈阳自动化研究所（以下简称沈阳自动化所）要注册一家公司，一群科技人为这个公司的取名争论不休。中国的还是外国的？传统的还是时髦的？或是中洋结合的？这是个问题。

为了给公司取个心仪的名字，一个个智慧的头脑开启思维引擎在漫无边际的虚拟地带努力搜寻，却始终没有显示理想的结果。公司急等着开张，这件事不能再耽搁了。

此时，两位科学家正绞尽脑汁，苦苦思索。年长的科学家在办公室里来回踱着步子，抿嘴凝思，额头上的褶皱越来越深；年轻的科学家索性靠在沙发上，

* 　王鸿鹏，山东鱼台人，中国作协会员，中国报告文学学会理事。代表作有《共和国的天空》《压不弯的脊梁》《神奇的蓝天骄子——八一飞行表演大队改装纪实》等。
马娜，军旅作家，中国作家协会会员，中国报告文学学会理事、青年创作委员会副主任。曾获首届茅盾文学新人奖、徐迟报告文学奖等。

双眸望着天花板不停地转动，启动他的"思维超链接"高速加载，并用手指轻轻地点击着太阳穴，期望能够敲打出灵感……

一个公司的名字很重要吗？看你在意不在意。这些年大家都在意起来。人名、地名、公司名越来越讲究，兴起了取名的专业人员，甚至冒出不少取名公司。本来，科学家是一群纯粹的人，他们不太在意这个事。议着议着，大家都在意起来了。这个公司不同寻常，在这个行业里，国内尚属首家，国外屈指可数。它是一个造"人"的生产型企业，听起来怪异，确是这样。这群科技人要为企业的命运和特殊的产品输入幸福密码。

虽说为公司取名大家很看重，但科学家的智慧和自信还不至于让他们向那些江湖上的起名"专家"或"公司"求助。大道至简。科学家的思维善于把复杂的东西简单化，寻找直抵目标的最佳路径，想不到简单的事情变得复杂了。

年长的科学家细眯的双眼突然一亮好像有了主意，随即又摇了摇头。他又一次否定了自己。当他抬起的目光掠过办公桌后面的那排书架时，在一幅照片上停住了。这是多年前他和他与来访的几位世界一流科学家的合影。

他走上前深情地望着那幅照片上的他，心中不免惋惜地默默自语："他要是活着就好了，他有办法。"就在他的目光从那幅照片上移开的一瞬间，似乎大脑重新回归到科学的思维上。他突然一拍脑袋，转身说道：

"嗳，干脆就用你老师的名字，叫'新松'吧。"

"用老师的名字？"年轻的科学家从沙发上弹起来，扬起嘴角高兴地说，"好！这个好！"

这是15年前的一天。年长的科学家是王天然，1943年出生于黑龙江省海伦，中科院沈阳自动化研究所所长，机器人技术国家工程研究中心主任，中国工程院院士；年轻的科学家是曲道奎，1961年9月出生于山东青州，机器人技术国家工程研究中心副主任，中科院沈阳自动化所机器人工程研究开发部部长，博士。他们要成立的公司是中国第一家机器人公司。

王天然说:"蒋新松是我们自动化所的老所长,自动化领域的专家,是中国机器人事业的奠基人,我们应该纪念他;另一方面,这对我们沈阳自动化所的历史也是一种传承。我们要把老所长的精神一代代传承下去,把机器人事业做大做强,了他一个心愿。"

"好,用一种精神奠基!"曲道奎赞叹道。

就这样,中国第一家机器人公司有了正式命名:沈阳新松机器人自动化股份有限公司(以下简称新松公司)。

用一个人的名字命名公司在国外很常见,但在中国确实不多,尤其是在国有控股的企业里,好像还是头一家。

"现在大家觉得这个名字用得好,当时却费了不少周章。"回想起 15 年前新松公司成立的情景,曲道奎说,"像我们这种不少从国外回来的人成立个公司总想弄个洋名,行业本身又是'高大上'的东西,让大家听到名字就能想到这个公司很高端。想了很多名字,都不满意。王院士提出用'新松'作为公司的名字,我一听很高兴,仔细琢磨很有意义。从国外来讲,很多公司的起源发展传承都是有故事的,包括福特、松下、西门子,连《福布斯》商业杂志都是这样。你看那些国外百年的大公司,不少是用创始人的名字命名,是有它的道理的。因为那是一种精神的传承、文化的自信,但我们中国很少用人的名字来命名公司。当时都喜欢大气的、洋气的,看起来很时髦,你也搞不清啥意思。那时候,'以洋为尊''以洋为美'的风气颇有市场,一度成为时尚。这种'名文化'一味追求所谓的'潮',事实上,这种现象缺少了文化自信、自尊,把自己的精神、民族文化丢掉了。那种西方文化的植入往往导致'精神上被殖民',有些人可能意识不到这一点。我们不能失去了中华民族应有的文化自觉和自信。"

在曲道奎看来,用那些英雄、模范和功勋人物的名字命名团体组织、城市、街道或一种发明成果,具有积极的精神价值和文化意义。像这几年,就有了"隆平高科"和"登海种业"上市公司。它不仅传承了一种创业精神,增强了民族企业的认同感、自豪感，也能打出中国品牌，提高中国企业的影响力，让世界感受东方的人文价值观。当今，作为现代企业已经不再是传统意义上的以单纯生产某种产品赢利为目的的制造场所，而是承载民族优秀文化的平台和推动人类两个文明进步的动力场。对企业来说，正是这种文化功能的拓展与社会责任的自觉担当，为企业熔铸了基业常青的活性因子和灵魂，才使企业在栉风沐雨的市场洗礼中，愈加光彩照人，永远立于不败之地。

"蒋新松老师给我们留下了机器人这一高科技财富，也留下了一笔弥足珍贵的精神财富。他的精神植入了企业文化，影响了新松公司一代代人。现在新松公司发展壮大了，有了今天的辉煌，人们也记住了蒋新松。我们也为老师争光了，我觉得挺自豪。如果老师健在，也会以新松公司为荣的。"

谈到这里，曲道奎的眼圈微微泛红，一种对老师的怀念之情油然而生。他的"思维超链接"跳跃到30年前的一个个画面。

二、开门弟子

1983年，那是一个处处焕发着生机而又充满梦想的年代。初夏的北国本是凉爽的季节，却躁动着一群年轻人的热望。

在长春地质学院美丽的校园里，一批学子即将完成四年的大学学业，兴致勃勃地幻想着人生的未来。

他们那一代是幸运的一代，"文革"一结束，就进入了高中时代，安安静静地读了几年书，成为中国"老三届"之后的新一届。更幸运的是，他们考入了大学，成为新时代的幸运儿。当他们羽翼已丰、雏鹰展翅的时候，正是一代天之骄子开始谱写春天故事的时候。他们自然成为中国改革开放新时代的希望与未来。这群校园里的小伙伴早已按捺不住对未来的渴望，面对人生的选项，他们围坐在一起，跃跃欲试，热烈地讨论着、憧憬着，用灵敏的思维触角伸向未来的天空，捕捉理想的小鸟。小鸟沐浴着希望与激情。

一位眸子里闪动着灵秀之光的小伙子却不动声色。当同学们问他如何填报毕业分配志愿时，他拿出一本从学校情报室找来的《国外自动化》杂志朝空中晃了晃，一副不由分说的派头和坚定的口气："报考机器人学研究生。"

机器人?! 小伙伴们惊呆了。机器人对这些大学生来说只是科幻中的一个概念，甚至许多人还没听说过，哪来的研究生专业? 你是痴人呓语吧?

这位全身释放着活力的年轻人就是电子仪器系的应届毕业生曲道奎。

曲道奎，大大的脑袋，高高的个头，看上去精干、帅气、典型的山东大汉。

给人留下印象最深的是他那副清秀的面孔总是挂着微笑，但这并没有掩盖住山东人的倔脾气和争强好胜的个性。他是班里的棋牌高手，又是音乐、摄影爱好者，更是篮球场上不服输的健将。

属于幸运儿一代的曲道奎又是不幸的。人生背后的逻辑并不复杂。

曲道奎在高中时不是那种勤奋刻苦的"拼命三郎"，似乎"爱玩"成为他学生时代的一个显著标签。然而，他总能在学校组织的各种各样的模拟考试中拔得头筹，赢得一片赞叹！

1979 年高考，曲道奎的成绩名列前茅。但命运之神好像故意捉弄他，父母期望中的那颗"文曲星"并没有降临到他头上。曲道奎的第一志愿是山东一所名牌大学，结果踩空了，被长春地质学院（现并入吉林大学）录取。

理想与现实的巨大落差让曲道奎无法接受这个结果，他感到辜负了亲人和老师的期望。当全家准备为他庆贺的时候，懊恼的曲道奎将所有的书本抛向空中，散落在家中的院子里。他要把自己的理想和绝望一起抛弃。他的美好理想像受到惊吓的那窝小鸡，咯咯地、扑棱着翅膀飞出院子，而绝望却像地上的那些书本依然躺在他的面前，不肯离开。后来，在物理老师的劝导、鼓励下，曲道奎跨进了长春地质学院的校园，开始了他的大学生活。

在长春地质学院度过的那段本该是人生最美好的时光里，对不情愿的曲道奎来说却是度日如年的煎熬。曲道奎倒是喜欢电子仪器这个专业，对他来说，这是唯一的安慰。除此之外，他觉得大学的一些课程索然无味，连笔记都懒得做。如果不是专业上的这点寄托，恐怕任性的曲道奎就要和学校拜拜了。

曲道奎的大学时代是迷惘的。他的人生之舟在随心所欲的小波浪上漂浮着，找不到未来在何方。曲道奎总要寻找点乐子打发日子。他最爱去的图书馆、杂志阅览室和校园附近的电影院成为他精神寄托的专属区。他的阅读无所不及，漫无目标，那些文学书刊和五花八门的国内外杂志则是他垂钓新奇的一片海洋。但这些都丝毫不影响他的学习成绩。那时大学里流行"60分万岁"。曲道奎也曾经"万岁"过几次。有一门课的老师看他从来不做笔记，想让他这个"另类"改改"毛病"，每次测试都在卷子上给他打60分。倔强的曲道奎竟然与老师叫上了板，每次测试在卷子上做满60分就交卷。

四年的大学时光一晃就过去了。在即将告别校园的最后时日，曲道奎似乎从迷惘的青春中突然觉醒了。他意识到他又一次面临人生的选择，不能当儿戏，不能再迷惘下去了。家人和亲朋好友都希望他分配到山东老家上班，他却要继续求学。这次选择不仅决定他的未来，他也要让这次选择改写他无奈的过去，实现一次自我颠覆——认真地对待、快乐地享受一次自由自在的学习生活。

学什么？曲道奎一头扎进阅览室，在各种信息的载体中苦苦搜寻。

"对！就报考机器人学研究生。"

当曲道奎向小伙伴们宣称自己的决定时，小伙伴们诧异的目光相互碰撞着，好像没人能读得懂他。他那微翘的嘴角却把率真的笑意写在自信的脸上，呈现出灿烂的阳光。

只见曲道奎笑嘻嘻地打开那本杂志，把一篇文章展示给大家，并得意地说："要学就学新学科，要干就干点新鲜事。机器人肯定好玩。"

大学要毕业了，同学们憧憬着自己的未来。那时国家包分配，不愁就业，大家都比较实际，希望去个好地方好单位，有一份好收入；研究生的招生名额很有限，报考的也很少。曲道奎一心想报考研究生，继续学习。

回忆起那段由迷惘到觉醒的青葱岁月，曲道奎说："那时信息相对闭塞，不像现在这么发达，键盘一敲，通过网络天下事全知道了。80 年代做什么事都是通过邮寄信件，连电话都很稀罕。要掌握国外最新的科技信息，就要去图书馆查阅资料。国外期刊也不像现在来得这么快这么丰富，几经辗转倒腾，起码要一两年才到我们手上。当时报考什么方向也没有明确的目标和想法。我这人好奇心强，总喜欢新鲜玩意儿，就到图书馆、阅览室查找信息，寻找适合的方向和兴趣。报考机器人学研究生非常偶然，是因为看到一篇介绍机器人的文章。"

是谁的一篇文章产生了如此的魅力，改变了一名"愤青"的人生轨迹？

小伙伴们抢过来一看，是一篇《机器人与人工智能考察报告》，作者蒋新松。

本来曲道奎好奇心就强，看到这篇文章，他觉得肯定好玩，这玩意儿能代替人劳动。曲道奎喜欢动脑子，琢磨事，却不愿意动手，生活上是比较懒惰的那种人。所以，骨子里就对机器人产生了兴趣，好像被一种神奇的力量所吸引，当时他就动了心。那年正好中科院给蒋新松一个招收机器人学研究生的名额，他决定报考这个专业。

曲道奎兴奋极了，"机器人"这三个字几乎对每一个男孩子都会有刺激，它像一条射线，只要稍微触碰它，就会有一种能直接打到你骨子里面的神奇力量。机器人成为他的梦想，因为他对未知和神秘的东西，有一种向往和探求的强烈欲望。

热爱产生动力。目标一旦确定，曲道奎一反应付学习的常态开始了考研的全面冲刺。两个半月的时间，既要复习多门学科，又要自学现代控制理论。可以说这两个半月是曲道奎四年大学生活最紧张、最充实的一段时光。

1983 年 7 月，曲道奎得知研究生被录取的消息格外兴奋。这天，他迫不及待地从长春赶到中科院沈阳自动化研究所领取通知书，目的是想见见未来的导师，看看到底是什么人。曲道奎说："我也不知道蒋新松是谁，就一路考过来了。那时不像现在信息这么透明。打个比喻，就像过去结婚拜天地一样，进了洞房，揭开红盖头才知道彼此是谁。"

来到沈阳自动化所，才知道蒋新松是所长。遗憾的是，蒋新松出差了，第一次没见着。"那时，蒋老师经常出差，到外地讲学、出席会议，为推进机器人的发展而奔波。"

曲道奎有位大学同学，家在沈阳铁西区，带他在沈阳玩了两天。在铁西区，到处是高耸的烟囱和鳞次栉比的巨大厂房，机械轰鸣，钢花飞溅，人流如潮，车辆如梭，好一派热气腾腾大生产的壮观景象。曲道奎第一次感受到这座东北工业重镇的高大、恢宏与豪迈。

沈阳铁西确实不一般。东北老工业基地曾是新中国工业的摇篮，辽宁是老工业基地的缩影。沈阳作为一个以机械制造业为主的工业城市，成为新中国建设的重中之重。在学校里，沈阳的同学一谈起家乡就眉飞色舞，以铁西为自豪。这里果然名不虚传。由于铁西区是重工业区，全国著名的重型机械公司全聚集在这里。就连其中的道路都与工业有关，如保工街、卫工街、肇工街等。能在这里工厂上班的工人很牛，说话都要高八度；姑娘能嫁到铁西，就像嫁到了皇室贵族。沈阳的铁西在人们心目中确实很崇高、很神圣。

沈阳，成为东北的骄傲与风采，受到世人的瞩目与艳羡。

第一次看到如此壮观、处处涌动着生产大热潮的场景，曲道奎不禁赞叹道："好家伙！这么多工厂，这么大个的厂区，简直就是一座城！"他的同学对他考上研究生既羡慕，又不理解，问他："你看，这里除了机器就是人，老多了。你整机器人那玩意儿有啥用？"

曲道奎突然想起蒋新松那篇文章中的一句话："机器人就是将机器'人'化、智能化。"如果这里的机器变成了"人"，那该是一种怎样的景观？曲道奎的眼前幻化出一幅幅奇异的场景。

"哎！你想什么呢？"同学见他怔怔地凝神而思，疑惑地问。曲道奎笑着说："让你说对了。这么多人一天到晚都围着机器转，多累呀！要是把机器变成'人'，替人干活儿，多好啊！我在这里搞机器人，不仅找对了路子，也找对了地方嘛！"

十年之后，曲道奎和同事们研发的第一台中国工业机器人竟然在这里上岗，真的代替了人。

入学后在蒋新松的办公室里，曲道奎第一次见到老师，至今记忆犹新。

"为什么要学机器人啊？"蒋新松看到面前的学生总是挂着一副喜庆的笑脸，十分可爱。一个人的心态是会表现在面相上的。

"读过你的文章，我喜欢。"

"好啊，喜欢是最好的老师。有最好的'老师'还不行，关键是做最好的学生。"

他的目光威严，像是一束微粒子射线。年轻人毕竟嫩了点，学生有些不自在，收起了笑脸。不过，学生年轻气盛，骨子里有一种初生牛犊不怕虎的天性，在学校里就喜欢挑战权威。他挺了挺腰板，郑重地回应了一句："只要有好老师，就会有好学生。请老师放心，我会努力的。"

老师的目光中闪出一丝不易察觉的惊异，他对学生带有个性的回答感到很意外。老师的目光像被炽火熔化的金属丝，立刻带着温度柔软下来。他喜欢这种爽快的个性，很像年轻时的自己。

曲道奎挑战成功。老师兴奋起来，滔滔不绝地上了第一课："你知道吗？机器人学不是一般的学科，是当今世界上最前沿的科学技术。它未来的方向就是将工业生产制造机器人化、智能化。美国、德国、日本和其他一些发达国家在这个领域走在世界前列。谁掌握了机器人尖端技术，谁就占领了世界高科技的制高点。我们中国差得很远哪！要奋起直追，赶超他们，国家才有希望……"

三、"老漂""小漂"一起漂

第一次见面，曲道奎发现他的导师蒋新松讲课与一般大学老师、教授传统的授课不一样，说话带着一种霸气。他不讲专业、某个学科里的技术，他讲的是未来科技发展的，某一个领域的大概念；自动化所下一步要怎么布局，做几大方向。

"他这种教学方式对我后来的思维方法、做事方式影响很大。"曲道奎深有感触地回忆说，"更可贵的是，他利用国内外的见闻和科学家的故事激励我们，向我们灌输一种科学精神：在科学研究探索中，骨子里要有不服输的劲头，执着有韧性，不怕冒险。包括这种大局观，看问题的高度都受老师的言传身教和影响。他用思想的光辉在你前行的路上投射一道亮光，为你照亮未来。可以说，终身受益。那时信息闭塞，他经常出国，回来就给我们讲国外最新的东西，大家听了很新鲜，所里人都很敬佩他。能成为他的大弟子我也很荣幸，不少人羡慕我。"

不久，进入机器人学习研究的曲道奎逐渐有所失望。他没想到在沈阳自动化所学习研究机器人，没有现成的教材和专用实验室，可供参考的资料少得可怜，大都是一年前的东西；有的书刊是两三年前的出版物，太滞后了。曲道奎的学习能力超强。很快，他把能找的资料都看遍了。虽然听老师讲课觉得新鲜，但很快消化完了。曲道奎吃不饱的"饥饿感"越来越强烈，蒋新松察觉到了弟子学习的潜质。

1984年，蒋新松被清华大学聘为兼职教授，同时，他与北京大学数学力学系的教授又是好朋友，就把曲道奎带到北大和清华学习。清华的学风很开放，学术氛围很浓厚，与外国的交流多。蒋新松经常带他参加国内外的学术交流会议，收集大量资料回来研究，不断地触摸机器人领域的前沿理论技术、发展动态和趋势。

后来，蒋新松又分别被上海交通大学、中国科技大学、西安交通大学等多所高校聘为兼职教授，并担任中国自动化学会、中国机器人协会、中国人工智能协会副理事长，国际自动控制联合会（IFAC）生产组织专业委员会委员。随着机器人在国内升温，蒋新松经常到全国各地讲课、做报告，或是出国考察，为推动机器人在国内的科研与发展四处奔波。中科院在北京友谊宾馆有个接待站，成为蒋新松的临时住处。他一回来，曲道奎便去那儿找他，汇报学习进展，听他讲课。

"他讲课与一般的老师完全不是一个概念，从来不给你谈一些具体的方式、方法，那些东西让你自己看书，自己学习。他更多的是谈全球发展趋势、最新的进展方向。不仅是机器人领域，也包括他所了解的其他领域，他都能讲到；讲起来绘声绘色，声音极富磁性，很生动，很吸引人。"曲道奎回忆说，"有一次给我印象很深。他出国回来，用大手比画着，很有激情地说：'将来，我们中国的机器人要像美国、苏联那样，上天、下海；要像日本和德国那样，在工厂里奔跑。'那时，听他讲一次课很开眼界，是一种享受，有一种春风拂面的清新感，仿佛是一次精神上的深呼吸，学术理论上的营养餐。"

蒋新松演讲的魅力究竟有多大？王越超就是在单位听了蒋新松的一场报告，被他深深吸引，也被机器人迷住了，报考了蒋新松的研究生。

王越超，教授，研究员，博士生导师。他身材高挑，挺拔，看上去很干练；学者风度与领导风范，在他身上恰到好处地融合在一起。王越超曾于2003年接任王天然担任中国科学院沈阳自动化所第三任所长，兼新松公司董事长，现为中国科学院重大科技任务局局长。

"我那时到所里读研究生，主要是搞机器人控制研究。师从蒋新松老师是我人生的幸运。"王越超回忆起那段影响他人生的岁月……

王越超1960年生于沈阳市，1982年毕业于锦州工学院自动化专业。因为家在沈阳，分配到辽宁省机械研究院。学生时代的他也有一个当科学家的梦。大学毕业时向往到中科院工作，不知道怎么能够进去。后来知道考研究生是一个渠道，于是毕业后就开始准备考研究生。

有一次，单位请蒋新松做报告，宣讲机器人的应用、发展历史、现状与未来趋势。蒋新松激情洋溢，大家都听得入了迷，场内掌声不断。

王越超听说他开设了国内第一个机器人学科，并招收研究生，自己正好有这个想法，专业也对口。后来，单位又请蒋新松讲了一次课。王越超被蒋新松的魅力彻底征服了，决心已定，报考研究生非他的不可。比较幸运的是，他顺利地考上了，也和曲道奎结下了师兄弟的缘分。

王越超说："当时搞机器人不像现在，那时候搞机器人研究的人很少，是一个冷门。从大的方面来说，机器人属于自动化学科领域研究范畴，它是跨学科的，包括机械学、信息学、控制学等学科。我国学术界还没有建立起机器人学理论体系，我们都是从国外碎片化的信息中搜集、归纳、整理资料，在蒋老师的指导下，进行学习研究。"

曲道奎从北京学习回去后，王越超也来到北京学习基础理论。虽然他们师兄弟没有在一块学习，但他们那时的学习模式都是一样的。大多数情况下，是到一些大学里蹭课听，或到一些学术会议上旁听，收集资料回来研究。会议论文和资料很珍贵，能买到但买不起，曲道奎他们就借来复印。有时，蒋新松从国外或国内的一些会议上给他们拿回来一些最新的资料、文章，他们如获至宝。

"在北京待了大半年，学习生活很艰苦。那时流传这么一句话：'穷清华，富北大，不要命的上科大。'当时科大已迁至合肥。我们很有点像《西游记》里师徒取经的味道，用现在的话来说就是'北漂'。但是，我们收获很大。"曲道奎深情地回忆着，"通过系统的学习研究，一方面对机器人前沿理论有了全面了解；另一方面对机器人技术发展脉络做了全面梳理，为深入研究打下了理论基础，等于把前期的工作扎扎实实做了一遍。为了培养我们，老师用心良苦。可以说，他是用自己的肩膀把我们托起来的。"

有一次，蒋新松从美国考察回来，在北京友谊宾馆上课，介绍国外机器人发展的新技术、新成果。讲完课之后，开始讨论。曲道奎突然跳出一个让蒋新松意想不到的问题："老师，你是怎么学的机器人？"

蒋新松沉吟片刻，起身踱步走到窗前。他眺望着京城之夜，心潮起伏，神情凝重。然后，他转过身来，向弟子平静地讲述了他和机器人结缘的人生经历。

四、"巨人"是这样成长的

历史总是以它沉重的脚步留下深深的足迹。

1931年8月3日，蒋新松诞生于江苏省江阴市澄北镇北大街一个紧靠长江边的平民家庭里。父亲蒋振亭，多是在外谋生挣钱养家，持家教子的重任落在了母亲陆素文肩上。

陆素文出身书香门第，知情达理，她给儿子起名蒋新松，就是希望他像松树一样，经得起风雨，长大后成为国家栋梁之才。任何人的一生，都可以从他的童年时代找到逻辑。陆素文教给蒋新松的第一个字就是"国"，第二个字就是"家"。她告诉蒋新松，"国"与"家"是连在一起的，没有"国"就没有"家"。在蒋新松童年的脑海里最早深深地烙下的两个字，是"国家"。

1937年抗战爆发，国遭危难家遭殃。蒋新松和家人不得不随着母亲来到扬州乡下避难。蒋新松的童年是在战乱中度过的。

1938年春，蒋新松一家又从扬州返回江阴。陆素文返家后的第一件事就是安排孩子尽快读书。蒋新松天资聪明，勤奋刻苦，成绩一直名列前茅，由于他连续跳级，10岁就小学毕业了。

这天，蒋新松来到长江岸边，望着激情澎湃的滚滚江水和飞翔的鸥鸟，他的理想也张开了羽翼飞向天空、飞向远方。他情不自禁地从书包里拿出那张稍稍放大了的毕业照片，意气风发地在背面写下一行字："一个巨人在成长。"

1942年，蒋新松如愿考入当地最好的南菁中学。他喜欢数理化和文学，尤其喜欢阅读中外科学家名人传记。有一次，在作文《我的志愿》中他写道："我的志愿，就是长大后做一个像牛顿、爱迪生、哥白尼、爱因斯坦那样的科学家、发明家，成为国家的栋梁之才。"

这就是蒋新松少年时代的抱负——"巨人"之梦。

可是黎明前的江阴经济一片萧条，民不聊生。15岁的蒋新松还没有读完高一，就因家庭经济困难不得不放弃学业，外出赚钱养家糊口。

1949 年，江阴在"百万雄师过大江"的风卷残云中解放了。阳光下的蒋新松兴奋不已，心中的梦想再次升腾。在母亲的支持下，他又回到了南菁中学，并以优异成绩高中毕业。1951 年，蒋新松考取了上海交通大学这所名牌学校的电机系。从此，蒋新松离开家乡，踏上了追逐"巨人"之梦的路……

1953 年，蒋新松读完大一，校方破格推荐他参加华东地区留苏预备生统考，蒋新松金榜题名。他的出类拔萃来自他的勤奋加天才，他的面前展示出美好无限的人生前景。他抑制不住内心的兴奋，第一件事就是给母亲写信报告这一喜讯。

母亲在回信中说："新松，你没有辜负母亲的期望，全家都为你高兴。新中国的大建设需要人才。好好珍惜，不要骄傲，学好本领，报效国家。你面前的路还长着呢。无论遇到什么情况，都要持之以恒，不要放弃。只要坚持，就能成功。"

想不到，他沿着理想的坦途一路扬帆奋进时，命运之神竟然无情地跟他开了一个玩笑。当蒋新松从上海兴冲冲来到北京留苏预备部，接受短期的俄语培训，准备赴苏深造时，却在体检中被查出患有肺结核！突如其来的打击让他心灰意冷眼前一片茫然。他痛心疾首地呼喊："天道如此不公！"他不得不沮丧地返回原校学习。

此时，母亲来到他身边，用太阳般温暖的慈爱给他抚慰和鼓励。在母亲的关怀照料下，蒋新松一边调养身体，一边全身心地投入学习。他在济南机床厂实习时做的毕业设计《多刀自动车床电器驱动系统》被评为优等，以优异的成绩拿到了工企自动专业毕业证书，身体也渐渐恢复了健康。蒋新松暗自下定决心，一定要实现当科学家的梦想。梦想再次扬帆起航。

1956 年夏末，蒋新松由上海交通大学电机系毕业，并如愿分配到中国科学院自动控制与远程距离控制研究所，来到北京工作。虽然留苏的理想已经破灭，但这一专业是他梦寐以求的。蒋新松被安排在科学家屠善澄领导的小组里从事数字计算机存储器研究。崭新的事业深深地吸引着蒋新松，他踏上了为理想而奋斗的人生路。

屠善澄是我国著名的自动控制专家和自动化学会的创建人之一。1923年，屠善澄出生于浙江省嘉兴市，1948年2月毕业于美国康奈尔大学，并在该校任教。1956年，他怀着科学报国的信念回到祖国参加社会主义建设，成为我国人造卫星工程的开拓者之一，在空间技术卫星控制系统等方面做出了重大贡献。屠善澄热爱祖国、学风严谨、潜心钻研科学的精神潜移默化地影响着蒋新松。他在后来的一篇回忆文章中这样写道："进了中国科学院的大门后，我才第一次把自己的命运和国家的事业联系在了一起。干国家大事，从此成了我终生追求的目标。"

蒋新松的聪明才智和勤奋刻苦的好学精神很快赢得屠善澄的器重；他出色的工作不仅深得屠善澄的赏识，也赢得了同事们的尊敬。在屠善澄领导的科研小组里，蒋新松出类拔萃，和所里其他三名年轻人被称为"四小才子"。正当蒋新松潜心科学之海，奋力向未知游去时，他的理想之梦却又一次被现实击碎了。

1957年，一场政治风暴将蒋新松打入深渊。他被莫名其妙地戴上了"右派"帽子。当时，他痛苦不堪，含泪给当医生的妻子写信："不能因我害了你，我们离婚吧！"聪明贤惠的妻子知道，心中的千言万语在那种无序的季节里是无法尽情表达的，回信只写了一个字："不！"

妻子的忠贞坚强，令蒋新松为之感动，备受温暖与鼓舞。他给妻子回信："无论我面前的路多么遥远，多么艰难，我一定要实现当科学家的梦想！"尽管他被下放到河北农村"劳动改造"，他仍然坚持读书，学外语。他坚信，总有一天，他一定能回到父母的怀抱，回到科研岗位上。

1962年，蒋新松的"右派"帽子摘掉了。不久，在妻子的支持下，为了继续从事自己热爱的专业和研究，蒋新松主动要求回到中科院自动化研究所工作。在这里，他如鱼得水，全身心地投入科研工作中。

1963年10月，蒋新松被派到鞍钢参加冷轧钢板厂自动化的研制任务。由于扎实的理论积累和丰富的实践经验，他很快写出了在自动化领域具有国际水平的论文，被推荐参加中国自动化学会的首届理论年会，并得到刚从美国回来的自动化研究所副所长、后来成为我国"两弹一星"功勋科学家的杨嘉墀的赞赏。

1965年，杨嘉墀极力推荐蒋新松参加在瑞典召开的国际计量学会年会。但是，蒋新松尽管已经"脱帽"，却因为有过"右派"头衔，不能出席，只能让别人去宣读他的论文。蒋新松内心十分苦恼，他仍然被笼罩在"帽子"的阴影里。

五、结缘 Robot

历史是一本书，轻轻一翻就会出现新的一页。就像鲁班的手指被树叶划破，牛顿被树上掉落的苹果砸到脑袋，便改写了人生，造就了伟大，创造了历史。

Robot 以一种不经意的方式悄然来到中国，给科学家带来惊喜。

蒋新松虽然未能前往瑞典出席国际年会，代他出席会议的人员把会议上的材料给他带回来，蒋新松如获至宝。他仔细翻阅这些资料，眼前突然一亮，仿佛一道闪电打入他的脑洞。Robot 与中国科学家第一次虚拟的不期而遇就这样在无意中发生了！

蒋新松发现了一本国外关于开展 Robot 研究的资料，里面有理论概述、学术文章，也有信息汇编，一下子引发了他极大的兴趣。资料的扉页上还写着一行字："请转蒋新松先生。"没有落款，不知是谁。出席会议的人只知道是一位在美国大学里研究自动化的华人专家。究竟是谁呢？蒋新松内心充满了感激，也成为他心中的一个谜。

从此，蒋新松与 Robot 结下了缘分，成为他终生的迷恋。

1965年，蒋新松由北京调到中国科学院辽宁分院自动化研究所工作。能拥抱自己热爱的事业，蒋新松高高兴兴地由北京来到沈阳。

1967年，鞍钢有一台冷轧钢机存在不能准确停车的缺陷，求助于中国科学院辽宁分院自动化研究所。研究所组成攻关小组，由蒋新松为组长带领科研人员来到鞍钢，结果一次试验成功。由于蒋新松是"摘帽右派"的身份，这项成果直到1978年才获得中国科学院重大科技成果奖和中国科学大会重大成果奖。

不久，他发现，在国内的一些科技情报刊物里，Robot被译成了"机器人"。当人们谈论起机器人像天方夜谭时，蒋新松已经开始了对机器人的关注与研究。他凭着科学家的敏感触角，从国外传入的信息中，意识到机器人的未来价值和意义，中国应该上手了！

科学家用敏锐的目光与智慧为机器人跨进中国按响了门铃。

1972年，沈阳自动化研究所的吴继显、蒋新松、谈大龙三个人联合起草了一份给中国科学院的报告：《关于人工智能与机器人》。这是中国科学家最早提出的有关机器人的建议，也是"机器人"概念以正式公文的方式第一次登上中国官方桌台。

报告认为，研制机器人是未来装备制造业实现完全自动化的必然方向，也是一个国家工业发达强盛的重要标志。美日欧一些国家已经进入工业应用，中国必须早起步。想不到，蒋新松等三人的这个建议在所里引起轩然大波。有人皱着眉头责问："机器人是什么？""难道洋人的今天，就是我们的明天？"也有人说，这是搞"花架子。我们连机器人还没搞明白，就要造机器人，简直是痴人说梦"！这也难怪，那时的信息太闭塞了。在中国恐怕没有几个人知道机器人是什么，甚至有人一听就恐慌："机器变成人了，那还了得！"何况当时自动化所还处在连队管理体制下，领导成员都是行政人员，对业务几乎一无所知。蒋新松无奈地摇摇头，哭笑不得。

三位科学家不肯罢休，跑到北京国家有关部门四处奔走呼吁。结果，被指责为搞"非法组织"活动而被"通缉"。他们不得不悄悄潜回沈阳，无功而返。这是机器人初到中国遭遇的第一次撞墙，科学家的梦想之舟也被撞翻。这时的机器人只是在三个中国科学家的脑洞里完成了一次穿越，但谁也没见过真正的机器人。

蒋新松不改初心，仍然默默坚持研究，没有放弃。1977年，由于他在鞍钢技改中做出突出的成绩和贡献，作为沈阳自动化研究所的代表，被派往北京起草有关自动化学科的发展规划，并为筹备和出席1978年召开的全国自然科学规划大会做准备。蒋新松作为主要执笔者起草了北京自动化研究所和沈阳自动化研究所关于我国自动化学科的发展规划草案，他再次提出了研制机器人。

为了防止像上次给中科院的报告一样被否决，避免重蹈覆辙的命运，大会召开前，他贴海报、办讲座，先期宣传机器人的广泛用途和价值。他四处奔走，不遗余力地大声疾呼："机器人将是人类进入21世纪具有代表性的高技术，如果我们失去了一个领域的科学技术优势，我们失去的可能就是一个时代。"

虽然也有人提出质疑，但大多数科学界人士赞成蒋新松的观点，尤其是屠善澄、杨嘉墀、王大珩和宋健等几位自动化领域的顶级科学家明确表态支持。在他的努力争取下，研制机器人项目终于被正式列入1978—1985年的自动化科学发展规划。机器人获得了进入中国的"通行证"。蒋新松被任命为中科院沈阳自动化所机器人研究室主任。

屠善澄、杨嘉墀、王大珩等一批自动化专家跟着钱学森早已投身于"两弹一星"的研究制造中去了，中国研究机器人的重大课题责无旁贷地交给了沈阳自动化所，也历史性地落在了蒋新松肩上。尽管机器人列入规划了，但真正的机器人到底是个什么样，没有人见过；从哪里下手，谁也说不清。一切都是空白。蒋新松和所里的科研人员要把研制机器人的课题搞起来，显然不具备条件。他注定要挑起这副担子前行，在漫无边际的荒漠上走出一条路。这是一条孤独艰辛、前途未卜的路。

中国机器人的出路源自历史的一次伟大转折——中国共产党十一届三中全会开启建设现代化的新时代、新征程。新时代、新征程的一个重要标志，就是解放思想为各行各业、各条战线打了一片新天地。

忽如一夜春风来，千树万树梨花开。正如中国当时的许多知识分子一样，蒋新松的春天真正到来了！现代化建设强烈呼唤科技战线人尽其才，才尽其用。

中国科学院打破常规对沈阳自动化所的领导班子做了急速调整，让人感到，中国在急切地呼唤一个科学振兴的新时代。

1980 年 1 月 10 日，中科院任命蒋新松为沈阳自动化所副所长。7 月 1 日，蒋新松等七名中高级知识分子加入了中国共产党。站在党旗前宣誓的时候，蒋新松发出的高昂声音不停地颤抖，他的眼睛湿润了。

蒋新松，这位铮铮铁汉，在他一路风雨的人生中经历了许多坎坷、委屈和痛苦，却不曾有过流泪的记忆。他觉得，阳光彻底驱散了他头上的阴霾。这一刻的荣光与尊严，像母亲那双温暖的手，将他过去经历的所有苦难与委屈在他内心深处留下的伤痕轻轻地抚慰，轻轻地熨平。

10 天之后，中国科学院任命蒋新松为所长，从而结束了沈阳自动化所建所以来 20 多年没有所长的历史。所里开会时，他还是坐了边上。

"蒋所长，你朝中间坐。"

"哪里都一样。"他有点不习惯。

但他很快就适应了。他发现，这中间的位置不是轻易就能坐的，坐那儿就要担当，就要尽责。蒋新松清醒地意识到，他担当的不仅是一个所长的职务，更是民族的责任和未来。

六、小平见到了"她"

1978 年，中国的一位伟人第一次见到了机器人，他是中国改革开放的总设计师邓小平。是年 10 月，邓小平作为中国国家领导人访问日本，是中国改革开放的前奏曲，成为中国开启新时代的一个标志性事件。这是邓小平在酝酿中国现代化大战略的过程中所做的一次取经之旅。

邓小平访问日本时正值中共十一届三中全会前夕。他作为中国改革开放的总设计师，心中正在勾画着中国改革开放的宏伟蓝图，脑中思考着中华民族如何走向富强。

在对日本8天的访问中，邓小平乘坐新干线从东京去关西时，记者问他有何感想。他说："快，真快！就像后边有鞭子赶着似的！这就是现在我们需要的速度。"他意味深长地说："我们现在很需要跑。"

10月24日下午，邓小平兴致勃勃地来到日产公司位于神奈川县的工厂进行参观。这座工厂刚引入了机器人生产线，使之毫无争议地成为世界上自动化程度最高的汽车生产工厂。

在参观过程中，邓小平在一台形状奇特、自动焊接作业的机器面前停下了脚步。说"她"奇特是因为这台焊接机器像一位纤手绣娘，在生产线上挥动着巧手穿针引线，眨眼间就把一台汽车的框架"缝制"得整整齐齐。陪同人员告诉邓小平，这是机器人。他微微一笑："机器人？"显然，邓小平对机器人产生了兴趣。

一位中国伟人在这里与机器人相遇。

当邓小平得知这家工厂平均每人每年生产94辆汽车时，深有感触地说："噢，你们这个'人'不简单，人均年产量比我们长春第一汽车制造厂多93辆。"这是个什么概念呀！人家一个人一年生产94辆汽车，咱们最先进的长春汽车制造厂只能生产1辆，差93倍啊！和人家比起来咱不泪奔还能怎的？这就是机器人的神奇！

邓小平用一种伟人的智慧与幽默巧妙地讲话。他不是讲，这是我们长春第一汽车制造厂的94倍，而是说多93辆。随从人员会心地一笑。面对机器人生产线高效作业的场景，邓小平说："这次访日，我明白什么叫现代化了。"

蒋新松看到这个报道后很激动。他说："当时我就想，敢于正视落后，才是走向发达的最大的希望。"蒋新松讲得很有激情，特喜欢用"中国"来表达。他说："就要搞中国的机器人，中国的无人工厂。让中国的装备制造走出国门，走向世界！"

话是这么说，做起来没那么简单。机器人是世界尖端技术，中国既没有技术积累，又缺少这方面的专业人才，外国又对中国实行技术封锁。脚下的路该怎么走？没什么办法，只有靠自己试着走，大着胆子闯。

历史并非都需要久久地酝酿。往往一个动念，一件小事，就发生了反转，改变了方向。思想火花魅力无穷，总是在历史的天空中迸发出夺目的光彩。

蒋新松说，邓小平访问日本有一个细节给他留下极深的印象。

在访问日本松下电器公司时，邓小平应邀来到一间展示微波炉等新产品的展览室参观。讲解人员把一盘烧卖用微波炉加热后，请邓小平观看。邓小平拿起一个烧卖看了看，突然一下放到嘴里，边吃边说味道不错。

这一幕出乎松下公司职员的意料，现场人员也很惊奇。事先没有考虑这样的细节安排，想不到邓小平竟敢吃下去。大家无不赞叹邓小平敢于尝试的精神。

"瞧瞧小平同志，他不仅为我们指出了路子，也为我们做出了榜样！"蒋新松毫不掩饰自己的情感。他对弟子说："从这件事可以悟出，邓小平在改革开放之初就提出要大胆地试、大胆地闯。这个细节给我们一种精神启示，在科学领域，就是要试一试、闯一闯。学习小平吃烧卖，搞出中国机器人。世上本来没有路，路是人走出来的。要问我怎么学的搞机器人，我就是这么走过来的，试过来的，闯过来的……"

那天晚上，曲道奎躺在床上辗转反侧怎么也睡不着。他被老师的故事深深感染。他觉得这个"第一"不是当初想象的那么好玩。蒋新松是第一个搞机器人的科学家，经历了那么多坎坷波折；他是中国第一个机器人学研究生，会有什么样的未来在等待着他呢？

"第一"不是"之一"。"第一"是走别人没有走过的路，是吃别人没吃过的螃蟹；是义无反顾的历史使命与责任担当，是一种不是英雄就是烈士的注定结局。

机器人关系着中国的现代化。他们作为中国第一代机器人学研究生，肩负着实现21世纪中国现代化的使命。也是从那以后，曲道奎实现了一次自我颠覆，将自己的学习研究从一种爱好和兴趣上升到一种责任，这种责任是国家的振兴，民族的富强，直到他后来创办新松机器人公司时，立志"产业报国"的坚定信念。

历史也会以它轻盈的舞步留下美好的回响。

1985年秋天。在中国科学界的邀请下，北京举办了一个中欧机器人学术交流大会，参会各国各选几篇优秀论文在大会上发言交流。曲道奎作为唯一的中国学生代表，被推荐到这次国际高层论坛上宣读自己的论文。

那天，曲道奎特地跑到王府井买了一身西装。充满青春气息的他优雅地走上讲坛，立刻吸引了众人的目光。他用流畅的英语宣读他的论文《一种新的机器人自适应控制方式》。虽然他的发音还带着稚嫩，却神采飞扬，侃侃而谈，颇有一副学者范儿。论文阐述的观点和结论，在当时机器人领域是一种新的理论研究方向，富有创意，站到了学科的前沿，展示了中国在机器人领域的研究潜力和发展前景，赢得了与会专家的赞赏。

法国国家科研中心主任 G.杰洛特先生，得知曲道奎是蒋新松的学生，特地走到蒋新松面前与他握手表示祝贺。他是法共党员，对中国非常友好。几年前在欧洲召开的一次机器人学术会议上，蒋新松与他相识，并成为好朋友。会上，蒋新松与 G.杰洛特先生一拍即合，双方签订了中法机器人交流合作备忘录。G.杰洛特先生还向曲道奎发出到法国留学的邀请。

曲道奎回忆起来，有一种掩饰不住的幸福感："我这一生确实比较幸运，遇到这样一位好老师。如果遇到纯学术性的老师有可能走的就是另外一条道。蒋先生学识非常广博，他既有很高的理论水平，还有很强的实践能力，他在这两方面结合得非常好，很难有人达到他这种境界。另一方面，他具有'视野超视距'的战略眼光。他那种国际化的视野和视角，已经超出一般科学家的范畴，完全是一种战略家的概念。在自动化领域和机器人学科里，无人与他比肩。"

1986年8月，为了培养机器人科研人才，在蒋新松的倡导和推动下，中国自动化学会专业委员会在大连召开了首届机器人学全国青年学术交流会。曲道奎作为新锐学者，宣读了一篇新论文《谈机器人控制》。论文直奔机器人学科前沿理论，具有较高的学术价值，是机器人应用研究领域最具代表性的一篇论文，标志着中国机器人学理论研究迈出了可喜的一步。

回想起那段青春绽放的岁月，曲道奎笑着说："其实，我个人登上那个舞台算不了什么。让中国机器人站到世界大舞台上，才是我心中的梦。"

那时的曲道奎还意识不到，实现梦想的征程上，雄关漫道真如铁；一路风云，一曲嗨歌……

节选自《中国机器人》，辽宁人民出版社，2017年1月

塞罕坝时间

李青松 *

　　要广泛开展国土绿化行动，每人植几棵，每年植几片，年年岁岁，日积月累，祖国大地绿色就会不断多起来，山川面貌就会不断美起来，人民生活质量就会不断高起来。

——习近平

　　塞罕坝。——啥意思？

　　在这里，既有森林的壮阔，也有森林的细微，更有森林的饱满和丰沛。森林的里边是森林，森林的那边还是森林。有人说，塞罕坝的森林是翡翠。也有人说，塞罕坝的森林是绿肺。好嘛！说起塞罕坝就一定带着森林吗？当然。可是，塞罕坝，塞罕坝，塞罕坝是啥意思？

　　森林，塞罕坝的森林真美。美得令人心醉。

　　换个角度看，或许印象更清晰。——绿，深绿，翠绿，墨绿。卫星云图显示，塞罕坝这片人工林海，不就是一只墨绿色的展翅翱翔的雄鹰吗？112万亩，三代人，一件事，用了整整55年的时间。种树种树种树。磨出了多少老茧，磨坏了多少锹镐，数也数不清。此间，有抱怨与绝望，有荣耀与悲伤，有坚韧与

* 李青松，生态文学作家，辽宁彰武人，研究生学历。现任职国家林业局某单位。主要作品有：《遥远的虎啸》《告别伐木时代》《一种精神》《茶油时代》《大兴安岭时间》《开国林垦部长》等。

抗争，有寂寞与欢乐，有荒谬与智慧，有灵魂与激情……然而，故事从未停歇，每天都是开始。这片林海负载着塞罕坝三代人的希望和梦想。这片林海是塞罕坝之根本，没有了这片林海，塞罕坝就没有了今天，也没有了未来。

然而，时光倒转回去，早先的塞罕坝却是一片蛮荒之地，甚至被称作坝上的"青藏高原"——天高风冷水硬人横。

话说20世纪60年代初，风沙紧逼北京城。每逢春秋时节，小伙子戴风镜，姑娘戴口罩是北京街头的常态。一入冬，西北风嗷嗷叫，风沙肆虐，沙粒子砸在面上生疼生疼。怎么回事？林业部不是管造林的吗？有没有什么办法呀？

北京风沙脾气暴跟塞罕坝啥关系？问风风不理睬，照刮；问沙沙不言语，照砸。还是问问脚步吧——脚步丈量的结果：浑善达克沙地与北京的直线距离仅有180公里，平均海拔1000多米，而北京的平均海拔仅40多米。有专家形象地说："如果这个沙源阻挡不住，就相当于站在屋顶上向院子里扬沙子。"——必须把沙子挡住。塞罕坝恰好处在那个能挡沙子的特殊地理位置上。怎么个特殊呀？这么说吧，如果说内蒙古浑善达克沙地与北京所处的华北平原之间隔着一道门的话，那么塞罕坝就是那道门的门闩。

门闩起啥作用？人人家里都有门，出门进门，进门出门，门闩起啥作用还用我说吗？

事实上，早先的早先，塞罕坝也是草木葳蕤、獐狍野鹿出没之地。塞罕坝属于木兰围场范围。《围场厅志》记载此地："落叶松万株成林，望之如一线，游骑蚁行，寸人豆马，不足拟之。"康熙曾多次带领将士来此围猎，还即兴留下过一些诗句。"……鹿鸣秋草盛，人喜菊花香。日暮帷宫近，风高暑气藏。"看来，康熙当时的心情不错。

然而，曾几何时，随着清王朝的没落，秋狝的弛废，大批流民涌入，肆意垦荒，断了塞罕坝的根，致使塞罕坝元气大伤。后又几经军阀匪寇劫掠，反复折腾，森林荡然无存，塞罕坝一片肃杀凄凉。

去的去了，是因为来的来了。从此，沙魔长驱直入。那道门闩也闩不住了。何况，那道门闩本来就已经破败，被丢在一边了。

塞罕坝，塞罕坝，塞罕坝是啥意思？

——这微弱的发问，早被滚烫的大漠蒸发了。

风雪弥漫中，一个健壮的身影出现在塞罕坝。

1961年，为了破解风沙南侵的困境，时任林业部国营林场管理总局副局长的刘琨，率专家组来到塞罕坝，他要用自己的眼睛看看那道门闩究竟是怎么回事。他眉头紧锁，视野里"尘沙飞舞烂石滚，无林无草无牛羊"。他在塞罕坝荒凉的高岭台地上考察了三天，没有找到那道门，当然也就没有找到那道门闩。但是，他却拿到了第一手珍贵的资料。回去后经过专家们的反复论证，最后得出结论：塞罕坝上可以种树，可以竖起一道绿色的屏障，阻挡风沙的南侵。

也就是说，没有门可以安上一道门，没有门闩可以安上一道门闩。

1962年，塞罕坝机械林场正式成立，任命承德专署农业局局长王尚海为第一任场长。随后，林业部工程师张启恩带着妻儿来了，王尚海的爱人带着5个孩子来了，由全国18个省市的369人组成的林场第一支建设大军来了，河北承德农专的53名毕业生来了，承德二中刚刚毕业的陈延娴等6名女高中生来了，一批新毕业的大学生来了。他，她，她们和他们用自己的青春和热血在这片荒野上开始书写动人的传奇故事了。

塞罕坝，塞罕坝，塞罕坝是啥意思？

然而，建场之初，塞罕坝地区生活条件非常之差。没有房屋可居住，就搭马架子，盖窝棚，挖地窨子解决住宿问题。严寒的冬天，马架子和窝棚被厚厚的积雪压塌是常有的事，而地窨子阴冷潮湿，住在里面一点都不浪漫。那时的塞罕坝，完全落在寂静里。只有暗夜包围着的地窨子里，时而传出几声长长的叹息。

食物更是严重短缺。当地有一句谚语："坝上的庄稼——山药蛋。"当时在坝上能够生长的农作物很少，只能种植一些适应高寒地区生长的白菜、土豆和莜麦等。坝上气候不适宜种小麦、玉米等粮食作物，种不成西红柿、豆角等蔬菜，苹果、梨、桃等更是想都甭想了。

种啥吃啥。有啥吃啥。当初在塞罕坝莜面最通常的吃法：把水烧开，把干面直接往锅里撒，一边撒一边搅拌。搅拌熟了，外表呈球状，黑乎乎的，俗称"驴粪蛋儿"。大家开玩笑说，总吃"驴粪蛋儿"也不是事呀，人都快成"驴粪蛋儿"了，换换样儿吧。于是，伙房师傅也真费了一番心思。清水煮土豆白菜，莜面窝头。清水煮土豆白菜，莜面卷儿。清水煮土豆白菜，莜面片儿。到底是该哭，还是该笑？

塞罕坝，塞罕坝，塞罕坝是啥意思？

——也许，白菜土豆莜面"驴粪蛋儿"知道。也许，苦寒的日子知道。

站在坝上放眼望，路在哪儿呢？

前望不见，后望不见。左望不见，右望不见。原来，路被移动的沙漠吞噬了。

当时，塞罕坝的交通条件极其不便，只有一条蜿蜿蜒蜒的土路，一头连着围场县城，一头连着遥远的内蒙古高原。路况相当差，去趟一百公里外的围场县城，有时要走两三天的时间。此地偏僻、高寒的地理环境自不必说了，单是没有电，没有自来水的不便，就足够考验这些年轻人了。更不要说没有娱乐设施，业余生活的单调、枯燥和无味。好在若是冬天，白日里在冰天雪地里干活，夜晚就守着炉火，在煤油灯微弱的光亮中听着段子。烧的什么？干透的牛粪饼。炉火嚯嚯地燃着，加一块牛粪饼，再加一块牛粪饼。嚯嚯。炉面上，往往烤几个土豆。听得入神，土豆烤煳是常有的事。而讲段子不是谁都能讲的，往往就是那个干体力活儿最差，却读书最多戴着瓶底般眼镜的人。

不过，说他们的生活枯燥乏味也不全对。因那些牛粪饼和那些段子，寒凉枯寂的夜晚温暖而生动了。

他们也写打油诗。

> 渴饮沟河水，饥食黑莜面；
>
> 白天忙作业，夜宿草窝边；
>
> 劲风扬飞沙，严霜镶被边；
>
> 雨雪来查铺，鸟兽绕我眠；
>
> 老天虽无情，也怕铁打汉；
>
> 满山栽上树，看你变不变。

当年的马架子宿舍门前，还有这样一副对联：

> 一日三餐有味无味无所谓，
>
> 爬冰卧雪冷乎冻乎不在乎。

"无所谓""不在乎"，这些饱含着眼泪和痛苦的词句，表现了塞罕坝人一种乐观的精神。然而，塞罕坝虽然来了很多人，但塞罕坝还是缺人。不缺男人缺女人，最缺的是姑娘。

当地有一句顺口溜："塞罕坝真荒凉，又有兔子又有狼，就是没有大姑娘。"

当时林场新来的那批大学生除个别人年龄小，绝大多数都进入了谈婚论嫁的年龄。可是在这闭塞的荒原上，年轻人到哪里寻觅自己的另一半呢？

新来大学生的个人问题一时成了这个寒冷荒原上的热点问题。好嘛！这些有知识有文化的年轻人怎么可以没有对象呢？坝上有个叫棋盘山的古镇是个牲畜交易集散地，是一个人流、物流、信息流集中的地方。一个偶然的机会，林场技术员张凤元和镇上姑娘隋莲芝谈上了恋爱。"塞罕坝居然来了那么多新毕业的大学生！"镇上人一嚷嚷，一传俩，俩传仨，后来又互相介绍，便有不少的年轻人不惜遥遥路途开始交往，结婚成家了。一时间，塞罕坝的小伙子很多都成了棋盘山的女婿。

人们便打趣儿说，棋盘山成了老丈人"窝子"。没过两年，这个老丈人"窝子"又成了姥爷"窝子"。——娃娃出生，女人带着刚会说话的娃娃回娘家。娃娃奶声奶气地唤一声姥爷，镇子里满街探出喜滋滋的脑袋。

人在哪里，哪里就有生活的逻辑和意义。生活虽然艰苦，但苦中也有爱情，也有快乐，也有幸福。绿色需要坚韧，需要劳作，需要不懈的努力；绿色需要空间的分布，也需要时间的积累。绿色的面积在一寸一寸扩展着，增长着，延伸着。

让我们向当年的英雄们致敬！

塞罕坝的第一代建设者，现在大都已经退休或者故去。当年，他们是怀着革命的理想和远大抱负来到这里的，他们对自然和社会的认识，自然与现在的年轻人不同。冰雪和荒野中曾经有过他们的血汗与悲壮，豪情与困苦，坚忍与疲惫。他们对塞罕坝的眷恋之情是现在的年轻人所无法理解的。然而，在无可抗拒的命运面前，生命在这里显得如此无助而茫然。

他们的眼神多半是忧郁的。然而，同他们谈起塞罕坝，谈起当年的事情，他们的眼神里却又闪烁出兴奋的光芒。近年来，他们的思乡之情越来越浓烈，然而，省亲之后他们又多半打消了返乡的念头。因为，家乡的人早已把他们视为塞罕坝人，家乡的土地上已没了他们可耕的田，可以生存的空间。

塞罕坝，塞罕坝，塞罕坝是啥意思？

——河有源，树有根。源在塞罕坝，根在塞罕坝。

不要以为种树那么容易。不就是挖个坑，种棵苗吗？其实，种活一棵树不比养活一个孩子简单。种树是个技术活儿。

头两年，塞罕坝人从东北地区调来的绿化苗木种下的树，都死了。有诗为证："天低云淡，坝上塞罕，一夜风雪满山川；两年种树全死完，壮志难实现，不如下坝换新天。"不都是英雄，也有人卷起行李悄悄溜走了。

溜走，总是有原因的。然而，留下来的不需要理由。可是，如果连树都种不活，那留下来还有什么意义？

必须搞清树死的原因。原来，外来的苗木水土不服，抗性太弱。要想在塞罕坝地区种树成功，必须自己育苗，育适应当地土质和环境生长的苗木。塞罕坝人开始进行技术攻关。首先攻克了在高寒地区育苗这一关，继而在塞罕坝地区育苗获得成功。之后，又改造了苏联进口的种树机，将它由原来只能在平坦地方种树的性能，改造成了适应塞罕坝地区山地、丘陵地照样能种树。由此，用机械种树也获得了成功。可以说，从那时起，塞罕坝营造百万余亩人工林的大幕，算是就此拉开了。

1964年，春节刚过，林场党支部书记王尚海、场长刘文仕等人就骑着马，带着技术人员上山了。马蹄坑，是塞罕坝人选择的头一个战场。经过30多个昼夜的奋战，近千亩落叶松小苗扎根在了马蹄坑，塞罕坝人终于在这片荒凉的土地上，种下了属于自己亲手培育并植造的第一片林子。7月，塞罕坝的野花盛开了，一棵棵幼苗也绽放出了笑颜。

"文革"期间，别处一片喧嚣，塞罕坝人却只顾埋头种树。塞罕坝人自己问自己——我们来到这里干吗？就是来创业嘛，不是享福来了，更不是搞运动整人来了。牢记使命，不忘初心，种树不止。

数字，也许是抽象的，不能带给人美感。但数字也是鲜活的，灵动的——塞罕坝在"文革"期间及其前后历年种树的面积：1966年以前种植34000亩，1966年种植50000亩，1967年种植60000亩，1968年种植50000亩，1969年种植50000亩，1970年种植60000亩，到1983年，塞罕坝上的有林地面积已经达到了1100000亩。

这一组数字的背后，洒满了塞罕坝老一辈建设者的血汗，凝结着塞罕坝老一辈建设者的绿色情怀。他们几乎是用生命的代价换来了这片林海，在荒原上树立起了一座绿色的丰碑。

塞罕坝，塞罕坝，塞罕坝是啥意思？

——林海无语，丰碑无言。

林子多了是好事也是难事。难就难在防火。

暖泉子望火楼。尽管时令已经进入三月，许多地方是暖融融的春天了，但塞罕坝依旧是白雪皑皑，冷风刺骨。为了探访护林人的生活，我走进了暖泉子望火楼。这里毫无神秘可言。室内的陈设虽然简单，但很整洁。一张床，一张桌子，一台电视机，一部电话。墙上挂着一幅地图和一个打着卷儿的日历。

护林员陆爱国和妻子王春艳，已经在这里坚守了十五年。

"心里那根弦，整天绷着，不敢有片刻懈怠。"身穿迷彩服的高个子陆爱国一边架起望远镜，一边一字一句地说，"一般每年的防火重点期是三月十五日到六月十五日和九月十五日到十二月十五日，这六个月必须要住在望火楼里，十五分钟汇报一次瞭望情况。"

我瞥了一眼桌上的电话，心里充满敬意。

"这些树是我父亲那辈人种下的，可不能在我们这代人手里毁了。"陆爱国说。坝上地区每年的无霜期只有七十多天，冬天几乎都会大雪封山。我打量一下望火楼的角落，对并排放着的三个装满了雪的水桶有些不解。我指了指桶里的雪问王春艳："这是干吗的？"王春艳说："雪水是用来洗衣服的，如果大雪封山，下山挑水困难，有时也喝雪水。"

陆爱国和妻子初到这里时，生活条件非常艰苦。吃水还得到山下两公里以外的暖泉子去背，水从桶口儿晃出，洒在后背上，浸湿衣服，后背冰凉，夏天还好，冬天后背的棉袄就冻成了冰棒。冬天路上雪滑，路又陡，一跐一滑，跌了多少次跤？摔坏了多少个桶？——也许人忘了，桶却知道。

当好护林员除了要有强烈的责任心，还要有过硬的观察本领。为了熟悉地形，尽快报出火情地点，夫妻俩把从望远镜里所能观察到的山头、洼地都一一编成号，牢牢记在心上。一旦有情况，报警时马上就能说出地名和方位。通过长时间的对比、观察，他们还熟练地掌握了一套识别烟火的本领，能在最短的时间内，快速准确地识别出是烟，是雾，还是霞光。

陆爱国说："不怕一万，就怕万一！"某日下雨打雷，断电了。糟糕，一旦有火情就不能用电话报警了。可偏偏在这个节骨眼上就出现了情况。陆爱国用望远镜瞭望时，发现御道口的马溜进了新种的林地，急得他出了一头的汗，没办法，他只能跑下山去喊人。直到把马赶出林地，交给主人，他才放心。

陆爱国1962年出生在塞罕坝，他的父亲是林场的第一代创业者，他的大儿子现在在林场的扑火队开消防车。可以说，一家三代人都是务林人。有一次，他骑摩托车下山确定一个疑似起火点，由于匆忙，路又陡，连人带车摔出去很远，把腿生生摔坏了。陆爱国双手拄着拐杖，咬着牙，硬撑着当班，没下山休养一天。

他说，三代人的命运跟林场的命运连在了一起，林场在他们在，林场好他们跟着好，林场亡他们只能去逃荒。所以，不能让林子受一点损失，多苦多累多难，都心甘情愿。

我问："山上生活寂寞吗？"

王春艳说："夫妻在一起还好些，但还是很寂寞，两个人能有多少话说，话说完了，只能大眼瞪小眼。都是人，有时候心里难受了，我们俩就吵架。"我扭头问旁边的陆爱国："是这样吗？"陆爱国不言语，只是笑。

"不过，马鹿、狍子、野猪、山兔、野鸡、黑琴鸡等野物常常来光顾望火楼，让我们觉得，这山上不光是我们两个人呢。"停了停，王春艳继续说，"曾经有一对驻守望火楼的夫妻，他们的孩子是在山上生的，也是在山上长大的，可由于平时交流少，都三岁了才只会说几句话。"

我望了一眼汹涌的林海，一时不知该说什么了。

塞罕坝共有九座望火楼。个个高耸，座座威严，毫无懈怠地矗立在林海高山之巅。每一座望火楼上都有一双瞪大的眼睛，注视着森林里一草一木。

最近几年，林场在防火事情上不敢有丝毫差池，整个防火系统形成了探火雷达，空中预警，高山瞭望，地面巡护的有效监测网络，实现了林区监测全覆盖，三百六十度立体掌握。这么说吧，小鸟在林子上空拉泡屎，都逃不过雷达和护林人的眼睛，更不要说发生火情了。

建场五十多年来，塞罕坝百万余亩人工林海，没有发生过一起森林火灾。

寂寞守望，孤独坚守。——这就是塞罕坝护林人的生活。

可是，我还是要问：塞罕坝，塞罕坝，塞罕坝是啥意思？

塞罕坝的一只蝴蝶扇动一下翅膀，就有可能掀起太平洋上一个巨浪。生态是个整体，有一根看不见的线连着呢。

"塞罕坝的生态地位非常重要，它处在内蒙古高原向华北山地及平原过渡带上，是滦河等多条河流的源头，阻挡北边风沙南侵，是一道不可或缺的生态屏障。"国家林业局副局长刘东生说，"这片林海，不仅起到涵养水源、减少水土流失的作用，有利于生物多样性的保护，而且可以大量吸收和固定二氧化碳，成为碳汇库，对减少全球气候变暖具有重要意义。"

1993 年，塞罕坝林场被批准建立了国家级森林公园，开启了森林生态旅游的新篇章。习近平总书记说："拥有天蓝、地绿、水净的美好家园，是每个中国人的梦想。"习近平总书记还说："生态兴则文明兴，生态衰则文明衰，保护生态环境就是保护生产力，改善生态环境就是发展生产力。"

生态之美，不光是用眼睛看的，而且是用心去感受的。生态存量很难数字化，很难标准化，也很难货币化。因为生态是不可复制的，不可批量生产的，也是不可腾挪的，不可位移的。

贪婪导致人的占有欲无边无际，拥有了房子豪车等物质的东西不说，甚至连空气也想罐装回家了。事实上，在物质主义盛行的时代，我们占有得越多，与自然的距离就越远。要知道，森林、晨曦、花朵和许许多多琐细的事物，才是构成世界的美丽所在。

近几年，塞罕坝每年接待游客 50 万人次以上，每年门票收入 4000 多万元。

带动了周边乡村生态旅游，生态产品和手工艺品销售甚旺，社会总收入超过6亿多元。七星湖是塞罕坝的一处景区，一到暑期木屋住宿的游客爆满。多好的旅游项目！本应多建一些木屋，扩大森林和湿地旅游承载规模，但林场场长刘海莹对此说不。

刘海莹说："从根本上来讲，塞罕坝的生态还是脆弱的，生态的承载力还是有限的。我们不能干竭泽而渔、杀鸡取卵的事情。吃祖宗的饭，断子孙粮不算能耐，还祖宗的账留子孙粮才算真本事。"

尽管生态旅游效益可观，但塞罕坝还是实行了控制游客进山总数的硬性约束机制，即游客进山总数到达一定"红线"后，便一概拒之山门之外了。刘海莹摇摇头说："说心里话，这是让自己很痛苦的事，因为来游客，就意味着增加收入呀。可是，没办法——痛，是为了长久的快乐。"

"既要绿水青山，又要金山银山。宁要绿水青山，不要金山银山，因为绿水青山就是金山银山。"——或许，刘海莹对习近平总书记的这段话有着更深刻的理解。

塞罕坝，森林生态系统正稳步形成。落叶松、油松、白桦、赤桦、蒙古栎、椴树、黄菠萝等乔木树种结构分明，错落有序。榛子、沙棘、柠条、火棘等灌木应有尽有，各自占据着属于自己的空间。林间，溪水淙淙。崖壁上飞瀑喷雪吐浪。苔藓更是爬满巨石上，树干上，腐殖层上，甚至灵芝和蘑菇上。过去多年未见的野生动物，也重现了踪迹。野鸡、野兔、狍子、猞猁、狗獾是常见的，云豹时有出没不说，成群的野猪几乎多得成灾了。

刘海莹的耳畔常常响起一位印第安老酋长的声音："我们熟悉树液流经树干，正如血液流经我们的血管一样。我们是大地的一部分，大地也是我们的一部分。芬芳的花朵是我们的姐妹，牛羊、骏马、雄鹰是我们的兄弟，山岩、森林、草地、动物和人类全属于一个家庭。"

在印第安人眼里，万物皆兄弟，万物皆一家。

不能不提塞罕坝的白桦林和黑琴鸡。捷克作家卢斯蒂格写过一本小说，叫

《白桦林》，讲述的是一个忧伤的爱情故事。朴树有一首流行歌曲，唱的也是白桦树。曲调是那么柔美，柔美中还略显忧伤。柔美，忧伤；柔美，忧伤。若没有这一段段故事，白桦林就只剩下了柔美，绝没有什么忧伤了。然而，我宁愿相信白桦林没有忧伤，因为我来到塞罕坝，看到的是白桦林的美丽，白桦林的漂亮。塞罕坝白桦树干直挺耸立，上有线形横生的孔，远看好像生着无数的眼睛在向四周瞭望。枝叶疏散，枝条柔软，迎风摇曳。树皮洁白，光滑细腻，有层白霜，像纸一样可以分层剥离。卢斯蒂格把白桦称为"俄罗斯的新娘"，而塞罕坝人却没有心情那么浪漫，种树种树，忙着呢！

塞罕坝的白桦林里栖息着珍贵的稀有动物——黑琴鸡。这可是我亲眼所见啊！在塞罕坝，一定是先有的白桦林，后有的黑琴鸡吧？这一静一动，一白一黑，看上去是那么协调，那么和谐，那么欢喜无比。

那天，我们驱车在林间防火公路上行驶，忽然两只黑琴鸡窜上了公路。我们停车观看，个个瞪大惊喜的眼睛。它们玩耍着，旁若无人，不惊不躁。在路面上，它们互相追逐，一边"跑圈"，一边"咕噜噜，咕噜噜，咕噜噜"地叫。最后，它们回头觑一眼我们，抖抖翅膀双双飞进白桦林中。

是啊，森林群落绝对不光是我们所看到的那些树，它还包括野生动物等更多的生物形态。塞罕坝的森林里充满着生命的律动。"咕噜噜，咕噜噜，咕噜噜……""咕咕哇，唔哇唔，嘎嘎嘎……"

塞罕坝，塞罕坝，塞罕坝是啥意思？

——黑琴鸡，你们知道吗？

印第安人语："树木撑起了天空。如果森林消失，世界之顶的天空就会塌落，自然和人类就会一起毁灭。"在一定意义上说，树木与人的关系，就是人与自然的关系。

我曾多次来到塞罕坝，一直在思索塞罕坝的故事，并试图从中领悟人与自然到底是一种什么样的关系，找到那个隐秘的图谱。人，在残破的自然面前到底起什么样的作用呢?

习近平说,人与自然是一种共生关系,对自然的伤害最终会伤及人类自身。绿水青山就是金山银山。——此语饱含着尊重自然,谋求人与自然和谐发展的价值理念和发展理念,是一种大情怀,大境界。

中国,正在大步向着绿色发展的目标迈进;中国,正在向着生态文明的目标迈进。

塞罕坝,塞罕坝,塞罕坝到底啥意思?塞罕坝意味着什么?塞罕坝代表着什么?该回答这个问题了——塞罕坝人说,塞罕坝是蒙语和汉语的组合。塞罕是蒙语,美丽的高岭的意思;而坝是汉语,台地的意思。把它们组合在一起即可表述为美丽的高岭台地。哎,原来塞罕坝竟是一种有高度有广度有厚度的美呀!

塞罕坝已经不是一个地理的存在,而是几代人理想的集体和个体的集合,是一种生活的气息和氛围,是一段飘荡的情绪和记忆,更是一个不朽的绿色传奇。在这个意义上说,塞罕坝,没有同义词。

忽然想起两句话——一句话叫"山厚水厚人忠厚,山薄水浅人轻浮";另一句话叫"森林涵养水源,生态涵养文明"。

置身塞罕坝壮美的百万亩林海,倾听着松涛的声音,深深呼吸一口那弥漫着松脂芳香的空气,顿时有一种洗心润肺的感觉了。隐隐地,我对塞罕坝似乎又有了一层新的理解——塞罕坝就是绿水青山,塞罕坝就是金山银山,塞罕坝就是我们心底那个绿色的梦。——那个梦,并非虚幻缥缈,并非无根无蒂,那个梦真真的,就在眼前。

塞罕坝!——塞罕坝!——塞罕坝!

原载于 2017 年 8 月 11 日《人民日报》

塘约道路

王宏甲

这是坏事，还是好事？

多年前我到河南洛水上游采访，看到公路两侧的墙上刷着当地政府部门鼓励农民外出打工的大标语：外出打工如考研，既学本领又赚钱。可是去年以来，"很多企业关门"的说法多了起来。有人说，一批外企外资撤离中国，留给中国打工人口的失业震荡不小。

这一次，是农民工大量下岗了。

农民工回乡了。

这是坏事，还是好事？

还是这片天空，还是这片土地。不少人把土地转让给别人种，或者撂荒了。通往田间的路年久失修，水利设施也荒废了。农民工回来后干什么，日子怎么过？

曾经，面对由于青壮年外出打工留下的"空壳村"，村干部感到无奈。现在村民们回来了，村支两委能带领村民重建生活吗？今年，我六次去到贵州省安顺市一个叫塘约的村庄。这里前年还是个"榜上有名"的贫困村。我走进他们

* 王宏甲，福建建阳人，当代文学家。作品曾获中国国家图书奖、"五个一工程"奖、鲁迅文学奖、徐迟报告文学奖等奖项，所著《无极之路》《智慧风暴》《新教育风暴》《人民观——一个民族的品质》均产生重要社会影响。

新建的村委会小楼，看到最醒目的四个红色大字是：穷则思变。

他们确实在变。他们把改革开放初分下去的承包地，重新集中起来，全村抱团发展，走集体化的道路。变化和成效皆惊人。我在这里看到了：百姓的命运，国家的前途，党的作用，人民的力量。

在一贫如洗的废墟上

塘约村辖十个自然村，3300多人口，劳动力1400多个。外出打工最多时达到1100多人。青壮年几乎全走了，留下的多是妇女和老幼病残。这是个典型的"空壳村"。

2014年6月3日，塘约遭遇百年未见的大洪水。田毁了，路毁了，一些房屋倒塌了。村外浑浊的水面上漂着衣物用具……暴雨还在下。望着被洪水洗劫的家乡，村党支部书记左文学的满脑子都在想一件事：现在怎么办？

6月5日，安顺市委书记周建琨等人踩着泥泞，来到了受灾最重的白纸厂寨，看到几个人正在帮一户夫妻都是残疾人的人家修房子，一问，几个人都是村干部，是义务帮助。

"村书记呢？"

"也在帮人修房。"

还有人告诉周建琨，村干部都在帮最没有劳力的人家修房子。

几个妇女围住了周建琨，哭诉：啥都没了，粮也泡水了……帮帮我们！周建琨问，怎么帮？妇女们说，先帮我们修路！男人们出去打工了，女人是村里种田的主力，路没了，她们下地干啥都难。周建琨后来对我说，他忽然很感动，她们不是要粮要钱，说修路。

周建琨正在跟几个妇女说话，村支部书记左文学来了，浑身上下沾着泥浆，两眼通红，像一匹狼。

周建琨看望了家家都在修房的村民，然后就在受灾现场给左文学谈话。他说："你这个村子有前途！"

左文学心想，什么都没了，前途在哪儿？

又听周建琨说："我看你这个班子很强。这么大的水，人住得这么散，没死一个人。你们干部了不起！"

左文学还是愣着。周建琨问他："你为什么不成立合作社？"又说："你这里百姓也很不错，党支部可以把人组织起来呀！"左文学说村里大都是妇女、儿童和老人。"不管怎么讲，你要记住，"周建琨说，"政府永远是帮，不是包。党支部也一样，把人组织起来，要依靠人民群众。"

周建琨说妇女讲先修路，好，政府出水泥出材料费，你们出工出力干起来，行不行？左文学说行。周建琨又说："要致富，你就要有思路，有魄力，要敢于踩出一条新路来！你想想怎么干，我下次来，你给我讲。"

左文学对我说，这天，他记住了周书记说的"要靠群众的内生动力"这句话。他说："周书记走后，我哭了。我一个人，躲起来，哭得忍不住。"我问他为什么哭。他说："我看到了前途。"

左文学告诉我，之前，村里人靠传统农业勉强度日，这场大水把很多农户冲得一贫如洗。是穷到底，困难到底了，大家才重新走上了全村抱团发展的集体化道路。

左二牛的奋斗史

左文学小名二牛，这年四十三岁。

见到周建琨书记后回到家里，他躺进了一个椭圆形的大木桶。桶里热水齐腰深，他泡在桶里想往事想前途。

因为父亲给取了这么个很有文气的名字，左文学做过文学梦。可是，读完高中回乡，父亲说，种地吧！家有九亩地，老是种粮，只能吃饭，没钱。年底他结婚了，要养家，必须出去打工。这是 1991 年。他这时的梦想是赚了钱，回来在县城开个大超市。

他来到北京海淀区苏家坨搞房子装修，因为读过物理，很快学会做电工。可他渐渐感到"这不是一条路"。一家人这样分开，到外面来就为了赚点钱，任何一个雇主都可以对你吆五喝六，你不是你了，你受支使，受歧视……新婚妻子在家里守空房……这是好日子吗？

赚到钱了吗？打工半年，带回一千多元。

当然也带回见识。他注意到北京郊区有大棚菜，要是我们那里有大棚，也能在冬天种蔬菜，还能养羊、养猪、养鸡……

回到家乡想搞大棚，可是没那么多资金。他决定种药材，结果失败了，气候、技术，都不行。然后开始养猪，最多时养到六十头，存下六七万元，被寨子里的人认为是个能人。前五年都赚钱，第六年养得最多，一下就亏了。

不甘心，决定养牛。养了三十六头牛，在整个平坝县（后来改成了平坝区）都很出名，人们都知道："那个养牛的叫左二牛。"

每天去放牛带两样东西：雨具和书。他记得他很崇拜的初中语文老师彭万师曾对同学们说，你们一生中一定要看看《古文观止》。此前一直为生活忙碌，想不起买这种古书看，现在有时间了，就买来读，读得津津有味。

2000 年换届，村里人选举左文学当村主任。乐平镇大屯片区总支书朱玉昌来村里找他谈话，他说我在养牛，脱不开身。

父亲听说了，说，他说了不算，等晚上开个家庭会。

当晚，父亲主持家庭会，问儿媳妇，这个村主任，你同意不同意他干。儿媳说，他想做的事就做吧，我从来都没拦着他。父亲说，村干部要付出的，没有你支持，他干不下去。儿媳问，咋支持？父亲说，你就支持他两点。一是他有事，随时要走的，你不能拖后腿；二是有人来找，端椅倒茶要及时，找你吵架，你也必须先倒茶。儿媳说可以。左文学说牛还在。父亲说，没必要老想着挣钱。盖多大的房，你只有一张床。你消化再好，一天也是三餐饭。二牛说，现实中，没钱，也挺难的。父亲说，有生活就行了。你到我这个年龄，给我钱也没用。

父亲又说："一栋房子要有几根柱子，没有几根靠得住的柱子，一个村庄撑不起来。你有机会给大家做点事，是福气啊！"

听起来这个父亲是不是很有觉悟？

这个父亲叫左俊榆，当过三十八年的村支书。他这天对儿子的教导令我感到，这里有老一代支部书记心中一直存在的理想，一个未曾实现的愿望，期望传递给儿子。

左文学把牛全卖了，开始当村主任。这年他入了党。2002年底任村党支书。从那时到2014年，十多年过去了，他做了什么呢？

塘约村有条河叫塘耀河，河上有座近三十米长的桥，桥面临水很低，雨下大点，一涨水，就把桥淹了，小孩上学就过不去了，还有四个寨子的村民进出都靠此桥，也过不去。生产队散伙后，村里只见个人不见集体，这座桥听凭水淹水落，几十年无可奈何。左文学决心修建一座高大的桥。找上级支持，找三个煤厂的老板化缘，又发动村民捐资，村民出工出力，总算把桥建起来了。

当地有煤炭资源，左文学曾想给村里办个煤厂，还想办个木材加工厂，可是没启动资金，也怕办砸了，不好给全村人交差。今天，周书记问他为什么不成立合作社，党支部可以把人组织起来呀！……这话比洪水之夜的电闪雷鸣更让他震撼。

他在浴桶里漂浮了一个多小时，爬出来，开始用手机通知村支两委全体成员：今晚开会。

一个政府，若无资产就无法管理社会。村是一个小社会，怎么能没有集体资产？村是中国最基层、幅员最广的地方，缺集体经济，村就涣散了，社会就会缺乏坚实的基础。现在左文学意识到眼下最重要的事，不在修桥或办个什么厂，而是要把村民重新组织起来，才能靠集体的力量抱团发展。

塘约村的十一人干部会

2014年6月5日晚，村支两委十一位成员全部齐聚村委楼。小楼还是改革开放前夕盖的，近四十年风吹雨打，已经破旧不堪，屋顶滴滴答答地漏雨。

"今天周书记问我：为什么不成立合作社？"左文学直接点明了会议主题。

合作社已不是新话题。早先沿海地区出现的那种大户承包，也有外面的老板来承包，雇农民干，种菜的，种果的，养鸡的……这类专业合作社，如今贵州也有。塘约村没有大户，没有谁承包得起。现在路坏了，田坏了，更没有外面的老板来包了。

"我想好了。"左文学说，"把全村办成一个合作社，把分下去的责任田全部集中起来，由合作社统一经营。"

会议室热闹了起来。两委委员们谈起了20世纪50年代的互助组、合作社，还忆起了土改前的日子。曹友明等年长的村委说，他们童年时的村庄穷到令人难以置信，妇女生孩子连草纸都买不起，孩子生在草木灰堆里。

土改前，塘约村的土地主要集中在黄、梅两家大地主手里。两家大户都不是塘约村人，是城镇里的。

塘约的土地如何被塘约以外的大户人家兼并？佃农先前并非毫无土地，不少人自己有一部分土地，再租种一部分，遇灾荒还不上地租，只好把自有的田卖给雇主。租地耕种其实是失地农民以契约形式向"东家"承包经营。这一切看起来都是按照有契约有价格的买卖形式进行的。但是，巨大的贫富差距出现了。

土地问题是个悠久的问题。我想起《汉书》里就写到的"富者田连阡陌，贫者无立锥之地"，用在土改前的塘约村也完全合适。今天我们仍能理解，巨大的贫富差距，非财富对比多寡而已，它是社会黑暗的经济基础。

1951 年，土改与夏季的阳光同时降临。塘约村不少人在分到土地的当天夜里不回家，就睡在地里，直睡到第二天太阳照到土地上。中国农民"均田地"的千秋梦想，终于在这里实现。这年，平坝一个县就有八百多名青年报名参军，奔赴抗美援朝前线。你可以想象，一个凝聚起来的新中国有多么巨大的不可思议的力量。

村里有老年失子、妇女失去丈夫的，有父子都生病的，分到的土地缺劳力耕种。还有不少人家缺耕牛，农具不全。因此，第二年春耕伊始，村子里就出现了生产互助组，把各家的农具集拢起来，有劳力的帮助缺劳力的，这样从邻里互助扩展到同村互助，从季节性生产互助发展到固定的互助合作。之后发展到几十户人生产合作的"初级社""高级社"。"穷棒子"们一旦联合起来，集体的力量就显出来了。

那时的互助组、合作社是"强弱联合""弱弱联合"，而不是最近这些年我们在媒体上见惯了的"强强联合"。

左文学说："强强联合，可以使富的更富。强弱联合，强的帮弱的，才能同步小康。"

在这漏雨的小楼里开会的十一个委员，一般说，都被村民们看作是村里的能人。他们绝大多数都有打工的奋斗史。村主任彭远科曾经到浙江慈溪打工四年。他们几乎一致的体会是，生产队解体后，确实没有人捆住你的手脚，你有多少本事都可以使出来。他们也确实奋斗了、拼搏了，但是没有人靠打工富起来，反倒是从前一家人团聚的生活变得支离破碎。另外，青壮年都走了，本村落后的环境缺少人去改造。留在村里耕种的妇女、老人很辛苦，收获却很少，有个说法叫"一夜跨过温饱线，三十年未进富裕门"。

议论来议论去得出一个结论：单打独斗没出路。

生产队解体后，村里只见个人不见集体，青壮年都出去打工，村不村，组不组，家不家，"日子不能再这样过下去了"。

有人举例说，在村子里种个菜，到镇上去卖，得走一小时；去县城，光是公路要走十二公里。山路崎岖坡陡，只能用背篓。村民自家种点菜拿去城里卖，卖的就是苦力。若乘车，扣除成本就没什么钱赚了。再说，城里没有你的摊位，山里农民背菜去卖，只能在城区边沿的马路上站着叫卖。夏天太阳一晒，菜蔫了。冬天一冻，菜又蔫了。你只能贱卖，根本卖不到几个钱。单打独斗，成本实在太高。若是集体，就不必家家跑城里去卖菜，一辆车就把大家种的菜都拉走了。还有人说，现在洪水把村路冲坏了，没有集体，怎么修？

我没想到，是在这里，我看到了我们曾经说过无数遍的解放，并不只是翻身获得土地。深刻的解放，还需要精神的文化的解放。我由此理解了毛泽东主席在新中国成立前夕为什么说："农民的经济是分散的……需要很长的时间和细心的工作，才能做到农业社会化。没有农业社会化，就没有全部的巩固的社会主义。"

新中国为此做了很多努力。

塘约村老一辈人都知道，1959 年 10 月，安顺市镇宁县马鞍山有个沈志英去北京出席全国群英会，与王进喜、时传祥等人一道，受到毛主席接见。安顺市委宣传部部长杨晓曼还告诉我，毛主席曾在一份关于马鞍山合作社的调研报告《季节包工》上，亲笔写了 209 个字的按语。

沈志英创建了黔中第一个初级社。与她一起创建互助组的杨佰华老人今已八十八岁，他对我说："沈志英没念过书，但有一颗好心。"

沈志英的好心在新中国遇到了好土壤。那是一个劳动和劳动人民受到举国尊重的时代，是互助合作、勤俭节约受到全民赞扬的时代。来自贵州山区的沈志英只是全国 6500 余名代表之一，你可以想象，那是最普通的劳动人民规模盛大地受到全民族的一致礼赞。

仿佛是一种心中早有的愿望在这个夜晚苏醒，村委委员们都激动起来。

左文学说他泡在浴桶里想啊想，想明白了，要踩出一条路来，第一步，成立合作社，把村子里的土地集中起来，搞规模经营，实现效益最大化。第二步是调整产业结构。打工回来的人，搞过建筑、跑过运输的多，可以组织起来搞建筑公司、运输公司。

也有人提出疑问："把分下去的承包地重新集中起来，是不是走回头路啊！"

"我想过了，"左文学回答说，"以前那叫改革，我们这叫深化改革。"

村里多是老年人，看重土地、还在种地的，也多是老年人，把老年人团结起来很重要。有人提议先成立一个老年协会，得到通过。

曹友明被推举为老年协会会长。曹友明当过民办教师、大队会计，还当过平坝信用联社营业部主任，退休后就被左文学请来当"军师"，是最年长的超龄干部。

会议最后决定：明后两天做准备工作，第三天召开村民代表大会，就成立合作社一事进行公决。

贵州省委省政府提出同步小康，旨在 2020 年贵州省要与全国同步实现小康，不拖后腿。在塘约村表现为，要同步小康就必须把单家独户的农民从零散的地块里解放出来，实行多种经营，规模经营。在信息时代，仅靠传统农业方式已无法承载农民生计，真正的贫困已日益表现为旧有生产方式的束缚，在改革的基础上深化改革势在必行。

村民的选择

两委会议第二天，村干部开始分头工作：每十五户人选一个代表，"你相信谁就选谁"。

老年协会的工作也紧张地展开了。塘约村六十岁以上的老人有六百二十人。三十多年前，他们中的很多人也曾是打工仔、打工妹。谁能说他们没有过青春的梦想？可是几十年过去，把青春的汗水洒在东部的许多城市，他们回来了。在工伤致残的时候、生病的时候、体弱做不动重活的时候、老板裁员的时候……每个人都有亲身经历的辛酸体会，每个人都比从前更知道哪里是自己真正的家乡。

2014年6月8日上午，出太阳了。这是个不寻常的日子，十个自然村寨的村民代表集中在塘约村本部开大会。

先由左文学向大家报告为什么要办合作社，办什么样的合作社。他说，把土地集中起来就能统一规划，组建农业生产、养殖、建筑、运输、加工等专业队，将来发展成专业公司。妇女也要组织起来，开展适合妇女的创业。男女都可以在各专业队上班，按月领取工资。另外，村民入股到合作社的土地经营权，按每亩一年的约定价领取资产性底线收入，年底还能分红。

为什么现在做这件事？左文学说，洪水把村路冲坏了，是按老路修，还是拓宽修好一点呢？我们想修一条把塘约十个村寨都连起来的环村路，这就要经过一部分人的承包地。土地流转到合作社，这事就比较好办了。一些田地被水冲毁了，不管冲了谁的，要修复都很难。土地流转到合作社后，修复就是集体的事了。

他反复强调一个原则：入社自愿，退社自由。

一讲完，会场就像开了锅。参会代表八十六人，对是否同意成立塘约村合作社投票公决。

全票通过。

左文学告诉我："因贫困还欠着债的，村里有个说法叫'债民'，塘约村有30%的'债民'，他们都是最拥护成立合作社的。"

大会还决定成立土地流转中心，共推曹友明为中心主任。

土地流转是一项艰巨、细致的工作，要对自愿入社的村民承包地重新丈量，登记存档，张榜公示，接受全体村民监督。最后由政府颁给土地承包经营权证，简称"土地确权"。

土地确权历时四个月。曹友明告诉我，老年协会十六个核心成员协助做了很多工作，都是义务的。我不禁想到，有人说当今是"搬一把椅子过门槛"都要付工钱的年代，这些老年志愿者为何每天在田头奔波，不图报酬，还不亦乐乎？我想，他们在少年时听着"社会主义好"的广播长大，说这些老人身上活跃着"社会主义因素"是不过分的。他们期望用自己此生尚存的力气，使第二代、第三代有更好的家园。这里有这一代老年人悲壮的情怀！

在进行土地确权的同时，安顺市政府出材料费，村民出工出力，连接起十个村寨的硬面环村路也修起来了。这条十六公里环村路的修成，使村民们切实感到十个分散的村寨是一个整体，同时重新体会到——大家都肯为公益事业出点力，村庄就会出现奇迹。

新中国成立以来，塘约村一切激动人心的变化几乎都与组织起来有关。村前还有一条河叫洗布河，早先只是一条弯弯曲曲的水沟，下大雨就要淹没周边大片田地，1975 年大搞农田基本建设时靠集体的力量开掘成一条小河，最宽处有八米。这次大洪水说明河还是太小，无法起到泄洪作用。如今，他们把河道拓宽到三十米，还修筑了两岸的防洪堤。他们还把塘耀河疏通、拓宽成了一条河面宽三十五米的家乡河。

"这次拓宽洗布河，全体村民一起干，用二十二天就修好了。"左文学骄傲地说。

还有一件令人意想不到的事情。塘约村耕地面积 1572.5 亩，从土改到人民公社，再到家庭联产承包制时期，一直都是这个数目。这次经用仪器测量和土法丈量后，确认全村耕地面积是 4862 亩。没错，多出了 3289.5 亩，而且是纯粹的耕地，不包括山林。

每一户人的承包地都因此多出一倍以上，确权后入股到合作社，得到的资产性收入也增加一倍以上。

"越到后来，希望流转入股的积极性越高。"左文学说，"之前，塘约全村有30% 的土地撂荒，什么收入也没有。流转了就有收入，在外打工的也回来把土地流转入股了，谁也不想落下。"

曹友明说："后面流转的都看到好处了。当他们把承包地之间的田坎界挖掉时，那种高兴劲儿，跟土改时分到土地也差不多。"

全体村民的承包地陆续流转入股了村合作社。

我在这个村庄寻思村民代表大会的"全票通过"、老人志愿者的身影，还有越来越多在外打工的男人们返回家乡，妇女们高兴的心情……我相信我看到了：把承包地确权流转到合作社统一经营，这是在三十多年改革的基础上继续改革，是中国农民再一次选择命运，选择前途，选择生活，选择同步小康的发展方向。

重新组织起来

合作社组建了各个专业队。村民们根据自己的能力和愿望选择相关专业队，并由大家选队长，村支两委认定。

农业生产团队共八十人，季节性用工（如采摘时）可用到三百多人。分四个组，领导人称班长。四个班长都是从外地打工回来的。

四十五岁的罗光辉被选为种地班长，他重视精耕细作，还把打工学来的标准化生产运用到农地里。在他带领下，一亩地产出辣椒七八千斤，去年一斤辣椒卖一块二，就达到万元了。之后还能种一季小白菜，一亩收获三四千元。

妇女是农业团队的主力军，人数占到80%。一个妇女在水田劳作一天100元报酬，在旱地一天80元。一个月有四个休息日，最低月工资2400元。

班长罗光辉年薪五万元。完不成预订产值，扣年薪；超过了，超产部分30%归他，70%归合作社。归合作社的部分，年终全社分红，40%归农户，30%归合作社，20%提留公积金，10%提留村委会用于办公。所定产值，是能够保障团队支付基本工资的产值。

变化有多大？合作社成立一年多，这个以妇女为主力的农业团队把先前撂荒的土地都种上了，其中精品水果1250亩，浅水莲藕150亩，绿化苗木612

亩，还建成 400 亩用农家肥的无公害蔬菜基地，蔬菜专供城里的学校食堂。所有这些，都是从前单打独斗不可想象的。

"独斗，实际上斗不起来。"左文学说，"你到市场上卖菜，等着人家跟你一毛五分地讨价还价，根本就没法'小康'。"

选择参加建筑队的也有不少妇女。四十八岁的陈学珍是一个。十五年前，她的丈夫去煤厂挖煤，煤窑垮塌，腰椎压坏瘫痪六年，死了。孩子还小，要上学，她只好去附近的工地打小工赚点钱。听说成立建筑队，她是最踊跃参加的妇女之一。

谷掰寨还有一个学珍，姓王，也是最踊跃入社的妇女之一，也选择了建筑队。八年前她三十五岁，丈夫因肝病死了，留下一堆债务，四个孩子最小的不到两岁，最大的不到十岁。她也是靠去建房子的地方给人家做小工挣钱养家。

大洪水后，平坝区委书记芦忠于到村里扶贫，看望了王学珍和她的孩子，非常感动："这个母亲很了不起啊！坚持把四个孩子抚养大，每个孩子都供去读书，还把债还了。"

建筑队总队共 286 人，其中妇女近 100 人。两个主工需要一个副工，副工主要是妇女。主工每天工资 300 元，副工 120—150 元。以此算，作为副工的妇女，月薪最低可拿到 3600 元。

四十人的运输队成员多半是打工回来的。为成立这个运输队，合作社出面担保给农户贷款，农户可以用贷款买大货车或中型车。现在运输队有四五十辆车。开大型车的每月收入三万元左右，中型车有一万多元，不出车的日子还可以做别的工。

2015 年 4 月，塘约村运输队正式成为运输公司；建筑队成为建筑公司，注册资金 800 万元。村里还建立了一个水务管理工程公司，把全村自来水、提灌站集中起来管理，注册资金 900 万元。

组织起来，这四个字里蕴藏着一个多大的世界？这是值得我们认真观察，重新思索的世界。塘约村发生的种种变化，正是在把全体村民重新组织起来之后，才有了如上所见崭新的劳动生活，并将继续深刻影响着广大党员干部和人民群众的精神世界。

七权同确和七统一清

2014 年 8 月 16 日，距那场洪水两个月后，周建琨第二次到塘约。这时，塘约村尚在土地丈量确权之中。

"我看到你们的内生动力了，"周建琨一见左文学就说，"很好！你给我讲讲下一步怎么干。"

左文学汇报了成立农业、建筑、运输各专业队的情况，还讲了要建三个基地……把已经做的、正在做的和准备做的都说了。

"你们看，只要支持一下，他们的内生动力就会爆发出来。"周建琨这话是对一同来的区、镇党委领导说的。他还说："有些事，是要领着农民干的，有些是农民已经干起来了，我们要跟上。"

周建琨又对左文学说："你们有了合作社，还要有电商平台，要有新型的金融中心。"

左文学听得似懂非懂，但他会去买书看。他很快知道了要学会运用网络、电话建立销售渠道，而不只是把产品弄到市场上去叫卖。他还琢磨了"互联网+"，考虑怎么弄"互联网+塘约+蔬菜"。至于"新型的金融中心"，就是运用确权后的土地、山林等生产资料，向银行融资贷款，使农村资源变资金，用来发展集体经济，而不是依靠招商引资等外来老板的资本。

左文学说这次周书记还嘱咐，你们的土地确权了，还有山林、房屋、集体荒坡地可以确权，你再全面想想，争取搞个农村产权制度改革试点，行不行？左文学还不知要怎么做，就说行。

2014 年 10 月，塘约土地确权基本完成时，安顺市农委把塘约定为全市深化农村改革试点村，称之"拉开了农村产权制度改革的序幕"。今春，他们已是贵州省农村产权"七权同确"第一村。

哪"七权"？土地承包经营权之外，还有林权、房权、集体土地所有权、集体建设用地使用权、集体财产权、小水利工程产权。

农村确权与流转等新事物涌现，在塘约呈现出一个丰富的世界。

在新办公楼里，左文学打开电脑，向我演示了一个管理系统。只要点击眼前的卫星地图，塘约各类资源就会以不同的色块标示出来。点击某个蔬菜基地，就能看到该区域在哪儿，涉及哪些农户的多少亩多少宗地块。左文学说他知道"大数据"的重要了，这个系统还要升级，要细化到每一块土地的酸碱度、肥沃度，以便选择最适合的利用方式……我听得应接不暇了。这里一经成立合作社，就像整个村庄被发动起来，干部群众都进入一个快速学习期，他们因此建立了一个综合培训中心。

从他们的学与做中，我还看到，那些适用的接地气的科研知识，才会在农民的土地里结出硕果，真正的社会进步是在运用中。我也由此看到他们墙上大书的"培育新农民，发展新农业，建设新农村"，是有激动人心的实在内容的。

塘约村的森林覆盖率达到76.4%，山林确权后，2000多亩林地正打算逐步开发"林下养鸡"，这是个200万羽生态鸡的规模。

从前大集体时搞的小水利工程，流入小箐龙潭的水是完全无污染的山泉，水量很大，确权后合作社正筹建山泉水厂，将主要安排妇女就业。并计划在下游搞个占地30多亩的水上乐园，其中有山泉游泳池，水透明之极。他们开始建设美丽家乡，为村民的生活舒适建设，也为迎接游客的到来。

他们正筹划在硐门前寨建一个大型现代的养猪场。大型养猪场可以建大型化粪池，既解决了个人养猪的村舍污染问题，又可解决有机肥问题。与此配套，他们又新辟了600亩蔬菜基地。

塘约村民原本居住很散，上述各项建设的征地范围内不可避免地会有村民的房屋，房屋确权后就可以参与交易。

金融进村，塘约是贵州第一家。这不光是方便合作社与金融部门交易，更在于方便村民与金融部门交易。

安顺市总结塘约村的变革是这样描述的：在这过程中，测量、勘定是村的行为，称"确权"；颁证是政府行为，称"赋权"；交易属市场行为，称"易权"。通过这"三权"促"三变"，资源变资产，资金变股金，农民变股民。巩固了农村资源集体所有权，维护了农民土地承包权，放活了土地经营权。

左文学说塘约村得到的好处就在于全村实现了"七统一清"。一清是集体和个人产权分清了。七统是：全村土地统一规划，产品统一种植销售，资金统一使用管理，村务财务统一核算，干部统一使用，美丽乡村统一规划建设，全村酒席统一办理。这了不起的"七统"，就极大地巩固了农村集体所有制。

据左文学记载，安顺市委书记周建琨迄今至少十一次到塘约。

周建琨的确在很多场合说到塘约，他讲，基层的内生动力起来后会产生不少首创，首创一旦出来，党委、政府怎么办？"要去学习，去补位。不能落在后面，更不能阻挡。"

面对塘约村涌现的新气象，我特别注意到他们的综合培训中心，心想现在这里还真是需要这样一个学习场所。七权同确及流转创造了变革的环境，大量新知随之扑面而来，促使农民产生学习的冲动。一切社会最重要的建设是人的建设。求知欲的苏醒，也是缔造内生动力的源泉吧。

塘约的变化岂止关乎农村，百年来农村的状况无不关系所有的中国人。由此上溯到更久远的岁月，土地、山林，甚至河流等资源，归谁所有，是一个千古都存在的问题，而且千古不乏刀兵相见。当今的确权和流转，出现在我国深化改革的现在进行时，与之有关的远不止是作为个体的农民，更不止是贫困地区的农民，当今的专业大户、外来资本，也可以成为农村资产确权后的流转对象，而且比一般农民，特别是贫困地区的农民，更有资本购买确权后的种种权益。

至此我看到，确权是流转的基础，流转给谁，才更为重要。农民一旦把承包地确权后的使用权出卖给大户或外来老板后，农民自身没有了使用权，就剩下可以去打工的身份了。虽然在大户或外来老板购买了使用权的土地上打工，也能得一份劳动力工资，但没有主人地位，且难以改变贫富差距。

塘约人对自己"村社一体，合股联营"的合作社有更多的体制自信。再说一遍，其"七权同确"贵在落实到"七统一清"，既保障了村民权益，又极大地巩固了集体所有制，这正是把改革成果更多更公平地惠及全体村民。左文学因此自豪地把"全体村民所有"简称为"我们是全民所有"。当村民在这个集体中体会着有尊严的劳动生活时，才有主人的地位，这是产生内生动力真正的源泉。这是人的解放。

红九条与黑名单

2014 年底，周建琨坐在苗族老党员杨成英家里听她说："吃酒吃不消。"杨成英的丈夫去世了，儿子弱智，儿媳妇哑巴。周建琨问："像你这样，包礼要包多少，要不要五十？"杨成英笑了："五十？现在五十拿得出手吗？最少要一百。"

"那你一年要包多少礼？"

"一万两千块。"

"钱从哪里来呢？"

"贷款。"

"贷款吃酒？"

"是呀，不光我一户人。"

为什么非要贷款吃酒？要应付的太多，穷，没钱，又不能不送礼……乡风民俗中有一种让你"不得不"的力量。

乡村办酒五花八门，满月酒、周岁酒、剃毛头酒、生日酒、升学酒、订婚酒、结婚酒、上寿酒、出殡酒、迁坟立碑酒，甚至母猪下崽酒，赌博输了还办个"落难消灾酒"……这是个什么世界？办酒规格也年年攀升，一办几十上百桌，鸡鸭鱼肉、烟酒饮料俱全。礼金一般的不是特困户杨成英说的"我就包一百"，而是最少二百，内亲礼金要一千。不光本村人办酒你要去，还有邻村、邻乡镇亲戚朋友办的酒，也不能不去。有的人仅仅为躲避包礼，六十多岁了还选择到远方去打工，过年了也不回村。

"吃丧酒最厉害。"死一人，整个寨子的人都去吃，最少有百余人，中等三百多人，多的有五六百人；最少吃五天，最长吃九天。村里有句话说，人死饭甑开。

左文学做过一个调查，铺张浪费的、误工损失的，一笔一笔并不夸张地算给大家听，最后那个数据是：仅滥办酒席一项，塘约一年吃掉将近三千万元！

"挺黑人的。"左文学说，同时又很无奈。

周建琨对他说："这是一个贫困村，一年自身损失近三千万。要是拿这笔钱来扶贫，什么样的项目才有这么大呢！我们把它作为一个大扶贫工作来做，煞住滥办酒，你这里开个头，好不好？"

一同前来的乐平镇马松书记说："要开头，就拿我们整个镇来开头。不然，塘约压力太大。"为什么这么说？因为邻村亲戚办酒，塘约人不能不去。这也是左文学早想治理而难下手的原因。现在他说："我们一定煞住！"

可是，"跟风气做斗争"，怎么做？

左文学又把自己泡进浴桶，泡出了一个村规民约，有七条。后来加了两条，成为"红九条"，每一条都是警戒的红线，谁踩了红线，就被"拉黑"。听着"拉黑"，我再次感到这个村庄有好多新鲜事。

加的两条，一是"不孝敬父母，不奉养父母者"，二是"不管教未成年子女者"。村里有人盖了新房自己住进去，把老人放在破旧危房里不管。这样的事就得有组织管。还有，父母外出打工，孩子交给老人，老人管不了，孩子打伤了别人的孩子，派出所也管不了。总得有人管管吧？

"留守儿童""空壳村"，都基于外出打工，支离破碎的生活，从四面八方都涌现出问题来。塘约村在试图尽量解决自己的问题。

村规民约草案出来后，召开村民代表大会讨论，通过后，在各自然村各路口张贴《公告》。与此同时，给全体农户写了一封信，说明为什么要做这件事，并与每一户人家都签了约定的承诺书——既是村规民约就需要签个约——村里存档。

禁"乱办酒席"只是九条之一。村里成立了红白理事会，主管全村酒席统一办理。

为什么叫红白理事会？因为只准许办结婚酒和丧葬酒，此外一律禁止。全村酒席总量减少了70%。

建立了办酒申报制度，结婚提前一周申报，老人过世当天申报。批准了，就由村集体提供餐具、厨具，以及厨师等服务人员为之免费操办。为此村集体购置了8.76万元的锅碗瓢盆等餐厨具。厨师和服务人员的工钱由村集体支付。

喜宴八菜一汤。不上大菜，以吃光不剩为最好。不上瓶子酒，不发整包烟。烟散放在盘子里，谁想抽就点一支。老人过世吃"一锅香"，五个菜打到一个大盘里，打多少吃多少，相当于自助餐。丧葬服务队从抬棺到墓地，到掘坑入土、包坟，全程免费服务。服务队的工钱由村集体支付。

左文学说："我们村集体花了不到六十万元，堵住了过去村民乱办酒席近三千万元的损失。怎么说都太值得了。"

堵住滥办酒席之灾，把被贫困压得透不过气来的人心从沉溺中唤醒，才能找回淳朴乡风。这是社会生活的领导者组织者应该去做的事情。

怎么叫"拉黑"呢？

违反九条中的任何一条，就列入"黑名单"管理。一旦列入，"该户不享受国家任何优惠政策，村支两委也不为该户村民办理任何相关手续"。这是《公告》中写明的。

"这制裁很严厉吗？"我问。

"很严厉。"他们说危房改造，低保评定，困难户评定，都不考虑他了。孩子出生上户口，银行存折丢了去挂失，身份证丢了要补办，凡需要村里盖章的都不盖。

"这是村民的基本权利，不能不给办吧。"

回答说，这是村民代表大会决定的，是村民自治。

什么时候才能取消对该户的"黑名单"管理？

最短期限三个月。户主改正了，要在村民小组会上检讨，组委会五人签字，报村民代表大会审议通过了，才恢复正常。审议通不过的，再延长三个月，直至村民代表大会审议通过。

"这么严厉，有踩红线的吗？"我问。

"有啊！"

刚开始的时候，有两户人家违约，都如约做了处理。此后，迄今一年多了，全村无一户再踩红线。"有没有人因此而上访？"我问。回答是："没有，一户都没有。"

塘约的"红九条"，每一条都是维护道德的底线，掉到底线以下，就是缺德，这是村民共识。"黑名单"管理，看起来是以管的形式实施，然而他们是村民自治，或称共治。共治的另一面是共享，是村民共同的监督、共同的乡村建设。这里是有民主的，人民民主。当人皆为自己谋而不管公共利益时，人就陷落在自私中。负能量弥漫，社会甚至会嘲笑和亵渎优秀。因而抑制不良，弘扬正气，不止关乎经济建设，更宝贵的是人的精神建设。

党支部管全村，村民管党员

标题上这句话是左文学的原话。合作社成立后，左文学越来越感到，最重要的工作是党支部建设，重中之重是党员的思想建设。

塘约村现有四十三名正式党员，五名预备党员。2015 年 4 月，村党支部升格为党总支，领导着四个党支部，九个党小组。村行政六大机构都在党总支的领导下，各机构一把手必须是党总支委员。

三会一课制度在这里执行得雷打不动。党总支每周一晚上（或白天）必开例会，村支两委委员必参加，安排工作。加上学习，党总支会有时每周两次。是不是多了？左文学说："不多，我们过去学习很少，现在要补课。"

党小组会最少半月一次，因为部署的工作要落实。

上述会议都开得短，很务实，说了就去干。

党员大会最少每月一次，"一课"融在其中。每次党员大会，党员都要带《中国共产党章程》，每次都必须集体学习党员的权利和义务。即使已经学过一百遍了，仍然要学，就像一种庄严的仪式。

"什么是党性？在每个党员的心目中，要像种树一样，把根扎下去。要把树种活，成为一棵大树。"左文学说。

许多有关党的知识，都是常识。左文学认为，这些常识最重要，"如果党员不知道，如果丢了、忘了，就没戏唱了"。

他们自己印了《塘约村"两学一做"系列讲话学习材料》，党员人手一册。这册小红本精选了习近平主席九篇重要讲话，关于全局、关于农村、关于脱贫攻坚……左文学说："每一篇都是我们必须学的，很有用。"

习近平总书记今年"七一"讲话一见报，他们马上组织全体党员学习。"我们每个党员都知道了，有八个不忘初心。"左文学说，"我认为，这是改革开放以来党内最有价值的文献。"

这是一个村党支书的评价。

在"两学一做"中，每个党员都要找出三个存在的问题。

"给村领导班子成员找一个，给自己所在的村民组找一个，给全村社会经济发展找一个。"左文学这样表述。

第一党小组组长邓仕江、党员周其云提出修一条机耕路到田间和山上。现在间伐木头，交通不便，一立方米只能赚两百元，如果有一条能走中型车的路，把木头运出来，一立方米就能赚六百元。党总支讨论，做这件事可以降低劳动力成本，增加收入，就批准了。怎么修？不等不靠，自己动手。

相关的六个寨子出动一千多人，全部是义务劳动，用十八天修成了一条十九公里的机耕路（尚未打水泥的毛路）。

在塘约村，合作社是从事生产经营的部门，村民组是管理村寨公共事务的部门。党总支是合作社的领导核心，党小组是村民组的领导核心。"村社一体"后，在塘约村形成了更清晰、有力的党组织和群众密切联系的组织结构。

"我们要求每个党员必须是一面旗帜。"左文学说。

怎么检验？

他们把每个党员（包括领导班子成员）的评价表，发给所在村民组的每一户群众，由村民打分，交村民议事会评议。这不是一次性调查，是常态。对平均分不及格的，党支部给予警告。三次考评不及格说明过不了群众这一关，不是合格党员了，劝其退党。他们把这叫作"驾照式"扣分管理模式。

左文学说："党员合格不合格，要群众认可。"

有不合格的吗？

"没有。"左文学说，"以前没有考核，好像也无所谓。现在一考核，都重视了。要是不合格，连孩子都会被村里人瞧不起，丢不起人。"

每个党员另外有一本《党员记分册》，在他所在村民组的组委会手里，用来记党员的成绩。这相当于大集体时记工分的模式，按月记分，满分为十分，还得把记分理由写出来。我看到今年4月得满分的老党员杨进武的记分册上写着："老人八十五岁了，还参加义务修公路，干到半夜两点钟还不回家。"虽然只有一句话，但够分量。

"好的要得到赞扬，不好的要受到批评教育。如果是坏的，就不能留在党里面了。"左文学说，"中央讲要保持党的先进性和纯洁性，我们只能这么干。"

写着这句话时，左文学那贵州塘约口音还在我的耳边，他那被太阳晒得黝黑的面庞也在我的眼前。

左文学还告诉我：要求入党的年轻人不少，有十七个积极分子。

2014 年大洪水洗劫塘约之前，塘约还是个二级贫困村，村集体经济只有上级拨给的办公费三万元加间伐木材收入一万多元。2015 年人均收入达到 8000 元，今年到 6 月份集体经济已超过 170 万元，年底可超过 200 万元。这似乎不算什么惊人的成就，可这是一个昔日贫困村的人民刚刚从贫困泥淖中拔腿走出来的情景。

周建琨曾这样说："选对一个路子，选好一把手，是重中之重。安顺有 1007 个村，如果有 10 个左文学这样的支部书记，辐射作用将非常大。有 100 个，变化不可估量。"

左文学也说了四个好："选好一个路子，建好一个班子，带好一支队伍，用好一套政策。面貌就会大改变。"

我不禁想，这两位书记在今天的实践都证明了毛泽东主席曾经说的："政治路线确定之后，干部就是决定的因素。"

2015 年 6 月 18 日，习近平总书记在贵州考察时提出，加大力度推进扶贫开发工作要做到四个切实：切实落实领导责任，切实做到精准扶贫，切实强化社会合力，切实加强基层组织。塘约村几乎应声而出，走出贫困，正是"四个切实"在塘约村的集中体现。

一个好社会，不是有多少富人，而是没有穷人。中国共产党成立之初，就是为穷人谋利益，进而创造更好的社会。一个村庄最伟大的成就，不是出了多少富翁，而是没有贫困户。只有在不忘初心的党的领导下，聚全体村民共同发展，举全村之力直至帮助最后一个贫困者脱贫，才是最大的政绩。按国家扶贫标准，我国目前还有 7000 万以上农村贫困人口，到 2020 年能全部脱贫意义将非常巨大。塘约之路，可复制吗，复制它，难度有多大？

三千听众的露天现场会

2016 年 4 月 13 日，安顺市委全面深化改革领导小组第十七次会议暨现代山地农业现场观摩会在塘约村召开。安顺全市各区县、各乡镇，以及部分村的主要领导人，都集中到塘约村的一个文化广场上，来参加这个露天现场会。这是塘约历史上前所未有的事。

与塘约相邻的村竟也有百姓赶来听会。直到会议结束，站着听会的三千多群众还没有散。

主持会议的安顺市市长曾永涛说："这么多群众在认认真真地听会，是很多年没有见过的事了。特别是群众中很多是年轻人的面孔，可见外出打工的年轻人大部分都回来了。这个村庄正朝气蓬勃，这非常喜人。"他还说："开会的干部们也很受鼓舞。从前来过塘约的人，看到现在的塘约几乎难以相信。"

脚下这个面积 1800 平方米的文化广场，是石板和砖相结合的建筑。附属停车场有 1500 平方米。这些建筑一个月前还不存在。

一年多前的那场洪水，使塘约的房屋或倒或塌或损。眼前所见的塘约村焕然一新。从前大寨人"先治坡，后治窝"，现在塘约人是"窝"与"坡"并治。他们说，外出打工好久了，一直渴望有个安稳舒适的家。塘约几百幢色彩亮丽的房子，正是他们心愿的绽放。

左文学第一次在这样的大会上发言。他说以前村里青壮年都出去打工了，集体经济也是空的，啥都做不成。现在人大部分回来了，不仅人气旺还有很多人才，光驾驶员就有二百多，汽车、摩托车修理工几十人，有八百多个砖、木、漆、电技术人员，还有一批种养能手。三百五十多个曾经在流水线上干过活的女工也回来了，村里成立了妇女创业联合会，正与衣帽厂、鞋厂、玩具厂商议合作事宜，准备搞村里的轻工业。

他说，最大的变化我感觉有三点。一是成立合作社统一经营后，比较好地解决了农村存在的多种矛盾。二是有利于解决实现农业现代化的难题。三是"七权同确"和"七统一清"，公私分明和统一部署，使我们有了四大支撑体系：土地储备体系，金融信用体系，风险防控体系，市场经营体系。

他说，有人问我这么多是怎么做的。我看最重要的有两条：一是"党管全村，村民管党员"，二是村民自治。只要正气和力量发挥出来，什么奇迹都能创造。

我们今天这些建筑，这种变化，就外观来说，和东部已经没有什么差别，甚至有些地方还会比东部好。但是，我们还有不足，最大的不足在于两个方面：一是群众的腰包还没有鼓起来，二是公共配套服务还没跟上，大病还看不了，读书还没有优质的学校，垃圾、污水处理还没有完全到位……塘约村已有不少村民认得周建琨，有人告诉外出打工新回来的人说，看，这是周书记在说话。

其实，这是周建琨在引述省委书记的话，他告诉大家，这话是省委书记陈敏尔说的。

周建琨在会上肯定了塘约"七权同确"充分激活了农村沉睡的资源，肯定"村社一体、合股联营"的优势，是保障改革的成果，真正落实到农民手里。他说六十年前，毛主席亲自编了一本书，叫作《中国农村的社会主义高潮》，书中收了当时安顺两个村庄的典型事例，一个在今天的修文县，讲男女同工同酬，一个在镇宁的马鞍山。1956年至今刚好六十年。同那个年代比，今天已经发生了天翻地覆的变化。在新的情况下，怎么组建合作社？塘约村在"村社一体"上做了一个很好的探索。他要求全市各乡村要抓住新型合作社这个改革创新的"牛鼻子"，不断壮大集体经济，全力消除"空壳村"，走共同致富之路。全市其他地方也成立了各种专业合作社，但是做得还不够。要最大限度地把每一个村民都纳入进来，特别是把最后一个村民纳入进来。

他最后说，今天在塘约村看到的只是初步成效，但给我们展示了一幅未来发展的美好画卷。只要按照这个方向努力，毛主席六十年前倡导的，当时还未能实现的远景，我们今天完全有条件、有能力去实现。

三个月后，贵州省召开全省发展村级集体经济推进大会。会议全员到贵阳市、安顺市、六盘水市的六个村观摩。省委副书记谌贻琴带队到了塘约村。塘约是这六个观摩村中唯一把全体村民凝聚在一个合作社里的村庄。谌贻琴副书记对塘约的路子和村集体经济的快速发展给予了充分肯定和赞扬。

露天现场会对塘约全体村民和周边村庄的群众鼓舞都非常大。邻近的大屯村已有六十户农民的土地确权后，流转给塘约村合作社。大屯历史上一直经济比塘约强，自然条件也比塘约好，现在看到过去比自己穷的塘约兴旺起来，竞相前来投奔。这正是土地流转确权后的跨行政村流转。

乐平镇党委正与塘约村党总支商讨建立"八村 + 塘约"的合作联社。八村，是塘约周边的八个行政村。如果把以塘约为旗帜的九个行政村的村民都组织在新兴的合作联社里，这个变化我们将怎样来看待？

周建琨说，这确实是新事物涌现，党委该怎么去引领，去补位？"八村 + 塘约"，塘约党总支与邻村党支部是什么关系？是不是可以成立党委？如果更大范围的合作联社出现，这种形式既不是小岗村，也不是华西村，这种新情况该怎么去认识，是说不行，还是应该支持？这确实很考验我们啊！

他说："但我相信，记住'不忘初心，继续前进'，农村这个广阔天地正大有作为。"

回来吧，乡亲们！

再讲一个修路的故事。

塘约同平坝区和乐平镇在地图上是个三角形，去平坝开车要二十分钟，从平坝转去乐平镇还要三十多分钟，很不方便。从塘约去乐平镇有一条小路，只有五公里，如果开通这条公路，就方便多了。今年春天，左文学给周建琨书记写了个报告，请市里支持修通这条路。周建琨书记和曾永涛市长决定给予支持，方法仍然是政府出水泥、柏油等材料费，塘约村出人力。

开修的日子是 3 月 12 日。

塘约村出人力仍然是义务劳动，自愿参加。

有多少人参加？

每天几乎都是倾村而出，每天都干到午夜以后，而且自带干粮。白天在田地里忙农活的，夜里也到筑路工地来加班。一半以上是妇女。小学生放学了也来抬土搬石块。

"乐平镇的马松书记，大屯片区的朱玉昌主任，一直跟我们并肩战斗，每天加班到半夜。"左文学说。

"每天？"我问。

"二十八天，没有落过一天。晚上就在指挥部里坚持值班，半夜跟我们一起吃土豆。"

夜间工作的时候，村里的摩托车、汽车都出来了，车灯都打亮，烧的都是自己的油。几百条光柱把路面照得亮如白昼。还有采煤用的电瓶灯，手电筒。

八十五岁的杨进武老人也来了，他就是前面讲到的那个《党员记分册》上得满分的老党员。

"大爷，您别干了，回家吧，太晚了。"左文学说。

"我要看。"老人说，"我年轻的时候见过，现在又看到了。再不看，我就没机会看了。"

"大爷，那您拿个铲子站这里就行了。"

老人拿个铲子站那儿，就像一块碑！

二十八天，修筑了一条长 3.9 公里、宽 8 米的柏油公路。之前，开车从塘约去镇里要走近一小时，现在五分钟就到了。再行七分钟，就上了高速公路，可直通安顺和贵阳。路修成，左文学看到家家户户都在新路上用手机照相留念，还恍然觉得不敢相信这是真的。"真的修成了！"

左文学回顾自己种药材、养猪，单打独斗的日子。"每天早晨睁开眼睛就在考虑怎么挣钱，要不就在会不会亏本的焦虑中，这人就变得自私、狭隘。天天这样打拼，还保不定哪天就亏大本了。这样的日子有什么意思！"他说，"合作社改变了我，也改变了大家。"

曹友明说："村还是我们村，人还是这些人，分散了，谁也看不出一个村有多大力量，集中起来真的能愚公移山。"

左文学则说："通过开这条路我体会到，什么力量大，人民力量大。什么资源好，人民资源最好。"

现在，他们比任何时候都更期望还在外打工的乡亲们回来。两年间，90%以上的人都回来了。

他们对本村外出打工的做过一项调查，得出的一个说法是：一般的情况，有三个三分之一。一是每年能带一部分钱回来的，带回的钱大约在一两万元之间。二是打平手的，除了在外吃住用，基本没什么结余。三是生病，或者在工场受伤回乡，或犯错误回来，还有犯法被判刑的。

目前还有七十多人在外，没有回来。

"是在外过得还不错的吗？"我问。

"不是。主要是年轻人。"

为什么没回来呢？我于是听他们说出一个新词"农二代"，不禁心中一震。

我们听过"官二代""富二代"，不论你喜欢不喜欢，总有人羡慕。"农二代"则不然。他们的父母是第一代打工者，现在打不动了。他们这第二代，有的是书只念完小学就随父母出去打工的。他们已经适应不了农村生活，对农活没技能，也干不了。左文学说他们："对农村是有感情的，对农活没感情。"

他们在城市受歧视，随时失业。有的上有老，下有小。有的上有老，下没小——年岁不小，还成不了家，哪有小孩呢！他们融不进城市，回不了乡村。在城市与农村的边沿漂泊，像没有根的人。不管怎么说，都是"悲伤的农二代"。

左文学说："我们村'农二代'的问题，我们解决了。"

我听了又一震，问他怎么解决。

"我们现在有二、三产业呀！他们干不了农活，可以选择二、三产业。"他随口举了一个例子，彭珍强三十二岁，和妻子都在浙江打工，有两个孩子，在外面过得很艰难，回来不会干农活。我们成立合作社后，2014年底他回来流转土地，看到村里变了，不走了。他会开车，合作社给他贷款八万元买了一辆大货车，参加到运输公司了。

村里现在贷款创业的已经不少。女的回来有开发廊、开服装店、开餐馆的，车多了还有开小型修理厂的。男男女女把打工学的本领回乡用起来，以前荒凉的"空壳村"开始热闹起来了。

我确实暗自敬佩，心想左文学他们不是只会讲问题的人，而是面对眼前的问题会去解决问题的人。

他们说，今天的塘约合作社可以这样说，不管外面有多少失业者，我们这里没有一个失业者。不论出去打工的什么时候回来，你都可以在村里上班，最低月薪是2400元。

"回来吧，乡亲们！"听到呼唤了吗？

塘约说："家乡需要你们！"

塘约说："我们这里没有剩余劳力。"

我确实感到，塘约农民的实践在非常开阔地打开我的视野，令我重新审视精神内部储存的记忆。我记起自己十年前曾经采写过浙江慈溪，当慈溪市满100万人口时，外来打工注册人口已超过60万。慈溪在改革开放前是一个农业人口高达90%的县级市，能容下60万打工人口，这个县岂不是不仅没有富余劳力，而且本县劳力严重不够！

当塘约村1400个劳动力，竟有1100个外出打工，30%的土地撂荒，那千余外出打工者叫"富余劳力"吗？

慈溪本地劳动力不够，塘约声称我们没有多余的劳动力。那么，什么村庄有多余的劳动力呢？我所走过的西部那些荒凉的"空壳村"，中原腹地那些"空壳村"，有多余的劳动力吗？

哪一个家乡不需要青年建设？

哪一个家乡不需要全面发展？

哪一个家乡有"富余劳动力"？

那么，多年来经济学家所说的"我国有两亿多富余劳动力"，不是一个伪命题吗！

我在想，平日里听到说现在企业不行了，很多外资外企撤离中国，农民工下岗回乡……这是坏事，还是好事？

我在想，从中国共产党诞生到中华人民共和国成立，有两个支部发生了巨大的作用，一是"党支部建在连上"，保证了党领导的人民军队有无坚不摧的战斗力；二是党支部建在村里，保证了党最有效地凝聚起中国最广大的人民群众。即使当今有外资外企撤离中国，我们是等待着外资外企再回来招收中国农民为他们打工，还是依靠农村党支部带领广大农民建设自己的家乡、自己的生活？

农民工"下岗"回到家乡了，这是坏事还是好事？

是好事，好得很的事！

这首先是村党支部大有作为的时候。

我在贵州采访时了解到，截至 2016 年 4 月，安顺市在工商登记注册的农民专业合作社达到 1831 个，其中种植业 1340 个，畜牧业 358 个，农产品加工业 22 个，服务业 86 个……塘约能在短时间内取得特别突出的飞跃性成就，最重要的原因就是：它不是大户做东的专业性合作社，是党支部领导下的村社一体、全体村民合股联营的合作社。

而且，这不仅是农村党支部大有作为的时候，也是市委、县委、乡镇党委大有作为的时候！塘约的变化，离不开镇党委、区委和市委以及各级政府的积极作为。

在当今深化改革中发生了很多城里人陌生的事物，当然不只是安顺。贵州是很多人印象中的贫困地区，就地貌而言它是全国唯一没有平原支撑的省，但今日贵州号称"进入平原时代"，因贵州每个县都通高速，驱车各县皆如履平地。这不仅是经济发展必要的建设，也是均衡发展所必要的。我感到了贵州正在追求同步小康的路上悄然发生着不可低估的进步。

再看塘约，感觉它最重要的成就非经济所能衡量。当很多人回来报效家乡，必是家乡有着如同旭日东升的气象，犹如新中国诞生之初，钱学森等众多学子回归祖国。农民需要一个精神焕发的村庄，塘约做到了。我们大家都需要一个精神焕发的国家。我们个人，也需要一个精神焕发的人生。

改革同一切发展中的事物一样，需要扬弃。这是哲学告诉我们的。深化改革，意味着需要把改革开放的成果继承下来，对出现的问题加以改进。塘约"村社一体、合股联营"的合作社，吸收了新中国诞生以来和改革开放以来的经验和成就。这是一种新型的社会主义的合作社。

不忘初心，继续前进。这当今大家深感亲切的八个字，正凝聚着习总书记七一讲话中十分丰富的内涵。

节选自《塘约道路》，人民出版社，2016 年 11 月

人间正是艳阳天

——湖南湘西十八洞的故事

彭学明[*]

描秋色，秋色如许好灿烂

（一）

再去十八洞时，已是秋天。

秋天的十八洞，依然是满眼绿色和青翠，满眼的山花在一片碧绿和苍翠中摇曳起伏，灿烂绽放。一丘丘稻田，成熟的稻谷铺开一片金黄，一框一框的，一帧一帧的，一幅一幅的，一层一层的，像画家笔下的写意，山风吹过，稻浪翻滚。桃子、李子、板栗、猕猴桃等果实，也一坡坡、一山一山地挂着，像秋天的诗句，一行一行地连着、吊着，肩靠肩，头挨头，脸贴脸，嘴亲嘴，有的是字，有的是词，有的是标点符号，韵脚和旋律，都迤逦柔美，诗中有诗。

曾经何时，十八洞不是这般模样。

十八洞坐落在湘西深深的大山里。钻进去，你看到的，除了山还是山。一座座大山小山，连绵起伏而又伟岸陡峭地挺立在那里，铜墙铁壁般地组成了一个山的世界和王国。山是湘西的筋骨，没有山，湘西就没有依托和依靠。山也

---

* 彭学明，1964年生，土家族，全国第九届、第十届人大代表，中国作家协会创联部主任。从事散文、评论、报告文学创作。主要著作有《娘》《我的湘西》《祖先歌舞》《一个人的湘西辞典》等。

是湘西的枷锁，有了山，多少人祖祖辈辈没有走出过这些大山。所以，整个湘西都是山做的，山做的湘西，山一样的博大和雄浑，山一样的沉重和艰辛。十八洞，是山的模样和缩影。贫穷的十八洞村，人均纯收入只到1668元，533人处于贫困线以下，30多个40岁以上的单身汉娶不上老婆。村里账面上没一分可供支配的钱。

为了带领全村摆脱贫穷，时任十八洞村主任的施金通，和村里一起长大的杨建军等几个年轻人把十八洞的山、水、洞全钻了一个遍。他们还请县电视台的拍了十八洞MV，做成光碟，散发给有关单位和企业，希望以此找来投资商、金凤凰。每当有领导到湘西视察时，施金通曾经远远地赶过去，想见领导，给领导反映十八洞的贫穷和诉求。可是，对他这样一个来历不明的人，怎么能想见就见？他只能对那些被视察的那几个村子徒生羡慕。他说，领导们到这视察到那视察，都到了我们家门口几回了，什么时候也能到我们十八洞视察视察，我们十八洞眼睛都盼鼓了。

没想到，居然习总书记代表党中央来十八洞了！只要敢做梦，梦想就成真啊！

施金通说不完的得意和激动。

而湘西州、县两级党委、政府则很清晰地意识到，花垣县和十八洞人不能只把习总书记来到十八洞当作幸福和荣耀，更应该当作责任和使命，应该按照习总书记的指示，以十八洞为蓝本，探索出一条"实事求是、因地制宜、分类指导、精准扶贫"的路来。湘西州委书记叶红专在传达习总书记视察湘西指示精神时强调，我们要以习总书记来到十八洞为契机和动力，不辜负习总书记和党中央对我们的巨大关怀和殷切期望，把十八洞建设成"实事求是、因地制宜、分类指导、精准扶贫"的样板，而且坚决防止用烧钱的方式造盆景，垒大户，要把十八洞建成扶贫模式可以复制的样板，以实际行动向习总书记和党中央汇报。

要精准扶贫，就得先摸清楚哪些人是真贫困？为什么贫困？怎样改变贫困？用花垣县委书记罗明的话说，要摸清"底子"，解决好"要扶谁"的问题；

结成"对子"，解决好"谁来扶"的问题；对准"靶子"，解决好"怎么扶"的问题。

花垣县委派驻十八洞的第一任扶贫队长是龙秀林。龙秀林到了十八洞后，他在十八洞的一些亲戚奔走相告，认为龙秀林来了，他们这些亲戚脸上有光，也可沾光，他们可近水楼台先得月，得到很多关照。没想到，龙秀林先召集十八洞的那些沾亲带故的人开了个小会，告诉他们不仅沾不了光，还要借他们的光，要他们都第一个支持他的工作。亲戚们都懂情懂义，纷纷表示支持他的工作，不给他和扶贫工作队出难题。有的亲戚还开玩笑说，晓得你靠不住，我们就米（没）想过要靠你，再说，我们也是懂道理、明是非的。

有了亲戚们的这些话，龙秀林心里就有了底。他和扶贫工作队按照县委县政府一定要精准底数、公正公平、防止"富人戴帽、穷人落榜"等优亲厚友现象出现的指示，在十八洞召开村民大会，广泛征求群众意见，对贫困户一一进行甄别，制订了《十八洞村精准扶贫贫困户识别工作做法》，制订"十八洞村贫困农户识别九个不评"的标准。"家里有拿工资的不评，在城里买了商品房或在村里修了三层以上楼房的不评，打牌赌博成性的不评，好吃懒做的不评，阻扰公益事业和当地经济发展建设的不评，拥有大中型农业机械、农用车、矿车、面的、轿车、中巴及经营性加工厂的不评，违反计划生育政策的不评，不履行赡养义务的不评，全家外出打工经通知不回家的不评。""九不评"标准，明晰明了，精准科学，每个家庭对号入座，不能对号入座的，有广大群众帮你对号入座，群众的眼睛是雪亮的。

有了这九个标准后，再按照"户主申请—投票识别—三级会审—公告公示—乡镇审核—县级审批—入户登记"七道程序，把识别的权力交给广大群众，及时张榜公布结果，对识别工作实行全程民主评议与监督，确保识别公开、公平、公正。

在第一次精准扶贫的贫困户识别评议会上，村会计龙太金第一个站起来说，我家买有一台双排座车跑运输，我不属于贫困户，请大家莫投我票。有人开玩笑说，你都买车了还贫困户，肯定不会投你票，你想投也不投，你都成贫困户了，那我们就是贫贫困户了。

龙太金，是龙秀林父亲那边的远方亲戚，龙太金的表态，给这个贫困户识别评比会注入了第一缕公正公平的清风。

见龙太金表了态，龙秀林的另一个表亲施再杰也站出来给大家声明表态：大家也莫投我，我家盖了楼房，房子好大呢！贫困不敢到我屋住，怕了跑！

惹得大家哈哈大笑。

见龙秀林的两个表亲都表了态，那些真正不贫困的人，谁也不再争戴那顶贫困的帽子，不再想沾国家的一点便宜。十八洞就这样通过识贫、校贫、定贫三部曲，把真正的贫困户、贫困人口全部找了出来，共准确识别出贫困户136户533人，占全村总人口的56.8%，群众民意测评满意率达100%。

精准识别了贫困户，就得精准把贫困的脉，找贫穷的根。通过调查研究，扶贫工作队了解到，十八洞之所以贫穷，首先是环境恶劣。十八洞虽然山山是奇山，可山山是穷山；虽然洞洞是奇洞，可洞洞是穷洞。其资源极为有限，人均0.83亩耕地，按当年标准单位土地亩产值要达到3000元以上才能脱贫，全部种经济作物肯定不现实，要靠土里刨食脱贫，很困难。其次是没有基础。水稻、玉米、烤烟都是小打小闹，经济作物很少上百亩，特色养殖不上百头，没有支柱产业和特色农业，有也不成规模；村地域广、居住散，村内基础设施不完善，农网改造尚未进行，宽带网络还未进村。第三，没有文化。6个村民小组，225户人家939人，150人文盲，385人读过小学，295人读过初中，81人读过高中，大专以上文化的仅有28人。第四是群众基础差。十八洞是个合并村，由原飞虫、竹子两村合并而成，两个合并起来的村，人合心不合，很多事情上都各吹各的调，相互拆台。

针对这种现状，湘西自治州州委州政府和花垣县委县政府多次集体会诊，商讨怎么样才能开出具体的十八洞精准扶贫良方，通过十八洞这样一个点来完成以点带面的精准扶贫攻坚任务。湘西自治州州委书记叶红专在习总书记视察十八洞的第二天，就组织州委州政府各部门主要负责人和县委县政府主要负责人学习、贯彻习总书记在十八洞关于扶贫的指示精神，传达习总书记对湘西各族人民的深切关怀，之后又先后十多次带队十八洞调研，强调一定要按照习总书记指示，结合十八洞实际，注重激发贫困村、贫困户内生产动力，从民居改造、产业发展、公共服务等方面入手，重点发展乡村旅游、特色农业产业，并亲自审定了十八洞民居改造、产业发展、公共服务等工作方案。花垣县委书记罗明和花垣县人民政府县长隆立新也都同时或分别十多次到十八洞，与十八洞的村民一道深入细致地进行调研。半年里，他们走遍了十八洞的山山水水，与十八洞村民一道摸家底，算细账，找出路，挖穷根。根据习总书记"把种什么、养什么、从哪里增收想明白"的重要指示，确定了以种植、养殖、苗绣、劳务、乡村游五大产业为主的发展思路，制定了《十八洞村2014—2016年精准扶贫规划》，确立了"人与自然和谐相处，建设与原生态协调统一，建筑与民族特色完美结合"的建设总原则，以"把农村建设得更像农村"为理念，打造"中国最美农村"，实现"天更蓝、山更绿、水更清、村更古、心更齐、情更浓"的十八洞梦，为十八洞的脱贫致富和繁荣发展定下基调，选准方向。

要改变十八洞贫穷落后的面貌，先得从"三通""五改"和公共基础设施建设开始。这是公共服务，是便民和富民工程，更是民心人心工程。花垣县十八洞扶贫工作队在县委县政府的领导下，开始了基础设施扶贫建设，通过基础设施的扶贫建设，改变十八洞，凝聚十八洞。

好在十八洞曾经是湖南省民委的扶贫点，在湖南省民委的努力下，修通了十八洞的通村公路。但是路是通了，基础设施依然很差，田地之间的机耕道尚未开始，农网改造尚未进行，民居改造尚未落实，宽带网络也尚未进村。十八洞依然是一张贫穷的白纸。

（二）

扶贫工作队做的第一件事就是农网改造。

可是，农网改造说起来容易，做起来太难。在农网改造过程中，扶贫工作队发现，最先要做的并不是基础设施建设和改造，而是思想建设和改造。一部分穷惯了的十八洞人，等靠要思想十分严重。等，就是不管你怎么发动、怎么说好，我就是不做，反正你政府不准饿死人，要做你们政府自己做，你们政府要政绩、有责任，你们不做不行。所以，我等你们做事，等你们救济，我站在旁边看热闹。靠，就是什么都靠政府，什么都有政府兜底、政府买单，我不怕。靠山吃山，靠政府吃政府，心安理得。谁叫你是人民政府？要，就是没有了，就向你政府要，要了你政府还不能不给，不给你就不爱民不亲民，你就等着兴师问罪。谁要得越多，谁就越有本事。基于这种思想，你要他们出集体义务工，不出！你埋电线杆要占他们一点点田地，不让！阻工现象时有发生。

施六金，十八洞梨子寨人，1973 年生，两个姐姐已经出嫁，就他跟八十来岁的老母亲生活。因为贫穷，一直娶不上媳妇。农网改造时，计划栽根电线杆在他家田里。好说歹说，总算同意。后来，栽时，龙秀林担心他变卦，对代理村主任施通金说，是不是再跟他说一声。施通金说，他同意了，还说什么？再说，是我自家兄弟，不用说了，我做主了，栽就是！龙秀林一想，的确，是施金通伯父的孩子，亲堂弟呢，不会有问题，就让人栽了电线杆。这一栽就麻烦了，这不是栽的电线杆，而是栽的一根导火线。施六金三天两头跑到扶贫工作队和村委会闹：哪个喊你们栽的？！你们哪门栽的就哪门扯出来！不扯，我就剪了你们电线！龙秀林说，你不是同意了吗？你同意了我们才栽啊！施六金吼，我同意什么？我什么时候同意的？我先是同意了，现在不同意了！龙秀林说，为什么不同意了？施六金吼，不同意了就是不同意了，米有（没有）为什么！龙秀林说，人家都同意了，都米有反悔，你为什么反悔？施六金吼，人家是人家，我是我，我就是要反悔！龙秀林说，你不能讲王横话（说话不算数）！施六金吼，我就是要讲王横话，就不准栽，你把我哪门样？龙秀林说，一个村里的人都支持我们跟村里办好事，米（没）想到你不支持，施金通是你老弟，最应该支持的是你，米（没）想到最不支持的是你！施六金吼，他是我老弟又怎么样？我又米（没）得到他一颗米的好处，米（没）占到他一分钱的便宜！他还做我的主？你米（没）想到？哼，你米（没）想到的事多得很呢！赶快把电线杆扯走！不然我就把电线剪了！施金通没想到这个堂哥这么不给自己面子，气愤地走到施六金面前，你吼什么吼，我喊栽的，你要剪电线，先把我剪了，你要扯电线杆，先把我扯了！一个寨子的人，就你油盐不进、万人不和！

龙秀林知道跟一个不讲道理的人一时扯不清道不明，就说，栽电线杆，搞农网改造，是全村人同意的，是全村人的事，你要扯电线杆，要剪电线，得找全村人问问，看全村人同意不同意，全村人同意扯你就扯，同意剪你就剪，全村人不同意扯不同意剪，你扯了、剪了，后果自负！施六金吼，我扯了、剪了，有鬼喊！全村人还吃了我？龙秀林说，有不有鬼喊，吃不吃得你，你扯了剪了试试，我不拦你。

施六金哪敢问全村人？全村人哪会同意？即便有个别人煽阴风点鬼火，也不会全村人同意。所以电线杆就一直栽着。施六金不敢扯，也不敢剪，就有事没事找龙秀林闹。特别是喝了酒后，就站在一个村里游来荡去，大吼大闹。龙秀林懒得理他，知道他不敢扯不敢剪，就图嘴巴快活，让他闹。民兵营长杨峰和龙先兰几个年轻人，实在看不下去了，就跑到施六金身边，指着施六金大骂，你再不识好歹，搞破坏！我们捶死你！施六金是个铁脑壳，不怕锤，但是也不敢去剪电线、扯电线杆，只能想起了又跑去扶贫工作队闹一次，想起了又闹一次。

施六金大闹天官的事，给了花垣县委和驻村扶贫队一个重要启示，就是你给群众做好事，不见得群众就满意支持和拥护，有时候真是油去了灯不亮。十八洞和各地都多次发生过油去了灯不亮的事。比如扶贫工作队给某个贫困户送去一头价值5000元的耕牛，让他便于耕田犁地，发展生产，他转手就3000元卖掉了，吃光了。要从根上解决问题，还得从思想上抓起，还得扶贫先扶志，治贫先治根，从思想上克服等靠要的无为心态，克服趁机捞一把的不良行为，克服各人门前三尺硬土、老虎屁股摸不得的冥顽不化。变"要我发展"为"我要发展"，变"人人为我"为"我为人人"。县委书记罗明亲自在十八洞组织召开群众代表大会，把党的惠民政策讲深讲透，家喻户晓，并提升了"投入有限、民力无穷、自力更生、建设家园"的十八洞精神，鼓励群众充分依靠自身力量脱贫致富，并指示县委驻村扶贫工作队的全体同志充分调动一切因素，开动宣传机器，统一思想，凝聚人心，把农村思想建设作为农村基础设施建设的指路牌。

开动宣传机器的第一步，就是成立十八洞村民间艺术团，把十八洞有文艺特长和爱好文艺的村民组织起来，白天搞农网改造等基础设施建设，晚上根据十八洞社情民意排练节目。由于十八洞的青壮年大多外出打工了，家家劳力少，农活多，家务事多，扶贫工作队开始担心民间艺术团组织不起来，没想到，村民大会上一动员，报名者出乎意料地踊跃和积极，用扶贫工作队的话说，多得像麻雀赶稻米，一拨接一拨。苗乡十八洞，跟湘西其他土家苗寨一样，生下来就会唱歌，能走路就会跳舞，识文断字者虽少，能歌善舞者众多。

这些满身是汗、满腿是泥的乡民们，往往来不及扒一口饭，就从田里地里山里坡里披一身泥香花香和树香到村部排演节目来了。他们个个都是庄稼人，个个都是艺术家。种庄稼，是种庄稼的行家里手；种艺术，是种艺术的行家里手。他们的艺术，就像庄稼地里的庄稼，有泥土的孕育、阳光的熏染、风雨的沁润，泥土的气息、阳光的芳香和风雨的清爽，都一如稻穗、麦穗和玉米、小米，饱满、沉实，翻滚着金色的光芒。

他们的第一个节目，就是根据湘西广为流传的民间故事改编的关于一个懒汉等靠要最终饿死的小戏。这个懒汉从小好吃懒做，饭来张口，衣来伸手，几十岁的人了，只差父母喂。后来父母年老体衰快死时，担心他饿死，就给他准备了十几个大饼用绳子穿着挂在脖子上，他饿了就吃一口，饿了再吃一口，吃完了也不愿自己做，活活饿死了。表演时，父母的辛劳引发了村民的阵阵眼泪，而懒汉的懒惰引发了村民的阵阵笑声和叹息。第二个节目是根据邻村的劳模改编的勤劳致富的故事。第三个节目是根据十八洞真实人物改编的百般阻拦村公益建设而惹众怒的故事。一台节目下来，扶贫工作队不先表态讲话，而是先请村民一个个上台谈感想，效果出奇地好！村民的感想接地气，接灵魂，接心灵，讲得比扶贫工作队的总结生动百倍。关于等靠要，他们说，懒就穷蜗蛳巴子，勤就富捡金银子；人怕没志，树怕没皮；佛争一炷香，人争一口气；无志山压山，有志人上人；人要勤成筑窝燕，切莫懒成烂恶蛇；靠人可以靠一时，靠己才能靠一世。关于公益事业，他们说，莫当挡路狗，要做开路神；人好受人敬，人恶讨人恨；今日让人一根线，明日得人一片天；莫道万事不求人，要求人时天不灵。这种寓教于乐，以乐受教的形式，就像天空中倾泻而来的阳光，一下子就把十八洞村民照得心灵亮堂。

此后，扶贫工作队又组织十八洞民间艺术团排演了关于赌博危害、孝敬老人、团结互助、见义勇为、拾金不昧的节目等，这些节目都取材于身边，来自民间，真实，可信，感人，直抵人心和民心，让人心和民心都月华似水，清水洗尘，把村风、民风变得更为明澈和澄净。每当有人做得不好时，这些节目就会像一面镜子浮现出来，照出自己的影子，照亮自己的心灵。村民们说，如果自己不照，就会有一村的人一人拿起一面镜子，照妖镜一样照你，照得你原形毕露，无地自容。

每隔半年，十八洞就会选一个皓月高照的日子，与山风和月光一同出发，去参加一个庄严的盛会：村民道德评比大会。月光朦胧，他们的心也朦胧。山风微微，他们的心也微微。踩着上上下下、起起伏伏的村路，他们的心也上上下下、起起伏伏。他们不知道道德评比大会上，自己能评几星，即便评不上五星，千万别垫底，别踩蛇尾巴，那可丢了祖宗八代的脸。

道德评比，是扶贫工作队扶贫要扶志的关键一环。是十八洞文艺宣传队的重要补充和升华。评比分公益事业、遵纪守法、家庭美德、社会公德、职业道德、个人品德六部分。与会的全体村民以组为单位，按照这六个部分对每个家庭成员无记名投票打分，当场唱票，当场计分，家庭成员综合得分90分以上为五星级家庭，80分以上为四星级家庭，70分以上为三星级家庭，60分以上为二星级家庭，50分以下，没有星级。每个星级都必须在家门口挂上星级牌。这一招，实在厉害，对每一个家庭都有一种伤筋动骨的扯动。用村民的话说，那些平时家风好的，每一次评比都是一场大考；那些平时家风不好的，每一次评比都是上一次杀场。每一个人都怕自己评不上好星级，如果次次都没有好星级，甚至没有星级，那名声可就臭了，养儿娶不到好媳妇，养女嫁不到好人家，养猪都卖不到好价钱。

第一次评比会上，施成富、龙德成夫妇家因为各方面最好，得分最多，被全体村民评为第一名。而施六金因为电线杆的事，被全体村民投票为二星级道德家庭，是整个村子最差的。全村基本上都是四星、五星、三星，只有施六金一家是二星，这对施六金和全村人都是一个很大的震动。这说明什么？说明群众的眼睛是雪亮的，谁好谁不好，群众就是老天爷，看得清清楚楚，谁都逃不过。不好好干不行！拖后腿不行！捣蛋搞破坏更不行！就此，凡是十八洞的公益事业，再无一人敢挑刺倒毛！

得了最差家庭的施六金，当场羞愧难当，悄然离开。平时的威风，一下子被群众雪亮的眼睛看蔫了。众怒难犯啊！你惹一寨人，一寨人惹你！你恨一寨人，一寨人恨你！真是有什么样的德行，就有什么样的报应！施六金回到家里，被老母亲哭着一顿臭骂，跟你讲了，不要闹不要闹，你就是不听，就是闹！这下好了，全村道德最差，你让我老脸往哪儿放？你让你死了的老爹都死不瞑目！全村最差最坏的人，哪个还看得起你？你这一辈子就莫想讨婆娘，打光棍算了！

望着大门口高挂着的二星家庭，施六金真是无地自容。那不是一块普通的小木牌，而是一块深重的耻辱碑，他施六金一辈子的名誉、幸福和未来，就被这块小小的木牌钉在耻辱柱上了。他越想越羞耻，越想越觉得问题严重，就把牌匾摘了下来。村里人见施六金自作主张摘了牌匾，就要求工作队再挂上。龙秀林说，我们的目的不是为了惩罚一个人，而是教育一个人、挽救一个人，是为了把事情做好，施六金晓得摘掉牌匾，说明他还有羞耻心，还能教育，是好事。人怕的是像茅厕里的石头又臭又硬，还不知羞耻。他晓得羞耻，说明他已经真正认识到自己的错误，我们要给他机会，不能一棍子打死。对那些犯错误的人，我们不能一根绳子把他捆死了，而是要解开绳子让他跟我们一起干。

得知施六金被评为最差星级家庭，县委书记罗明觉得是教育施六金的最好机会，也是教育全村人的好机会。他在评完不到十天的时间里，就连夜驱车来到十八洞，去找施六金谈心。

当罗明出现在施六金面前时，施六金没有回过神来，他想，这下完了，县委书记都来找他问罪了，麻烦惹大了。木头一样愣在那里。罗明一看笑了，嘿，哪门（怎么）？客人来了不欢迎啊？施六金这才回过神来赶紧让座，叫了声罗书记，稀客稀客！罗明说，我天天来，还什么稀客，你莫紧张，我就来看看你。施六金不等罗明说明来意就自己赶忙辩解开了，我就那么说说，我也没剪电线、没扯电线杆啊！罗明顺势接过话题说，你米（没）剪电线、米（没）扯电线杆是对的，说明你还是爱十八洞的，不坏，所以大家米有（没有）给你打60分以下，60分以下就是不及格，更丢人呢！我米（没）剪电线、米（没）扯电线杆，大家为什么还给打最低？罗明说，所以，我来跟你一起找原因，分析分析为什么，好不？施六金说，好。罗明说，我们先分析事情经过，你为什么不让工作队和村委会把电线杆栽到你田里呢？施六金说，我不好栽秧。罗明说，一个村这么大的农网改造，要栽很多根电线杆，栽到人家田里土里，人家哪门（怎么）米（没）讲不方便呢？人家也要栽秧也要种地。施六金又拿出了跟工作队大闹天宫的话，人家是人家我是我。罗明笑了，哪门（怎么）人家是人家你是你？你比人家多长了一个鼻子还是眼睛？你是变形金刚还是飞天超人？一句话，把施六金和大家都逗笑了。施六金低下头不好意思地说，那倒不是，那倒不是。罗明说，那你讲是什么？你讲出理由呢，我就佩服你。施六金想了想说，主要是我舍不得田土，田土太少了！罗明说，你舍不得田土，田土太少，我理解，十八洞不光你一个人田土少，是家家都田土少，人家哪门（怎么）不闹就你闹呢？你再讲讲理由，讲出来了，我还是佩服你。施六金想了想，我讲不出其他理由了，就是田土太少了才不准他们栽。罗明说，问题是，技术勘探测量，必须经过你田里，不经过你田里，这个工程就得改线路，一改线路就得花更多的钱，就算花更多的钱，也得经过人家田里地里，如果人家也像你一样这也不让栽那也不让栽，栽到哪里去？栽到天上去？一句话，又把施六金和大家惹笑了。罗明也笑了，说，要是真能栽到天上去，我哪个也不请，就请你往天上栽，我跟你一起栽，你栽得米（不）？施六金笑了，栽不得，栽不得。罗明说，就是啊，做不得事你偏要做，不是讨大家恨吗？你看，你又米（没）剪电线、米（没）扯电线杆，大家却把你评为最差星级，为什么？施六金摇头，不晓得。罗明说，我们湘西人讲的话丑脾气臭，你是典型的话丑脾气臭，懂大道理不懂小是非。为什么讲你懂道理不懂小是非呢？你看，你米（没）剪电线，米（没）扯电线杆，说明你是懂大道理的，晓得剪了扯了又是破坏又得罪全村人，但你又不服气偏要闹，好像闹了就心里舒服了，闹了就与众不同有本事了，图嘴巴快活，这就是不懂小是非。结果呢？大家都看在眼里记在心上，你变成了一个最不懂道理的人，嘴巴快活了，心里难受了。这就是阴沟里翻船！对不？施六金频频点头。罗明见施六金频频点头，就继续说，这就是我们湘西人讲的，又不会为人又不会做事，你本来很老实本分的一个人，哪门（怎么）分不清好坏，要做违背大家利益包括你自己利益的事呢？农网改造是给大家每个人造福的事，你反对阻拦，你不让大家看起来像个恶人吗？大家不投你反对票才怪呢！其实，左看右看你不是恶人嘛，是老实人嘛。施六金笑，我本来就是老实人。罗明笑，是的，老实人做倔巴事。你看，你现在还是单身汉，你要是这个臭脾气不改，大家还跟你打最低分，你以后还找得到媳妇啊？哪个女的敢来跟你坐啊，除非这个女的是瞎了眼睛。大家一听又笑。施六金不好意思地说，看来这件事我是真做得不好。罗明说，你是真的认识到自己做得不好了米（没）？施六金说，你这么一分析，我真的认识到自己做得不好了。罗明说，做得不好没关系，毛主席都讲了知错就改就是好同志，何况你米（没）剪电线米（没）扯电线杆米（没）把事情做绝，大家会原谅你的。不要灰心，好好干，干好干坏群众和我们都看到的，只要你振作起来，好好干，我第一个支持你！施六金感动地说，你这么大一个县委书记都相信我，我不好好干就太不懂味、不是人了，书记放心，我一定做十八洞最好的村民！罗明说，有你这句话，我就放心了，以后有什么过不去的坎，可以直接找我，我把电话留给你。说完，罗明把电话念给了施六金，施六金和在场的村民把罗明的电话都存在手机里了。

就此，施六金就成了罗明的朋友。罗明每次来十八洞都要看看施六金，问问施六金的情况。施六金换了一个人似的，事事带头，处处在前，成了十八洞脱贫致富的积极分子。罗明看在眼里，喜在心上，让扶贫队把他送到县里进行导游培训。因为他能说会道，是当导游的好手。学成归来的施六金，成了十八洞旅游的第一批导游，而且是免费导游。看施六金家的房子柱子朽了，房子歪了，罗明又让工作队拨了2000多元钱给施六金，让他把家里的几根柱子换了，把房子拉直了。每天给游客当导游的施六金，听到游客夸自己，夸十八洞时，觉得自己有价值，荣誉感空前增加，责任感也空前增加。工作队给他整修了房子，温暖感、呵护感也倍增。他觉得工作队不但没有抛弃他，还很信任他、关心他，他要加倍努力才是。

现在的施六金，不但红红火火地开了一个农家乐，还在游客必经的路边摆了一个小摊，给游客卖十八洞的土特产和矿泉水、烟、饮料等日用品。在村委会换届选举中，施六金还被选为梨子寨，就是习总书记视察的那个寨子的村民小组组长。那40岁也没娶上的媳妇，也像一首歌里唱的：你从哪里来我的朋友，好像一只蝴蝶飞进我的窗口。

令人没有想到的是，十八洞还有一个道德大讲堂。这个2014年9月9日开办的十八洞道德大讲堂，也许是中国农村的第一个道德大讲堂。与全国大讲堂最大的区别是，这个大讲堂不是请某一个知名专家来讲，而是十八洞老百姓自己上台讲。讲身边典型，讲外边见闻，讲人生感受，讲理想梦想。好不热闹。火车轮下救人的龙兴刚、拾金不昧的杨秀富、助人为乐的隆会、孝敬老人的王晴霞等身边的典型，都是村民们踊跃登台演讲时发现的典型。这个大讲堂是时间也完全固定的，不定期举办，如今已经举办了十多期，深受百姓欢迎。

2014年11月3日，习总书记视察十八洞一周年的日子。扶贫工作队和十八洞村委会举办了首届"11·3颁奖晚会"，表彰了48个表现突出的道德模范，为大家树立了身边的榜样。

就此，本就民风淳朴的十八洞，社会风尚更好，责任感、荣誉感、奉献感空前增强，人人都爱十八洞，人人不负十八洞。十八洞村的"三通""五改"和公共服务设施建设毫无疑问全部顺利实施。全村拓宽村道4.8公里，225户房前屋后铺上了青石板，家家通上了自来水，户户用上了放心电。村民生活环境得到了根本性的改变，人心得到了空前的凝聚。十八洞从心变新，焕然一新，以新得心。

（三）

前面说到扶贫工作队和村委会通过公正公开的民意测评，评出了136户贫困户533人贫困人员。针对这136户533人贫困情况，扶贫工作队员和县扶贫开发办、县苗汉子合作社干部职工37人一对一联系136户精准扶贫户，每人联系3—5户贫困户，引导贫困户建立产业，精准产业发展，精准产业扶贫。通过几年的精准扶贫实践，十八洞以股份合作模式，以建立猕猴桃、苗绣、黑毛猪养殖等八个农民专业合作社形式，成功地摸索出了一条资金跟着穷人走、穷人跟着能人（合作社）走、能人（合作社）跟着产业走、产业跟着市场走的"四跟四走"的做法，抱团取暖，抱团脱贫，抱团致富。

十八洞土地可耕种面积虽然很少很少，人均只有0.83亩，但十八洞的土地富含硒。硒被国内外医药界和营养学界尊称为"生命的火种"，享受"长寿元素""抗癌之王""心脏守护神""天然解毒剂"等美誉。硒在人体组织内含量为千万分之一，但却决定了生命的存在，对人类健康的巨大作用是其他物质无法替代的。人终生需要补硒，缺硒会直接导致人体免疫力下降。而中国是硒资源奇缺的国家，中国72%地区缺硒，7亿多人生活在低硒区。而湘西和十八洞却是富硒地区，这对湘西和十八洞来说实在是个天大的福音。可是，跟所有湘西人一样，十八洞人并不知道自己这片土地是富硒土地、是福地，被浪费了，荒废了。可以说是，把一块金子当作垃圾扔了。

扶贫工作队决定组织十八洞村民每家每户在房前屋后种 10 棵冬桃、10 棵黄桃，在稻田里养 300 条稻花鱼。种得越多越好，养得越多越好，不能低于这个基本数字。一家最低 20 棵桃树，225 户人家最低就是 4500 棵桃树。连成一片，就是一个天造地设的桃花源。春天桃花盛开，一片桃花美景，秋天桃子飘香，一派丰收景象。如果一家最低养 300 条稻花鱼，225 户人家最低就是67500 条稻花鱼。夏天稻花开后，会一层一层落进稻田，稻田里的鱼就会吃着一片片稻花长肥长大，当一片片白色的稻花摇曳、一片片金色的稻浪翻滚时，当一尾尾吃着稻花的鱼群在水中刺泼刺泼游弋，欢天喜地地穿行，甚至兴奋地奔腾跳跃时，那是一种怎样的喜人景象？水果是富硒的，稻米是富硒的，鱼也是富硒的，那该怎样让人艳羡和嫉妒？十八洞人的梦中于是都开出了一树树桃花，结出了一树树桃子，游来了一群群稻花鱼。如是，不用再像以前那样发动和做工作，只要开会说一声，一丛丛桃林就很快长起来，一丘丘稻花鱼就很快养起来了。扶贫工作队借助科技互联网，在中国三湘邮政做了个放心平台和爱心平台，把富含硒的桃林放上去，让有爱心和爱健康的游客认领认养。一棵桃树 418 元，全村已被认领认养 4160 棵。凡认领认养桃树的游客，都被授予十八洞荣誉村民。这些荣誉村民，有空就会带人来十八洞走走看看，看看这里的风景，看看认养的桃树，没空就委托村民帮助管理。桃子熟时，荣誉村民们就会带人来采摘，享受劳动果实和丰收喜悦，没空来，十八洞就会把桃子打包快递给这些荣誉村民，让他们坐在城市里也能享受大自然的赐予和十八洞的回报。而那些稻花鱼，就变成了游客们在十八洞必吃的一道美食。稻田里的稻花鱼，不但没有一点泥腥味，还没有一点其他腥味，在锅里放上花椒叶、生姜、辣椒、酱油，一煎、一烹、一焖，那味道说不出的鲜美，肥嫩，香醇。许多自驾到十八洞的游客，都会要求买上几条带回家，甚至让十八洞人烹饪好后带回家。那些要坐飞机火车的游客，就会买上几斤晒干了的稻花鱼带回家，与家人共享。桃子和稻花鱼成了十八洞的特色产业和农业风景。

更大的特色产业和农业风景，是十八洞的猕猴桃产业风景。

说到这里，不得不说起初决定发展猕猴桃产业的艰辛探索。因为十八洞的土地面积少，到底发展什么产业，老百姓心里急，工作队也急，这也是罗明书记思考的一个重要问题。

十八洞漫山遍野长满了野生猕猴桃，但这些野生猕猴桃都烂在了山上。山高路陡，留守的老人孩子都不便采摘。采摘下来，也卖不掉，吃不了，只能烂在地里。扶贫工作队请来吉首大学的老师检测后，发现这些猕猴桃也富含硒，是富硒猕猴桃。虽然这些野生猕猴桃不能引种，但十八洞的地理条件和土壤说明适合猕猴桃生长。县委书记罗明听说十八洞的野生猕猴桃比较多，专门到十八洞进行调研，决定就种猕猴桃，种猕猴桃的想法虽然得到老百姓的赞同，但是见效时间长，本村土地面积十分有限，又不连片，只有种到外面去。一听要种到外地，老百姓就不愿意了，他们觉得地方不是自己的不好管理简直是天方夜谭。罗明书记就把县扶贫办、村支两委的干部和群众代表找来开会商量，要他们考察其他地方的猕猴桃种植并学习如何管理等。罗明书记还自己带着村支两委和群众代表20多人去了四川省都江堰市参加了世界猕猴桃大会，让大家更好地了解猕猴桃的发展前景和市场，并且把中国科学院武汉植物园金梅黄心猕猴桃作为优选品种。回到十八洞村罗明书记又召集大家开党员干部和群众代表大会，要大家把出去学习看到的先进经验说给所有群众听，要求每个党员发动五户以上，每个群众代表发动两户以上，每个村干部发动十户以上等种种办法，同时组建十八洞村苗汉子果业有限责任公司，以企业和能人为龙头，让全村所有农户特别是特困户入股，在美丽的紫霞湖边异地租用、流转土地1000亩，建设精品猕猴桃基地。最后全面完成了猕猴桃异地产业的落地。这项目受益后，人均年增收5000元以上，入股的特困户可人均达8000元，村集体年增收可达 100 万元。从自己少得可怜的土地却被闲置和荒废，到租用流转邻村的土地，这是一步历史性的跨越。这表明十八洞人不再是坐井观天，而是洞开了视野，打开了天窗，拥抱着世界。紫霞湖边，当我看到富硒猕猴桃成片成林地围绕着紫霞湖疯长时，我就想到那一串串密密麻麻吊着的猕猴桃，就像一串串叮叮当当的风铃，清风一过，湖光就会摇醒，山色就会摇亮，白云就会摇落，水鸟就会摇飞。

（四）

苗绣，是湘西苗族最为古老的一种民间风物，色调艳丽，明暗对比鲜明，冷暖对比鲜明，红、绿、蓝、黑、白、黄几种颜色混搭得别致、和谐、美丽。曾几何时，湘西的苗族女人，从小就会苗绣。世界上有多少种颜色，她们就能绣多少种颜色。世界上有多少种声音，她们就能绣多少种声音。世界上有多少种风景，她们就能绣多少种风景。世界上有多少种世界，她们就能绣多少种世界。绣得最多的是一家人穿的土布绣衣，绣得最上心的是给情人的花带。当苗族少女把自己绣的花带交给你时，苗族少女的一生就交给你了，那是花带一样多彩的一生，是花带一样美丽的一生，是花带一样长长的一生，她的一生都得被你牵着，你的一生都得被她牵着。一个个苗族少女就是这样一个个被一根花带带进一个个崭新的家庭，为人妻、为人母、为人奶奶婆婆的。本来她们的一生都不会离开丈夫和情郎，一生都会跟男人一起守着泥土和大山，过着清贫而甜蜜的日子。可是改革开放的大潮，却把她们的男人全冲到城里去打拼了，只留下她们守着老人孩子，守着泥土大山。她们有了另一个共同的名字：留守妇女。

男人们外出后，这些留守妇女们，就成了十八洞的天。十八洞的风云雨雪，十八洞的阴晴圆缺，十八洞的天上地下，都靠这些十八洞的留守妇女的肩膀扛着，心里装着。苦得吃，累得受，泪得咽，血得吞。她们的身心是疲惫的，精神是孤独的，负担是沉重的。怎么把这些留守妇女团结起来，让这些孤独的留守妇女感到她们守着的不是一座空村、百座空山，抱团取暖，成了扶贫工作队的一块心病。第二任扶贫工作队队长吴启斌通过走访调查，发现这些留守妇女有一个共同的爱好和特长，即会苗绣。于是，他找到已经卸任的村支部书记石顺莲，请她牵头，成立十八洞苗绣特产农民专业合作社。

石顺莲在十八洞德高望重，正直能干，大公无私，曾经当了二十多年的十八洞村党支部书记，是公认的大能人。她有一儿一女，儿子隆海明，女儿隆庆芳。好不容易从十八洞村支书的位置上退了下来，安享晚年，又要接手十八洞苗绣特产农民专业合作社社长，带领全村妇女致富，实在是让她的儿女们心疼。儿女说，阿乃（娘），你给十八洞操了一辈子心，你还米（没）操够啊？石顺莲笑着说，嗯，阿乃就是劳碌的命。儿女说，你劳碌米得（没有）关系，关键是你做好不得好，万一做不起来，亏本哪门搞（怎么办）？你不讨一寨人恨你！石顺莲说，做都还米（没）做，你就怕三怕四的，讲休阿乃做不好，你阿乃是什么人，你不晓得啊？要做就做好，做了就会好，到时一寨人都会谢你阿乃，信不信？

儿女们的担心不无道理。苗绣合作社成立之初，村里的确有不少风言风语，说石顺莲退位还想掌握十八洞的有，说石顺莲老了不甘寂寞还要出风头的有，更多的人是抱着怀疑的态度，认为苗绣就是祖祖辈辈用来织布穿衣的，没有看到能够卖钱赚钱的。石顺莲说，我就是要当个孙猴子七十二变，把苗绣变成金子银子变成大把大把的钱。

但是，随着时代的发展，十八洞会苗绣的妇女除了那些年长的阿婆，中青年妇女基本都不会了。即便是会苗绣的阿婆，也多半只会绣十多种图案，远远满足不了现代化市场消费的需要了。扶贫工作队请县就业局培训中心和职业教育中心从县里州里请来艺术设计师和苗绣大师，给十八洞的留守妇女以"门前办班""田间培训""车间教授"等灵活多样的形式进行技能培训，使十八洞妇女不出村、不出厂即可接受培训，增强十八洞村民的脱贫发展的自我造血功能。

53名志同道合的苗族妇女每天忙完农活和家务后，就会来到石顺莲家，一起飞针走线，穿梭织锦，苗家锦绣。云一根，霞一根，树一根，草一根，这是平绣；风一线，雨一线，山一线，水一线，这是凸绣；花一针，果一针，月一针，星一针，这是缠绣；鸟一梭，蛙一梭，蝶一梭，鱼一梭，这是织绣。还有什么辫绣、绉绣，贴花、抽花、堆花、捆花、洒花、点花、粘花，真是博大精深。一幅幅苗绣就这样成了，一种种美丽就这样有了。世上最美的万物、人间最美的万事、生活最好的景象，就这样被十八洞的苗女们绣成了永恒。人世间最美的景象和祝福，都留在了十八洞的苗绣里。由于十八洞的苗绣纯粹是手工绣，又天然美，深受游客和客户喜爱，合作社成立第一年，便签订了100多万元的订单，累计回收苗绣半成品2000余件，赚取加工费20多万元。在湘西土家族苗族自治州建州60周年之际，由花垣县民宗旅文广新创意，十八洞村绣娘为主体绣制的、长达60米的《锦绣湘西》美丽长卷，也让每个绣娘获利8000元。千年绝技苗绣，成了十八洞村的美丽绣、幸福绣。

（五）

十八洞产业发展在扶贫工作队帮助造血的过程中，慢慢地产生了自我活血功能、生血功能，甚至还为大众输血功能。施关保就是在扶贫工作队帮助造血过程中，自我活血、生血，还为大家输血的代表。在施关保家，每天都有不少人参观学习、取经。施关保都非常热情，毫不保留进行讲解传授，为大家脱贫致富，输送技术。我们真切地看到了扶贫工作队帮助造血后的自我生血功能和为众输血功能。

施关保今年50岁，一家大小5口人，田地不足2亩，人均年收入不足1000元。为了养家糊口，他曾先后去过广东、浙江打工，但依然家境贫寒，捉襟见肘。在"公司＋合作社＋农户"的产业扶贫模式中，施关保在工作队的帮助下，办了5万元贷款到花垣县德农牧业公司领养了12头湘西黄牛，在村口山坳里修建了多功能牛圈。德农牧业公司以每头牛4000元的标准按月拨付放养费，负责黄牛的销路，新生牛犊养到 8 至 12 个月后，公司按市场价回收，且每头 2000 元的标准予以奖励。这种一本万利的买卖，是村民们强健筋骨、活血、造血的基础。2014 年当年，施关保领到德农牧业发放的养牛补助 4.8 万元，除去买稻草、玉米粉等饲料开支，净赚了 2 万多元。尝到产业甜头的施关保 2015 年领养了 30 头能繁母牛，还承包了 30 多亩池塘，建起了原生态鳝鱼养殖场。同时，还承包了村民家闲置的 10 多亩土地，种植玉米和培育苗木，搞复合生态养殖。在养牛过程中，施关保自己钻研学习，摸索出了一套立体生态养殖技术：养牛产生牛粪，牛粪用来肥地，肥地繁育蚯蚓，蚯蚓喂养鳝鱼。牛粪肥过的土地肥沃，蚯蚓疏松过的土壤润湿，正好种植玉米和培植苗木，而玉米和秸秆则又可以用来喂牛。如此循环利用，节约了成本，避免了污染，创造了效益。施关保的立体式养殖，仅养牛这一项一年可赚 9 万多元。施关保由远近闻名的穷人，变成了远近闻名的能人，而且还成了远近闻名的脱贫致富带头人。施关保成了精准扶贫中企业帮助村民产业活血、造血，村民自我产业生血、输血的好蓝本。

十八洞虽然贫穷，可十八洞风景优美。古朴的苗寨，淳朴的民风，浪漫的民俗，壮丽的大山，峻峭的峡谷，飘飞的瀑布，神秘的洞天，构成了十八洞旷世绝美的长卷。在蜿蜒滴翠的青山里，一个个青瓦木屋的苗寨，像一块块历经沧桑却历久弥新的水墨画。炊烟袅袅，鸡犬相闻，笙歌唱晚。天是它的画夹，地是它的画布，山是它的画笔，水是它的画意。置身任何一个地方，你都是置身一幅画或一首诗里，你都可以身披满身画色满身诗意。上天遗落在这里的一颗风景明珠，祖祖辈辈都明珠暗投，没有闪烁出它应有的光辉。习总书记来后，这颗被习总书记誉为小张家界的明珠才被悄然拭去灰尘，闪射出万丈光芒，吸引了前来参观的所有客人。

扶贫工作队决定把十八洞得天独厚的自然风光变成得天独厚的旅游资源，把得天独厚的自然景观、民俗民风、传统民居特色和习总书记前来走访调研的影响力紧密结合起来，将十八洞村打造成为精准扶贫教育基地和美丽乡村旅游胜地。他们组建了十八洞旅游公司，以十八洞民间艺术团为主体，为客人表演苗家拦门酒、苗家迎宾鼓、苗家上刀梯、苗家踩铧口、苗家飞歌等苗家风情浓郁的节目。当客人一进寨门，拦门的酒歌在酒碗酒香里飘起来时，苗家的飞歌在清水里洗了又洗、山风里滤了又滤才从苗家男女的心中飞起来时，游人的心一下子就醉了。当十几个苗女在十几面苗鼓前翻飞跳跃敲响苗鼓时，当十几面鼓声在茫茫群山里翻飞跳跃、缠绵萦绕时，那鼓声激起的就不仅是苗家奔放的热情、鼓动的艺术，而是游人兴奋的热望、贲张的激情。而上刀梯、踩铧口等苗家绝技震撼上演时，那游人心里留下的除了震撼还是震撼，除了惊呼还是惊呼，除了赞叹还是赞叹！如此自然的美景里有如此美丽的人文，谁不会叫好呢？谁不会再来呢？十八洞因此游人如织，一个昔日闭塞落后不为人知的小山村，已接待游客 50 余万人次。

如今，十八洞不仅有八家农家乐，还建成了有几百个车位的游客接待中心，并引入首旅集团华龙公司、北京消费宝公司，打造以十八洞村为核心的蚩尤部落群旅游景区，力争三年内完成国家 4A 景区创建，致力打造 5A 级景区，更为美好的愿景是十八洞已经落地了最为先进的地球仓。

地球仓是什么？地球仓是湖南创客高国友先生自主发明创新的一款国际一流的高科技民宿产品，是中国首款自助式移动智慧生态酒店。每个小屋的面积约 16 平方米，来去自如。建房时，只需四根桩基，不破坏森林的一草一木，在森林中搭间房屋，房子与森林融为一体，就像森林和大自然里长出来的一样。整个房间采用全模块化设计与生产，通过车辆运抵指定地点，根据不同地势与景观环境进行摆放，调整至最佳景观面，半天时间即可完成一间小屋的组装。生态小屋室内采用现代化的精致装修，通过智能科技的运用打破空间的限制。卫生间、客厅、卧室，精巧雅致，沙发、电视、咖啡机、浴缸等设施一应俱全。床是智能升降的，床肚里藏着沙发、茶几。白天，将智能升降床上升至房顶，藏在床底下的沙发和茶桌就会露出来，原先还是一张床的位置瞬间变成了客厅。房间里没有画，只有窗，一面窗就是一幅画，房内的落地玻璃能将外面风景尽收眼底。地球仓小屋配置客床升降、智能门锁、污水处理等科技设施系统，采用全屋智慧控制，入住全程采用"互联网＋"模式运营。顾客入住，只需用身份证或者手机 APP 在门口刷一刷，然后通过人脸识别就能打开智能门锁，实现自助开房。同时，还可以搜索周边配套的美食、钓鱼、拓展等配套服务。酒店内还设置雨水收集与污水处理系统，可将屋顶雨水和生活用水收集过滤净化，实现循环用水。而粪便、污水等人体代谢废物，系统自动处理为无臭、无味的有机肥料，用于周边植物培育，最大限度地保护生态资源。游客住进地球仓生态智慧酒店，就是入住美丽的大自然，融进美丽的大自然。地球仓因此荣获了九项国家创新发明专利。

想想看，当你坐在地球仓一样的房间里，就能饱餐新鲜的空气、坐看鸟飞花开、仰看霞起云落、偷听蛙叫蝉鸣时，那该是怎样的一种美妙和享受！这种全方位享受亲近大自然、融入大自然的原生态旅居生活，将对乡村旅游酒店业带来怎样的划时代的革命！具有怎样的里程碑似的意义！十八洞作为地球仓的首批实验者和实践者，又将会是怎样骄傲自豪的一种先行者和引领者！

更为可喜的，十八洞的前瞻意识和战略意识是全方位的。他们不但签署落地了地球仓这样全新的环保节能酒店，还积极与国家工商总局商标局对接，完成了十八洞系列商标的抢注工作；同时将外界以前抢注的十八洞商标所有权或使用权经过艰难谈判，成功收回，有力地保障和维护了十八洞全体村民的切身利益和荣誉，为十八洞品牌的最大价值化抢占了先机。

（六）

有一首花垣县苗族青年大修作词作曲并与苗族女歌手龙俞贝一起演唱的苗语歌曲《孟几讲外外讲孟》，意思是：你不喜欢我我喜欢你。这首歌因为曲调异常优美、歌词异常贴心而大受湘西各族人民及所有苗族同胞欢迎，走进十八洞时，十八洞不少人的手机里都下载有这首歌曲。

（男）阿妹嗷，那个妹妹人长得难看良心又丑什么不像什么，你不喜欢我我喜欢你

（女）嗷，我不好的呀你不晓得，嗷，好过我的人多呢

（男）大太阳天／我在你家玉米地里／我不怕蚊子咬羊儿笑／我悄悄地看／见你美美的样子／我要听你的／优美声

（女）嗷，我不漂亮呀你不晓得，嗷，我声好难听的

（男）每次你从我家院子走过／我心里就像烧着一团火／看着你匆匆走远／我不会眨眼睛了／你屋老人家很欣赏我／你弟弟是我最好的老庚／是人是众都说我最好／是人是众都讲你是我的

（女）嗷，我懒死懒路啊你不晓得，嗷，烦躁见你啊你不晓得

（男）四五天／你不在家我看不见／菜饭再香我吃不下去／是麻雀也该下树了／是鱼儿也上岸了／我家谷仓都溢出来了／猪圈里的猪装不下了／干柴堆得比山还高／这些你好像都没看见／火坑里的柴火烧得旺旺的／炕上的肉在滴油／来不及吃的鸡蛋都出小鸡了／银子金子不知道拿来做什么／妹妹你来做女主人吧

（女）嗷，我像小孩不会做人的，嗷，我只会吃不会做的

（男）妹妹啊／你不喜欢我我喜欢你

（女）嗷，我不漂亮啊你不晓得，嗷，我懒死懒路啊你不晓得

（男）妹妹啊／你不喜欢我我喜欢你

2016年2月13日，大年初六，这首歌成了十八洞相亲大会的会歌。整个十八洞都响彻着这首《孟几讲外外讲孟》（你不喜欢我我喜欢你）。

这天的十八洞是到处张灯结彩的十八洞，是喜气洋洋的十八洞，是人山人海的十八洞。一场"相约十八洞，牵手奔小康"的集体相亲大会正在这隆重举行。

天瓦蓝瓦蓝的，蓝得清水洗过一样，透明的蓝。山墨绿墨绿的，绿得雨水

刚刚浇过一样，崭新的绿。一排排竹篱笆像一行行诗歌，用柔美的韵脚围成一个个菜园，菜园里的白菜、萝卜，就是绿油油的诗情，丰沛而旺盛。一溜挺拔的树梢上，一群喜鹊飞来飞去，不知是赶来看热闹还是赶回去给家人报喜。两棵并行的树干上，"相约十八洞，牵手奔小康"的红色横幅格外醒目，高高的，像爱情的红飘带。昔日的石板坪，早已铺上了喜庆的红地毯。一个不高不矮的台地菜园，也早已改成了喜庆的红舞台。十八洞的男男女女、老老少少，都穿上了节日的盛装，早早地来到了相亲大会的现场。

这是一场由十八洞扶贫工作队和湘西自治州妇联联合举办的一场相亲大会，是专为十八洞大龄青年举办的一场相亲大会。十八洞太穷，大龄青年太多，前面说过，40 岁以上的大龄男人就有 40 多个，到了结婚年纪却找不都对象的适龄男青年就更多了。他们很帅，却因为很穷而帅得没人要。他们很穷，却又帅得让人觉得不公平。帅哥怎么都在这穷山沟呢？扶贫工作觉得那么多适龄青年该结婚却结不了婚，该有对象却找不到对象，将是个社会问题，将影响扶贫脱贫。因为，他们找不到对象结不了婚，他们的心就不在十八洞，他们就会想办法逃离十八洞，飞出十八洞，他们还建设什么十八洞？还为十八洞脱什么贫、致什么富？要知道，他们可是建设十八洞的主力军啊！没有他们，十八洞就没有生气与活力，没有生机和生命，没有未来和希望。因此，十八洞扶贫工作队决定与湘西州妇联联手，给十八洞来一次爱情的拉力和拉练、爱情的扶贫和助力。

还在 2015 年年底的时候，他们就在各大媒体和自媒体上进行造势，广而告之十八洞将进行一场玫瑰之约，欢迎各界适龄青年踊跃报名。没想到，报名热线居然十分火爆，有上百名适龄女青年要来十八洞相亲，要在十八洞找一个如意郎君。更没想到的是，相亲那天前来现场看热闹的人居然达五万人！邻乡邻县甚至邻省的男女老少都跑到十八洞看热闹来了！从进十八洞村口开始，十八洞所有村路上、坪地里都停满了大车小车摩托车，每个小山寨、每个小山头、每家每户都是熙熙攘攘看热闹的人。那么一个小相亲舞台，怎么可能容得下这五万人？看不了相亲，就看风景。所以说，与其说这五万人是看十八洞相亲热闹的，不如说是看十八洞风景的。

扶贫工作队和州妇联的同志不能不感叹习总书记来十八洞后十八洞的影响力，不能不感叹习总书记给十八洞带来的巨大的无形资产和财富。

冬天的太阳，温暖地倾泻下来，给这场相亲来了个自然的暖场。开场苗鼓一响，唢呐一吹，拦门酒歌就唱出一碗碗的酒香了，苗歌就飞出一座座青山了，苗舞就跳出一段段深情了，报名相亲的男男女女就开始隆重登场了。无论男女都要做自我介绍，自我介绍环节真是状况迭出、笑料不断。那些腼腆的十八洞男青年，站上台老半天也说不出话来，头低得不敢看女方、不敢看观众，就像挨批斗一样。主持人就会大笑着打趣：某某某，你是斗地主啊！下面就哄笑一片。有的虽然介绍了自己，可还没介绍完就害羞得低着头跑了，说自己不相亲了，不找老婆了。又是惹得众人一片大笑。还有的，不知道说什么，就说自己力气大，会做俯卧撑，还真的做了几十个俯卧撑！把大家乐得连山尖尖都笑弯腰了。

也有不少十八洞的青年也大大方方的，出得众，有出息，赢得了满堂彩。前面提到的龙先兰及尚未提到的杨再康就是。

与施六金同寨同岁的杨再康用苗语唱了一首苗歌"我昨天晚上做了一个梦，梦到了日月和星斗相亲，有缘千里来相会，希望你就是那个有缘人"。一个有心的汉族姑娘听不懂，他就一字一句地进行了解释。主持人抓紧机会拉郎配，笑他：哎哟，好耐心！

为了给十八洞的青年助威壮胆，扶贫队长龙秀林在相亲大会上亮出了闪亮的四张底牌。他面对所有参加相亲大会的人宣布："如果你们安心嫁到十八洞，我们十八洞电子商务平台优先给你安排工作，我们十八洞的果业有限公司优先给你安排工作，我们十八洞的导游团队优先给你安排工作，我们十八洞的艺术团优先给你安排工作。"这四张底牌，张张都是大王二王，张张都有底气、有派头。招凤引凰，没有梧桐怎么能行？

通过这次相亲，十八洞当场有五位大龄青年成功牵手，其中就有前面写到的龙先兰和吴满金小两口。之后又有七位大龄青年成功脱单，其中就有杨再康。

杨再康兄弟三人，上有两个哥哥。由于父亲早逝，失去顶梁柱的家境十分贫寒，母亲苦死苦活地把他们兄弟三人养大。相依为命的一家人帮大哥娶了媳妇成了家，大哥却三十来岁英年早逝，嫂子抛下两个孩子另嫁他人，杳无音信。

哥哥走后，杨再康和二哥杨再忠把两个孩子视为己出，承担起了养育两个孩子的重任。为了把哥哥的两个孩子拉扯大，杨再康远去江浙一带，流动打工，把挣来的钱寄给家里，供哥哥的两个孩子读书。二哥杨再忠则留在家里种田种地，照顾母亲和哥哥的两个孩子。两个孩子长大了，读了中学读大学，读了大学找工作，一家人总算风雨过去，苦尽甘来。然而，杨再康和杨再忠却因为贫穷，一直没有能力恋爱结婚，一熬，就都熬过了40岁。

本以为一辈子就这样就这样打单身了，不想，习总书记精准扶贫的号角一响，他的命运翻开了新的篇章。扶贫工作队"三通五改"的实施，改变了村里的基本模样，扶贫工作队的民居改造，他家100多年的老木屋也得以整修一新。看到家乡的变化日新月异，游客越来越多，他辞别异乡，回到家乡，开办了农家乐，每月都是万元收入进账。他按扶贫工作队要求栽的桃树采摘权全部销售出去，一年可收入5000多元。他入股十八洞苗汉子合作社栽的富硒猕猴桃也每年可分红5000多元。一个叫彭晨曦的土家族女人也经人介绍，嫁给了他，为他生了一个大胖小子。两人育小敬老，相亲相爱，勤劳致富，成了十八洞的美谈。他说，说一千道一万，都得感谢习总书记，感谢党，没有习总书记和党对十八洞的关怀，他和十八洞都没有今天，他还不知道苦日子什么时候熬出头。他现在最大的心愿，就是尽早帮二哥找到另一半，让二哥也过上幸福美满的生活。

十八洞大龄青年的问题，也牵动着习总书记的心。2016年3月的全国人代会上，习总书记参加湖南代表团讨论时，在倾听了湘西自治州原州长郭建群的汇报后，习总书记特地询问了十八洞的情况。习总书记说，我正式提出精准扶贫就是在十八洞村，前几天中央电视台报道的十八洞村我都看了，现在人均收入多少了？郭建群回答，您当年来的时候是1668元，现在十八洞村百姓收入增加了，村容村貌变化了，村民笑容多了，求发展的愿望强了，连大龄青年脱单也容易了。习总书记问，去年多少人娶了媳妇儿？郭建群答，7个（会后又增加了5个，笔者注）。习总书记又问，条件比十八洞村差的有多少？郭建群答，接近一半。习总书记听后，语重心长地说，精准扶贫一定要精准，不然就是手榴弹炸跳蚤。对十八洞我是非常关注的，虽然没有再去，但通过各种渠道都有所了解。抓工作不能狗熊掰棒子，去过的地方都要抓反馈。有关部门都派人看过，有的打了招呼，有的不打招呼，看到都是认真抓落实，这很好。要坚持以民为本，民有所想所求，我们就要帮助他们，为他们服务。

现任十八洞扶贫工作队长吴启斌说，当我们得知习总书记一直牵挂十八洞，还特别牵挂十八洞单身青年的婚姻时，我们都很激动，不少乡亲都流了泪，于是，我们应十八洞乡亲们的要求，在2017年2月1日，也就是腊月二十一为当时已经瓜熟蒂落了的八对十八洞青年举办了集体婚礼。腊月二十一日是湘西苗族人过苗年的日子。我们选择这样一个日子为十八洞青年举行集体婚礼，就是想给习总书记汇报，我们十八洞的日子如今好得像天天过苗年了，我们十八洞的乡亲脱贫了，我们十八洞的青年脱单了。

2017年2月1日，当十八洞又一次张灯结彩、节日盛装时，整个世界都见证了十八洞八对青年的集体婚礼和幸福时刻，整个世界都听到了八对青年从心底喊出的心声：习总书记，给您汇报，我们成亲了！我们脱单了！我们盼着您来吃我们的喜糖！

正采访时，两个老人相邀着急匆匆来见我们。一个是施金通的父亲施六玉，一个是小学退休教师杨东仕。两人说，他们都是给你表达他们喜悦的，我们是来表达遗憾的。我一惊，遗憾？什么遗憾？

杨东仕说，我是一名小学老师，习总书记来的那天，路过我家门口，我一看是习总书记惊喜得什么都忘了，习总书记远远地跟我挥手打招呼，向我问好，走近了，还跟我亲切地握手。我当时激动得什么都忘了，居然米有（没有）请习总书记到屋里坐坐，我们苗家人好客，贵客都到家门口了，我却米有（没有）请习总书记进屋坐坐，不请进屋喝口茶，实在不应该，实在心里过意不去，这不是苗家人干的事。

施六玉听了，不满地接过话来，你就满意了好吧，东仕。你见了习总书记，跟习总书记讲了话，握了手还不满足，我才冤呢！

我笑着问，你冤，是不是米（没）看到习总书记？

施六玉一连不迭地赞同，就是啰！就是啰！先天村里通知我们，说有领导要来看我们，让我们在家里等，我等了一个上午不见来，就去隔壁村里给人帮忙做白工去了，晚上回来才晓得是习总书记来看我们了，我那个悔呀，肠子都悔青了！你们讲，施金通是什么儿子？是我的儿子吗？不是！他晓得习总书记来，他都不跟我讲，只讲是什么领导来，要是晓得习总书记来，天大的事我都不去做了，一辈子我都等了！现在倒好，一个十八洞的人都见到了习总书记，就我没见到，我还是施金通的爹，施金通是村第一支书，还是乡干部，晓得习总书记来，不跟我讲，害得我一个人米（没）看到，你们说我冤不冤？你们说他是我儿子不？不是！

听父亲一连两次说他不是儿子，施金通笑着辩解，是你自己命不好，还赖我？哪个喊（怪）你米有（没有）耐心！再说，我也只晓得是中央首长来，不晓得是习总书记来，晓得习总书记来也不能跟你讲，这是组织纪律！

施六玉还是气不打一处来，把头扭向一边，气呼呼地哼了一声，哼，还跟老子讲纪律？你爹是强盗啊？你防强盗啊？白养了！

施金通却得意而开心大笑，笑声跟村小的钟声一样爽朗清脆，笑容跟四周的山色一样清爽明亮。

怎么能不得意开心呢？作为十八洞土生土长、成长起来的干部，就这么短短几年时间，十八洞就发生了如此翻天覆地的变化，哪能不开心哪能不得意？2016年，全村人均纯收入由2013年的1668元增加到8313元，136户533名贫困人口全部实现脱贫（含兜底11人）！十八洞相继荣获"全州民族团结进步先进村""全州先进基层民兵连""全省文明村""全省脱贫攻坚示范村"等数十项荣誉；特别是2016年以来，接连获评"全国先进基层党组织""全国旅游系统先进集体""第二批中国少数民族特色村寨"等国字号荣誉。

十八洞凤凰涅槃，成为全国精准扶贫的一面最为鲜艳的旗帜，一道最为明丽的风景。

而最开心的当然是湘西自治州州委州政府及花垣县委县政府，因为实践证明，十八洞的精准扶贫是成功的，十八洞的精准扶贫是可复制的。如今，整个花垣县和整个湘西自治州，正以十八洞精准识别贫困对象、精准发展支柱产业、精准改善民居环境、精准提供公共服务、精准创新扶贫机制的扶贫模式在花垣全县和湘西全州复制推广，并取得成功。

湘西自治州是典型的老少边穷地区，八个县市中，只有州府吉首市为省扶贫开发重点县，其余全是国家扶贫开发重点县，全州 299 万人口，73.5 万人为贫困人口。湖南省委省政府正举全省之力，采取省辖 7 市包县、39 个省直部门包村的形式精准扶贫湘西自治州。湘西自治州则以十八洞精准扶贫经验为范本，自力更生，奋发图强，以实现全州百姓不吃愁、不愁穿，保障全州百姓教育、医疗、住房三大民生利益兜底为目标，突出重点，精准滴灌，靶向治疗，全力推进发展生产脱贫、乡村旅游脱贫、转移搬迁脱贫、生态补偿脱贫、发展教育脱贫、医疗救助帮扶、社会保障兜底、基础设施配套、公共服务保障等精准扶贫脱贫十项工程，增强全民百姓的获得感、安全感、幸福感。2014 年到 2016 年，全州实现脱贫 35.04 万人，贫困率下降至 16.14%，农民人均收入由 5260 元增加到 7413 元，年均增长 12%。

不久的将来，湘西必将告别千年贫困，走向繁荣富强。湘西的每一个村庄都会是鲜花开满的十八洞，硕果累累的十八洞，生机勃勃的十八洞，幸福满满的十八洞。本就世外桃源一样美丽的湘西，到时全是在白云生处阡陌作画、杂树生花的人，是清溪水畔夹岸摇橹、桑竹踏歌的人。

节选自 2017 年 10 月《人民文学》

国家书房
——金兴安和全国第一个农家书屋

李朝全 *

最美的人间天堂

农家书屋是政府在全国广大农村建立的专供农村人口阅读需要的公益性书屋，是党和政府实施的一项文化惠民工程。自 2007 年在全国推行以来，至 2015 年底，基本覆盖所有的行政村。

政府建设农家书屋的初衷是为了解决广大农民群众买书难、借书难、看书难的问题，通过每个设在农民家门口的、由农民自己管理的书屋提供给农民实用的书报刊和电子音像视听产品。这种文化服务完全是公益性的、免费的。总体上看，农家书屋创建以来，较好地满足了农民群众的阅读视听需要，受到农村群众的欢迎。但是，近年来，围绕着农村书屋也出现了不少不谐之音和质疑声音。有的地方将农家书屋变成过期书报刊的推销地，或借捐赠之名，将那些农民并不需要的书刊赠送给农家书屋；有的农家书屋管理不善，建成后不能定期开放，读者门可罗雀；有的书屋成为摆设，缺乏吸引读者的有效手段和方法，

* 李朝全，生于福建仙游，毕业于北京大学。现任中国作协创作研究部副主任、中国报告文学学会副会长。著有理论专著《非虚构文学论》《文艺创作与国家形象》，报告文学《国家书房》《梦想照亮生活》《少年英雄》《春风化雨》《震后灾区纪行》《你也可以这么好》，传记《世纪知交——巴金与冰心》《徐光宪的故事》等。

农民基本不进书屋看书；有的书屋图书陈旧过时，书刊保管不善，丢失严重……农家书屋客观存在的各种问题，时常被媒体曝光。一时之间，农家书屋几乎沦为不受待见的孩子，姥姥不疼奶奶不爱，人人皆可指摘批评。

然而，2014年至2016年，当我一次次地走进安徽，走进安徽的"西伯利亚"定远县，走进处于江淮分水岭上、土地贫瘠的定远县蒋集镇，却看到了一番完全不同的景象。在这里，农家书屋办得生动红火，有口皆碑，深受广大农村读者的欢迎。在蒋集镇农家书屋，学生们排着100多人的长队等待借阅图书，图书管理员忙得满头汗水。每逢农历二、四、六、九日镇上赶集的日子，农民阅览室里总是挤满了人。农民兄弟或在翻阅选择自己有用的图书，或在聚精会神地观看科学种田养殖的光碟，或凑在一起上网浏览新闻，观赏视频、电影。这里还设有专门的留守儿童之家和爱心角落，父母为了生计进城务工的孩子们在这里每人每周可以拨打30分钟的免费电话，向远方的父母倾诉思念之情，汇报学习情况。白墙上，贴满了孩子们写给在外奔波辛劳的父母的心里话，或倾诉衷肠，表达对父母的牵挂，或记录自己点点滴滴的进步。蒋集农家书屋，早已不仅是一个图书室或图书馆，它也是留守儿童之家，是农民学习知识和文化娱乐的乐园，既是学校的第二课堂，也是农家致富的加油站。一座小小的书屋，聚集起了极大的人气，俨然成为蒋集镇乃至定远县一张远近闻名的文化名片，为安徽省乃至全国农家书屋的管理与运营闯出了一条成功之路，树起了一座丰碑。

偏远乡村的精神家园

2015年4月，春天已经来到了校园，芳草茵茵，鸟语婉转，书声琅琅。我坐在蒋集中学教师办公室，倾听那些稚嫩的声音——讲述自己的阅读体会。

当我看完《震撼中学生的101个人物》这本书中海伦·凯勒的故事后，

我懂得了——每个人的一生都不是一帆风顺的；每个人脚下的道路都不是平坦的，但只要我们不放弃，有持之以恒的毅力坚持下去，就一定会成功；不幸的命运有时会把一个人击倒，但不幸的命运对于那些敢于拼搏、持之以恒、不放弃的人来说，就是一块使自己走向成功之路的铺路石，一把打开成功之门的金钥匙。海伦·凯勒说过："只有相信自己，我们的人生才能放射出迷人的光彩。"

不见风雨，怎见彩虹？海伦·凯勒的种种精神品质，值得我们学习。如果不是海伦·凯勒身上的种种精神品质支撑着她，让她对生活充满了信心，对命运不屈抗争，又怎么能写出那么多优秀的文学作品，让我们一饱眼福呢？

海伦·凯勒就是我们的榜样！

——吴腾瑞，蒋集小学六年级男生，腰板挺直地坐在我的对面，五官端正，留着学生的标准短发，声音洪亮，一板一眼，像背书一样地讲述自己的读书心得。这是吴腾瑞写的一篇读后感。他从设在学校里的蒋集镇农家书屋借到了《震撼中学生的 101 个人物》这本书，读完后写下了这样的感受。这些从书里获取的感受或许会伴随和滋养这位充满自信的男孩一生。

腾瑞告诉我，他是西庄村的，父亲外出到江苏去打工，母亲在家种地。家里还有一个读初三的姐姐。他会做家务，会炒菜。因为学校里建有书屋，西庄村也建起了农家书屋，有了这么多的便利，他一有空就会去书屋看书或借书。每天阅读不少于半小时，一学期下来能读完七八本书。像《鲁滨孙漂流记》《钢铁是怎样炼成的》他都是从农家书屋借阅的。他也用自己不多的零花钱买过高尔基的《童年》《在人间》和《我的大学》。进行课外阅读是学校的统一要求，每堂语文课开始时，老师都要提问一名学生，让他用三分钟时间谈谈自己最近读一本书的感受。

成功路上什么最重要

熊旋　蒋集中学七年级学生

《李白》是我读的一本名人传记。李白是唐代著名的大诗人，被后人誉为“诗仙”。李白的性格和他的诗一样既豪迈奔放，又清新飘逸。李白的人生之路虽然坎坷，遭到许多污蔑，却也有许多好友给予他帮助，给了他很大的鼓励。

李白在一次次跌倒后，又站了起来。他在人生的挫折中成长，又在许多人的关怀中成长。他有好友，也有仇敌。可是就算命运是这样多舛，这样地凄凉，他却仍然坚持着他的梦，一心报效国家，为国家做一份贡献。李白的为官之路四处碰壁，最后还是因为朋友元丹丘在玉真公主面前提及，玉真公主又在皇帝面前推荐，才得以有了报国的机会，而后又因为贺知章的提携，做官之事才得以实现。

后来李白因帮助李王而被太子抓入牢里去了。太子一心想要杀掉李白，幸亏宰相崔涣劝阻，功勋显赫的郭子仪早年曾得到李白的救助，此时也尽力为李白申冤，说愿意以自己天下兵马副元帅的官职为李白抵罪，李白这才保住性命，被判终生流放夜郎。这次李白因朋友的帮助而免去一死。所以有一位真心的朋友，人生会特别的幸福。

在成功之路上什么最重要呢?

从李白的人生可以看出，第一是坚持不懈、勇往直前的精神。成功之路上有很多的小山坡，只有勇于探险、坚忍不拔的人才可以翻越崇山峻岭获得成功。第二是朋友。在成功之路上不光要有坚忍不拔的毅力，还要有朋友的提携和鼓励，在成功之路上给予你很大的支持和关怀，让你充满自信地走向成功，迎接成功。这便是成功的要略。

《小鹿斑比》是一部十分难得的经典杰作。

这是一只鹿的成长故事，以小鹿斑比的成长为线索，以极富人性化的故事和生动的语言讲述了动物们的扶持与相处，竭力讴歌爱、生命和谐，展现了纯真童心和处处有爱的寓意。

在斑比的成长历程中，有一位非常重要的人物。他是老鹿王，斑比的父亲。老鹿王给了他很多启迪，教了他很多道理，其中有一条最为重要：我们必须单独生活。如果我们想保全自己，想领悟生存的真谛，想获得智慧，我们就必须单独生活。

小鹿斑比提示我们，在成长之路上，自立和自信最重要。

自信是成功的基石。自信为我们搭起了一个人生的平台，使我们可以主动、积极地去应对生活中的各种困难并保持平衡的心态。人生需自立。自立贯穿成长的过程。在此过程中，我们不断完善自己，增强自尊，提高自信，学会理解和尊重他人，善于与他人沟通和交往，和谐相处；积极融入社会，关爱社会，奉献社会，成为一个对自己负责、对他人负责、对社会负责的自立自强的人。

——熊旋，一个朴实的乡村女孩，穿着灰色圆领套头衫、牛仔裤，红色的运动鞋。梳着马尾辫，脸庞圆润，刘海遮住了前额，带着羞涩的微笑抬头看着我，用一口标准的普通话，娓娓讲述自己阅读借来的图书的感受。她说，自己还从蒋集书屋借阅了《居里夫人传》《童年》等书。

我问她："读书有什么好处？"

她不假思索地回答："读书可以明志，使人更有自信。有更多的知识，在人生之路上就可以有更多的借鉴。"

——这是一个爱读书、会读书的孩子。生活对于她并不全是轻松和快乐。她家住蒋集镇蒋岗村，父母都在合肥打工，家里只有奶奶辅导她功课。她每天骑车20分钟才能到学校。回到家要做一小时作业，同时还要帮奶奶做各种家务和农活。但是，她那双明亮的双眼对未来充满了憧憬。那是图书和阅读为她打开的一个美丽新世界。

我问她："你长大了要干什么？"

她答道："我长大要当考古学家。因为我喜欢历史学。我们还有许多古代的帝王墓都没发掘。"

呵呵！一位喜欢考古的女孩。这个回答大大出乎我的预料。

想当年，我本科读的就是考古专业，后又改行去念文学。而在定远蒋集镇这样一个偏远的地方，一个喜欢读书、对未来充满向往的女孩，竟然说她长大了要当考古学家！我想，这大概都是读书带给她的影响吧。诚如她自己所言：读书可以明志。这个有理想有志向的小女孩瞬间令我惊讶不已。

像熊旋和吴腾瑞这样热衷阅读的学生在蒋集中学比比皆是。因为农家书屋就建在学校里，所以几乎每一个孩子都能在书屋里找到自己感兴趣和喜欢的图书。加上老师和学校对于课外阅读的倡导与要求，在蒋集中学，自从2005年有书屋以来，阅读始终蔚然成风。

齐建恩是六年级的男生，留着超短头发，言语不多，父母都是农民。六年级语文老师孙云霞告诉我，他是班级的"历史学小博士"，阅读了大量历史书籍，历史知识相当丰富。建恩说，他喜欢读《恐龙大战》《漫游世界》《军事家的秘密》，他还读完了《白话二十五史》。

金颖是八年级的女生，来自金巷村。她话语流利，侃侃而谈："人们常说，时间就是金钱。在生活重压下人们只考虑金钱。但是米切尔在《毛毛》中却告诉我们，时间就是生命，生命就在我们手中。因此我们不能浪费时间，要像珍惜生命一样珍惜时间，利用有限的生命、有限的时间去做有意义的事情。"

蒋兴远，12岁，在读六年级。这个属猴的孩子相当文静，酷爱读书。他已经读完了四卷本的《十万个为什么》《小百科全书》《三十六计》《鲁滨孙漂流记》等书。他说："我印象最深的是《钢铁是怎样炼成的》这本书。保尔的人生感悟深深地触动了我。人最宝贵的是生命，而生命对于每个人都只有一次。我是多么幸运，生活在幸福的新社会里，过着'衣来伸手饭来张口'的日子。这本书教会我要勇敢地去面对生活。与保尔遇到的困难相比，我在生活中遇到的种种困难微不足道。人生不会一帆风顺，保尔的故事会一直鞭策着我，鼓励着我。"

杨欲是初三女生，戴着眼镜。她告诉我：妈妈贫血，胃不好，每天种地很辛苦。她每天晚上回家，用两小时做完作业，23时才能上床睡觉。早上五点半就起床，给自己和也在上学的弟弟炒饭吃。她从《感悟生活》一书中感悟到：生活之路总是坎坷的，但是无论困难再大，生活再难，也要站起来面对生活。

孙云霞老师介绍说："因为有了农家书屋提供的极大便利，学校要求每位学生每天读书50分钟，每周写三到五篇日记，可以记述平时发生的事情，可以创作文学作品，也可以写读书感受。孩子们的想象力非常丰富，作文都写得很棒。班级每周都要进行评奖，对好作文、好句子给予鼓励，比如奖励一支笔、一个本子什么的。奖品不多，重在精神鼓励。老师还鼓励同学们上讲台讲。王思婷第一次上讲台紧张得都哭了，第二次就很自然了。"

我说："我在校园的公告栏里看到贴着很多学生的优秀作文，还看到初三学生的语文成绩表，几乎都在130分以上。你们学校语文水平普遍这么高，这让我很吃惊。这与学生们课外阅读多肯定有关系吧？"

"是。"孙老师回答。"学校倡导学生读短的文章。采用了北大附小推荐阅读书目，多读那些有益于身心健康的书。现在书屋的书越来越多，每周一到周五下午对全校师生开放。老师可以找到课外参考书，学生可以找到自己感兴趣的书，师生都蛮受益的。有的孩子特别喜欢读书。现在美中不足的地方，就是缺一个阅览室，希望将来能有一个专门的阅览室。"

"我看到蒋集书屋最近好像正在扩建装修，那师生们还能借阅图书吗？"我问她。

孙老师肯定地回答："从去年下半年开始，蒋集书屋开始暂时关门，进行改扩建。图书一直正常借阅，不受影响。学生们要看什么书，开出一个书单，交给老师统一去书屋借阅。而为了满足农民兄弟借阅需要，书屋管理老师采用'图书赶集'的方式，每逢赶集的日子，老师们就把农民可能需要的图书摆到街道上，像摆摊一样，农民可以随意翻找借阅图书。根据规划，新书屋将于5月15日左右完工，六、七、八月学校放暑假时进行重新布展。新学期一开始就可以重新开放了。"

孙老师戴着眼镜，长得瘦削而精干，说话干脆利落。她是淮南师范学院历史系毕业的。2006年来蒋集中学工作。

我由衷地对她说："你的这些学生都特别好学，而且特别懂事。特别是那个叫蒋兴远的小男孩，小小年纪就懂得珍惜幸福生活，真好！"

"那是我儿子！"

"啊！你儿子？！"我吃惊得张大了口。这时我感觉到，孙老师似乎有一点点的羞涩，又有一丝丝的自豪。

蒋集农家书屋（作家书屋）自2005年建成后，受益最大的确实是蒋集中学的学生。

来自戴岗村的齐飞同学家里比较贫困，买书对于他来说，只能是奢望。《钢铁是怎样炼成的》是他从作家书屋借到的第一本书。他特别激动地对记者说："早就想看这本书了。因为家里穷，买不起，现在好了，想看什么书就借什么书。"

蒋集中学是偏远的农村学校。2005年—2010年在校生都超过了1300名。长期以来，学生没有课外读物。一是书对于这些乡村学子来说太贵了，买不起或者舍不得买；二是蒋集本地根本就没有书店，要买书就得跑县城，来回一趟就是一百多公里。如今有了藏书数万册的书屋，不仅很好地满足了学生课外阅读的需要，也为教师查阅资料提供了极大的便利，教学能力得到显著提高。

像齐飞一样从书屋找到自己喜欢的书的学生数不胜数。学校绝大多数同学没有自己的课外书，即便有，也只有两三本。

熊玉琴是一个爱读书的同学，她家里也只有两三本课外书。

安徽人民广播电台的记者问她："喜欢在作家书屋读书吗？"

熊玉琴回答："喜欢。借过《课外美文》《寓言》《黄冈作文》。"

记者问："借书方便吗？"

熊玉琴回答："方便。有卡。来的时候卡给老师，号抄上，就能拿书走了。"

记者问："在这可以看的书多了很多吧？"

熊玉琴回答："是。看的书多了，一下子开阔了视野，写作文水平也提高了，可以写的内容更丰富了。"

穷村走出了北大生

让蒋集人津津乐道的是，他们镇上的蒋集中学已有学生考取了北京大学。他就是北大 2012 级本科生薛飞。虽然他来自那个鲜为人知的偏僻小镇——安徽定远县蒋集镇，可谈起《纳兰词》《三国志》和《农业百科全书》，他居然都曾涉猎。这让室友们很是惊奇。而这些图书都是当年他从金兴安创办的蒋集作家书屋借阅的。

那时，只有六间房子的小小作家书屋建在蒋集中学一角，书屋里一多半是适合学生阅读的文学类读物和教学辅导图书。这座知识的港湾是薛飞中学时代最爱去的地方。徽式建筑的屋顶，北边有一个小池塘，周围满是竹子。屋内摆满书架，架子上摆满图书，门口那一排木凳，承载了读书人多少时光。"每周五是借书还书的日子，一下课，大家都会争分夺秒地跑到书屋，去借自己想要的书。"读书的岁月在薛飞脑海中一直记忆犹新。正是在那里，他爱上了阅读，爱上了知识，最终走进了北大。

薛飞家住蒋集镇秦集村薛大户东队，离镇上还有十多里的路程，走到最近的秦集村水泥道路也有三里路程。这是一个相当偏偏的村庄。

薛飞长得高高瘦瘦的，戴副近视眼镜。

薛飞家里并不宽裕，只有三间破旧的瓦房。房子里最引人注目的是一面山墙上，贴满了薛飞从小学到高中所获得的各种奖状，人称是"奖状墙"。薛飞家里上有 90 多岁的爷爷奶奶，下有也在读书的弟弟。每年，兄弟俩的学费就要花去一万多元。还有爷爷奶奶看病吃药也要花钱。全家六口人只有 4 亩 8 分地。好在村里许多人都进城打工去了，父亲帮别人代耕了十多亩田，每天都起早贪黑的，一年也能收下一万多斤水稻，吃饭不成问题，但要供两个孩子上学就有点吃力了。父母就再搞点副业，养几头猪和几十只鸡鸭，夏天下河捕鱼摸虾，冬天进城打点短工，就这样，总算能够马马虎虎地维持着。

上初中时，薛飞每天都要骑自行车赶十几里路去蒋集中学念书。要是遇到雨雪天，村里的泥土路不好骑车，父亲便帮着他将自行车扛到秦集村口的水泥路上。

在语文课上，老师提到了清朝著名词人纳兰容若，说他的词特别迷人。薛飞便起了阅读纳兰词的想法。正好作家书屋里就有一本安意如解读纳兰词的《当时只道是寻常》，薛飞便去借了来。那是他借的第一本书。

拿到《当时只道是寻常》，他便似懂非懂地读起来。

在这本书中，安意如对纳兰词有十分详细的解析。慢慢地，薛飞对纳兰词也有了一些了解。那时他还不懂什么是好词，只是觉得纳兰容若的词很美，自己很喜欢吟诵。渐渐地，他就养成了早晨背古诗词的习惯。

从那时起，薛飞坚持每天早晨读半小时诗词。像《采桑子》《蝶恋花》中的词，他都能背诵如流。

偶然地，他也学会将自己背诵的诗词运用到作文中去。有一回，他引用了"唱罢秋坟愁未歇，春丛认取双栖蝶"来形容人们之间的感情。这篇作文受到了老师的大加赞赏，还被当作范文在班级上朗读。

这，一下子激发了薛飞读古诗词的热情和动力。

后来，他的阅读兴趣不再止于诗词，像文言文的《三国志》也成了他的阅读对象。也许是因为阅读了大量的文言文著作，每次语文考试，他的文言文考题总能得高分。

学数学，老师说得多做习题。薛飞专程跑到定远县新华书店，想买一些数学习题书，但最终因为书太贵、家里太穷而打消了买书的念头。

后来，在作家书屋里，他竟然发现了一本《经典数学题集》，这让他喜出望外。在做练习的过程中，他的数学成绩得到了巩固提高。

不光是数学，书屋丰富的地理、历史等方面的读物也极大地拓展了他的视野。使他虽身处偏僻乡村，却照样可以在知识的海洋里遨游。

那时候，他的学习成绩很平常，并不拔尖。当他每周末从书屋借了《三国志》《数学题解》等图书带回家时，父亲薛自仁看到后，很不理解："学生不在课本上下功夫，你读这些书有什么用？"

薛飞恳切地回答："老爸，说不定这些书能帮我提高成绩呢！"

果不其然，到了期末考试，他的成绩一下子名列前茅。

不仅自己受益，薛飞家里的棉花种植也从书屋得到了帮助。

那一年，父亲种的棉花苗刚出土后不久就出现枯苗现象，却苦于找不到原因。询问别人都说没遇到过，父亲束手无策。

薛飞看在眼里，急在心里，突然想起在书屋里看到过一本叫《农业百科全书》的书。他连忙跑到书屋去找到这本书。经过认真研读，仔细比较，他终于找到了原因，帮助父亲及时调整了栽培方法。没想到还真管了用。

父亲感叹道："还是有知识好！"

从那以后，薛自仁也喜爱上了读书。在闲暇之余，也经常到书屋去看书，既丰富了文化生活，也学到了许多知识，特别是在种植、养殖技术方面有了明显的提高。通过阅读《农业百科全书》，他学到了各种禽病禽害的防治技术，许多疑难问题得以解决，增加了收入，得到了实惠。2013年，他还获得了定远县农委颁发的"信息农民"证书。

依靠顽强的毅力和刻苦的攻读，2012年，薛飞以优异的成绩圆了北大梦，成为蒋集镇全镇人民的骄傲。

8月下旬，送来北大录取通知书那几天，薛飞的家里比过年还要热闹。亲戚朋友纷纷上门祝贺，大放鞭炮。定远县教育局、蒋集镇政府和蒋集中学都送来了慰问金。北京大学资助了薛飞去北京的火车票和奖学金。一时间，薛飞考取北大的消息在蒋集镇和定远县广为传颂，至今仍是当地人的一段佳话。

"若有天堂，那必是书屋的模样"

和薛飞一样，许多从蒋集中学走出来的学子们，也都念念不忘这座书屋当年曾给予自己的滋养，至今回忆起来，仍备觉温馨、亲切和感恩。

我与书屋的情怀

中央财经大学　谢亚男

离开故乡小镇在外求学已七年之久，每次回去乘客车必经我的母校，而母校里有我少年时期启蒙读书的书屋。作为一个文科生，首都的四年大学生活，读书在很大程度上是我的某种精神寄托，车水马龙的繁华都市将大学生活变得更富有可选择性，而于我而言，闲暇时光里一本好书的陪伴所带来的喜悦和收获弥足珍贵。

读书涉及习惯之养成，豆蔻年华尚未涉世的少年若能于彼时勤于读书，无论诗、史、文、经皆可对日后脾性、目光有极大影响，少年读书缘由尚未经历生活琐碎大多不求甚解，而素养积淀往往潜移默化。而七年前从母校初建的作家书屋里养成的读书习惯也一直随我至今。

小镇的家庭多数不算富裕，忙于生计的父母对子女教育并不重视，读书则更甚之。与大多数同龄孩子比较，我算比较幸运，生于教师家庭，父母虽不算知识分子却也是有文化，家有长兄爱好读书写字。自我记事以来，父母灯下读报，哥哥看书临帖便是家中常态，因此儿时我便不排斥静读。长至十来岁升入初中，恰逢金兴安先生为回报桑梓在母校建立作家书屋，我极其有幸在书屋奠基仪式上作为学生代表讲话，仪式上社会各界人士捐书献字。年少时并不理解书屋建设的种种困难，只悠悠高兴今后可以读更多的书。今日想来但觉光阴荏苒，近十年间，书屋送走一届又一届读书的孩子，而不变的是这些年金老先生对故乡少年殷切的希望，是坐落在母校一角的书屋绿叶对根的缠绵情谊。

记忆中书屋建成之时藏书并不多，但对十几岁的孩子来说已是一笔莫大的财富。纯净无华的年纪读不懂美好的意象，读不懂诗人的情怀，却可以知道外面的世界纷繁多彩，明白未来不能停留在彼处。后天的启蒙在此时显得尤为重要，倘若将一个流淌贵族血液的人放逐在文明不可触及的市井，难免变得俗不可耐，而将一个资质平平的孩子搁置在庙宇山林，亦可以得到净化。故乡潦倒的文化荒原迎来这些年第一个书屋的建成时，我极其有幸地成为荒漠清泉涤荡尽灵魂尘土的少年，得以触及文化的根骨。于我而言，少年时代在书屋里读书的日子恰如一个普普通通的孩子抛却地域与出身的种种局限获得一个自我升华与积淀的机会，于是相信未来是在遥远处绵绵不绝的精彩。

少年时从不懂得丑陋的背叛者如何救赎内心救赎爱，恰如我并不懂得《追风筝的人》，但是爱与欺骗、美与毁灭、不可避免的苦难与千千万万遍的追悔在我年少的记忆里留下的影子映照了我这么些年对真情的理解，于是我真诚地对待自己，对待梦想，对待尘世间的陌生人。《堂吉诃德》理想主义与彻头彻尾的英雄主义的失败同样在儿时教会我万人揶揄嘲弄的骑士精神和追求造就的一种人生，即便是在多年后沦为一种不愿开口的笑话，但谁又能否认谁的人生不曾坚持过、不曾被周遭诋毁过呢？

七年前朦朦胧胧的记忆被书屋悠悠古韵填满，未曾踏出家门的孩子在书中慢慢知道远方有黄沙漫漫的大漠、一望无际的草原、小桥流水的江南，未曾远游的孩子也在少年时立下志向往远方走，去看高山，去看河流，去看每一处未曾去过的地方。而今数十年悄然走远，财大的四年光阴已将诉告别，梦想没有走远，未来我将在静谧安详的清华园里继续求学，等待春暖花开。

回首过去仍觉温暖，故我今我同为一人，并不使我感到羞愧，年少的梦想还在，少年的情怀还在。至今仍记得曾在书屋里记住的一句话，美是邂逅所得，是亲近所得，在我烦乱时，照见我心。忽觉理解当年金兴安先生为何不顾艰难在故乡建起书屋，邂逅美是一种幸运，为少年创造邂逅美的机会是一种情怀。

若有天堂，那必是书屋的模样。何其有幸，我曾在故乡漫山遍野的春天里触摸过天堂……

（刊载于《滁州日报》2013 年 5 月 6 日第三版）

——这是从蒋集中学走出来的清华大学研究生谢亚男 2013 年在中央财经大学就读即将毕业时写下的一篇回忆文章。那句"若有天堂，那必是书屋的模样"，也正是她从借阅的一本书里读到的阿根廷著名作家博尔赫斯的一句名言化用的。

有如此感慨，必定对书屋有着非同寻常的感情。谢亚男所说的"书屋"，正是安徽出版集团退休编审、作家金兴安历经 12 年，倾尽稿费和大量心血，亲手打造的农村书屋。这座目前拥有五万册藏书的书屋，在发达地区也许根本不值一提，然而在定远蒋集这样一个地处穷乡僻壤的小镇，能有如此一座书屋简直是如获至宝。况且这还是一座免费的图书馆，对于那里的农家子弟而言，这样一座图书的圣殿，实不啻为天堂。在蒋集中学读初中的时间里，勤奋好学的谢亚男一直是当时蒋集乡作家书屋的常客。每天课余时间，她基本上都是在作家书屋度过的。在她的记忆中，书屋 2005 年建成，起初藏书并不多。但是那成千上万册图书对于一个十几岁的孩子而言，堪称是一座知识的宝库，智慧的海洋。当她遨游其中，这个未曾踏出家门的孩子从书里渐渐知道，远方有漫漫黄沙的大漠、一望无际的草原、小桥流水的江南。

谢亚男的父亲蒋华玉是一名即将退休的小学教师。他告诉我，他有两个孩子，老大是个儿子，考取了安徽技术大学，已经毕业。亚男是老二，在金老的关心下，2013年考上清华大学公共管理学院研究生。

亚男1992年9月5日出生。2002年上初中。初中读四年。在金老师的鼓励下，初中时她读了几百本书。2009年，谢亚男以滁州市文科第二名595分的优异成绩考取中央财经大学。2013年她放弃保送本校研究生的机会，考取清华大学。现在，她在深圳的研究院学习，经常赴东南亚进行国际交流。

那段满是书香的时光

安徽财经大学　刘泽华

一栋红瓦白墙的建筑静静伫立在蒋集中学的一角，一如既往地守候和哺育着莘莘学子，今年作家书屋迎来它的第十个年头。

我是蒋集中学2004届的一名学生，如今就读于安徽财经大学，每次放假回家总忍不住地回到我初中的快乐大本营——作家书屋。

那时候，蒋集还是个乡，地处定远、肥东、长丰三县交界处，坐落在贫瘠的江淮分水岭，交通不便，经济十分落后，课外书对于我们这些乡村的孩子来说简直是奢侈品，要是有几本小人书连环画，更是被小伙伴们当作宝贝一样传看。我父亲从小就培养我的读书兴趣，即使家里并不富裕，他出差时也会给我带些故事书、科普书，每每到老爸回家的日子就是我最开心的日子，也是我在小伙伴们面前露脸的日子。

可后来，这点书籍远远满足不了我了，我上了初中，渴望更多地了解外面的世界，那时候我们这里还没有互联网，我对电视也不感兴趣，每到逢集我就到处寻找旧书摊，翻着那些沾满尘土的杂志、书籍。好在这时候，作家书屋像一缕充满希望的阳光照进了我们的生活。

在这里，《大宇宙》让我了解到天外各种神奇天体的奥秘，惊奇不已！在这里，《自古英雄出少年》让我学习到"少年强，则中国强"；在这里，《米老鼠》又让我欢笑连连，开心不已；在这里，《少年儿童不知道的世界》则让我学到很多生活常识，其中不乏基本的理化知识，这也是我初中理化成绩名列前茅的小秘密。

一提到我童年的欢乐时光，连语气都轻松起来，可真正让我对这段时光念念不忘的原因有两个，确切地说是一本书，一个人。

一本书，《爱的教育》，当初我在书屋拿到这本书时，我还觉得不甚好意思，因为"爱"对于我一个初中生来说是一个隐晦又神秘的字眼，后来发现，自己想多了，那时候的自己还是真可爱。这本书我是一口气读完的，毫无疑问，这是一本用孩童的眼光来显示的一个干净纯洁的情感世界，洗涤心灵，至今让我爱不释手。虽然它的文学价值或许不是很高，但是却总能让我在那平凡而又细腻的文字中感受亲子之爱，友谊之爱，异国之情等等各种人性之美，每一篇文章都有着最淳朴的爱的力量。一个四年级小学生在一个学年十个月中所记的日记，包含了同学之间的爱，姐弟之间的爱，子女与父母间的爱，师生之间的爱，对祖国的爱，使人读之，犹如在爱的怀抱中温暖无比。

它第一次让我认识到原来生活中有这么多美好的情感值得我们去珍惜，每一天小到母亲的早餐、父亲的辛劳、朋友的相处、老师的教诲，大到强大国防，国家的保障，无不在我们身边，激励我们成长。就拿主人公的日记来说，恩里科的日记和父母共读，是孩子对父母的信任与热爱，渴盼父母对自己的教导，是父母对孩子情感世界的关怀与疼爱，而这正是我们现在孩子与父母最缺少的交流，或许自己的隐私很重要，但是交流的方式可以多种多样，而我国现在许多家庭，父母和孩子的交流实在是少之又少，最简单的东西最容易让人忽略。

《爱的教育》里那一群群可爱的孩子，充满着对家国的热爱，我可以看见一个异域民族的尊严和自豪感，他让我学会了如何正确地面对生活，从此我开始珍惜身边的点点滴滴，开始学会感恩，它在我少年向青年的过渡时期充当了一个人生观和价值观的导师，完成对爱的思考，感激并拥有这一博大深沉的力量。

作家书屋义务管理员蒋老师，他是我的良师益友，我整个小学课程就是由他施教而完成。他也是我的表叔，日常中也会给我很多品德教诲，帮我学习如何做事做人。说起来，我和蒋老师也是有缘。我升入初中后，他由一名小学教师变为一位初中教师，而且，最重要的是，他还是作家书屋的管理员，没办法，我还是忍不住要说，我太幸运了！

由于这些原因，我可以比其他同学有更多的时间泡在我心爱的书屋里，沉浸在我的书海世界里。还记得有一回下雨天，又是书屋开门的日子，一群农村娃带着一脚泥水踏进了书屋，大家排队，熙熙攘攘，我想插队来着，结果被老师的眼神给督促回原位了，等到大家借完书陆续离开时，老师才放下登记簿，拿起扫帚和拖把一点点清扫起书屋的角角落落。我纳闷地问："老师啊，他们进来时你叫他们直接在外面把泥弄干净再进来就是了？"老师说了一段话："孩子想看书是好事，但他们面皮薄，这次我要这么说了，难免有些孩子心里不舒服，觉得被另看了，下次就算来，也会萌生不好的记忆。我希望他们在这里是无拘束的，是快乐的，不要有一点心理负担。"这段话至今想起来，仍觉得亲切、感人。

吃水不忘挖井人。作家书屋，是作家金兴安老先生为感恩乡亲捐资捐书为家乡人创建的。作家书屋，为家乡的孩子们创建了一个知识的海洋，拓展了孩子们的视野空间。作为一名受到书屋深深影响的我，愿这片书香，永远弥漫在这淳朴的乡野之中。

（刊载于《滁州日报》2013 年 5 月 6 日第三版）

——这又是一位受到蒋集书屋恩泽的学子。那段无拘无束惬意愉快的读书生活影响了他的人生态度和道路选择。

黄金有价书无价。一本书，一屋书改变了一大群孩子的命运。

"我似乎觉得整个世界都呈现在眼前"

后来考入山东大学热能与动力工程专业的薛洪涛，至今记得 2004 年那个艳阳高照的上午。他和初中同学们搬着小板凳，坐在蒋集中学教学楼前的小广场上，金兴安和学校老师们宣布作家书屋奠基的消息。

在那个没有网络的时代，能够看看课外书是多么快乐的事情。当小洪涛第一次走进作家书屋的时候，左看看，右看看，感觉很多书都很有意思，不知道该借什么书。最后，他随手拿了一本《幻方》。这本书他看了足足一个月。他只能看懂一些最基本的东西，像九宫格、分西瓜、换酒杯等，却不懂其中的原理。但是，这对于当时的一名初中生他来说，等于有了一次数学思维的变革。从固有的思维变成灵活的思维。这种灵活的思维一直影响着他，从高中到大学，从大学到未来。

洪涛家离学校较远，中午无法回家。夏天的中午非常炎热，吃过午饭同学们陆续回到了教室。有的在睡觉，有的在看书。这个时候，洪涛读了很多文学书。

他印象深刻的是一本叫《自鸣钟》的书。那是书屋创办者金兴安写的一本小说、散文集。洪涛读过《自鸣钟》一文后，感触很深。金兴安在文章里写到，自己小时候家里没有钱买闹钟，每天只能靠自家的公鸡打鸣来作为起床的闹钟。这有点类似"闻鸡起舞"的味道。洪涛想，金老师小时候的生活真是艰苦啊！不像我们现在，别说是一只闹钟了，各种高级电子产品都有了。相比于金老师生活的那个年代，我们的物质条件已经好了很多，自己还有什么理由不好好学习呢？

从那时起，洪涛开始发奋读书，终于考上了定远县最好的高中。

在县城高中，有许多在蒋集农村根本见不到的事物及诱惑。在这里，洪涛开始迷上上网打游戏。以至于第一年高考，他落榜了。

暑假回到家里，洪涛都不敢看父亲，尽量避开他。

有一次，洪涛在翻照片时，突然，有一张卡片掉了下来。

那是蒋集作家书屋的学生免费借阅卡。

看到这张借书卡，过去的回忆便一起回来了。洪涛想起了自己读过的《自鸣钟》的故事，想起了金兴安当年创办书屋的一片苦心和殷切期望。他暗下决心：人家金老师少年时代那么艰苦还做出了那么大成就，自己再也不能虚度年华了！一定要珍惜时间，珍惜青春！

在高三复读的那一年里，他时时这样提醒自己，也这样去做了。

一年后，他考上了重点大学。

那年春节回家过年，路过初中母校蒋集中学的时候，当蒋集书屋那几间白墙红瓦的房子出现在眼前的时候，薛洪涛双眼湿润了。

那是曾经带给自己青春梦想与激励的地方，那是他扬帆远行出发的码头。今生今世，他都永远无法忘记它……

和薛洪涛一样，对那个作家书屋奠基仪式念念不忘的人当中，有一位如今正在华侨大学读书的女生黄程程。

2004 年 9 月 18 日，蒋集乡作家书屋奠基时，她被老师指定为蒋集小学生代表在仪式上发言。主席台上，一位老师一直用手帮娇小的她扶着话筒。那张照片后来被登在纪念作家书屋五周年的专刊《五年，我们一起走过》上。每当看到这张照片，黄程程都会禁不住地感到自豪、感动和温暖。

她永远都会记得那一天的场面，记得金兴安老师祥和的面容。

那一天，来了很多领导和知名作家。老师告诉黄程程他们，金兴安作家将自己辛辛苦苦挣得的稿费无私地捐出来创办书屋。黄程程对金老师的崇敬和钦佩之感油然而生。

那天回到家里，黄程程显得特别激动。她在心里暗暗地告诉自己，一定要考上这所中学！一定要走进作家书屋！

不久后，她果然如愿以偿。

第一次怀着好奇的心情走进书屋，程程一眼看见整整齐齐陈列在书架上的种种图书。当她翻开一本本书，一页页、一行行的字映入眼帘时，她甚至觉得整个世界仿佛都呈现在了自己的眼前。她从小生长在信息、交通闭塞的乡村，对外面世界的了解微乎其微。透过书屋，外面的世界第一次如此透彻地、全面地震撼到了程程。

高尔基说："当书本给我讲到闻所未闻、见所未见的人物、感情、思想和态度时，似乎是每一本书都在我面前打开了一扇窗户，让我看到一个不可思议的新世界。"

而对于黄程程来说，作家书屋在为她打开一扇扇窗户的同时，更像是一层层阶梯，指引她向知识的天堂不断攀爬。

2007年底，当安徽省农家书屋工程给蒋集镇作家书屋授牌时，程程再次作为中学生代表，在仪式上发言。

读初中的那三年时光，她一直喜欢这里，喜欢沉浸在书屋的阳光里，沉浸在阅读带来的沉醉与惊喜中。在这里，她和同学们一道去追寻霍金、鲁迅、巴金、莎士比亚的足迹，聆听著名作家鲁彦周、季宇等人的讲座……他们忘不了每次见到金兴安作家那慈祥的目光。

她时常对在蒋集村小黄队务农的母亲黄保勤说，贫者因书而富，富者因书而贵。

2012年，程程考上了大学。每一次走进大学那座更加壮观的图书馆时，翻开每一本书，她都会想起昔日坐在小镇上那间并不宽敞的书屋里静静地看书的时光。它是阶梯，自己沿着它一直不停地攀登。等到经年之后，蓦然回首，它依旧矗立在那里，像一座精神的丰碑。

上大学后，程程仍旧常去图书馆，也经常写文章，给报刊投稿。

她的母亲深有感触地说："吃水不忘挖井人。感谢金兴安老师对农家书屋的无私奉献，也感谢蒋集中学给了孩子们这样一片广阔的天空。我相信，在书屋的帮助下，我们这个地方会出现更多的大学生，会增加更有出息的人才。"

无论多少年后，无论飘落到地球的哪一个角落，黄程程觉得，自己和当年的同学们，每当想起让自己受益终生的作家书屋来，温暖和力量就会萦绕在心头。

曾任蒋集中学教师、蒋集作家书屋十年义务管理员的蒋华进告诉我："书屋创办以后，中小学生看书机会就多了，看课外书增加了他们的知识。在学校方面，知识面丰富了，对学习的兴趣也提高了。尤其表现在作文上面，有点让我惊讶。我们看学生作文的时候觉得水平提高真的很快，眼界很广。"

作家书屋不仅给学生们带来了一个海量的知识图书馆，也给村民们带来了一个移不走的文化站。

蒋集村村民杨先发就经常到作家书屋来，因为到这里来很方便。他喜欢看科技类图书。他家种田，有水稻有杂粮，凡是有关科学种田的书他都爱看。

2008年任蒋集镇镇长的李文杰告诉记者，书屋建立以来，改变最多的是蒋集农民的精神生活。他说："书屋没办之前，我们镇近四万人，没一家像样的书店，更别讲像样的娱乐设施了。农闲的时候，村民们要不就是打麻将，赌钱，赌钱不好还引起治安纠纷。书屋开办以后，我们十天四个集，逢集期间向农民开放，免费给农民借阅图书，选择自己需要的书带回去，下次赶集再还回来，把知识运用于生产当中。农闲时候看书，一是增长知识，二是陶冶情操，三是减少了社会矛盾。像赌博、封建迷信明显减少，村风文明有了很大改观。"

2011年1月，金兴安被推选为安徽省社会主义核心价值体系学与行宣讲团成员。3月23日，他在安徽省委小礼堂做了题为《感恩乡亲，创办第一个农家书屋》的报告。在报告中，他介绍了自己创办安徽省第一个农家书屋的缘起和经过。介绍了书屋建成后发挥的巨大的社会作用。他尤其着重提到了那些为书屋建设和发展做出贡献的各级领导、亲友和社会组织。

兴安说："安徽省新老领导王金山、杨多良、朱维芳、方兆祥、王光宇、卢荣景、史钧杰、孟富林、郑锐、张春生、季昆森、侯永、邵明等纷纷为书屋题字和捐书。"

王光宇已年近90高龄，亲自下楼找出了一百多本书，让秘书转交给金兴安。更为感人的是侯永老人，刚从医院手术回到家，腰里还拖着条皮绳，吊着一只导尿的塑料袋，听兴安说要办作家书屋，请他题字，他二话不说，迈着蹒跚的脚步，吃力地拿起笔，写下了这样一幅字：

作家书屋丰富农村孩子的精神生活培育四有新人。

金兴安站在一旁看得心里发热，泪盈眼眶。他暗暗下定决心：无论遇到多少困难，一定要把书屋办好！

到了2011年，蒋集中学考入示范高中的人数攀升到了98人，是2005年的21人的4.6倍。蒋集镇作家书屋（农家书屋）的社会放射作用进一步显现。

为了方便广大农民借阅，便于其记住自己的免费借书卡号码，金兴安想出了一个根据蒋集镇当地电话号码编码的方法。他特意以当地电话号码的前四位数"4575"作为固定的开头数字开始编号。这样，每个农民的借阅卡号往往就是他自家的电话号码或者其亲戚、邻居的号码，既有趣，又好记。每逢农历每旬的二、四、六、九日赶集的日子，每个农民都可以直接到农民阅览室阅读报刊，观看光盘，并且凭借这个免费借书卡号直接借阅图书，甚是便利。

"老乡们粗糙的手翻阅书本时，那渴望知识的眼神深深打动我"

蒋集书屋自2004年动议，2005年10月建成，开始时命名为"蒋集乡作家书屋"。2007年在全国推进农家书屋建设过程中，该书屋被纳入安徽省首批农家书屋工程统一管理，因此堪称全国第一个专门面向农村和广大农民的农家书屋。

蒋集中学校长袁野说："凤阳的小岗村掀开了中国农村改革的第一页。蒋集书屋犹如小岗村。小岗村解决九亿农民吃饱饭问题，蒋集书屋解决农民读书难、接受文化服务需求的问题。一个是物质的，一个是精神的。"

这是一位平易近人的校长，晒黑了的脸庞，眼镜后面的双眼炯炯有神，似乎能一眼看穿你，说话声音洪亮，底气十足，带着明显的安徽口音，2012年底到蒋集中学任校长。他动情地说："书屋让孩子们有了吸取知识的原动力，这一切都要感谢金老的无私奉献，感谢他投入了大量心血。书屋每周开放三次，周围农户特别是养殖户遇到问题就来翻书，将图书无形的内容化为有形的力量，起到了帮助农民致富的作用。"

书屋建成12年来，藏书丰富，学校师生借书很是方便。袁校长介绍说，因为有了书屋，蒋集中学的教学质量迅速攀升，语文老师在全县都数得上。尤其是文科很强，中考成绩好，因此吸引了附近几个乡镇的学子纷纷前来求学。高峰时蒋集中学有1300多名学生。考虑到蒋集位处定远县西南，属于边远地区，这样的辐射力和影响力是相当惊人的。

最近这几年，学生数量逐年下降。一个原因是学生逐步向城市集中。城市里的学校享受优质教学资源，与作为农村中学的蒋集中学不在同一层次上。另一个原因是父母外出打工，就把孩子带到了打工的地方，交给私立学校去教。

"那么，咱们学校怎么关爱那些留守儿童呢？有辍学的孩子吗？"我提出了自己最关心的一个问题。

"现在农村因家贫辍学的孩子几乎没有了。"袁校长稍稍停顿了一下，接着说，"留守儿童——就是父母双方都不在孩子身边的，占全校学生的十分之一。书屋为他们免费提供亲情电话，孩子每周都可以跟在外打工的父母通半个小时电话。留守儿童性格方面往往存在着逆反性和随意性的特点。学校针对留守儿童的实际，加强了管理，建立了班主任与孩子父母及时沟通的机制。对那些贫困学生，学校采取政策倾斜，有100名学生在学校寄宿。平时，我们特别关注学生的心理健康，注意因材施教，在开足国家义务教育要求的全部文化课程外，还积极培育孩子们的兴趣爱好。通过心理健康课，让懂事的孩子把不懂事的孩子同化过来，改变他们的行为习惯，养成好习惯，这是一辈子受益的事情。"

"蒋集书屋建在蒋集中学里，一直是由学校代为管理的。对于书屋下一步的充分利用，学校方面有什么样的计划和打算？"我问。

"我们学校定期组织征文活动。一搞征文，孩子们自己就会往书屋跑，自己去找资料找书看。书屋交由学校老师管理，因为他是内行，能够管理好。网上找不到的资料都可以到书屋那里找。书屋建在我们校，我们要协助书屋管理员搞好管理。对开放时间要进行调整，逐步扩大，真正起到对农村居民和农民的精神引领作用。下一步要加强管理，使书屋更实用，更简单好用。譬如可以建立电脑检索和书目数据库，好查找需要的各种图书和资料。"

从蒋集书屋受益的不仅是学生，还有众多渴望科技致富的农民。

2005年10月28日开馆那天，乡亲们成群结队来到作家书屋，用粗糙的双手捧起书本，眼神里流露出对知识的渴望，深深打动了金兴安。

金兴安出资兴建的农民阅览室里有两台电视和两台电脑，不识字的农民，可以在那里观看科技光盘或上网查阅相关资料。

金其如长着方形大脸，身材结实，戴副眼镜。同金兴安一样，他也是金巷村的孤儿。生产队的人给他粮食吃，大家一起养活了他。那时金兴安住在生产队烤烟用的烟炕，经常到他家里来，金其如就给他搞点吃的。长大后金其如去参了军，当的工兵。

转业回家后，金其如成了村里的养猪专业户。十年前，因为养猪没有经验，母猪在产仔时总会有死胎，金其如百思不得其解。2005年后，作家书屋办在家门口，有事没事他总上书屋转悠，找几本书回家看看。其中有一本《现代养猪技术问答》，从这本书上他了解到母猪产前要限量喂养。他照此办理，从此母猪产仔再未发生过死胎现象。他还照着科学养猪书籍上教的，自己做猪饲料的配方，实行定时、按需喂养，结果猪的长势良好。他养的猪也从十几头发展到了400多头。他成了全乡闻名的养猪大户。十年下来，挣了近百万元。2010年，中央电视台还专门报道了他养猪的故事。

"这几年，大型养猪场越来越多，人家动辄饲养上万头猪。他一头猪只要挣 100 元，总数就是一笔不小的数目。我们小养猪场干不过它，挣钱越来越难。但是，我还要继续发展。怎么发展呢？我从报刊上看到，现在宠物市场前景广阔。下一步我准备搞袖珍宠物狗和定远'丑八怪'的养殖。"

"什么是定远'丑八怪'？"我好奇地问。

"就是定远汗毛猪、定远土猪，因为长得丑，所以叫'丑八怪'。这种猪瘦肉多，好吃，价钱比普通猪要贵三分之一。"金其如回答。

他今年 62 岁，当了近 30 年的村支书，儿子现在也是村干部。按说他也已到了含饴弄孙享清福的年纪，但他却依旧雄心不减，心中早有了一幅未来发展的蓝图。

"蒋集书屋给我带来了财富，开阔了致富的思路。我还要好好再干它十年！"他的话里充满了豪气。

如今，书屋早已成为蒋集人读书学习、了解信息的文化生活乐园。金其如还为此编了一段顺口溜：

> 书屋建在家门口，
> 一有空闲去遛遛。
> 读读书、看看报，
> 一分钱都不要。

如今已是当地农民致富带头人的熊传运种植着 300 多亩葡萄，2014 年进入丰产期的有 50 亩，每亩纯收入超过一万元。

"是金老师带我走上了致富路。"熊传运说。

熊传运是西庄村人。方形的脸膛黝黑发亮，留着寸头，目光坚毅，语气自信，显得气场十足。他告诉我，他高中毕业，2004 年自己投资三万元，在家挖塘养鱼，由于缺乏技术和经验，死鱼经常发生。蒋集作家书屋开馆后，熊传运借来几本养鱼方面的书——《养鱼技术 300 问》等，自学养鱼技术。一个星期后，多年来频繁死鱼的难题基本得到解决。

近年来，为了配合当地经济发展战略调整，熊传运从养鱼转向葡萄种植，并且成立了专门合作社。要请专家上门来指导很难，这下书屋可帮了熊传运的大忙，他有关葡萄种植的技术几乎都是从作家书屋学来的。

"2013年起，镇上对产业发展进行结构调整，将葡萄种植业列为六大产业之一。我计划种植葡萄400亩，全村推广种植600亩。我们种的是有机绿色葡萄，全部是农家肥，无公害。加之蒋集土质好，盛产期亩产两千多斤，一斤可以卖到十元钱，每亩净利润可达一万元。"

"种粮一亩一般能有多少收入？"我问。

"种粮一亩不到1000元的利润。我们种有机葡萄，要雇几十个人手。一人一天七十元。每亩投入八千到一万元。今后主要是控制葡萄产量，提高质量。前不久滁州市里给我们送来了几台电脑。下一步我们计划搞联网销售，为葡萄打开广阔市场。"熊传运雄心勃勃地说。

现在，位于街道上的西庄村已改为社区。社区支部旁边也建起了西庄农家书屋。已是西庄社区支部书记的熊传运要求社区干部都要看书，每次下乡服务时都要有针对性地带书下去，帮助农民更好地发展。

"作家书屋让粮食增产又增收，带我走上了科技致富的道路。"蒋集镇西庄村的熊爱民高兴地告诉我。以前种田靠天收，每亩小麦只能收成七八百斤，作家书屋开馆后，熊爱民经常从书屋里借阅一些科学种田的书籍，按照书上的指导科学种田，现在亩产量达到了1200斤。

节选自2017年2月《中国作家·纪实》

中国蓝军

——实战化训练改革纪实

江永红 *

"蓝军龙"遭遇"红军侯"〔上〕

2014 年 5 月初，北京人已经穿上了短袖衫，而在朱日和，草原才刚刚开始泛青。远看泛青，而近看却黄草遍野，寒冷欲去还留，不时飘起春雪，夜间最低气温还在零下 7 摄氏度左右。但即将进行实战化对抗的"红""蓝"两个旅已经忙得热火朝天，双方摩拳擦掌，磨刀霍霍，志在必得。

因为"蓝军"旅长叫夏明龙，所以"红军"喊出了"决战朱日和，生擒'蓝军龙'"的口号；"红军"旅长叫侯明君，"蓝军"便要"亮剑朱日和，活捉'红军侯'"。响亮的口号可以鼓舞士气，但要达到目的，必须要知己知彼，拿出克敌制胜的办法，首先要把对手研究透。"蓝军"旅长夏明龙一面督促部队抓紧布防，一面反复研究他的对手——"红军"装甲旅旅长侯明君。

即将进行的是"跨越 2014·朱日和"系列演习的首场演习，属"试点论证"和"综合检验"性质，目的在于为后面的正式演习蹚路。这条路蹚得如何，直

* 江永红，湖北天门人，少将军衔。解放军报原副总编辑。著名军事记者与报告文学作家，其作品多次获全国、全军大奖，本人获全国记者最高个人成就奖——范长江新闻奖、中国人民解放军专业技术突出贡献奖。著作有《名将解甲》《蓝军司令》《谁毁了大明王朝》《通鉴载道：司马光传》等 14 部。

接关系到"跨越"系列演习的成败。

总部指导组已经扎在朱日和，将自始至终指导"跨越"系列演习。

"先把动不动就插红旗的陋习改掉！"

这天，总参谋部的一位副总长来到朱日和训练基地，走进招待所，见到墙上挂着以往演习的照片，坦克上都插着一面红旗，驻足伫立，眉头紧锁，突然说："把这些插红旗的照片统统给我拿下！"有人解释说，在坦克上插旗，是为了区别"红军"和"蓝军"，让参观者一目了然。他一听，反问道："打仗时双方能打着旗帜给对手当目标吗？"一句话问得大家哑口无言。是啊！打仗时，双方都会千方百计地隐蔽自己，消灭对手。插红旗，那是典型的练为看，为了显示"红军"战无不胜。他说，转变训练指导思想，就得把动不动就插红旗的陋习改掉。

对靠插红旗来突出自己，以出名挂号的陋习，他可以说是深恶痛绝。有的部队演习中动不动插红旗，抢险救灾中到处插红旗。

据一名参加汶川地震救灾报道的记者讲：有的部队走一路插一路红旗，还没有救出一个人，电视上却天天见；有支部队在电视上宣称第一个赶到了汶川，可当他向震后最早到达该地的阿坝州州委书记侍俊求证时，他翻开接待部队的记录本说，13集团军的特战大队比这支部队早到4小时。

副总长说："有的演习锣鼓喧天，红旗招展，像个集贸市场，哪像战场？"

在第一次听取基地的导调预案时，他听了不到一半就把打印好的预案推到一边，严肃地说："这还是有编脚本的味道，要推倒重来，从头到尾不要脚本，不要一句台词，按三句话的要求演练：'自主对抗，随机导调，精确评估。'"那么，对演练环境和演习难度把握到什么程度呢？他说了八个字：

"逼到死地，难到极限。"

有人觉得"死地"二字不好听，他说："《孙子兵法》讲，'投之亡地然后存，陷之死地然后生'，有什么不好听的？"可"老百姓不知道'死地'是兵法上的话，弄不好会产生误解"。他想了想说："那就改两个字吧，叫'逼到绝境，难到极限'。"

谁来把"红军""逼到绝境"？谁来将"红军""难到极限"？靠导演部设置战场环境和出情况，更要靠"蓝军"来打。

对"蓝军旅"来说，副总长的这八个字的要求太沉重了，沉得让旅长夏明龙不敢有丝毫懈怠。你怎么把他"逼到绝境"？怎么把他"难到极限"？你必须比他更强，信息力和火力要胜他一筹，谋略上要高他一筹才行。可是，他遇到的这个对手太"鬼"了，按北京军区军训部副部长王静的话说，"侯明君浑身是心计，但他把所有的心计都用在训练打仗上了"。夏明龙非常了解侯明君，正因为非常了解，所以对他手里的牌更没有数。

"红军"旅长侯明君

夏明龙和侯明君从未在一个集团军内共事，但相互认识已经十多年了。因为在北京军区，他们都是训练领域的风云人物，经常在军区的训练会议和大型演习中见面。夏明龙一直在作训部门工作，从团到大军区一级不落，站立点高，视野开阔，知识面宽，触觉敏锐，组织训练、演习的经验丰富。侯明君比夏明龙大6岁，军龄则多7年，当旅参谋长6年，旅长6年，加上当旅副参谋长2年，在旅级指挥岗位共14年。虽然一直在旅级工作，他却闻名全军区，以至于引起外区和相关军事院校的高度关注。1982年入伍以来，他先后荣立二等功1次，三等功6次；2006年以来，先后被评为"全军优秀指挥军官"、"优秀参谋"、"优等团职指挥员"（4次）、"优等师职指挥员"（3次）、"优秀旅团主官"、"军事训练先进个人"、"军事训练改革先进个人"、"信息化建设先进个人"；他所带的装甲旅3次被评为"军事训练一级旅"。这么多荣誉，都是实至名归，夏明龙佩服但不介意，他特别介意的是：侯明君一天到晚琢磨打仗，在北京军区，他是首批扮演"蓝军"指挥员的人之一，被记者称为鬼才，屡屡做出让人意想不到的事。

侯明君个头不高，相貌平平，入伍当年就立了三等功，不是因为在营区外有什么英雄壮举，而是在本职岗位上冒了尖。坦克高机打靶，别人都没打上，唯有他这个新兵把航模穿了个洞。年终总结，全连就一个立功指标，没说的，谁打上了给谁。入伍第二年当文书，写写画画、照相教歌，啥都能来两下子，人才呀！团政治处瞧上了，调到电影组放电影。去了七天，放了一场电影，刚当作训股长的老连长李新民对他说，你的长处不是在机关放电影，而是在基层的战斗岗位。李股长去找了政治处主任，于是放他回连当了车长。参加师里的车长集训，结业时考了个全师第一，团里给予三项奖励：军旗前照相、休假15天、座钟1只。连长说，座钟你就别往家拿了，贡献给连队吧！次年，全军首次实行保送优秀班长上军校，团里就一个名额，常委一致通过，谁考第一就给谁，就是他的了。夏明龙也曾以优秀班长获得保送机会，因想上本科而放弃保送，参加了高考，他深知一个团只一个名额，要获取有多难。侯明君立功也好，被保送也好，凭的都是硬邦邦的第一。这种人有追求，不可小觑。

在蚌埠坦克学院的一堂战术课上，学员侯明君让教官大吃一惊。这堂课要分析第三次中东战争（1967年"六日战争"）和第四次中东战争（1973年10月，又称"十月战争""斋月战争"），教官问，谁能简要介绍这两场战争？请举手！侯明君举手了，他站起来，在简要叙述了这两次战争后，滔滔不绝地说——

1967年的第三次中东战争，以色列的空军和坦克如秋风扫落叶，空战中以色列与埃及、叙利亚的损失比为1∶25，坦克如入无人之境，一举占领了埃及的西奈半岛和叙利亚的戈兰高地，面积相当于其国土面积的3倍，而在1973年的第四次中东战争中，以色列损失飞机一百多架（头三天就近70架），而在空战中被击落的只有4架，其余全部为苏制萨姆6和萨姆7所击落；损失坦克800—1000辆，其中大半为有线制导的反坦克导弹所击毁，4个坦克旅被全歼……这次战争实际已经具备陆海空天电五维战争的雏形，导弹唱了主角，双方的经验教训都值得我们吸取。

第一，胜利者不要想用上一场战争的战法取得下一场战争胜利。以色列找到了用施放铂条和电磁干扰来对付苏制萨姆2、萨姆3防空导弹的办法，在"六日战争"中依靠空军和装甲兵取得绝对胜利，没想到埃及的导弹已经更新为萨姆6、萨姆7，老办法对付不了新导弹，对反坦克导弹更是关注不够。还有一点，在"六日战争"中，与其说埃及军队是被以色列打败的，不如说是自己溃散的，腐败军官带头逃跑了，而经过整顿后的埃及军队已经旧貌换新颜。以色列忽略了这些，还想重复上次战争的胜利，结果吃了大亏。

第二，光有先进的技术而没有正确的战略战术是不能最终取胜的。埃及在苏联的援助下，拥有先进的导弹，但"十月战争"的战略、战术目标不明确，似乎只是为了夺取苏伊士运河东岸靠运河的一条带状地块，而不是夺取三个通向以色列的隘口，在取得初战胜利后转入防守，陷入被动，反胜为败。

第三，要特别注意后方安全和新型武器的防卫。以色列反败为胜的关键是沙龙冒险对埃及后方的成功偷袭。

第四，战时指挥层次太多、体制僵化也是埃及失败的原因之一。

这哪像一个学员？比某些教员的思考还要深啊！侯明君因此被学院战术教研室盯上了。要进行毕业实弹射击考核了，全区队33名学员，副区队长指挥侯明君第一个打，打了个4发4中，优秀，接着指挥第二名打，良好，还剩31人，他把指挥权交给了侯明君，结果除1人良好外全部优秀。有头脑，会指挥，学院征求他的意见，毕业后是否愿意留校？并同时与保送他的团队通气。团里的态度很坚决：只能回团队，哪儿调也不行！

学院、部队抢着要，那是"篮球"啊！然而，一场毕业对抗演习却给他泼了一瓢冷水。A、B两个坦克连进行"红""蓝"实兵激光交战系统对抗（当年刚从英国引进），其中A连由侯明君指挥。他带着大家反复研究演练，练得胸有成竹了，只等正式对抗时一展身手，未料到对抗这天风雨大作，A连打逆风，

B连打顺风。A连坦克的瞄准镜在逆风中看不见对手，结果落败。坦克学院用一场"败仗"送他毕业，而这场"败仗"给他的教育比在课堂上学习的总和还要刻骨铭心。作为一个指挥员，什么时候都不能一厢情愿，你晴天练得很好，老天爷一场大雨，就让你的美梦泡了汤，这场"败仗"让他记住了，打仗要从最坏处着想，必须把天时、地利、人和方方面面的情况都考虑到，方能赢得胜利。带着这笔最大的财富，他毕业了，被分到了军区坦克训练基地，团里派人去协调，硬换了回来。

"你知道要你回来干什么吗？到工兵连去。"学坦克的，怎么安排去工兵连？团政委说："工兵连的连长、指导员带半个连在外施工，半个连在家留守，乱套了，你去，3个月给我稳定下来，否则说明我用你用错了。"团政委说得很严肃，其实工兵连的问题没有那么严重，侯明君去了1个月，半个连就稳定了，3个月就被带得嗷嗷叫。政治处发现了人才，调他去当了组织干事。年底，首长机关演习，政治处的标图作业竟然比司令部标得好，谁标的？侯明君。团长说，这个人怎么不调司令部呢？就这，他被送到装甲兵指挥学院参谋队学习两年，回来团里当了作训参谋。集团军来考核室内战术作业，一炮打红，又被调到师里当作训参谋，第二年负责组织总部赋予的合成营训练试点，成绩卓著，提拔为正连。第二年参加军区参谋比武，得了第三，荣立二等功，破格提拔为副营。两年调了两级，又被第28集团军装备部调去当战术技术处参谋。集团军组织一场大型演习，演习前，导演部进行演习方案推演，他这位装备部参谋的发言受到军参谋长的赞赏，要把他调作训处。演习结束后，第28军撤销，他被旅里点名要回当作训科长。他这段经历与夏明龙极为相似，虽说"参谋不带长，放屁也不响"，但参谋岗位是最锻炼人的，可以说能得到全方位锻炼。对此，夏明龙比谁都清楚。对既当过参谋又有实际带兵经验的人，他一点也不敢掉以轻心。而侯明君就是这样的人。

侯明君从作训科长提拔为副参谋长，而后是参谋长、旅长。从他当参谋长开始，夏明龙就经常与他打交道。有次军区进行参谋集训，最后选出10份优秀标图作业展览，其中7份都出自侯明君所带领的装甲旅。无论是什么工作，他总是能弄出点响动来。这个人一心想打仗，在技术创新和战法运用上有独立见解，屡屡不按常规出牌。《大纲》是训练的法律，他不敢违背，但在训练内容上常常超越《大纲》的规定。比如，某型坦克的潜渡训练，《大纲》没有普训硬要求，他接装当年就搞了；夜间战斗射击没有硬规定，他连续3年将有限的弹药用在夜间射击上。再如军事地形学训练，《大纲》对后勤分队无要求，他却要求每个官兵反复练。他有一句"犯上"的名言："死板地按《大纲》训练，只能迎考，不能打仗。"超常规、超难度训练是要冒风险的。

那年，装甲旅1个营装备了某新型坦克，而其他3个坦克营还是老坦克。按规定，坦克的战备摩托小时是有规定指标的，战备车与教练车也是有比例的。侯明君想到明年全旅都将换装新型坦克，为了一换装就形成战斗力，他以这个营为"基地"，把4个营的骨干都训了出来。不仅如此，还别出心裁，超越《大纲》，进行"横、进、退"360度射击。从准备打仗的角度看，他做了一件有预见的大好事，可从装备管理的角度看，他严重违反了规定，把这个营的战备摩托小时耗在了非本营的训练上。军区装备部发现后，写好了批评通报，准备发出，接到时任第27集团军军长秦卫江的电话："侯明君这样干是为了打仗，是经我同意的，你们要通报就通报我。"事实证明，第二年新坦克一接装，全旅就做到了"开得动，打得响，联得上"，呼呼啦啦开到了演习场。此一时，彼一时，这时又要他总结经验了。但并非每次他都有这么好的运气。装步营换装某新型步兵战斗车后，他率先组织水上航渡实弹训练。他第一个下水，摸索出了一套组训方法，按这套方法，一直没有出现问题，可有次因为现场指挥员麻痹大意，造成一起淹亡事故。他正式打报告请求处分，军长薛爱国说，这是在战斗力生成过程中付出的代价，要实事求是地总结教训，集团军工作组调查后只给了现场指挥员处分，高难度高风险课目在装甲旅照常进行。

侯明君就是这样一个人，只要是打仗需要，明知有风险他也要干。训练中敢冒风险，演习中更是奇招险招不断。他参与师、旅级演习24场，其中19场担任"红方"或"蓝方"指挥官。研究他指挥的演习，夏明龙发现，他每次用兵都有让人意想不到的地方，尤其善于以真示假，以假示真。

面对这样的对手，夏明龙一时无法摸清他这次将用何种战法，唯一可以肯定的是，他不会重复过去，会有新招。"蓝军"是防守方，而防守方往往是被动的，必须严阵以待，做好各种准备，到时见招拆招。这次演习，侯明君手下的新兵占了将近一半，到时候总会露出破绽；在信息战力上，"蓝军"占有优势，必须充分发挥这一优势，信息打击与火力打击紧密结合，打乱其指挥系统和战斗部署；同时他也设置了许多陷阱，设计了诱敌圈套，目标真真假假，等着侯明君上钩；留有强大的预备队，以防不测。他用 8 个字来概括他的基本战法："打乱，引诱，灵活，机动。"

棋逢对手，侯旅长编顺口溜

夏明龙在研究侯明君，侯明君也在研究夏明龙。

侯明君对夏明龙也是了解的，他不苟言笑，见解独到，谋略过人，又脚踏实地，处事谨慎，在训练上追求完美。当军区军训部副部长下部队检查训练，他总是死扭着实战化不放，按实战化的标准严格要求，常能发现别人没有发现的问题，更不要说任何弄虚作假都逃不过他的眼睛了。在这一点上，两个人非常投缘，可现在两人要成为对手了，侯明君有一种莫名的兴奋和紧张。兴奋，是因为总部赋予试训任务，并要与专业化"蓝军旅"这个高手过招；紧张，是因为对手很强，不能靠侥幸取胜。他瞧不起那种夸夸其谈、虚不拉唧的人，而佩服与自己一样钻研打仗的人，与一个自己佩服的人对垒，稍有不慎就会失败。不过，夏明龙当旅长的时间不长，部队与他的磨合也许还没有达到默契的程度，这一点，侯明君要充分利用。他对"蓝军旅"的整体评价，写在他《实兵对抗100 问》的第 24 问《"蓝军"部队有何对抗特点？》中：

> ×××旅当"蓝军"，装甲部队老精英。
>
> 虽然暂未换新装，战法运用有所长。

侦察手段强我旅，情报来源有基地。

警戒伏击很隐秘，障碍应用招法奇。

交战系统使用精，多种距离能打你。

攻防转换都自如，以逸待劳等我去。

机动灵活素质高，地形道路都熟悉。

夜视能力稍落后，机动能力逊一筹。

侯明君在驻地让司令部堆了个朱日和地区的大沙盘，把班长以上指挥员集合在沙盘前，让大家反复地看。"你们说说，'蓝军'会在什么地方布防？按'蓝军'作战原则，其正面可能宽多少？纵深会到哪里？警戒阵地会放在哪里？"因为基地的导调计划是严格保密的，又不允许"红军"提前去看地形和侦察，他只能根据地形和"蓝军"的作战特点来分析判断。他不忘提醒大家说，"蓝军"的夏旅长是一个考虑问题十分周密的人。这样做的结果是大家把朱日和的地形整个印在脑子里，根据地形、"蓝军"作战特点和指挥员性格，还有演练要将"红军""逼到绝境，难到极限"的要求，诸多因素综合考虑，对"蓝军"可能布防的地域心中大抵有了数。于是，以这个预想作战地域来研判"蓝军"的防御部署，再找相似地形进行实兵实车实验。

前面出现一个山坡，侯明君要一个参谋确定其距离、方位、坡度等相关数据，参谋拿着望远镜看了一下，立即报出了数来。望远镜还能有这么多用处，许多人不会想到，这个参谋就曾经被侯明君考倒过。侯明君说，一副望远镜，一般人就是望远，但对军人来说，只会望远就不合格。在没有测距仪时用它测距，算出目标的距离、高度、宽度等。从此，全旅军官都练这一手，上面不考核，但打仗用得着。来到山坡前，见山势较陡，坡度远超坦克性能。侯明君问："如果'蓝军'在此设防，会不会再构筑反坦克墙、挖阻绝壕和设置障碍？"有人回答说"没有必要"，侯明君说："大错！'蓝军'夏旅长比你想得细，他一定会精心构工，通过精心设障，减少兵力，把兵力用于他的主要防御方向。"

为什么? "你看看, 这里固然坡度大, 坦克直行是上不去, 但如果让工兵开路, 坦克就可以迂回上去了。夏旅长能忽略这一点吗? "那怎么办? 绕开它吗? "不! "侯明君说, "俄国名将苏沃洛夫说过: '在战争中要做敌人认为不可能的事。'越是上不去的地方, 我们越要想办法上去, 这才能出其不意。"他向作战参谋邵海峰上尉交代: "给你 1 个坦克连, 3 台步战车, 1 个工兵班, 想办法克服各种障碍, 利用坦克侧倾斜加力, 把坦克和步战车开上去。"乖乖! 这几乎是一个无法完成的任务, 但邵海峰带着大家完成了, 怎么完成的? 我们将在后面的演练中看到。

就这样, 侯明君带着连以上军官在驻地附近的相似地形上一个一个问题地研究, 初步形成了自己的战法。但最要害的还有两个问题, 首先是如何应对"蓝军"的信息战。在整个战斗中, "红军"为攻方, "蓝军"为守方, 而在信息战上, 正好翻了个个儿, "红军"的弱势很明显。在即将进行的对抗演习中, 地幅不大, 而"红""蓝"双方的短波、超短波电台加上基地构建的公共电磁环境, 电磁发射源就有千余个, 即使不带敌对行动, 电磁自扰也乱成一锅粥, 何况"蓝军"对"红军"的电台性能了如指掌, 又有强大的干扰源, "蓝军"一定会利用电磁战瘫痪你的指挥系统, 打乱你的战斗部署。对此, 临时想办法是来不及的, 侯明君早有准备, 准备了 8 套抗干扰保畅通的手段。——说来会显啰唆, 只说三件事。

在集结地域通信中, 最可靠、最保密的还是有线。然而, 一个旅在 150 平方公里的地域内, 分散配置着那么多战斗群队, 且随着部署的临时调整, 必须保证快速再次联通, 而通信连就一个有线排, 有线兵累断双腿也难以及时保障。他亲自在摩托车上设计自动收放线机, 与通信连几个人七捣鼓八捣鼓, 很快搞成了, 摩托车边开边放线, 效率比人工提高了 3 倍以上。通信连上等兵李中雪是中国石油大学的学生, 他说, 我最佩服旅长敢想敢说敢做, 光这几年训练演习的大小技术创新就有二三十种。就说这个由三轮摩托改装的放线车, 加装了夜视仪、一个平板电脑, 里面有导航、定点软件, 给你一张简图, 一个点, 你将数据输入，不仅白天可以按图行进收放线，而且夜间再也甭担心指挥所转移了。说实话，这个东西并不太复杂，打仗却十分管用。

但有线只能解决停止间各战斗、保障要素间的通信，运动的指挥所，还得靠无线。侯明君主导绘制了《基于信息系统的体系作战结构拓扑图》，依托现有装备和革新装备，建起"五网三系统"，即有线通信网、无线电台通信网、无线电接力通信网、卫星通信网、移动通信网和指挥控制系统、频谱管理系统、安全保密系统。其中的局域移动通信网，通过一个移动车载基站，各指挥所、各作战单元之间就可像打手机一样联络了。不过，通话全部用的是代码，必须将代码背得滚瓜烂熟。因为这个基站的频率是新出现的，所以对手很可能忽略。

侯明君最得意的还是他亲自主持并参与发明的北斗卫星指控扩展系统。如今对卫星导航、卫星通信，老百姓也并不陌生，但他们用的卫星导航系统是美国的 GPS，卫星通信大多用的是国际海事卫星。侯明君说："如果打仗用 GPS，无异于自杀。"在信息化条件下的战争中，我们必须用自己的北斗卫星系统，但是，目前配发的相关装备功能还很不齐全，而且难以与其他通信系统兼容，是等上级改进后再用，还是想办法扩展其功能，现在就用。侯明君咨询有关科研院所和厂家的专家，带领他的博士生于长富、国防科技大学毕业的软件设计高才生行舟主持解决功能扩展和兼容的问题。部队与专家联姻，生出了一个三头六臂的闹海"哪吒"——北斗卫星指控扩展系统，扩展出定位导航、图文传输等六项功能，给主战分队加装了北斗卡，编发了《北斗代码指挥简令》，卫星通信指挥系统将全旅各个作战单元"一网打尽"，每个终端都可看到全局，旅长可以看到战场实时态势，并指挥到单车，纵向横向联络十分方便，而且抗干扰性能非常优越。如何使用？侯明君编了一个使用口诀：

点击"链接"有"提示"，查看报文和数据；

按照决心设航线，"跟随""记录""快捷"键；

要图标绘很简单，方法同前看面板；

地图操作关"跟随"，"缩放""漫游"随你点；

指挥通信点面板，打开界面代码传；

发送军标选界面，选择军标地址点；

还可发送导航线，警报"时统"收邮件；

不会操作找（于）长富（博士工程师），当面拜师求帮助。

侯明君把这套北斗指控扩展系统当成了"动中通"和组织"精准作战"的保底王牌，因为"蓝军"没有能力干扰高频卫星通信，未来的敌人也不敢轻易动我卫星，否则那就不是局部战争的问题了。

夏明龙的第一个狠招就是"打乱"对手，侯明君在防"打乱"上下足了功夫。

信息化条件下的战争，信息战是先导，并且贯穿始终。侯明君把"红""蓝"双方的家当全部搬出来，逐项对比，优势在哪儿？劣势在哪儿？再结合地形和装备性能进行整体比较，寻求破敌之法。比如，在坦克上，"蓝军旅"（非真敌）的夜视手段略逊一筹，这一点我们可否利用？再如，"蓝军旅"的坦克不如我多，性能又不占优，他会与我打坦克大战吗？聪明的指挥员绝不会这么干。他会利用空中"坦克杀手""集束"打我坦克，让步兵利用地形隐蔽"猎杀"我坦克，再用隐藏在暗堡中的步兵打我机械化步兵。如果这样，我们应该如何不让他的战术得逞？再如，"蓝军"作为防守方在地势上占有绝对优势，并且构筑了各种障碍和工事，我们靠什么来破障攻坚？结合地形，他会在哪些地方给我设陷阱和歼击地域？怎么避免进入其"鬼门"圈套呢？等等，一共提了100多个问题。

针对这100多个问题，侯明君在与机关和基层官兵研究后，编写出一本名曰《实兵对抗要诀》（又名《实兵对抗100问》）的小册子，答案都是他自己编的"顺口溜"。每个问题都非常具体，其中机动投送就有22问，比如："机动中要大小便怎么办？"回答是："行前先排除，内急袋接住，停车小休息，抓紧全排除。"再如:"行军中坦克火炮、高机的战斗指向高度怎么固定?"回答是:"火炮通常指敌方,高机水平指后方。"诸如此类,朗朗上口,易懂易记。

对侯明君的小册子和顺口溜,旅里的老士官们津津乐道。这些老士官入伍十多年了,从侯明君当参谋长时就跟着他训练、演习,互相熟得像兄弟。他们知道,每有重大任务,他都会找他们商量的。而且征求意见之后,他会把要点编成顺口溜式的歌谣,印成小册子,让士兵人手一本背诵下来,如果忘了,遇到不懂的问题,拿出来一翻就知道了。有些句子,战士们背起来有滋有味,比如在关于草原宿营的要求中有这么两句:"宿营不进石头窝,小心毒蛇钻被窝。"2013 年 1 月在草原冬训,他编了一本《冬训歌》,从准备工作一直到实弹射击,每项工作一首,记住了《冬训歌》,就知道从头到尾的工作该怎么做了。其中的《战斗勤务篇》写道:"利用编袋筑掩体,用雪盖上好隐蔽。两套床单要备齐,雪地伪装身上披。不走风口卷雪地,防止掉进冰凹里……"在一次总部赋予的防化演习任务中,他编写的《防化歌》,被总部有关部门和院校专家赞誉为"有专家级教材参照价值"。

现在,士官们又一次拿到了旅长编的小册子,更加感到了肩上担子的沉重,全旅去年刚补充的两批新兵占了总兵员的五分之三,他们还没有完成基础训练,只经过了应急训练,就要投入到演习场上去,这就全靠士官来带了。在装甲部队,士官一般都是车长、班长,打仗最终是要靠他们来打的,再好的计划,末端出问题,计划就会泡汤。旅长的心思他们懂。

在一个马蹄形的山地前,他问,如果你是"蓝军"指挥官,你会怎么打?士官们看了一番地形后说:"他会把我们放进来打。"为什么?便于"蓝军"扬长避短。你看,两边的山虽然难上,但我若攻山,"蓝军"不一定能占太大便宜,因为我坦克火力猛,正面攻击是强项;中间的路虽然好走,而我一旦进入,"蓝军"就可对我两面夹击,而坦克视界受限,隐蔽在山上的步兵用火箭打我,一打一个准。所以,如果贪图路好走,就会上"蓝军"的大当。

听了士官们的议论,侯明君的脸上一片灿烂,有这么一支懂战术有经验的士官队伍，他心里就踏实多了。接着，他又与士官们一起研究：如何上山？如何对付隐蔽在山上的步兵？有人说，我在明处，"蓝军"步兵在暗处，得想办法把他从暗处逼到明处，我们就好打了。侯明君忍不住连连点头，恨不得抱着战士亲一口。这个想法确实高明！敌人单兵和战斗小组隐蔽在草丛中，一般很难发现，他一发火箭弹就报销你一辆坦克，打一发换一个地方，让你打不到他。本来我是他的活靶子，如果我主动把他逼出来，他就成了我的活靶子。怎么把他逼出来？侯明君没说，但心中窃喜。他有一项暂时还对外严格保密的发明，这回该派上用场了，忍不住冒出一句："我不相信，'蓝军'的战士个个都是邱少云！"士官们一听就明白是要火攻，对着旅长暗暗一笑。

"拿数据说话！"

刘伯承元帅有一句名言："计就是计算。"这里说的计算，不是指我们所说的"又被他计算了"的计算，而是实实在在的数学计算。"兵者，诡道也。"用兵打仗当然少不了阴谋诡计，真真假假，虚虚实实，但一切计谋都离不开计算。古典小说中的所谓的锦囊妙计其实都是神话，是骗外行的。事实上，中国历史上不乏智谋过人的谋士，但许多谋士的妙计最终都像老鼠给猫挂铃的好主意一样成为笑柄。为啥？没有计算。而没有计算的谋略充其量是纸上谈兵。中国传统兵法往往偏重谋略而忽略计算。受古典小说和传统兵法的影响，现在我们不少指挥员也忽略计算，或者只有简单的计算。比如，要求某支部队几点几分赶到哪里，却没有计算路程、道路情况、所乘交通工具的速度等，甚至有的只算人数，而不算火力；只算单一兵种，而不算合成军；只算兵器数量，而不算装备性能差的战斗力指数。

侯明君非常注重谋略，鼓励大家出点子，但对出点子有一条铁的要求："拿数据说话！"他认为"没有数据作依据，就是一厢情愿，再好的点子都是歪点子。现代战争讲究精确打击，精确打击的前提是精确计算，不能靠拍脑袋决策"。他常常会把经验丰富的参谋问倒，比如：在实战化演练中，不可能百发百中，平均多少发子弹消灭一个敌人？平均多少发炮弹打掉敌人一个支撑点？这还真不好回答，但又非回答不可，因为这涉及兵力火力使用，涉及带多少弹药和何时补充弹药，补充多少弹药。这些数据从哪里来呢？本部和兄弟部队历次对抗演练的统计数据，实战化打靶的统计数据，外军的相关数据，将这些综合起来分析，可以得出一个相对精确的概数。这样，你让部队带 1 个基数或 N 个基数的弹药，就有个基本依据。

进攻有主攻、助攻和佯攻，佯攻不是做样子，而是要引诱敌人的火力。他与一个营长研究进攻中诱敌的问题，问营长，如果让你佯攻，你如何诱敌？营长说，甘当无名英雄，哪怕肉包子打狗，能够把敌人火力吸引住就行。侯明君摇了摇头，说，你只说对了一半。肉包子被狗吃完了，不是更有精神对付我主攻方向吗？营长说，我既要把动静闹大，吸引他的火力，让他看着像是主攻，又要尽量减少牺牲。侯明君说，这就对了，但你怎么达到目的呢？营长向他请教，他说，这就要计算。对手的反坦克火箭射程为 ×00 米，坦克炮射程为 ××00 米，这是对我坦克威胁最大的两种直射武器。曲射火力虽有威胁，但有我炮火压制，武装直升机在双方火力准备时不敢进入弹道飞行区，因此你要利用上述两个射程数据做文章。听到这里，营长一下明白了，说，因为对手不会把坦克摆在最前沿，或摆在反斜面难以直射，或藏于掩体内，虽可直射但距离较远，主要依靠步兵用反坦克火箭打我，所以我坦克、步战车可大胆利用火力压制进入到敌前沿 ×00 米线外，采取直瞄射击方式，精确打击其前沿和暴露的坦克，掩护我伴随步兵前出，待其调坦克上来时，我步兵正好从侧面用反坦克火箭打他，坦克也可以打他。就这么与他缠斗，即使他发现我是佯攻，也不敢弃之不顾，因为他一旦把兵力调走，我就可以乘机而上。对这个答案，侯明君比较满意，要他找个地方多实验几次。

在侯明君的带动下，装甲旅军官形成了"拿数据说话"的习惯。汽车伪装，以往车厢被伪装网盖得严严实实，而车头却是暴露的。用观察器材实验观察，在夜间，无论是红外还是微光，几乎 100% 是由驾驶室的微光、车头的防空灯和发动机的光源和热源发出的，白天就更不用说了。也就是说，最易暴露的地方没伪装，而不易暴露的地方伪装了。不用说，赶快制作伪装架和热辐射玻璃反光遮挡板，解决车头伪装的问题。再实验，如果夜间闭灯驾驶，夜视器材发现的概率已经很微弱了。坦克上火车平板运输，以往要用粗铁丝五花大绑，费时费工，还难免出现损坏炮管热护套和炮管转动的险情，曾有因炮管转动而刮断铁路电杆的事故。如果在战时，一次事故就可能贻误战机。侯明君要军运油料科长孙耀和修理营长郭晓杰想办法解决，于是有了两项发明：一是铁路平板加宽器，二是坦克火炮紧固器。经与铁路部门共同实验，上述两个问题彻底解决，而且可大大提高装载效率。比如用铁丝固定炮管需耗时 10 余分钟，而用紧固器只需 3 分钟。

演练中战士的体能消耗比平时增加 1 倍以上，而中国人的胃不同于外国人的胃，一天不吃热食就不舒服，三天不吃热食就蔫了。所以，实战化对抗演练中的饮食保障不仅要计算每人每天应补充多少热量，而且还要想办法保证战士吃到热食。这是一个不小的难题。对此，侯明君先后四次到保障部开会研究，对军需科长于建飞说，我不管你想什么办法，是传统的还是现代的，一定要保证战士吃到热食，吃到肉，吃饱吃好。总后早就给每个伙食单位配发了一台野战炊事车，功能比较齐全，在野外驻训时非常管用，但这次侯明君不让带，为啥？实战化演练不是驻训，炊事车目标大，易暴露，行军靠汽车牵引不方便，很容易成为打击目标。抛开了制式炊事车，用什么灶具？如何伪装？食品、食材如何储存、运输？炊事班与前沿应保持多大距离？做成热食后如何前送？路上如何保温？等等问题都得用数据说话。这么一逼，军需科还真拿出了办法。做饭采用雾化柴油灶，几乎不冒烟，在隐蔽处铺设伪装网，很难被发现。食品、食材采用真空包装，便于运输和保鲜。比如真空包装的腊肉、腌肉可保存 3 个月，其中腌肉可即开即食。自制保温背囊，供炊事班阵地送饭用。炊事班的位置应视战斗进程和敌情威胁配置，以离一线战斗分队 3—5 公里外为宜，无敌情顾虑时送饭用车辆，有敌情顾虑时用人工带战斗装具前送，一人分送两到三台车（班）。于建飞立下军令状，保证让战士吃到热食。侯明君问，你那送饭的炊事员会识图用图，能找到坐标吗？于建飞说，都反复练过了，给他一个坐标，他就能靠导航定位仪找到目标点。又问，深入到敌后的侦察兵和特种兵不能送饭，他们能吃到热食吗？于建飞回答说，给他们设计了一个小背囊，里面有各类食物和加热器，可以保障3—5天。侯明君又问，炊事班防敌偷袭的问题考虑到没有？于建飞说，一是自派岗哨，二是已建立了与警戒分队的支援警报联系方式。于建飞没有吹牛，在后来的演习中，的确保证了战士每天至少吃到1—2顿热食。战后，侯明君曾赋词表彰炊事员：

忆秦娥·炊事员

北风烈，烽火映照炊事员。炊事员，披星戴月，油衣烟脸。连日征战人难歇，阵地野炊烟尘绝。烟尘绝，风雨无眠，战火铁血。

战损装备的快速修理，是战斗力能否持续的关键。过去一场演习，修理营修不了十来台车，这显然不适应这次高强度演习需求和未来作战保障需要。侯明君到修理营与大家一起分析，是技术问题，设备问题，还是编组问题？发现主要问题在于修理班组平时一直在营区修理车间工作，真正的野战车组操作应用不如固定平台熟练。这不行！必须根据战时需要改！从此有了七个野战修理方舱轮流进修理车间实战化训练和维修机制，修理工的操作技能和战损装备的再生率，在接下来的演练中经受住了考验。

在信息时代，数据已不只是阿拉伯数字，图片、音频、视频无不在数据之列。在战前准备中，侯明君做了一项许多人压根儿没有想到的准备。他在给侦察兵发了一套"蓝军"特种装备图册的基础上，还给每个班发了一套"蓝军旅"连长以上主官的照片和他们的简历。这些照片有的是从公开出版物上扫描下来的，有的是从军网上下载的，有的是通过特殊关系弄到的。他说，研究敌人的指挥官本来是题中应有之义，可长期和平环境让我们把这条忘记了。现在研究"蓝军"，必须熟悉其各级指挥员。同时也要告诉部队，别以为军官的照片不是机密。侯明君让部队看图识人识装备，有三个考虑，一是防止"蓝军"军官混入"红军"部队搞侦察，二是到时候按图抓俘虏，三是抓特种车上的指挥员。他想得很细，细得超出了许多人的想象。

细节决定成败。这是一句许多人挂在嘴边上的话。作为军事指挥员，侯明君不反对这句话，但认为应辩证地看。在信息化条件下的战争中，一个细节出问题，就可能使整个系统瘫痪，造成失败。但旅长有旅长要注意的细节，营、连长有营、连长要注意的细节，班长有班长要注意的细节。在战前准备中，指挥员要尽量将细节考虑周全，力争做到不遗漏任何问题，但是在作战中，指挥员的注意力要放在将主要力量用在主要方向上，而将细节问题交给下属去处理，否则就可能捡了芝麻，丢了西瓜，一败涂地。

从5月5日接到转入一级战备的命令后，侯明君的主要精力已经从细节上移开，放到了组织计划上，放到了关键问题上。

即将进行的演习是我军历史上最接近实战的演习，许多方面都是第一次：第一次与专业化"蓝军"实兵对抗的演习；第一次不经驻训准备就直接按照作战进程，连续20多个昼夜连贯完成7个大课目的演习；第一次作战旅及其配属部队全作战要素和全保障要素全程参与的综合性实战检验演习；第一次在演习中全员全装高强度、高难度、高险度地进行260公里战场机动；第一次按照新的实战化的演习规定、对抗规则进行的实弹演习。对侯明君所带的装甲旅来说还有一个第一次，就是第一次新兵未完成基础训练就要参演的演习。

这么多第一次，难度已经够大的了，侯明君似乎还嫌难得不够，因为他们还担负着全军实战化演习试验论证的任务，为此，他给导演部建议，在兵力投送阶段再加两个难题：一、行军公路、桥梁、涵洞突然被敌人炸断；二、铁路输送的车辆夜间在灯火管制条件下装卸载，闭灯驾驶开往集结地域。他敢如此建议，因为已练过多次，已有一套成熟的办法。而且，这两种情况战时确实会遇到。但是，导演部采纳了他的第一条，没有采纳他的第二条建议，理由：训练难度应逐渐加大。一台装备多少万，在大多数部队还没有练过的情况下强行要求，势必造成装备不必要的损坏。

嗯，有道理。你怕装备损坏，我怕遭敌轰炸。你不要求，咱该咋练的还咋练。在"红军"远程投送开始前，"红""蓝"双方都在进行有针对性的模拟训练，只等导演部一声令下。

节选自《中国蓝军——实战化训练改革纪实》，解放军文艺出版社，

2017 年 9 月第 1 版

风动中国

——空气动力试验研发纪实

高　翎[*]

军民融合

军民融合发展，是富国和强军的国家战略。空气动力学具有军民共用的特点。气动人始终着眼"国家中心"的使命担当，站在国家层面谋划气动事业发展，以科技创新，助推国家科技进步和产业升级，推动"中国制造"向"中国创造"腾飞。

运-7、C919 等十余种民用飞机从风洞起飞。

高速磁悬浮列车，东风等三十种品牌汽车，上海东方明珠电视塔等五十多座大型建筑、桥梁，经受过风洞洗礼。

二十余座工业空气动力学风洞在全国各地建成。

能源、交通、文化体育等越来越多的领域，空气动力学技术正在改变人们的生活……

---

* 高翎，原名张登高，1964 年元月生于四川省洪雅县。1983 年 7 月毕业于重庆师范大学中文系。著有长篇小说《风洞》《国风》、中短篇小说集《遥远的恋歌》、电视连续剧《国家使命》等。荣获全国"五个一工程"奖、中国人民解放军电视艺术金星奖、四川文学奖等。

中国需要风能

大自然的风，蕴藏着巨大的能量。风能是一种清洁的可再生能源，而且取之不尽，用之不竭。人类开发利用风能有着悠久的历史。20世纪70年代爆发的两次石油危机，使风能开发利用受到全世界的广泛关注。我国的风能十分丰富，陆地储藏量达到3.5亿千瓦，海洋风能约11亿千瓦，开发利用前景十分广阔。

气动人对所有与"风"有关的事都很敏感，何况是关系世界未来能源结构大调整的风能开发。1978年2月，改革开放大门一开，低速所副所长贺德馨便在著名空气动力学家庄逢甘带领下，奔赴欧洲四国考察。他们主要是考察风洞。但是，欧洲大地正在"冒头"的风力发电引起贺德馨极大的关注。职业的敏锐让他感到我国在这一领域大有可为。他留心搜集了相关情况，回国之后，去向钱学森汇报。那是贺德馨第一次见到钱学森。他有一些紧张，又有些兴奋。这是他景仰的大科学家啊。1956年，他考入华东航空学院（后并入西北工业大学），接触空气动力学，钱学森就成为他心中的偶像，一座科学的高峰。他重点向钱学森汇报了德国斯图加特大学航空系开展风能研究的成果，钱学森一听，立刻对贺德馨大加赞赏。他兴奋地对贺德馨说，搞风力发电，利国利民。这个任务气动中心义不容辞，你回去就想办法搞起来。

钱学森直接向自己交代任务，这让贺德馨很意外，也很激动。

其实，钱学森关注风能，关注风力发电，可以追溯到20世纪50年代。作为世界著名的空气动力学大师，他早就洞察到风能利用的重要性，探索研究了风能转换装置，提出"风洞风车"概念，它区别于一般形式上的风力发电机组，可以在同样风速下提高风轮的输出功率。

如果气动中心有什么困难，你可以直接向我汇报。钱学森叮嘱道。

好的。我回去就向气动中心领导汇报，尽快开展工作。贺德馨回答。他记住了钱学森的嘱托和鼓励，也由此与风能结下不解之缘。

三个月后，钱学森到气动中心检查指导工作，又专门向气动中心领导落实此事。他指出，风力发电的问题，具体到风力发电中的空气动力学问题，气动中心要列入工作计划、规划。

这是国家需要啊，要重视，要快。钱学森心情十分迫切。

贺德馨迅即领头在低速所成立风能研究课题组，确定对垂直轴风力发电机样机和旋风型风能转换装置展开攻关。经过一年多的努力，他们完成风力机设计，于1982年成功研制出4台小型风力发电机样机，分别安装在低速所所区、内蒙古锡林郭勒盟、江苏江阴、西藏那曲等进行实地考核试验。根据实地运行数据，改进设计后研制的首批15台产品交付国家有关部门使用。

贺德馨向钱学森报喜，钱学森很高兴，详细询问技术指标。

风速4米/秒下启动，8米/秒下输出功率两千瓦，风能利用系数≥0.35。贺德馨回答。通过这部垂直轴样机研制，他们初步掌握了相关风洞试验研究技术，为开展水平轴风力机以及实现钱学森20世纪50年代"风洞风车"的设想铺平了道路。

但是，钱学森显然并不满足，他对贺德馨说，这种类型的风电机组，应该达到1.5—2.0兆瓦。

兆瓦？贺德馨大吃一惊。在他看来，千瓦尚没完全掌握，哪里敢想兆瓦？可钱学森就想了。他不仅给贺德馨这么讲，给国家能源部也这么建议。他坚信一定能实现。

大师的远见卓识，常人永远望尘莫及。

贺德馨便一步一个脚印地沿着钱学森指引的方向努力。

大成功离不开大时代，更离不开国家的大战略。2006年，我国第一部《可再生能源法》诞生，风能开发从科学研究一跃被提升为国家能源战略。中国风能事业的春天，来临了。

风能科技攻关的队伍迅速壮大。除了中国气动中心，一些高校和科研院所加入了进来，一些大型企业也加入了进来。钱老设想的1.5—2.0兆瓦风力发电机组在2009年我国风电场新增机组中，首次占比超过70%。

一代大师30年前的一个梦想，终成现实。然而，捷报飞来当纸钱，钱老却在这一年驾鹤西去了。

贺德馨的悲痛难以形容。一次次翻看钱老 30 余年间写给自己的 20 多封亲笔信，他的心中充满老骥伏枥的奋斗激情。大师远去，事业永恒。他不知疲倦地奔忙在中国风能事业第一线。2015 年，中国新增风电装机容量达到世界第一，比肩世界的大功率风电机组也已投入使用。

中国已成为世界当之无愧的风能利用大国。

世界希望分享中国在风能事业上的成就。从 2005 年开始，贺德馨连续三届当选为世界风能协会副主席，2011 年后又连续两届当选为主席。他致力于搭建中国与世界风能事业共享、交流的平台，致力于中国大踏步地迈向风能利用强国。

就是这样一位世界知名的科学家，生活中却极其朴素低调。气动中心党委书记张源明曾经在一个冬天去看他，他在家门口摆了个小桌子，穿着件蓝棉袄，聚精会神地审阅技术报告。当选世界风能协会主席后，仍然一如既往地穿着发黄的旧衣服，坚持乘坐公交车上下班。他朴素，不是为省钱，是为了节约资源，节约能源。他朴素，是因为心里想着国家，想着世界，想着科学。

他身患两种癌症，住在医院里，病房里仍然摆满各种学术技术资料。一心要活到老，学到老，干到老，直到动不了为止。

我只是做了一点点工作。贺德馨一贯谦虚低调。然而，正是无数这样的"一点点"，集腋成裘，集土成山，让中华民族昂首挺立于世界民族之林。

风吹世界"名片"

今天，中国高铁已经成为走向世界的一张"名片"。但是，很少有人知道，在中国高铁飞速发展的奇迹背后，凝结着空气动力试验研究者的心血和汗水。

高速列车气动外形设计和结构安全性都与空气动力学息息相关。当列车时速达到 300 公里时，空气阻力就占到列车运行总阻力的 80%。克服空气阻力，成为中国高速列车发展必须逾越的一座高山。

20 世纪 90 年代初，我国高铁发展开始起步。在当时条件下，列车动力系统、轮轨等关键技术要想短时间内突破，很不现实，减小空气阻力成为最快捷有效的途径。西南交通大学联合常州机车厂找到气动中心低速所，希望对他们设计的准高速机车开展气动减阻研究。气动中心低速所是中国空气动力学会风工程和工业空气动力专委会的挂靠单位，在交通运输、建筑和桥梁等风洞试验上发挥着"国家队"的作用。

低速所立即成立了以研究室主任朱卫为组长的课题组。他们专门在 8 米 ×6 米风洞中做了一个 3 米宽的试验地板，对数种优化方案进行对比风洞试验、数值计算，最终形成车头局部流线化、车身部件组合优化的综合性方案，一举减阻 30%，实现了在不改变动力系统的情况下，列车时速从 140 公里提升到 160 公里，达到速度要求。中国铁路迈入准高速时代。

我国高铁的发展，走的是引进、消化、吸收、再创新道路，既要充分借鉴国外先进技术，更要勇于创新、大胆突破。在新一代高铁列车研制中，"德国造"是世界机械行业声誉卓著的无形品牌，要进行中国化再创新，必须超越德国人设计的原型车。面对这样一项难度超级高的任务，李明、陈立、黄志祥等人就是不信邪，他们在仔细研究的基础上，发现原型车的车底空气动力性能有较大提升空间，他们对裙板、排障器、受电弓导流罩等部位研究出十余项改进优化措施，形成"车底流线化"改进方案和优化思路，得到厂家采纳。据此设计的 400 公里时速列车新头型比德国原型车减阻 15%。几乎所有国产高铁列车都在气动中心的计算设备和风洞进行过选型、评估、优化试验。从钝头型到流线型，从子弹头到火箭型，中国列车在风洞里不断优化。从时速 160 公里到 250 公里，从 350 公里再到 600 公里，风洞试验研究助推中国高铁一次又一次创造轨道交通速度新纪录。

安全，是发展高铁的底线。

对列车而言，自然灾害中最为严重的是强风侵袭，有可能造成列车"停轮"，甚至倾覆。青藏线、兰新线等特定环境下的侧风影响试验评估、线路防风措施评估，让气动人成为中国铁路安全的一个"保护神"。

青藏高原暴风带风速最高可达 50 米 / 秒，这远远超出普通列车的抗风能力。从普通列车到高速列车，如何解决车体抗风设计，成为"天路"是否能够安全运行的关键。

低速所青年专家黄汉杰博士临危受命，承担起了国内尚属空白的列车侧风抗风试验。

风洞试验开始。30 米 / 秒、35 米 / 秒、40 米 / 秒……

"继续加速！"黄汉杰紧盯着风洞里一字摆开的高架桥和四节车厢模型，沉着指挥。

雄风猎猎，风洞试验厂房的气流噪声逐渐升高，操作台上的风速指针指向 60 米 / 秒，试验台上的列车稳如磐石。这表明，按此设计的车体抗风能力足以在青藏高原安全运行。在此基础上，风洞试验数据还为从气动中心博士毕业的中南大学田红旗院士完成大风监测预警与行车指挥系统研制提供了依据。

然而，仅有速度和安全还不够。中国高铁还要追求环保和舒适。

噪声水平是衡量列车是否环保舒适的重要标志。噪声指标不过关，高铁也无法取得"国际通行证"。尤其当列车时速达到 300 公里时，气动噪声就成为最主要的噪声源。

2013 年，中国首座大型声学风洞在气动中心建成并投入使用。中国南车、北车集团迅速找上门，希望气动中心对中国标准动车组开展气动噪声研究。

这个领域国内还是一片空白。气动中心积极构建试验技术体系，发展专用技术，解决了地板声反射干扰等关键问题，摸清了气动噪声产生的位置及强度，找准了七种列车备选头型的气动噪声差别，提出了一系列降低气动噪声的措施。

如今，中国高铁运营里程超过两万公里，占了世界高铁运营总里程的三分之二，成为当之无愧的世界第一。同时，还保持有世界单条运营里程最长的京广高铁，建设标准最高的京沪高铁，最寒冷条件运行的哈大高铁，最靠近赤道的海南环岛高铁等多个单项第一，并以后发超越的领先技术、超强的环境适应性、完备的技术安全体系等在世界高铁市场刮起"中国风暴"。

上海磁悬浮列车是目前世界上第一条投入商业运营的高速磁浮线路。

磁悬浮列车国产化工作备受国人关注。气动中心专门成立攻关团队，由乐嘉陵院士挂帅，计算所、设计所、低速所联合，综合运用数值计算、风洞试验、线路实测、结构分析等手段，为上海磁浮中心提供所需大量技术数据。

线路实测工作主要由低速所一室、二室共8人的团队专门前往上海进行。上海磁浮中心也全程参与、协助。实测工作不能影响磁浮列车正常运营。磁浮列车返厂是晚上10点，进行两个小时的检查维护之后，实测人员方可进入现场展开工作，至第二天早晨6点磁浮列车出库投入运行，实测人员跟车进行数据采集，直到晚上列车返厂，如此循环往复工作。

实测准备工作细致、繁杂而艰苦。磁浮列车表面压力测量点多、分布广、定位难度大。磁浮列车停靠在距地面近5米高的轨道上，表面压力测点分布于车头、车顶、裙板及护板位置。磁浮列车维修平台比较小，很不稳定，实测人员站在平台上几乎不能动弹，害怕一动会影响测量的准确性。每个测点需要定位画线，这是一件看似简单，做起来十分艰难、缓慢的事情。列车两侧和车顶都十分光滑，实测人员只有将身体紧贴在光滑的车体上，方可稳定地完成画线、标识。

裙板画标识更是给实测人员出了道难题。裙板高度位于磁浮列车底部，在轨道以下的内侧，完全位于检测平台下，检测仪器无法派上用场。

咋办？测控负责人、高级实验师刘丽萍琢磨来琢磨去，想出了铅垂引线的办法，才解决了这个难题。

测压点标识完成后，要往上贴压力传感器。磁浮列车长期高速运行，表面到处沾染蚊虫尸体和污渍，如果不清除，会影响传感器粘贴，影响测试数据的精度。实测人员用棉花和酒精对标识点进行擦拭，确保传感器粘得牢、位置准。一宿忙完，紧接着跟随正常营运的磁浮列车出发，来回采集数据。如此高强度的工作，持续半个多月。刘丽萍中途累倒在现场，高烧休克，被送往医院抢救。

主治医生感叹，我见过许多拼命的人，但没见过你们这样 24 小时不休息，连天累日连轴转的。

经过近四年攻关，气动中心提供的数据评估报告和相关建议得到研制单位采纳。

"中国创造"磁悬浮列车呼之欲出。

这是中国风洞孕育的又一项中国奇迹。

探究"飘球"之谜

游得更快，投得更远，球打得更变幻莫测，空气动力学在这些运动项目中扮演着重要角色。

1852 年，法国物理学家马格努斯发现，在流体中旋转的圆柱体或球体相对于流体运动时，在旋转体上会产生一个垂直于运动方向的侧向力。表现在网球、乒乓球运动上，高手利用削球，可以使球改变常规路径，或上或下，或左或右飘飞。这就是著名的"飘球之谜"。马格努斯致力于研究这个谜，却有心栽花花不发，无意插柳柳成荫，为后来升力理论，以及平流、环流、涡量等经典概念的建立打开了一扇神奇之门。

与马格努斯相隔一百多年后，气动中心计算所一位刚工作一年多的青年人也迷上了研究"飘球"。他叫马明生。与马格努斯不同的是，他关注的是排球，在美国洛杉矶奥运会上一鸣惊人的中国女排。

那一年，中国在时隔 52 年之后，重返奥运大家庭。中国代表团以 15 枚金牌的优异成绩令世界肃然起敬。其中，中国女排大放异彩，成为继世界杯、世锦赛后新科奥运冠军，成就"三冠王"伟业。特别惊心动魄的是，中国女排在与美国女排的奥运决赛中，第一局中国女排以 14 比 9 领先，却被美国队追成 14 比 14 平，坐在电视机前的马明生与全国观众一样，紧张得大气不敢出。此时，中国女排主教练袁伟民换上怪球手侯玉珠。她是马明生的福建老乡。她一记上手钩飘球发得又高又快，美国队以为会出界，没想到球却在底线附近着了魔似的急速下坠，落在界内。15 比 14。接着，侯玉珠又一记"飘球"准确落在美国队两名队员之间，美国队忙中出错，一传过网，被中国队主攻手郎平扣了个探头，16 比 14，一举拿下关键的第一局。

侯玉珠的"飘球"，神耶！人们津津乐道。

外行看热闹，内行看门道，马明生想，如果能够从空气动力学原理上揭示"飘球"的奥秘，不是可以助力中国女排获得更多的金牌吗？这时，与他的想法不谋而合，北京航空航天大学、北京空气动力研究所等国内好几家单位的同行，也纷纷行动起来，成立了课题组，形成群雄逐鹿之势。

马明生在研究室主任杨其德大力支持下，立即全身心投入研究。

他四处查阅、搜集资料。真是不搞不知道，一搞吓一跳。上百万字的资料看下来，他发现研究难度远远超出他的预想。他专程去成都，到四川省体育运动研究所、四川省体委拜师求教。适逢中国女排在成都为张蓉芳举行告别赛，他花高价买了一张门票，现场观看侯玉珠如何发"勾手飘球""上手飘球"，仔细琢磨她的手形，用力，以及球的飞行线路。回到计算所，他一边上机计算，一边与杨其德一起解剖排球，测量气嘴、球皮重量，分析各部分受力情况，用吊线法测球的重心。他们还一次又一次地从五楼顶上向下抛"飘球"，目测飘球轨迹。计算不同速度、不同初始发球角度状态下"飘球"相关数据。低速所同行也配合他们，在 1.4 米 × 1.4 米风洞中进行"飘球"吹风试验，测定了排球临界速度和球缝方向对流动不对称的影响，并在烟风洞中进行绕流显示研究。

谜团一个个揭开。眼看胜利在望，谁知却又节外生枝。马明生研究的程序和计算结果被人从计算机上无意删掉了。前功尽弃，马明生没办法，只好又从头做起。夜以继日，一点点恢复损失的程序和数据，他最终完成论文《排球飘球原理及轨迹计算方法研究》，系统揭示了发球初速、抛射角、离地高度三者的相互作用关系，只要掌握了三者的气动参数，就会发出神出鬼没的飘球。

论文很快发表在《气动力学》杂志上。

气动中心召开第一届空气动力学年会，马明生又应邀在会上做了报告。

不久后，日本同行发表的实验结果与研究结论也跟他基本一致。

马明生成了国内外同行的"第一"，拿到了一块他心中的"金牌"。

保驾奥运火炬塔

"同一个世界，同一个梦想"。北京 2008 年奥运会世界瞩目。随着开幕日期一天天临近，奥运火炬塔的设计进入倒计时。确保火炬塔绝对安全地屹立风中，需要进行专门的风洞试验。

正在医院陪妻子待产的低速所高级工程师陈立接到通知，有一项特殊任务，要求他马上回单位完成。

特殊任务？换了别人可能一头雾水，但是，陈立心里清楚，是北京奥运会火炬塔风载试验。此前，他奉命到北京了解过设计方案。后来又在低速所科技处副处长姜裕标带领下，与北京奥组委火炬塔项目部签订了两份保密协议。保密措施之严，据说全国了解有关情况的人不超过 50 人，包括党和国家领导人。北京奥组委要求所有参与研制的人员严格控制知情范围，不得向不相干的人透露任何信息，不相干的领导也不得介入和了解项目情况。

陈立一脸歉意，却没有向妻子多解释。妻子习惯了丈夫经常做风洞试验，从来都是不该问的不问。

这是低速所在风洞中第一次做大型火炬塔试验。之前，建筑物风载试验倒是开展了很多年，比如上海东方明珠电视塔、首都航站楼等。然而，北京奥运火炬塔与一般建筑还不太一样，形状很特别，重达 40 多吨，风工程试验资料里找不到估算办法。火炬塔放鸟巢边上，要确保极端天气、大风情况下火不能灭，塔不能倒，必须绝对安全，万无一失。

与陈立一起接到试验通知的，还有黄汉杰、王卫华。三人被封闭到风洞试验厂房。

试验模型由武警从成都武装押运到 8 米 ×6 米风洞。模型仅内外测力点就有300多个，需要接300多根管线。一根根管线，细如发丝，不能有一点差错，必须细心、再细心。一根根接好，一根根检测，都合格了，继续下一步工作。

经过紧张的准备，一切就绪了，试验按计划进行。陈立与黄汉杰、王卫华三班倒，连续吹风两周多，完成预定车次。认真分析研究试验数据，他们发现按照50年一遇的大风标准，火炬塔的支撑强度还有欠缺，他们提出加装两个支撑的建议；另外还建议奥运会闭幕式后，火炬塔不作为景观保留，以避免大风倾倒危险。这些建议都被采纳。

2008年元月，他们顺利向北京奥组委交付试验报告。陈立回到医院，女儿已经顺利降生。

生女儿都不在，你这个父亲怎么当的呀？医护人员不解地责怪他。

不怪他，是单位有急事。妻子倒替他解释。

女儿八九个月，咿呀学语的时候，北京奥运会开幕了。8月8日晚，陈立抱着女儿，与妻子一起坐在电视机前，观看开幕式直播。

当奥运火炬被完美点燃，经过风洞试验的火炬塔安然耸立，熊熊燃起的奥运圣火照亮"鸟巢"，照亮神州，照亮全球时，妻子兴奋地拉着女儿的一只小手说，宝贝，快看，那是你爸爸吹过风的火炬塔啊。

呀，啊。女儿舞着另一只肉乎乎的小手，摸向陈立的脸。陈立胸间涌起一股热流，心里有一种说不出的自豪和骄傲。

为灭火、防暴添新装

飞机、火箭是风洞里的常客，但是扑灭火灾，维护社会稳定，一样有气动技术的广阔舞台。

20世纪90年代末，气动中心设计所总工程师郭隆德从德国留学归来，就注意到一个信息：公安消防部队的官兵在与火魔搏斗中，最头疼的是遇上高密度居民区、高层建筑、狭窄楼道这样的特殊地方。负伤、牺牲最多的也常常是这些地方。还有就是车辆、舰船等机动灭火。

我们能不能利用空气动力学原理，为消防官兵排忧解难呢？比如研制一种便携式灭火装备？郭隆德找来气动结构研究室青年高级工程师王海、陈志强商量。

原理上可以想办法突破。王海、陈志强仔细琢磨之后表示。

然而，跨大单位、跨系统研制装备谈何容易。从哪个渠道立项、审批？研制经费从哪里来？应用前景如何？等等，都是问题。

要不，算了吧。那么多任务都搞不过来呢。何况，我们主要搞风洞设计、建设，从来没有直接研制过武器。有人好心地劝郭隆德。

那不行。如果我们没有能力，搞不出来，也就罢了。我们有能力搞出来，就应该担起这个责任。郭隆德说。

需要多少钱，你们论证一下，写个报告，我们想办法。设计所所长郑锦富、党委书记王绍安站到了郭隆德一边，决定先把样枪研制出来再说。

姑娘养好了，我就不信嫁不出去。王绍安说话喜欢打比方，生动、俏皮。

郭隆德带领王海、陈志强赶赴北京、天津、上海等地消防部队调研。

哎呀，你们在风洞"吹"飞机、火箭，还来关心我们消防装备，太感谢了。你们一定能搞出来。消防部队一听，既感动又感激。但是，要让他们提供技术上的支持，他们为难了，有心无力啊。

技术资料？没有啊。国内没人做呢。国外也只是听说欧洲某国刚搞出来，样品图片可以想办法搞到，但其他的，都没门啊。

那就从零开始吧。郭隆德对王海、陈志强说。好在一通调研，在消防部队挂了号，他们心里有了底。消防部队急需，这就是他们的动力啊。

陈志强负责摸索气动原理，王海负责结构攻关。他们找来一支打鸟的气枪，一一拆散，再逐一装上，反复试验、揣摩。经过两个多月奋战，两位青年高工突破其中关键技术。1998年11月，我国第一支自行研制的气动高能灭火枪样枪生产出来了。

面对这支工艺稍嫌粗糙的样枪，大家一时不敢尝试。

我来。王海自告奋勇打第一枪。

一堆泼了汽油的木柴被点燃，熊熊燃烧。王海忐忑不安地走向射击位置。周围的人本能地往一边退开，屏气凝神，紧张万分。

柴火越烧越猛。

"砰！"王海在 10 米开外扣动了扳机。大火应声而灭，只留下一缕青烟，袅袅飘散。

啊，神啊，真灭了。周围的人大声喝彩、鼓掌。

再来一次。郭隆德下令。

又试一次，大火仍是应声而灭。

成了。现场欢呼一片。

经反复检测、评审，这种新型气动高能灭火枪综合运用实验空气动力学原理，利用高压空气驱动，使少量的水高度雾化，高速射向火源，集窒息、降温和吹断火源三种灭火机理于一体，比传统灭火器灭火距离和面积增加 10 倍，解决了用最少灭火介质快速扑灭火灾的技术难题。1999 年 3 月，武警总部在北京向全国消防部队展示，定型这种装备。两个月后，武警部队便迅速将这种新装备列装，先装备部分省市消防部队，再加速生产，装备全部消防部队。

一时之间，气动高能灭火枪出现在大江南北的消防战场，一次又一次大显神威，成为消防官兵的灭火标配。

能不能为我们防暴处突研制防暴枪呀？武警部队感激之余，试探性地向郭隆德提出新要求。进入新千年后，国际国内恐怖活动抬头，严重威胁国家的安全和稳定。武警部队作为反恐主力，却面临没有中距离专门防暴装备的尴尬。

这种装备其实比灭火枪更重要，更迫切。武警部队有关领导又进一步强调。

没问题。我们全力以赴。郭隆德慨然答应。他当即与武警部队相关技术部门进行深入探讨，确定技术性能为 30 米内中距离快速驱散大批非法聚集人群。

这样的防暴武器在国际国内均是空白。

研制灭火枪的原班人员立即投入防暴枪研制。如果说，研制灭火枪还可以查到国外的图片样品，有一点直观的借鉴，那么，防暴枪研制则完全是从头开始。虽然，防暴枪从原理上跟灭火枪有相通之处，但是，技术性能、要求却迥然有别。防暴枪既要求能够大面积驱散非法聚集闹事的人群，又不能致命或者重伤，还要在 30 米内中距离适用。因为近距离有电警棍、盾牌、高压水龙头，远距离有高压水炮或者用迫击炮发射催泪弹等。再说，它不像灭火枪面对的是大火，远一点、近一点关系并不大，即使一枪打不灭，还可以打第二枪、第三枪。防暴枪面对的是情绪激动的人群，稍有不慎就可能引发更多纠纷，引起更大骚乱，引出更严重的后果。因此，武警部队对防暴枪技术指标提出了十分苛刻的要求。

王海、陈志强关在机房里，绞尽脑汁，面对电脑反复设计计算。一天、一周、一月，他们凭着设计风洞的过硬本领，足不出户，一个一个地攻克难题。他们设计的几十套试验件方案被一个个送到车间加工出来，没白没黑，一套一套，一枪接一枪，没完没了地打、测。从枪管到喷嘴长度，一步步摸索。打到后来，王海和同事们枪都端不住了，回家吃饭筷子都拿不起来。他们只好把枪架住，固定了打。

半年后，第一支防暴枪样枪试制成功。为了检验防暴枪的效力，郭隆德看上了一个基层单位养的一头剽悍肥猪。那猪身高体壮，威风十足。人一走近，便拱得猪圈乱晃。

把这样一头猪弄到试验场，还要保留它威猛十足的劲头，殊非易事。

几个身强力壮的小伙子与这头猪斗智斗勇，费了牛劲，才毫发无损地弄到试验场。面对防暴枪，肥猪昂首挺立，猪眼圆睁，毫无惧色，咆哮不止。仿佛在说，谁有种，来吧。

砰！王海远远地对着猪头扣响了防暴枪扳机。

嗷——肥猪一声长啸，被这突如其来的高速雾水打蒙了，号叫之后，耷拉下高昂的猪头，丢魂失魄一般，原地转起了圈。

砰、砰！王海等到猪头转向自己时，又补了两枪。

肥猪不再转了，威猛十足的躁劲消失了。它本能地把屁股对着防暴枪，无论怎么驱赶，都不再让自己的猪头面对枪口。

王海不得不围着肥猪，调整自己的射击位置。可是，他每次小心翼翼地转到肥猪正面，枪口还没对准猪头，那猪就嗷的一声，转开身子，继续把屁股对着王海。试验无法继续进行。

算了，抬回去吧。喂好一点。明天再来。郭隆德让人把肥猪抬回圈中，想等它恢复一下，第二天再做试验。

可是，那猪回去之后一直两眼无神，呆立圈中，屁股朝外，一天一夜不吃不喝，不卧不睡。

别搞成疯猪了。疯猪肉没法吃呢。养猪的同志担心了，不得不将肥猪宰杀。宰杀后发现肥猪并没有损伤任何内脏，大脑也看不出任何损伤，只是皮下有点瘀血。这完全符合近距离直射目标，实现击退或击倒目标，不发生死亡和重伤事故的技术要求。

有人担心，会不会打人后也出现那头猪那样的后果，担心会引出其他纠纷，后来证明，这个担心完全是多余的。

当年深秋，防暴枪试装在北京特勤支队操场进行。军事医学科学院的专家在现场按五个布防距离，三种状态布放家兔、豚鼠、恒河猴进行动物反应试验。试验结果完全达到要求。

中国防暴枪由此亮相世界。2000年，这款装备陆续配发武警特勤部队，并成为我国内部维稳中的重要武器。

大客飞吧

2017年5月5日，我国具有完全知识产权的新一代大型喷气式客机C919在上海浦东国际机场首飞成功！

气动中心党委书记张源明应邀坐在观礼台上，心潮澎湃。

中国气动人与航空人一起为中国客机奋斗了半个多世纪。风雨兼程，筚路蓝缕。从运–10休戚与共，到 ARJ 支线客机锲而不舍，雄关漫道从头越，终于迎来 C919 的梦圆时刻。这是中国高端制造业的一个历史性突破，是中国战略产业的一次飞跃，也是中国气动试验研究能力的一次历史性检阅。

C919 名扬四海。C 代表中国（China），9 代表天长地久，19 代表最大载客量 190 座。作为我国首款按照最新国际适航标准研制的干线客机，它具有比肩波音、空客同类机型的技术特性。从 2007 年党中央、国务院做出战略决策，气动中心便作为全国联合工程队的主要成员单位，全程参与 C919 总体布局论证、设计、评估、气动试验规划等工作，承担了该机国内风洞试验量的 75%，其中低速大迎角、进气道、颤振、尾旋等特种试验全部由气动中心完成。十年辛苦不寻常，气动人为托举这一"国之重器"，干得执着，干得豪迈，干得辉煌。

王勋年，低速气动专家，气动中心专业副总工程师。他深知，大飞机研制，对气动中心的风洞试验提出了全新的要求，无论是风洞试验方式还是试验体系，都面临崭新的挑战。比如大飞机通常使用涡轮风扇发动机，在飞机设计过程中，必须借助涡扇动力模拟器（TPS）装置进行风洞试验，以获得相关设计数据。而我国在这方面，从设备到试验技术都是空白，国外又对我们进行着严密的封锁。

干吧。王勋年主动请缨，带着一个团队冲了上去。

不懂，学啊。王勋年要求大家。王勋年少年时代，在赣南老家时就以超级勤奋的学习著称。他在老屋深夜学习的灯光，常常被窗外的夜行人当作地标，也当作教育孩子、激励后代的一个生动榜样。他靠着这份勤奋，在我国恢复高考后不足 5% 的超低录取率中一举考进国防科技大学。1983 年大学毕业分到气动中心低速所后，他同样保持着这份勤奋学习的习惯。他熬夜出了名，几乎没有在半夜 12 点前睡过觉。遇上难题攻关，他常常干到凌晨一两点、三四点。同事们好奇于他单薄的身躯如何藏着这般巨大的能量，他总回答，进入了状态就不觉得困。

他白天晚上连轴转，双休日在家里也不会休息，一样学习、思考。

妻子希望他像别人家丈夫一样，下了班，陪自己散散步、晒晒太阳、买买菜，可他一到晚上、周末，总是背回家里一大堆书籍、资料、技术报告，钻到书房里学个没完，想个没完，写个没完。有些报告他还一点一点地推敲，仔仔细细地修改。有时候，他几乎给人家重写一遍。有时候，他改报告还要推导一大堆公式，人家推过了的他不放心，还要再推一遍、两遍。妻子说你组织人推导一下不就行了。他说这样做牵涉人太多，太麻烦。他不怕自己麻烦，怕麻烦别人。年底时，有人跟他妻子开玩笑，说你老公背了一个大包回家，看上去挺沉的，是不是分红了，分了很多钱呀？妻子一脸苦笑，钱？火钳！全是资料，还有书、报告。

妻子有时希望他在家时，能够帮助照看一下家里的事，可他一学习、思考起来，心思完全集中到了自己的课题上。一次，他在家研究一份最新技术资料，妻子煮稀饭。他们用的是高压锅，饭刚煮上，妻子接到她所在车队的电话，要配件，很急。她是车队的保管员，见高压锅还没开，就没盖气阀，赶紧出门。

你看着点，开了就盖上阀，关小火啊。妻子出门前专门推开书房门叮嘱王勋年。

啊，嗯。王勋年头也没抬地敷衍道。

等妻子从车队忙完回到家，一进厨房，天啊！高压锅的稀饭全喷到天花板上了。

你怎么不盖上阀呀？妻子气不打一处来。

你跑哪儿去了？我正在思考问题呢，噗噗噗的，还以为你在厨房搞什么？喊你不应，我进厨房才发现稀饭喷了，才把火关了。唉，把我思路都打断了，现在都接不上。王勋年反而倒打一把，理直气壮的样子。

你心里只有学习、学习，工作、工作，干脆你跟事业过一辈子算了。妻子生气了。

那怎么行？事业要，家也得要。咱们家里不能没有你。王勋年就像回答一个科研问题一样，十分严肃认真地说。

经过深入系统的学习、思考，反复论证，王勋年他们正式进入风洞 TPS 研制。难题一个又一个冒了出来。特别是拳头大的涡扇发动机模拟器，尽管原理不复杂，但由于高压气源驱动，叶片转速达每分钟 6 万转，我国没有一个企业能够生产出来，只能从国外引进。然而，外方却在配套设备上开出天价，明摆着不仅想大赚一把，而且更想卡住我们。

我们自己干！王勋年下了决心。

然而，这谈何容易？对于配套设备，王勋年他们有的只见到过一张半张国外简单示意图，有的只有报纸杂志上语焉不详的几句描述。云山雾罩，一切都只能硬着头皮摸索。他们从技术论证到确定总体方案，从设计图纸到加工零部件，从部段调试到系统调试，再到最后联调，用了整整五年时间，掌握了这项关键技术并率先运用于 ARJ 支线客机风洞试验中。

2006 年，当国务院发布《国家中长期科学和技术发展规划纲要（2006—2020）》，将大飞机列入 16 个重大科技专项之一时，王勋年他们不仅早攻克了TPS 研制，还攻克了一系列大飞机低速风洞试验的关键技术，他们蓄势待发，只等国家一声令下了。

那是王勋年心情最为舒畅的一段日子。他甚至有闲心拿起堆放在办公室一角的《风洞诗报》，读起上面的诗来。那是一份气动中心诗人刘翔在低速所工作时主办的报纸。

啊，风中有我金色的梦。王勋年被其中一首打动了，记住了最喜欢的一句。有一次，他在风洞里干完活，突然冲口而出。

同事们吓了一跳，随即，一阵爆笑。

笑什么？你们不觉得很有意思吗？这诗。王勋年说。

呵呵，有意思。很有意思。接着呀，啊——还有什么？同事们起哄，又是一阵爆笑。

王勋年不笑，他觉得那诗是真有意思，抒发出了他心中一些微妙的东西，就像风吹杨柳，拂过来，绕过去，又宛如一只无形的手拨动着内心的琴弦，让心尖尖有那么一阵阵颤动。他想起有一次，风洞里来了个摄影艺术家，在风洞三台大电机后面打上灯光拍照片。那灯光从电机叶片那边透过来，像霞光一样，金灿灿的，美极了。拍出来的照片也如梦如幻，漂亮极了。

风洞里自有诗意。王勋年进入了诗的境界。

2008年，大飞机研制任务下来了。气动中心成立了"大客办"，王勋年与马明生、陈德华一起牵头攻关，这一干差不多就是十年，直到把大客送上蓝天。

与大客风雨相随的气动人，不仅仅是王勋年，计算所研究员周铸也是一个突出的代表。2008年，周铸经历了人生三件大事：一是遇上汶川特大地震，经受了抗震救灾血与火的考验；二是第一次走出国门，随团赴俄罗斯参加学术会议，在国际学术舞台上以"计算流体技术及应用"的学术报告亮相；三是成为C919全国联合工程队气动设计骨干成员，与气动中心同事们一起，参与解决C919研制的关键气动问题。

这时，周铸差几个月才满35岁。不到35岁就经历这样的三件大事，特别是后两件还可以称作大喜事，大风光的事，这在同龄人中并不多见。不过，周铸不是一个喜形于色的人。他生长在长江边上的山城重庆，从小喜欢棋牌类智力游戏，无论下棋，还是打桥牌，他属于那种心劲十足、胜不骄、败不馁、极其沉得住气的人。

周铸此后好几年，主要精力都集中在C919气动设计任务上。计算所抽调邱玉鑫、黄勇、余永刚等十多名精兵强将集中到他的手下，组成设计团队，主要承担高巡航气动效率的超临界机翼设计、翼身组合体优化设计、翼身整流罩优化设计等几大项关键工作。

时间紧，任务重，难度大，责任也大。

他们面临的首要难题是要建立实用可靠的机翼气动设计平台。如果沿用国内外常用的数值模拟平台，对C919阻力、俯仰力矩和最大升力预测，准确性都不能完全满足要求。他们利用自主开发的软件和程序，开展设计机翼的气动计算评估。这是一项细活，也是一项新活。通过对比计算与风洞试验结果，通过不同计算人员和软件计算的对比，他们确定了一条比较实用可靠的计算新思路，大大减少和避免了气动计算分析不确定性带来的设计质量问题。

减阻，始终是所有飞行器设计的难题。C919也不例外。要提高C919的巡航效率，要求在设计巡航马赫数下尽可能增大升阻比。阻力主要有空气摩擦阻力、诱导阻力和其他阻力，摩擦阻力大致占总阻力的50%，诱导阻力占约40%，其他阻力占比很小，约为10%。因此，进行精细化设计必须同时展开三方面的减阻攻关。周铸他们经过四轮迭代，反复优化，有效改善了大客机翼的阻力发散特性，提高了升阻比，使C919巡航气动效率提高了5%。这为C919实现"更经济""更环保"目标，比世界同类机型有效降低油耗，有效减少碳排放等意义重大。

十年，周铸他们不仅为C919"梦想起航"提供了有力的技术支撑，他们还参与完成ARJ21客机、双通道宽体客机的气动攻关工作。

十年，林俊、谢艳、王元靖等一大批高速所的科研人员，同样在为C919研制攻坚克难。他们承担了大客选型、校核、全机气动性能、压力分布等大量高速风洞试验任务，解决了国内外风洞数据对比问题，参与超临界机翼设计、评估以及吊挂和短舱优化设计等一系列研究工作。十年间，他们记不清为保证进度要求，有多少次通宵达旦加班吹风；记不清多少次为了更精准地获得大客飞行过程中表面气流流动数据，反复试验、研究，殚精竭虑。30多项试验内容，一轮又一轮吹风，他们成为大客研制名副其实的"先行官"。

以前，我国曾以8亿件衬衫去换一架空客。如今，气动人为结束这样的历史贡献了一分力量，这让他们感到欣慰和自豪。仰望蓝天，他们期待着在不久的将来，乘上C919，翱翔于祖国大地之上，那该是怎样一种惬意的享受呢？

节选自《风动中国——空气动力试验研发纪实》，解放军文艺出版社，2017年9月第1版

大国巨舰

——中国第一艘航母辽宁舰训练纪实

沙志亮 [*]

"飞鲨"从这里起飞

辽宁舰的交接入列命名，歼-15舰载机的"惊天一着"，火爆网络的"航母 Style"……中国首艘航母的一切精彩细节，都让人过目难忘。

两个月，从交接入列到歼-15舰载机上舰；66天后，首次进驻母港；不到一年，歼-15舰载机驻舰训练、飞行员获得资格认证等。中国航母"超乎寻常的发展速度"，更是让人振奋不已。

深蓝驰战舰，"飞鲨"掀狂飙！人们在欣赏或陶醉这一幕幕精彩时，是否能够想到——寒星下，辛勤挥动扫把的跑道清扫兵；烈日下，为歼-15舰载机训练"保驾"始终坚守的驱鸟兵；雨雪中，埋头检修战鹰的机务兵；沙尘中，依旧奋战在工地的工程师……这些鲜为人知的官兵，正是推进中国航母事业快速前进的幕后英雄。

航母是一个"巨系统"工程，难度空前，需要广大战友和各行各业的大协

---

* 沙志亮，回族，山东菏泽人，1976年12月入伍。现为海军政治部创作室专业作家，《海军文艺》主编，海军大校军衔，中国报告文学学会理事。主要作品有：《烈马雄鹰：英雄飞行员王自重传》《海天舞大鹏》《神州神舟：中国航天工程揭秘》《天之魂海之魄："海空卫士"王伟》等。

作。在航母事业的大舞台上，我们既要有像舰载机飞行员那样的"红花"，也需要许许多多像跑道清扫员那样的默默坚守的"绿叶"。

"什么也不说，祖国知道我……"这是官兵们爱唱的一首歌。

有人放声高歌时，无意间改了一句歌词，唱成了"什么也不说，祖国需要我"！

是的，什么也不说，祖国需要我！他们坚守在各自平凡的岗位上，以默默无闻的奉献，为中国航母起航贡献着力量。昔日"两弹一星"工程，老一辈提出"干惊天动地之事，做隐姓埋名之人"。今天，航母事业中，这一精神没有失传。

写辽宁舰，写舰载机飞行员，不能忘记写他们。

2013年7月中旬，我来到了海军某舰载机综合试验训练基地，见到了这些战友。

该基地是我国第一个航母配套工程，我国舰载机飞行员培养的摇篮，从开建到竣工，仅用了5年时间。自组建以来，该基地先后完成歼-15战舰阻拦着陆、滑跃起飞、寻舰绕舰飞行、首次着舰起飞等多项试验课目，出动人员10万人次，保障2700多架次飞行，保障优质率、良好率均达到100%。

时任基地司令员焦怀玺、政委姚丹江、副司令员周纯山等领导，都是当年我在海军航空兵时的老战友，有好几位还在一座办公楼里工作过，见了面自然也十分亲切。

焦怀玺是位山东大汉，干事风风火火，说话也干脆利落，曾在基地干过筹建办主任、副司令员，他告诉我："舰上装什么，这里试什么；舰上用什么，这里练什么。一切为了舰载机上舰！"

这是全新的领域、全新的专业、全新的装备，无经验可循，无模式可鉴，无资料可查、无教材可学。从2010年5月开始，基地先后派遣14个专业20多批次200多人次到上海、西安等装备厂家跟班见学、跟产监造、跟岗培训、带岗锻炼，历时15个月，经历了培训、接装、形成保障能力等阶段。2012年3月、4月，顺利实现了首批特种装备和首批测试装备的交付使用，当年就形成保障能力，开创了航母特种装备保障的先河。

　　大家在前面已经了解到，歼–15舰载机来到时，实际上机场还没完全修好，只有一条主跑道刚刚完工，两旁乱石横卧，高低不平，一片荒芜。

　　生活设施更不用说了，官兵们为此编了一段顺口溜，形容当时的情景，叫作"灯不明，路不平，水不清，房漏风"。因为部队组建初期，这里还是一片大工地，"呼啦啦"上来几百人，没有房子住，和民工一样住板房，夏天还好说，冬天可就遭罪了。

　　"我毫不夸张地说，晚上睡觉不蒙头，鼻孔就可能被冻住了。"焦怀玺这样说。

　　焦怀玺所言不虚，基地政治部副主任毛巍给我讲了一件事，从另一方面给予了印证：

　　部队进驻是在2009年年底，为了确保第二年4月开始进行舰机适配性试验这个目标实现，大家拼命往前赶。

　　往山上搬办公用具和装备那天，正赶上下大雪，当时根本没有路，没法用车拉，官兵们只有手抬肩扛往上爬。

　　有人说这里是个雪窝子，此话不假。铜钱般大的雪团翻着筋斗往下滚，北风还呼呼叫着助威，半天就下得足有一尺深。官兵们可真正体会到了什么叫跋涉，一脚踩下去就没了膝盖，皮靴灌满了冰水，裤腿被冻得梆梆硬，平时1个小时的路程3个小时还未到，待进了房间，放下东西，急忙往下脱靴，人人的脚指头都像腌过的红萝卜，红肿得发亮。来不及用雪搓了，索性往地上一坐，人人解开衣服扣子，为战友们暖脚。

　　毛巍至今想不起来他抱的是谁的脚，他的脚又是伸到谁的怀里暖的。因为当时大家都是从海军各个部队调来的，互相还不认识……

　　郭金虎是基地负责整个装备总体的高工，也是试验试飞指挥小组的成员。谈起那段日子，他至今记忆犹新，感慨不已：

　　"人员从各个部队抽调过来，一到基地就傻了眼，和我们原先想象的不一样，因为这里除了一条光溜溜的跑道，其他还没建好，都是石头，没有一点东西。但是，大家都很有激情，是怀揣着航母梦来的。没有条件创造条件也要干。"

郭金虎的具体岗位在试训测试监控站。监控站的主要功能是为科研飞机试飞提供效果分析评估等数据；飞行过程中进行安全监控；舰载机编队演练做指挥所监控……

那年冬天，你如果有机会来到这里，一定会看到一个非常奇特的场景，矗立的一座毛坯楼被裹上了一层厚厚的棉被。东北天冷，人穿厚些，正常。楼盖被子，稀罕。

这也是无奈之举，人员到了位，测试监控楼还没盖起来。冬天外面冷无法施工，只好裹上被子，堵上预留的窗户、门洞，在楼内生起炉火，民工师傅先在里面干。官兵们也没闲着，每天都上山，跟着施工单位走线布局，熟悉图纸，和工人一样干得欢实。

楼在天天变样，设备怎么样？一件还没到，全部在工厂。于是，他们分兵各路来到有关工厂院所，提前进入，跟产助建，学习维护操作等。在他们的努力下，设备提前进入了试验场地。

2010年7月，工程建设部队正式把机场交给基地，飞行跑道真正具备了舰载机起飞、降落的能力。

郭金虎回忆说："那天晚上，基地组织官兵在跑道北头举行了盛大的阅兵式。零时整，时任副司令员焦怀玺庄严宣布：机场正式开放！话音刚落，礼炮响起，4个方队的官兵在跑道上正步走过，牵引车、加油车、消防车等全部车辆一齐开灯，将跑道照射成了一条地面银河。那场面真壮观啊，每个人都热血沸腾……"

2010年12月，到基地正式宣布筹建时，地面环境、设施总算有了些眉目。焦怀玺等领导长长舒了一口气。

筹建大会召开的前一天。这天中午，姚丹江政委想到这次来参加会议的首长规格高、人员也多，就想找焦怀玺一块儿对准备工作再进行一遍检查。可电话打了，没人接；宿舍、办公室找了，不见人影。"这家伙，能到哪里去呢？"

无奈，姚丹江只好一人来到综合会场。会场靠后的中间临时搭了个主席台。他一走到跟前，就发现有个人躺在主席台上呼呼大睡，呼噜还打得震天响。不用猜，保准是焦怀玺。

姚丹江知道战友太辛苦了，看他睡得这么甜蜜这么美，真有点不忍心叫醒他。但工作又不能误，只好伸手摇他。谁知摇了好几下，他翻翻身扭头又睡了。

姚丹江眼睛一转，想了一个招儿，故意咳了一声，叫道："老焦，首长来了，你怎么还不起床？"

焦怀玺一骨碌爬起来，睡眼惺忪地问："起床，起床，这是在哪里？首长怎么来得这么早？"

姚丹江笑了。"首长没来呢。我是叫你一起检查明天会议的准备工作。"

焦怀玺揉揉眼睛，搓搓脸，清醒了过来，不好意思地说："我知道要检查，就提前来这里等你。谁知一放松，就在这里睡着了。"他伸了伸腰，发出感慨："要是这时候有人问我，什么是幸福，我肯定回答，睡觉。啊，我这一觉是这辈子睡得最舒服的一觉。"他摇了摇头，十分陶醉。

姚丹江理解地点了点头。唯有亲身经历过他们那段奋力拼搏的日子，才能真正体会到焦怀玺对幸福的定义和对舒服的感受。

场面最壮观，最急，令人最难忘的事要数跑道两边的整治了，要铲平乱石滩，再铺上土，还要种上草，防止飞机起飞降落时吸进异物，打坏发动机。这直接关系到飞行的安全，影响到舰机适配性试验。

基地常委一碰头，怎么办？动员全体官兵，大干！

大会战期间，基地政委姚丹江说得更经典："中校上校统统无效，硕士博士全部战士。"

于是，工地上出现了团级干部抢大锤、砸石块，师级干部推小车、运石填土，官兵并肩作战，官兵互相挑战的场面。

基地副司令员周纯山说："那段日子里，我们人人像打了鸡血似的，没日没夜没命地干。加班加点是常事，连睡觉都很少脱衣服。最后7天的大会战，24

小时连轴转，炊事班都上了。真是又累又困啊，有的站着都能睡着！"

为了保障跑道两边种下的草能长出来，基地官兵把填上的土一耙子一耙子地敲碎推平，甚至用手扒拉着将碎石子拣出来，将硬土块捏成细末末。

一时间，驻地的耙子被买脱销了。老百姓还很奇怪：这帮当兵的不舞枪弄炮开飞机，买这些种地的家什干什么？

老天帮忙，种上草坪第二天，就下了场透雨，待到大地开化的季节，草籽儿伸伸懒腰，纷纷探出头了，吸吮着阳光雨露，给基地铺上了一层细嫩的绿地毯。

官兵们望着那满眼的绿，笑得尤其舒心。

歼-15舰载机在辽宁舰完美起降，"航母Style"在电视及网上走红，有一个人虽然没在现场，但笑得尤其灿烂。他叫田伟，是海军某舰载机综合试验训练基地特装保障大队某中队的中队长。他知道，多年的辛苦没有白费，尤其是起飞助理陈小勇那潇洒的"凌空一指"，有他的一份心血。

田伟是辽宁大连人，1982年出生，高高的个子，是位十分帅气阳光的年轻军官，海军大连舰艇学院毕业生，现在在职攻读海军南京指挥学院的研究生。他所在的起飞中队主要担负舰载机滑跃起飞任务。2012年3月接装，4月便初步形成了独立保障能力。组建时，只有8人，分别来自航空机务部队、水面舰艇部队、潜艇部队，还有刚入伍的直招士官。他是从舰艇部队选来的，曾是护卫艇长。"大家都不懂，从一张白纸开始，于是先互相介绍各自的专业，普及基本知识。"

但这群"门外汉"，对即将从事的工作充满激情。从装备在工厂装配，到在试训基地吊装，到调试，再到试验，试训基地官兵是见证者也是参与者。没有滑跃起飞任务时，他们就在坑道里自己反复地模拟练习。他们先后制定了10本实用的检查操作手册，将检查的路线、内容、标准逐一细化，绘制了路线图，从眼到、手到、口到这三方面强化个人训练；从规范口令动作到明确部署职责强化战位协同训练。

训练场具备逼真的舰上起降模拟环境，是舰、机、场高度融合的综合性枢纽、试验训练同步展开的一体化平台。特种装置大部分工作岗位分散于道面、地下舱室等多个部位，要承受舰载机起飞、降落以及特种装置自身产生的噪声，要长时间忍受高温、高湿、寒冷和密闭空间等环境条件，相对比较艰苦。全流程滑跃起飞保障，止动舱室的官兵要面对150分贝的噪声和强烈震动，高速释放和舰载机的轰鸣及尾气曾一度将积水罩盖的有机玻璃板和走廊消防栓的玻璃门震裂。

舰载机第一次在跑道上滑跃起飞那天，田伟就在坑道里，亲身经历了那一幕，巨大的轰鸣声震得耳朵嗡嗡响，仿佛有一根钢针往里扎，房间的消防玻璃瞬间被震碎了，"哗啦啦"掉了一地。

他们是和辽宁舰上的战友同步训练的，有的时候是他们先学，然后再给驻训的航母官兵当老师，互相切磋，共同提高。

就拿起飞手势来说，相关部门原来介绍的是向地面指示。大家在讨论中，考虑到是在行进中的舰上，如果舰艇晃动，人站不稳，有可能会给舰载机飞行员造成误示。于是，改为现在的抬手向上指。于是，那"凌空一指"就成了经典画面。

指控中心副主任石治国看到了歼-15舰载机在辽宁舰上起降的那完美一幕，只不过不是在现场，而是在指控中心的大荧屏上。他在介绍情况时说，要说和试飞员打交道，指控中心最多，因为这里有个讲评系统，对飞行中的每个细节都有翔实记录，然后进行数据分析，再对飞行员进行讲评。他说："别人看热闹，我们看细节，重数据。"

讲评工作很严肃也很辛苦，只要是飞行日，他们就要最早进场，飞行结束后马上进行数据处理和分析，一般工作到深夜十一二点。第二天，把飞行画面放给飞行员看，然后逐个飞行员、逐个时段、逐个飞行起落进行讲评。飞机试飞中的问题，飞行员飞行中的问题，都要分析得一清二楚，不能有丝毫含糊。

石治国说："数字是枯燥的，工作是烦琐的。这几年，我们完成了400多个飞行日，2700多架次的讲评任务。这一个个飞行日、一个个架次，为实现舰载机上舰奠定了坚实基础。"

这里有一个时间表，能够说明他们是怎样"只争朝夕"的。组建仅1个月，基本实现了独立操作；短短半年后，就成功保障了歼-15舰载机首次地面试滑训练；组建10个月后，成功保障了歼-15舰载机首次空中适应性飞行。2012年11月23日、24日，5名试飞员从基地起飞，全部一次性成功着舰，实现了中国舰载航空兵发展建设的重大突破，填补了中国舰载固定翼飞机舰上起降飞行的空白。

在田伟心中还有一个时间表，都与12月有关，并且日期是连着的，这些日子是——1892年12月17日，北洋水师成立；2009年12月18日，中国航母接舰部队正式组建；2010年12月19日，海军某舰载机综合试验训练基地正式筹建。

当我从这名普通海军军人嘴里听到这些看似普通、又连在一起的数字时，我震惊了，我也理解了。从历史到现实，这些日子的排列，虽然很偶然，但蕴含着必然，更放飞着我们每位海军官兵"强我海军"的美好理想。

我问田伟："你现在最大的梦想是什么？"

田伟回答得很干脆："上舰，到我国的航母上去服役！我现在踏踏实实地工作，就是为了这一天做准备。辽宁舰去不了，但我相信，我会战斗在祖国的新航母上。"他讲话的语气非常自信，神采飞扬。

特装保障大队某中队的四级军士长熊骏，在坚守梦想时似乎又多了几重分量：74岁的老父亲听说儿子干航母，坚持借钱也要为儿子盖楼房，要盖还要盖全村最好的，最高的，不能让乡亲说儿子当兵没出息，让人看不起；妻子带着孩子种着8亩5分地，晚上还开缝纫铺，替人做衣服。每次来电话都是家中一切都好，不让丈夫分心；53岁的大姐为了支持给干航母的弟弟盖房子，用板车一天9趟拉建材，最后一趟因为天黑又下坡，腿被摔得粉碎性骨折……

熊骏说："我的航母梦也是全家的梦，全家拧成一股绳支持我，我不能让亲人失望！"

这天晚饭后，我和姚丹江政委沿着海边散步。

我和姚丹江政委非常熟。我们一起当过报道员、特约通讯员、新闻干事、特约记者，只不过后来他当了政工主官，我继续在新闻战线和文学创作道路上打拼。两个人谁写过什么有影响的稿件，互相都能说出个一二来。

夕阳将余晖铺洒在海面上，为细浪镀上了一层金色的光。远处，有一座海岛被这粼粼波光环绕着，如同海市蜃楼中的仙山，漂浮在海的中央……

我驻足在沙滩上，指着那海岛，问："那座岛属于咱们基地吗？"

"是啊，这个岛你应该非常熟悉的。"姚丹江笑眯眯地回答我。

我愣了，在记忆的仓库里翻腾着，怎么也想不起来。我怎么能熟悉这个岛？我什么时候来过？

"哈哈！"姚丹江笑了，指点着我，"你啊，忘了？海山岛。"

"海山岛！"这三个字"訇"的一下撞开了我记忆的闸门。想起来了！1996年春节刚过，我曾来到这个岛上，专访了一名守岛战士，写出了当时在全国很有影响的报道：《天边一哨兵》，并引起了各大新闻媒体的关注。中央电视台《梦想剧场》节目组，过海登岛，为这名战士专场演出。转眼间，已经过去了十七八年，这里的变化太大了，我认不出来了。说真话，这事我也忘了。

我沉浸在对往事的回忆中，脑海里像过电影似的闪现着那次采访的镜头，我在稿件中是这样写的，现摘录一部分：

> 正月，我们来到了一座孤岛。
>
> 这里是海军航空兵的一个战位，这里是飞机轰炸训练的一个靶场，这里有一位被官兵们喻为"鲁滨孙"式的传奇人物。
>
> 小岛很小，仅有1.4平方公里，县级地图上都难找到它的踪影；岛儿很孤，隐现在大海深处，只有下海的渔民偶尔上去落落脚；岛儿的名字很气派，有海又有山，"海山岛"！

有年中秋，海航某部政治部主任王立东上岛陪一位战士过节，面对海天明月，即兴吟诗一首："金沙灿灿浪层层，月色苍茫水清清。千家万户今团圆，有赖天边一哨兵！"

　　这位独守孤岛的战士叫唐军华。

　　我们走上孤岛，走近了守岛哨兵唐军华，走近了他的工作，走进了他的心灵，也走进了许许多多平凡而又鲜活的故事……

　　唐军华是飞跑着来迎接我们的，路不平，他跑得跌跌撞撞。

　　我们看到这个中等身材的湖南伢子，脸上写满了刚毅，眼里却流露出孤独过久见了外人后异常的兴奋之情。

　　唐军华的工作很简单又很单调，平时守靶场，维护靶标，只有到了飞机打靶、投弹轰炸的季节，这里才突然热闹繁忙起来，修靶标、指目标，"轰隆隆"的硝烟炮火中，让人想起电影《英雄儿女》中的王成。

　　在和唐军华的交谈中，我们了解到，他在孤岛上一待就是8年。刚上岛那阵子，他说感觉还挺好，可新鲜劲一过，他开始尝到了孤独和寂寞的滋味。

　　上岛的第一年农历腊月二十九上午，唐军华接到了回靶场队的通知，心情十分激动。能回到连队与战友们一起热热闹闹地过个年，那该有多美啊！

　　那天，他是一路哼着歌回到场部的。场长、指导员盛情接待了他。吃过午饭，指导员对他讲："小唐，岛上过节不能离开人，我和场长准备让你留在岛上。"

　　唐军华一听愣住了。

　　指导员见他沉默，又说："如果不行，我们再换其他人。"

　　唐军华当时多么希望能留在场部过年，可自己不去，别人也得去。他沉默了良久，点了点头说："我去！"因为落潮，不能驾船。他重新穿好蹚海用的胶皮叉裤，扛起场里为他准备的年货，蹚着齐腰深的海水回到了小岛上。

小岛太荒凉了，遍地礁石，野草丛生，只有唐军华居住的那座小房子，才稍稍显示出人类生存的痕迹。

　　唐军华回到岛上时，天已经黑了，孤零零的房子淹没在漆黑的夜幕里，唯有他养的那条小狗兴奋地吠叫着跑来迎接他。

　　唐军华给小狗起了一个独特的名字："小岛一郎"。

　　小岛一郎闹不明白，主人这次回来为什么没有往常热情，没有亲它逗它，它在他的脚下摇着尾巴转了好几圈，主人也没扔给它好东西吃？

　　唐军华放下年货，一头倒在了冰凉的土炕上，饭懒得去做，炕懒得去烧，扯过被子和衣躺在那里，一阵难言的孤寂感袭上心头。小岛一郎亲他扯他，他都懒得去理它。他想起了湖南老家的小山村；想起了平时疼爱自己的父母兄妹；想起了儿时过年小伙伴比赛放爆竹时的兴奋……越想越难以入睡，那夜他彻底失眠了。

　　东方露出了鱼肚白，唐军华撩开被子下了炕，暗暗思忖：既然一个人在孤岛上过年，也要把年过好。他打开从场部带来的收音机（当时还没有配电视），又照家乡的风俗习惯，擀了一把面条，下了两碗鸡蛋面，饱饱地吃了一顿。

　　这一天，唐军华把岛上的战备物资检查好，绕岛巡逻了两圈，又清扫了屋子，然后，烧炕、做年夜饭……

　　夜幕降临，唐军华摆上4个菜，点燃8根蜡烛，朝南而坐，像往常在家过年一样，给已故的父亲摆上一个酒杯，一副碗筷。

　　就在唐军华起瓶准备斟酒时，收音机里传来了中央人民广播电台女播音员充满深情的声音："同胞们，在这举国欢庆、普天同乐、万家团圆的除夕之夜，请让我代表全国人民向驻守在边防海岛的解放军指战员，以及在各条战线坚守岗位的同志拜年！"他以前也不止一次地听到播音员拜年的问候，可今天，只身一人在远离陆地的海岛上，听起来觉得特别亲切，特别温暖，他心头一颤，滚烫的泪水夺眶而出……

在这顷刻间，唐军华不再孤独，他的心紧紧地与全国人民的心贴在了一起！他不是长大了一岁，仿佛长大了许多，深知肩上的责任重大。

新年的钟声敲响了，唐军华挎上了冲锋枪，领着小岛一郎巡视在小海岛上，为祖国人民守岁！

从此以后，唐军华从孤独寂寞的痛苦中解脱出来，他没有时间痛苦，他要干的事情太多了。

……

这次上岛，我们没有看到小岛一郎。唐军华告诉我们，他每次下岛，小岛一郎都跟在后面，有时船开出老远了，它还叫个不停。有一次，看它可怜，就把它带回陆上，可回到陆上它再也不回来了。它大概也是忍受不了荒岛的孤独和寂寞吧？

孤独和寂寞却使唐军华成了多面手，凡是他接触过的装备设施几乎都能维修。他弹得一手好吉他，爱弹流行歌曲，海面上时常荡漾着他的歌声；他还写得一手好字，是夜晚伴着星星练的，每天都工工整整地写日记，记下孤岛一日的生活，记下自己对理想的追求，记下对美好爱情的憧憬……

8年来，唐军华维护靶场承受了近万枚炸弹的轰击，保障了近4000个架次的飞行训练，排除了百余颗哑弹，优秀率和安全率全达100%……

在晚霞满天时，我们离开了海山岛。回到陆地上，我们又一次深情地回望着那座孤岛，余晖里的小岛确实很美，像一首小诗，一首我们的可爱战士用忠诚挥就而成的小诗……

我痴痴地看着海山岛，姚丹江将我从沉迷中唤醒："你还不知道吧？唐军华就在我们单位。"

"啊，是吗？"这真让我喜出望外，兴奋异常地问，"他现在干什么？"

"在勤务保障大队当政委。我马上给他打电话，让他过来。"姚丹江说着就掏出了手机，拨通了唐军华的电话。

和上次一样，唐军华也是跑着过来的，只不过当年的"湖南伢子"已经人到中年，我们紧紧相拥在海边。

我们一起回到了招待所，唐军华告诉我，他被海军破格提拔为干部后，当过靶场的指导员、飞行场站干事等，基地组建时，他被任命为勤务保障大队政委，成长为一名正团职军官了。

我为他的进步而高兴。

唐军华还告诉我，勤务保障大队的工作性质和飞行场站差不多，中心工作就是确保舰载机顺利上天，平安落地。

唐军华说："姚丹江政委在舰载机上舰前的动员大会上，代表党委对全体官兵提出了这样的要求：再难再重不能辜负神圣使命；再苦再累不能丢掉军人作风；再急再险不能忽略安全底线。一句话，就是时刻牢记我们是航母人。不过，也许一辈子我们也没机会上航母，但我们的心始终伴随着航母……"

这一晚，我和唐军华彻夜长谈，他向我讲述着勤务保障大队官兵一个个感人的故事……

和往常一样，清晨五点半，勤务保障大队某连三级军士长关晨蕾就起来了。一手扫把，一手簸箕，他弯着腰开始了对飞行跑道的清扫。

他扫得异常认真，任何一点颗粒杂质都不放过——因为他脚下的这条飞行跑道，不是一条普通的飞行跑道，而是专门用来放飞歼-15舰载机的。

"你知道吗？那天成功在航母上降落的歼-15战机是从这里起飞的。"关晨蕾说。顺着他手指的方向，我看到：跑道的尽头是高高翘起的模拟14度滑跃起飞甲板，这条跑道完全是按照航母1:1比例复制的。飞行跑道的表面，也和航母飞行甲板一样，涂抹了特殊的防滑涂料。

看着关晨蕾弯腰清扫的辛苦状，我问："为啥不用机械设备进行清扫呢？"

"可以是可以，但不如人清扫彻底，心里也不踏实。"关晨蕾扶着腰说。

对于自己工作岗位的理解，这位普通的士官有着哲学家般的深刻："舰载机起飞着舰，这事难；扫地，这事简单。可这简单的事却关系着这难事的成败。"

某连指导员陈闯说:"这是我们基地广大官兵共同的认识和心中最真实的想法,人人都时刻提醒自己,绝不能因为自己工作的失误,影响到歼-15舰载机的飞行。"

鸟类是人类的朋友,鸟语花香是人们形容环境优美的常用词句。

可是,它却是所有飞行器的天敌。

大家可以想象,当一架高速飞行的飞机和飞鸟迎头撞上,不亚于中了一发炮弹。

我在维护飞机时,曾经多次看到飞鸟撞碎飞机座舱玻璃或打穿机身、机翼的情况。另外,还有可能通过进气道吸进飞机内部,打坏发动机。

有关专家讲,飞机在起飞、降落时发生事故的概率最高,称为"前后最危险8分钟",而因与飞鸟相撞发生事故的比例尤高,达50%以上。

因此,在试验基地的机场跑道周围,不仅拉上了驱鸟网,矗立众多的"吓鸟假人",还专门成立了驱鸟班。同样,在辽宁舰上,也有驱鸟战位。

地方大学特招入伍的士官陈孜晗,担任机场驱鸟班班长。

这里靠海,海鸥等鸟类很多。每次歼-15舰载机飞行训练,他都要带领全班同志从早上站到天黑。

东北冬天冷,在空旷的机场里,风一吹就透心凉,穿得再厚也没用。由于站的时间长,脚后跟疼成了驱鸟班战士的职业病。

另外,长时间的强光暴晒和风沙吹打,使陈孜晗的右眼视力急剧下降。连队想给他换个岗位,谁知,他不干:"我情况熟,万一有意外情况我能处理。"

勤务保障大队大队长刘周说起这些事眼眶就发红——

2011年11月,三级士官、班长车敬来退伍,26日要离开部队,25日还有飞行任务。当时,新兵还没有补充上来。在进场时,他依然站在队列里,战友们劝他回去,他说:"没登上航母是我终生的遗憾,请让我再给它出一份力吧。"

2012年11月23日,歼-15舰载机首次要在航母上着舰。谁想,22日这里突然下雪。官兵们全部出动进行清扫作业。吹雪,去冰,烘干……整整干了一个通宵。

驾驶吹雪作业车的班长周增磊，累得早饭没吃就睡着了。"当成功着舰的消息传来时，大家高兴地抱成了一团。"

在战友眼中，保障队司机、一级士官孙技峰是"幸福的人"，因为他离大家崇拜的偶像舰载机飞行员距离最近。他每天的任务就是将舰载机飞行员送到飞机旁。为了不影响飞行员的情绪，小孙每天小心平稳地开车，即使没事也从不主动对飞行员说话。谈起自己的愿望，小孙说：等到退伍的时候，一定要和舰载机飞行员们合个影。

和小孙一样，四级军士长肖大坤的愿望，也一样质朴简单——作为通信保障士官，他现在需要天天和航母"保持联系"。可到现在他从没有见过航母。他说："要是退伍前，能有机会亲自到航母上看一看，那该多好啊！"

特别是在航母海试期间，官兵们放弃了全部休息日，全力保障试验任务，最终确保了舰载机成功上舰。

一名战士在日记中写道："这一年里我们待得最多的地方是外场，去得最多的地方是训练舱室，365 个日夜里有 200 多天都可以在外场看到我们训练保障的身影。"

勤务保障大队政治处干事杨文说："我们是航母事业上一颗小小的螺丝钉，为了实现中华民族的百年梦想，岗位再平凡也是一种荣耀！"

为了实现中华民族的百年梦想，岗位再平凡也是一种荣耀！

记得采访结束离开试验基地那天，是一个朝阳将大海染红的早晨，我有点不舍地回望着这块土地，回望着依然默默忙碌着的那些我的战友兄弟，眼睛竟有点模糊，耳畔又响起了那首十分熟悉的旋律："什么也不说，祖国知道我……"

什么也不说，我想起了航空兵学院军体教研室的陈建中教员，是他始终在陪伴着舰载机飞行员，负责他们的心理疏导和体能训练……

什么也不说，我的眼前闪过张立新、李肃、赵洪亮、蒋孝刚、尹志文、应持革、崔朝辉、刘明、刘威、朱亚平等一个个战友的面孔，是他们坚守在各自的工作岗位上，为辽宁舰的远航默默地奉献着……

什么也不说，我更加了解了上到海军首长、各大部领导及机关，下到海军总医院及有关单位的普通士兵，都在为圆强国梦、强军梦苦干、实干、拼命干……

什么也不说，祖国需要我！

强军之路就在脚下，靠实干铸就梦想。

辽宁舰从这里起航！

"飞鲨"从这里起飞！

敬礼！向航母背后那些默默的身影——

共和国不会忘记，人民不会忘记！

节选自《大国巨舰——中国第一艘航母辽宁舰训练纪实》，
解放军文艺出版社，2017年9月第1版

袁隆平的世界

陈启文 *

第五大发明

从转折点到突破口

随着袁隆平做出又一个决定性的思考与选择，"从亲缘关系较远的野生稻身上寻找突破口"，接下来依然是极其渺茫的寻找，他要寻找的不是一般的野生稻，而是与栽培稻有某种关联、同栽培稻杂交能产生雄性不育后代的野生稻，那是栽培稻遥远而有着神秘血缘关系的远亲。这一粒种子能否找到，依然是山重水复，依然不见柳暗花明。

在找到这粒种子之前，出现了一个转折点。1970 年 6 月，湖南省第二次农业科学技术大会在常德召开，这次会议展示了全省各地的农业科技成果，袁隆平主持的杂交水稻雄性不育试验项目也摆在了一个显眼的位置。就在大会开幕的头一天，一个高大壮实、一脸敦厚的中年人走进了展室，袁隆平虽说很少关心政事，但还是一眼就认出来了，这是湖南省的一把手华国锋。华国锋时任湖南省革命委员会代主任，而在当时，相当于省委书记和省长一肩挑。华国锋和袁隆平握手之后，又把身子转向展板，很仔细地看了展板上关于杂交水稻的介

---

* 陈启文，现任中国作家协会全国委员会委员、中国作家协会报告文学委员会委员，文学创作一级。主要著作有长篇小说《河床》《梦城》《江州义门》、散文随笔集《漂泊与岸》《孤独的行者》、长篇报告文学《共和国粮食报告》《命脉》《大河上下》《袁隆平的世界》等 20 余部。曾获国家图书奖、老舍文学奖、徐迟报告文学奖等。

绍，一边看，一边询问袁隆平在科研上遇到了什么困难。袁隆平心里难免有些忐忑，倒不是因为华国锋是省里的一把手，实在是心里还没有太多的底气，而当时对袁隆平的质疑声一直不绝于耳，这么说吧，他是一个有争议的人，他搞的研究项目也一直处在争议之中，不过，他对杂交水稻的前景还是充满了信心。他也是这样老老实实地回答华国锋的。华国锋一直面带充满了亲和力的微笑，又凝神看着那还处于试验阶段的禾苗，那倾听还凝视的专注神态，给袁隆平留下了很深刻的第一印象。

让袁隆平万万没想到的是，第二天会议正式开始时，原本在台下的一个角落里默默坐着的自己竟然被华国锋请上了主席台，由此而引发了一场不小的波动，很多人甚至还不知道他是谁，看那又瘦又黑、面带窘色的样子还以为他是一个农民典型，一旦知道了他的身份更令人惊愕不已，如果他真是一个农民典型倒也可以理解，而他是一个农校老师，一下就让人下意识地想到了"臭老九"一类的贬义词。这么一个人，竟与一省的最高领导人在主席台上并肩而坐，还让他做典型发言，那可真是破天荒了。这也是袁隆平破天荒的头一次，他心里更加忐忑不安了，感觉坐在了一个不该坐的地方，却也有一种难以言说的欣慰。那种心情很复杂。他在发言中仍是实话实说，讲了在研究和试验中存在的技术问题和解决问题的难度，一再鞠躬表示自己愧对了大家的期望，但他也深信，只要坚持下去，最终就能揭示杂交水稻的奥妙，为人类造福。华国锋听了他的发言，对杂交水稻在艰难探索中所取得的阶段性成果给予了充分的肯定。袁隆平虽说不关心政治，但也知道华国锋的肯定意味着什么，这是向全省各地吹风，也是代表省领导机关明确表态，对杂交水稻研究，从省里到各有关地市和部门要大力支持。华国锋还指示要把水稻雄性不育系的材料拿到群众中去搞，广泛发动群众性科研力量，合力把它搞成功！那雄浑的山西口音，充满了雄浑的力量感。

会后，华国锋似乎还意犹未尽，又专门找袁隆平交谈。这次交谈不但给袁隆平留下了一生难忘的记忆，也给华国锋留下了很深的印象。2008 年 4 月，华国锋在《袁隆平口述自传》的序言中说那是"一次愉快的交谈",其实也是两个老实人的交谈,华国锋老老实实地说:"对于科学研究,我是个外行。但我知道,农业生产要发展,就得依靠新农业科学的进步;而农业科学的进步,离开了农民和土地,是不可能成功的。"他还透露,周恩来总理也几次过问杂交水稻研究的进展,希望能够继续研究下去。这让袁隆平感到肩上的责任更重了,从省里一把手的嘱托,到国务院总理的关心,他肩负着国家使命啊。

握手告别时,袁隆平再次感谢华国锋对杂交水稻研究的关心和支持,这倒不是客套话,他也不会说客套话,在那非常岁月,科研环境实在太差了,一个处于关键时期的科研项目,太需要正常的关心和支持了。华国锋也觉得这很正常,他握着袁隆平的手,还是那样面带微笑,说了一句很实诚的话:"作为一个地方的领导人,支持和帮助科研项目,是我的天职。"

天职!华国锋说得很平实,却一下深深地打动了他,感染了他。

民以食为天,让老百姓吃饱肚子,对于农业科技人员,是义不容辞的天职。

华国锋一句话,又揭示了其中的另一层意义,解决老百姓的"吃饭"问题,对于一个国家、一个地方的领导人,更是高度负责的天职。

这就是他们共同的天职啊。如果没有这样高度一致的意识和担当,袁隆平的命运,杂交水稻的命运,在当时真的还很难说。对于这个问题,后来还有不少学者专门研究过,袁隆平对杂交水稻的研究,一个直接的触发点,就是那"三年困难时期"发生的大饥荒,那也深深地触动了毛泽东、周恩来等党和国家领导人,还有华国锋这样的地方领导人。

华国锋的一句话,袁隆平也记在心坎上了——"农业科学的进步,离开了农民和土地,是不可能成功的。"

此前,袁隆平先后在海南多地育种,这年夏秋,他们来到了海南黎族苗族自治州南红良种繁育场(南红农场),这里地处海南岛最南端的崖县(今属三亚),已是真正的天涯海角了。这次,除了李必湖和尹华奇两位助手,南红农场的一些技术人员也来跟班学习育种技术,这其中就有一个为杂交水稻立了大功的人——冯克珊。他于1963年农专毕业后就分配在南红良种繁育场担任农业技术员，然后又在袁隆平科研组跟班学习，也可以说是袁隆平的学生和助手。白天，袁隆平和几个助手一起下田间劳动，手把手地给他们传授杂交水稻的技术，晚上还要给他们讲理论。而这次他们来海南，除了南繁育种，还有一个更重要的使命，寻找野生稻。冯克珊虽说是初次接触袁隆平和杂交水稻研究，但他在这一方水土上土生土长，对这里的野生植物分布情况比较熟悉。听了袁隆平关于野生稻的描述，他立马想到在南红农场附近有一种老乡们所说的"假禾"，其外形和栽培稻极为相似，一般生长在沼泽、沟渠旁和低洼荒地，穗粒又小又少，一碰就掉，这很可能就是袁隆平要找的野生稻。

这年秋天，袁隆平又带着多年得到的试验数据再次进京，向中国农业科学院的专家求教，他在中国农科院图书馆的一本外文杂志上，看到了一条让他非常震惊的消息，当他几乎在与世隔绝的状态下搞杂交水稻研究时，日本研究者早已捷足先登，于1968年就搞成了杂交水稻的三系配套。但日本人也遇到了一个大难题，由于杂交一代的优势不明显，一直迟迟不能投入生产。这更加给袁隆平带来了一种时不我待的紧迫感，同时也增添了信心，既然日本人能搞成三系配套，这就证明了三系配套的技术路线是对的。而凭袁隆平的科学眼光一眼就能看出，日本人搞成的三系配套，实际上也还只是一个阶段性的试验成果，杂交水稻说穿了，就是要利用水稻的杂种优势，你没有明显的优势，又不能在生产中推广应用，那就只能说还只是半步迈进了杂交水稻的门槛。袁隆平很想了解日本研究杂交水稻的详情，但除了一则简短的消息，却遍寻不着详细的资料。而此时，他的几个助手，正在天涯海角的烈日之下寻找一粒神奇而又渺茫的种子。

很多事还真是难说，当袁隆平在北京看到那条让他震惊不已的消息时，一个必将震惊世界的神奇发现已经逼近眼前。——那是1970年11月23日，又是一个必将载入史册的日子。而对于一个神奇的发现，两个发现者后来的讲述，由于年深日久出现了一些细节上的偏差，其实也可以互相弥补，更逼真地还原当时的真相。

据冯克珊回忆，一个多月里，他把记忆中每块野稻地都翻了个遍，几乎找遍了崖县、乐东等县的野生稻生长地，就是找不到袁老师说的那种野生稻。一天深夜，他翻来覆去的，怎么也睡不着，又在床上苦思冥想，还有哪个角落没有找到呢？他慢慢想起来了，在离农场不远的那条老铁路边上有片野稻地给落下了。他一骨碌从床上爬起来，拿着手电筒就朝那儿跑。那天夜里下过一场雨，他深一脚浅一脚地踩着一条烂泥路，到了那里，用手电照着野生稻，一株一株地寻找，这是特别仔细又费工夫的，每一株野稻子都要看清楚，还要看清花蕊里边有什么异样。一块沼泽地走到尽头了，天也亮了。就在他失望地准备回去时，突然，一株异样的野生稻闪现在他眼前。他使劲揉揉眼，生怕看错了。没错，那模样就是袁老师讲的那种野生稻！那一刻，他忘了自己是踩在烂泥里，兴奋得一下蹦了起来，结果一下子滑倒了，滚了一身烂泥。他爬起来后，便一路狂奔到试验基地，冲着李必湖大喊："找到了，找到啦！"还没等李必湖反应过来，他就拽着他奔向了桥下的那片沼泽地。

据李必湖回忆，他走到桥下那片沼泽地，看见了一大片长得稀稀拉拉的野生稻，正在抽穗扬花。这么多年来他一直跟着袁隆平，早已练就了一双火眼金睛，一眼就看见了三个有些异样的穗子，扑通一声就跳进齐腰深的沼泽地，把站在一旁的冯克珊吓了一跳，紧跟着也跳了下来。李必湖扒开杂草和别的野生稻，一株还处于半隐蔽状态下的野生稻，此时被阳光彻头彻尾地照亮了，那三个稻穗生长于同一禾蔸，是从一粒种子长出、匍匐于水面的分蘖。观察了植株的性状后，李必湖又用放大镜观察花蕊，发现其花药细瘦成箭形，色泽浅黄呈水渍状，雄蕊不开裂散粉。这个过程只用了二十分钟，凭他敏锐的目光和丰富的感性知识，他初步估计，这应该就是他们一直渴望着、寻觅着的雄性不育的野生稻！

当然，李必湖和冯克珊眼下还不敢确认这一发现将是多么神奇的一次发现，一切还有待于他们的老师袁隆平来进一步确认。李必湖几乎是跪在淤泥里，用双手一点一点地把带有三个穗子的稻株连根带泥挖出来，又小心翼翼地捧到岸上，然后脱下衬衣，像包裹刚出娘胎的婴儿，严严实实地把稻株连着泥巴一起包好，最少也有二十多斤，他抱在胸前，既不敢抱紧也不敢放松，生怕一个闪失，就把那褪褓里的婴儿挤了、伤了。而在冯克珊的回忆中还有一个细节，他是赶着牛车，把李必湖载到这片沼泽地边上的，那株野生稻是连泥巴一起包好后放在铁桶里，用牛车拉回去的。直到他和冯克珊把这株野生稻栽在试验田里，两人才长长地吁了一口气。当他拿起沾满污泥的衣服到渠边涮洗时，才发现，脚和小腿上，挂着三条又粗又长的蚂蟥，条条吃得如大拇指般粗，鲜红的血，顺着他的小腿，一路滴在被烈日炙烤得滚烫的田野上。

袁隆平在当天就接到助手发来的电报，他连夜挤上火车，火速赶回南红农场，直奔试验田，立即拿出放大镜仔细观察。表面上一看，这株野生稻的性状与海南岛普通野生稻没有什么差别，株型匍匐，分蘖力极强，叶片窄，茎秆细，有长芒，易落粒，叶鞘和桴尖颜色为紫色，柱头发达外露。他高兴地拍了一下李必湖的后背，连声说："高级，高级啊！"

高级，这是袁隆平惯用的重庆方言，意思是好得很，了不得。他马上采样镜检，发现其花药瘦小，黄色，不开裂，内含典型的败育花粉，这可不是一般的野生稻，而是一种极为稀罕的花粉败育型野生稻，袁隆平当即将其命名为"野败"。野稗，野败，后来很多人误会了，以为"野败"是野稗之误，还咬文嚼字，写信纠错，一个泥腿子农民科学家，怎么连稗子的"稗"字都写成了错别字呢？其实，不是袁隆平的文化水平低，而是这些人的科学水平太低了，到如今很多人也搞不清野稗和野生稻有啥区别，由于其外形特别相似，很多人以为野生稻就是野稗子，其实，两者还是有很大区别的，野稗是稻田里的恶性杂草，也是混生于稻子间的一种常见的禾本科野草，既然同属禾本科，自然也和栽培稻、野生稻沾亲带故，但其亲缘则比栽培稻和野生稻的关系更为久远，其体内也蕴涵着可以利用的优势基因，这也是袁隆平在未来将要开发利用的。不过此时，他对"野败"的命名还真是与野稗毫无关系，"野败"，就是"花粉败育型野生稻"的简称，其国际上的学名为"WA"。

这一发现，经实践检验，是杂交水稻三系配套成功的根本突破口，也可谓是袁隆平在杂交水稻上深陷于一个山重水复的困境后，终于出现的一个柳暗花明的关键转折点。

由于这一发现太重要了，也由于在年深月久后出现的一些情有可原的记忆偏差，后来也因此有了一些是是非非，引起了不必要的争论，到底谁是发现"野败"的第一人？李必湖后来被称为"杂交水稻第二人"，这当之无愧，但冯克珊也功不可没。如果不是冯克珊首先发现了那片野生稻，把李必湖带过来，李必湖也许就不会发现"野败"。而我通过对双方回忆的进行比较，实际是也是一种相互弥补，应该说，"野败"是李必湖和冯克珊共同发现的。

因为袁隆平在这一重要发现现场的缺席，后来又有人以此贬低袁隆平作为"杂交水稻之父"的开创性意义，这又是一叶障目了。设想一下，如果没有他此前的两次神奇发现，不是袁隆平第一个提出用"野生稻与栽培稻进行远缘杂交"以创造新的不育材料的新技术路线，没有他的言传身教，一切都将无从说起，李必湖和冯克珊也不可能发现"野败"，就是发现了也不认得那就是雄蕊不育的野生稻。再退一步说，没有袁隆平，他们以及后来的许多人，甚至压根儿就不会走上杂交水稻的探索之路。又或许，在李必湖和冯克珊之前，就有当地的农人发现了"野败"，然而在他们眼里那只是一钱不值、有害无益的"假禾"。对一个科学事实做出评判，必须从真正的科学精神出发，才能还原真相。袁隆平在谈到发现"野败"的功绩时就是从严谨的科学精神出发，"用以前的材料与方法，采用筛选法和人工制造法，是很难获得保持系的，至少我们感到前景渺茫。惟'野败'表现与其他不育材料相反，真是异军突起，别开生面，给试验带来了根本起色"！

其实，无论是袁隆平，还是李必湖、冯克珊，他们都是心胸宽广的人，从来就不去争谁是第一谁是第二，所有的是非都是那些搬弄是非的人强加于他们身上的言说。李必湖作为袁隆平科研团队第一梯队的成员，还将在未来岁月续写他的传奇，他也将是我继续追踪的一个人物。冯克珊从发现"野败"至今，一直致力于野生稻的研究和保护工作，后来担任了海南省动植物检疫站副站长、高级农艺师。说到发现"野败"，这位如今已年过古稀的老人谦逊而又真诚地说："我只不过是尽了一个农科人员该尽的职责，袁隆平老师始终没有忘记我，2004年，他还特意邀我去长沙，参加袁隆平科学基金奖颁奖仪式，给我颁发了五万元奖金。没有袁老师，就没杂交稻，他像我们队伍的元帅，率领我们奋斗，分享收获。没有他，杂交水稻就不可能有这么快的发展，不可能有农民丰衣足食的好日子！"

一闯三系配套关

一粒必将改变世界的种子已经找到了，但这还只是一个关键的突破口，还必须培育、繁衍出大量种子，以此为母本，然后按照袁隆平的三系法的技术路线图，给它找到两个功能不同的丈夫，这就是杂交水稻首先就要闯过第一关——三系配套关。这又是国内外杂交水稻研究者一直难以攻克的一道难关，早已有人预言："三系三系，三代人也搞不成器。"

这里还是从"野败"的繁育说起。李必湖、冯克珊将它移栽到试验田后，师徒几人便连续五天、轮番守在田里等它扬花，袁隆平笑称这是"守株待花"。这野种好像在故意考验人类的耐性，开得特别慢。每开一朵，袁隆平和助手就小心地用镊子夹着栽培稻的雄蕊花粉与之杂交，然后又观察其结实情况。但结实率很低，共结出十一粒谷子，而结实饱满的有效种子仅有五粒。这就是他们以"野败"为母本最早培育出来的五粒金灿灿的杂交种子。但这五粒种子有休眠期，不能立即播种。种子可以休眠，他们却不能眼睁睁地等待种子苏醒，袁隆平和助手们又采取"割苞再生"的方式做无性繁殖试验。一粒种子的神奇就在于其源源不绝的繁衍力。那五粒杂交种子在1971年春天开始加速繁殖，袁隆平和助手用二十多个栽培稻品种与"野败"杂交，又获得了两百多粒杂交种子，一蔸"野败"通过繁殖，扩大到了四十六蔸。但直到此时，袁隆平还不敢百分之百地断定，"野败"将给他带来一个百分之百的结果。他后来也曾坦诚地说："那时我还没有预见到它是一个突破口。第二年深入研究才发现，嚯，这家伙真是个好东西！"那四十六蔸不育株，百分之百都是雄性不育的。到了1973年，"野败"已繁育出了数万株，全都是百分之百的雄性不育株！

袁隆平兴奋地说："这个时候，我如释重负，感觉终于看到曙光了！"

1971年早春，海南岛已是如火如荼的季节，一个冷清而遥远的南红农场，一下变得门庭若市，全国十八个省区的育种人员纷至沓来，袁隆平将繁育出的两百多粒"野败"种子无偿分享给了一百多名育种科研人员，一场利用"野败"作为杂交水稻不育材料的全国性协作攻关就这样开始了。但一开始，这些从不同方向涌来的人潮，如同刚刚涨起来的潮水，还有些迷茫和涣散，基本上还处于一盘散沙、各自为战的状态。经历一段时间的摸索，参与协作攻关的育种人员都感到必须有更紧密的协作和更明确的目标，1972年10月，湖南作为全国杂交水稻研究协作组的牵头单位，在长沙召开了第一次全国杂交水稻科研协作会议，进一步明确了主攻方向，全国育种专家对雄性不育系的选育，由此集中转向了以培育质核互作型不育系为主。——这种不育系为细胞质基因和核基因互作控制的不育型，能够恢复不育系雄性繁育能力，是三系配套的一个关键。在此后的几年间，又先后召开了九次杂交稻科研协作会议，这些会议都是在攻坚克难的节骨眼上召开的，有时候一年就要开几次，每一次都是啃硬骨头，这对于杂交水稻从科研到生产上推广应用都起到了很关键的推动作用。直到1975年，在第十次全国杂交稻科研协作会议上，才正式组成了由中国农科院和湖南农科院负责的"全国杂交水稻科研协作攻关小组"，袁隆平任技术总顾问。其实，无论袁隆平有无名分，一直以来，他实际上就是中国三系法杂交水稻的总设计师，一切都是按他的技术路线推进。

袁隆平不但在分享育种材料上毫无保留，对自己苦心钻研了多年的杂交水稻育种技术也毫不保密。当时，全国各省区的南繁协作组轮番来请袁隆平去指导，他是有求必应，只要哪个协作组遇到了问题，他比那些遇到了问题的同行还着急。

福建协作组也分享到了"野败"的种子，但在南繁育种试验中秧苗出了问题，这可把他们急坏了，眼看试验就要中断了，这一趟就算白来了，而育种试验又是绝对不能断代的。袁隆平听说后，立马就把自己试验田仅有的一蔸"野败"第二代不育株连着泥巴挖了一半，用塑料袋包好，亲自给他们送了过去。那感激的话就不用说了，在那一刻也说不出来了，就像一个身陷绝境的人，忽然有人向你伸出了援手，你的第一个本能反应就是想要紧紧抓住他的手。这双像农人一样粗糙的、沾满了泥巴的大手，在当时几乎伸向了所有参与协作攻关的育种人员，还将伸向世间所有的生命。那半蔸"野败"第二代不育株在福建协作组的试验田里分蘖，繁衍，在杨聚宝等科研人员的主持下，育成了"威41"不育系和相应的保持系，为福建杂交水稻研究开创了首功。

说到福建协作组，还有一个后来被誉为"杂交水稻之母"的育种专家谢华安。那时他还刚刚踏进杂交水稻育种的门槛，一到海南，他就到处拜师取经。那时也没有你招待我招待的，大家都是搞粮食的，可大家也都是靠粮票吃饭，那像命根子一样的种子可不能当饭吃。谢华安有时候跑了大半天，跑到一个地方，看了，请教过了，又只能饿着肚子、拖着沉重的脚步赶回来。这还算好的，虽说饿着肚子，但也不虚此行，但也有一些单位把自家的篱笆子扎得很紧，不但没人请你吃饭，还时常会吃个闭门羹。而袁隆平的育种基地是向所有人敞开的，你想看什么他都让你看，你有什么问题，他都不厌其详地给你解答。到了吃饭时间，他也热乎乎地留你吃了饭再走。说起来还有这样一个细节，有一天，外省协作组的几个人来湖南组请教，袁隆平客气地留他们吃了饭，又不好意思收人家的粮票和饭费。这让管伙食的罗孝和犯难了，从哪里支付这餐饭钱呢？罗孝和一气之下，决定狠狠报复一下袁老师，把客人的饭钱记在了袁隆平的名下。"哼，你袁老师一个月几十块钱的工资，一天两毛七的补助，穷得吸生烟丝卷的喇叭筒，看你心痛不心痛！"

让谢华安念念不忘的还不是一饭之恩，而是袁隆平"心底无私天地宽"的人生境界，如果换了另一种人，越是对于有可能超越自己的人，越是要想方设法捂住你，不让你出头，而袁隆平却只恨不能"揠苗助长"，一心想着怎么让大伙儿早出成果、多出成果。谢华安几乎逢人便说："袁老师的'野败'令全国同行一下子处在同一水平线上，全国大协作很快红火起来，袁老师这种崇高无私的境界今天看来愈加珍贵。"后来，谢华安根据袁隆平"三系配套"的技术路线，育成了堪称一代天骄的杂交组合"汕优63"，创造了连栽时间最长、推广速度最快、推广面积最大、增产稻谷最多等世界稻作史上的几个第一。谢华安当选为中国科学院院士后，也难免有人说七说八，但袁隆平和谢华安都是虚怀若谷的科学家，当有人把他与袁隆平相提并论时，谢华安总是谦逊而又充满感激地说："我和袁隆平先生相比是有层次差别的，袁老师是中国杂交水稻领域的开拓者、奠基者，我培育的一些品种虽然推广面积较大，产量较高，但毕竟是站在巨人的肩膀之上啊！"

1972年，袁隆平和周坤炉等助手在攻克"三系配套关"中一马当先，利用"野败"和不同的籼稻、粳稻杂交，于1972年率先育成了我国第一个用于生产的不育系"二九南1号A"及同型保持系"二九南1号B"，并开始向全国提供不育系种子。

1973年，在不育系和保持系相继突破的基础上，袁隆平和全国协作攻关的科研人员将三系选育的重点转入恢复系，方法以测交筛选为主，广大科技人员广泛选用长江流域、华南、东南亚、非洲、美洲、欧洲等地的一千多个品种进行测交筛选，找到了一百多个具有恢复能力的品种，袁隆平、张先程等人率先在东南亚品种中找到了一个优势强、花药发达、花粉量大、恢复率在百分之九十以上的恢复系，江西的颜龙安再接再厉，在1972年至1973年又成功筛选出"7101""7039"等恢复系，为三系配套再立新功。经实践验证，"IR661""IR24"和"泰引1号"为强优恢复系，用这些恢复系配制的杂种一代具有明显的杂种优势。

随着三系相继告破，这年9月，在长沙马坡岭实验田，袁隆平和周坤炉转育的"二九南1号"不育系，经过连续三年共七代的测交和回交，十个株系共三千株实验稻，终于达到百分之百不育且性状与父本完全一致的标准。百分之百，这意味着，三系配套，成啦！

这些首功或第一，都为实现全国籼型杂交水稻的三系配套而做出了重大贡献，既功不可没，也从未埋没。1981年，袁隆平、李必湖、颜龙安、周坤炉、张先程等人均为1981年国家特等发明奖的主要获奖者，而因研究杂交水稻而当选为两院院士的也不乏其人。

透过这一番梳理，可以还原一个科学事实，袁隆平是三系法的总设计师，但杂交水稻绝非袁隆平一人之所为。袁隆平也从未把杂交稻的成果归为一己之功，而是一再强调："集体的力量和智慧才是巨大的，在团队的智慧面前，任何天才都显得微不足道。"协作精神，也是科学精神的一个突出体现，尤其是现代科学，一个科研项目往往就是一个系统工程，必须依靠多学科和社会多方面的协作与支持才能完成。直到今天，他对为攻克杂交水稻难关在全国十三个省区的十八个科研单位进行的科研大协作感慨不已，对所有参与协作攻关者为此而付出的心血也充满了感激。"如果没有这样的大协作，杂交水稻研究决不会取得今天这样世界瞩目的成果。"

1973年10月，金秋季节，第二次全国杂交水稻科研协作会议在太湖之滨的苏州召开，这里也是全国九大商品粮基地之一，袁隆平正式宣布籼型杂交水稻"三系"配套成功，这标志着我国水稻杂种优势利用取得了重大突破，这一年被公认为中国杂交水稻诞生的元年。

二闯优势组合关

如果水稻的杂种优势无法被人类利用，此前的一切努力依然只能归零，没有任何实质性的价值。就在袁隆平率领全国杂交水稻科研人员开展协作攻关之际，仍有不少资深专家坚持水稻杂交的"无优势论"。无论是有优势，还是无优势，最终都要用实践来证明。

1972年春夏之交，袁隆平将"野败"与栽培稻杂交转育成功的种子，播种在湖南省农科院在长沙马坡岭的试验田里，与常规品种进行对照试验。这块稻田仅有四分地，却承载着杂交水稻是否具有优势的试验，这个重任就落在袁隆平的助手罗孝和身上了。

罗孝和，1937年生于湖南省隆回县金石桥镇，1961年毕业于湖南农学院，此后一直在母校执教。1971年，湖南省成立了杂交水稻研究协作组，罗孝和主动请缨，被抽调到协作组，他和周坤炉都是继李必湖、尹华奇之后，加入袁隆平科研团队的第二批（第二梯队）成员。这是一个在未来将要为杂交水稻开创多个史上第一的育种专家，不过此时，他还年轻，才三十多岁，在杂交水稻科研之路上才刚刚起步，这也让他闹出了不少"笑话"。

说来，罗孝和和袁隆平一样，都是那种天生的乐天派。袁隆平是冷幽默，罗孝和却成天乐呵呵的，在湖南方言里"罗"和"乐"谐音，"孝和"又与"笑呵呵"谐音，大伙儿便叫他"罗呵呵"（乐呵呵）。此前，他一直是搞玉米研究的，后来虽说自告奋勇加入了袁隆平的团队，但他一开始对袁隆平还有点儿不服气。这其实也在情理之中，他是一个大学教师，而袁隆平却一直在一所山沟里的农校当老师，这样一比，谁都会有点儿不服气。一见面，他就想探一探袁隆平的深浅，半开玩笑说："袁老兄，现在我已归你管了，你能不能露两手功夫给我看看？"

袁隆平笑了笑说："罗老弟，你要想学到真功夫，我劝你先从孟夫子开始。"

他说的孟夫子不是亚圣孟子，而是经典遗传学的奠基人孟德尔。罗孝和在大学里所学所教的遗传学主要是米丘林学说，自新中国成立以来，从米丘林学派到"李森科主义"就一直是中国生物学和农业科学的"主题思想"，对孟德尔、摩尔根的遗传学基本上是持批判的态度。而此时，还是"文革"时期，"宁要社会主义的草，不要资本主义的苗"，依然是喊得山响的口号。罗孝和性格耿直，一听孟德尔的名字，就一脸的批判态度了。"孟德尔是资产阶级理论，我们学的是米丘林遗传！"

袁隆平也不跟他争辩，还是眼见为实吧。他把罗孝和带到一片试验田，指着那些参差不齐的秧苗说："这是 F2 代（杂种二代）发生的性状分离，按孟德尔的分离定理，应该是三比一，不信，你可以数一数看。"罗孝和挽起裤腿下田数了一遍，又按单位面积默算出了一个结果，果然是三比一。但他还是将信将疑。"没错，这也许是偶然现象吧！"

袁隆平依然微笑着，一点也不生气，他倒是越来越欣赏罗孝和这较真劲儿，这其实体现了科学的求真精神，对别人说什么，哪怕是权威的论断，那也只能仅供参考，科学不停留在定性描述层面上，确定性或精确性是科学的显著特征之一，每一个结论，都必须依据精确的数据和分析，才能在严格确定的科学事实面前做出自己的判断，如此才能维护真理，对权威、独断提出质疑，向虚伪和谬误发起挑战。袁隆平是这样的人，罗孝和也是这样的人。罗孝和对第一块试验田的结果做出了"这也许是偶然现象"的判断，这个判断也许是对的，因为科研的基础决不能是偶然，那就必须继续看。结果，罗孝和一连看了三块试验田，其性状分离的比例都是三比一，他这才心服口服了，对袁隆平真有相见恨晚之感，若是早一点认识了袁隆平，早一点开始钻研孟德尔的经典遗传学，他也许就不会走这么多年的弯路了。但生性好强的他，还是有点不服输，想跟袁隆平再比试比试。

一天傍晚，几个南繁育种人像往常一样走向离他们最近的那片海滩，罗孝和跟袁隆平一样，也是一看见水就眼珠子发亮的人，他还是湖南农学院的游泳冠军呢，当即便向袁隆平发起了挑战——"袁老兄，我俩来一场游泳比赛如何？"袁隆平一听又乐了，好哇，他也正想游泳呢，这么多年来还很少碰到对手，他还真是巴不得有个强劲的对手来向自己挑战呢。

罗孝和指着两百米外的一块礁石说："我们先来一轮蛙泳赛，看谁先游到那块礁石！"

李必湖和尹华奇站在岸边当裁判，那海水蓝得透明，视野也特别清晰，眼看两人嗖嗖嗖就游出了一百多米，在浪花飞溅中几乎分不清谁先谁后。李必湖心想，看来袁老师这次还真是遇到对手了。接下来比的就不是速度了，而是耐力和后劲，离那块礁石还有五十多米远，两个原本不分上下的身影就看得一清二楚了，袁隆平很快就把罗孝和甩到了后边，当他游到那块礁石，一身轻松地抹着脸上的水珠时，罗孝和还在不遗余力地游着呢。这又是罗孝和的可爱之处了，明明已经输了，他却没有放弃，仿佛还在跟自己比赛。

这一轮下来，罗孝和一边喘气，却还是不服气，歇了一会儿，他又提出要比比自由泳。

袁隆平又是咧嘴一笑，他的强项不是蛙泳，而是自由泳，一个差点就进了国家游泳队的游泳健将，罗孝和怎么游得过他呢？但既然这小子喜欢挑战，那就激发他一下吧。

袁隆平说："这样吧，我让你二十米！"

罗孝和还真是一下急了，连脖子根儿都红了。"袁老兄，你也太吹牛了吧？"

袁隆平又狠狠刺激了他一下。"我让你二十米，你也不一定游得过我。"

这强烈的刺激，让罗孝和热血沸腾，一下水就使出了浑身解数，那被晚霞照得一片通红的身影，如着了火一般，在大海中熊熊燃烧起来了，那股子狠劲儿，几乎是在冲锋陷阵。袁隆平静静地坐在岸边，看着他冲出了二十多米，他才不紧不慢地下了水，又不紧不慢地游向那块礁石，一个看似轻松自在的身影，却如箭一般嗖嗖划过空中，几乎感觉不到海水的存在。这一次，罗孝和被他抛出更远了。

罗孝和一看袁隆平那专业运动员的姿态，就知道自己根本不是袁隆平的对手了，不过，他还想跟袁隆平比比别的。罗孝和爱下象棋，这也是袁隆平的爱好之一。一看袁隆平正跟别人下棋，他又踌躇满志地发起挑战了："袁老兄，我俩来几盘如何？"

结果，这一次袁隆平还真是输了，两负一胜。罗孝和得意扬扬地说："袁老兄啊，我这回总算胜过你了，以后咱俩不比别的，就比下棋！"

袁隆平倒也输得心服口服。"这几盘棋我已经尽了全力，我承认，你下棋还真是比我厉害，你这敢于挑战、不肯服输的劲头我也特别喜欢，但咱们不能光比下棋，你这劲头要用在攻关上啊，咱们要在稻田里比比看，如何？"他模仿着罗孝和的口气，又用一种充满了热切期待的眼神看着一个乐观又热烈的年轻人。

罗孝和被袁隆平那眼神深深打动了，这样一个人，失败了就坦承自己的失败，对人又那么宽容，在他身上有一种历尽磨炼的、叫人血热、令人向往的东西，还自然而然就把一个话题引向了他们的主题，这让罗孝和更加心悦诚服了。"袁老师，你不光有一身真本领，还这么豁达大度，我罗孝和从此一辈子就跟着你干了！"

从此，他就改口把"袁老兄"叫"袁老师"了。

袁隆平三服（三伏）罗孝和，堪称是杂交水稻史上的一段佳话或趣话，那也是很多过来人给我讲述的故事，或许有些演义的成分，而罗孝和从此成为袁隆平科研团队的一员干将，并做出了许多重大的、突破性的贡献，则是值得载入杂交水稻史册的事实。这里且不说以后，只说眼前。一茬南繁种子已经在马坡岭试验田里播种，水稻到底有没有杂种优势，将在这片试验田里得到检验。罗孝和一天到晚扑在试验田里，从稻种生根发芽开始，每天都要观察记录试验品种和对照品种的长势。这一对比，很快就形成了鲜明的反差，对照品种还只有六七寸高时，杂交品种就长到一尺多高了，对照品种只有四五个分蘖，杂交水稻竟有七八个分蘖了。那对照品种也是常规稻中的优良品种，可在杂交水稻表现出来的优势面前相形见绌，越到后来反差越大，一边是根深叶茂的杂交稻，傲岸而又炫耀，一边是矮了一大截的常规稻，连看一眼也觉得没精打采的，连青蛙都跳得比那禾高。这与其说是对照，不如说是陪衬，把杂交水稻衬托得更加茁壮了。

眼看杂交水稻的长势越来越旺，罗孝和也是热情高涨，见了谁都乐呵呵的，还带着小小的吹嘘的口气说："我们种的是三超杂交稻！"

哪三超呢？就是产量要超过父本、母本和常规稻的优良对照品种。

这"三超"的牛皮吹出去后，引得很多人纷纷来一探虚实。

当时，在"文革"尚未结束的特定历史条件下，湖南省农科院还处于军管时期，主持工作的是一位军代表，他们对粮食生产也非常重视，一听杂交水稻长势很好，就来看了，看了才知道，牛皮还真不是吹的，那杂交水稻的长势和优势，就是瞎子也看得见。那位豪爽的军代表竖起了大拇指，连声称赞杂交水稻有优势，有前途！很快，省军区司令员和政委也闻讯赶来了，只见那稻禾噌噌往上长，一株株挺立着，这些军人看了特别兴奋，仿佛在检阅威风凛凛的军阵，下意识的，就想刷地敬了个军礼。这喜讯，也传到了省里那些领导的耳朵里，他们也赶来了，又是看，又是摸，又是闻，就像看见了长得特别棒、特有出息的孩子，一个个交口称赞，看来，这杂交水稻这是有优势，有前途！

他们都是发自内心的夸奖，也是满心满意的希望，对于那一代经历过饥荒的人，谁又不希望粮食夺高产呢？当然，也有一些人不买账，这杂交水稻到底怎么样，还得走着瞧，最终还得看到底能打多少粮食，那才是真功夫。到了秋收时，竟然是一个让人大跌眼镜的结果，在长势上一直保持强大优势的杂交水稻，在产量上非但没有超过对照品种，比对照品种还要低，而杂交水稻的稻草却堆积如山，竟然比常规品种增加了七成，一眼看过去，只见稻草，不见稻谷。这下好了，那些原本就对杂交水稻不买账的人，纷纷冷嘲热讽地说起了风凉话："唉，可惜啊，人不吃草，人要吃草呢，你这个杂交水稻就有希望，有前途了！"

一直乐呵呵的罗孝和，这时想笑也笑不起来了，恨不得找个地缝儿一头钻下去。

那些连声夸奖杂交水稻有希望、有前途的领导，此时也有些灰心失望，杂交水稻搞了这么多年，竟然搞出了这么一个结果，在产量上没有什么优势可言，收再多稻草又有什么用呢。杂交水稻又走到了一个关口，还要不要支持这个杂交稻搞下去呢？

一个决定杂交水稻命运的问题，很快就变成了一次决定杂交水稻命运的会议。

除了领导，参加会议的还有水稻科研人员。那时，在省农科院水稻所，常规育种派还占绝对优势，而杂交水稻科研组只是挂靠在水稻所，寥寥几个人，往会议室一坐，一看就是少数派。在常规育种派的理直气壮的质问声中，一向不服输的罗孝和被问得张口结舌，哑口无言，一个耿直的脖子渐渐弯了下去。那压力有多大，一个局外人是难以体会的。当然，谁都清楚，罗孝和并非主角，真正的主角是袁隆平。那强大的压力，他比罗孝和的感受更强烈，如果杂交水稻真的就此失败了，那个压力还不知道有多大，而他将成为一个"罪魁祸首"。不过，此时他考虑的不是自己的命运，而是在深深思考，为什么会是那样一个结果呢？他的思维方式还真是非同一般，不信，你就听听他怎么说吧。

　　面对一双双咄咄逼人的眼睛，袁隆平不疾不徐地开口了："结果不用我说了，杂种优势利用是为了增产，但我们的稻谷减了产，的确，从表面看，我们这个试验是失败了。但如果换一个角度，从本质上看，我们又是成功的。为什么？刚才大家争论的焦点，就是水稻这个自花授粉作物究竟有没有杂种优势，这是个大前提，我们现在用试验证明了，有！水稻具有强大的杂种优势！这个大家都看到了，杂交水稻的稻草比常规稻增加了七成，这不是优势是什么？至于这个优势是表现在稻谷上，还是稻草上，这不是水稻有没有杂种优势的根本问题，这是我们的经验不足，在杂交优势组合上配组不当，结果使杂交稻的优势表现在稻草上了。既然不是根本问题，而是技术问题，那就不能从根本上否定杂交水稻，我们可以通过改进技术，选择优良品种重新配组，使其优势发挥在稻谷上，这是完全做得到的。"

　　袁隆平这短短几句话，就把一个科学道理讲透彻了。那位一直认为自花授粉植物作物没有杂种优势、搞杂交水稻没有前途的的老专家，其实也是一个很有科学良知的专家，他听了袁隆平的一番话，当即表示赞同，支持把杂交水稻继续搞下去。而无论此前的质疑和反对，还是此时的赞同，他都是在坚守自己认准了的科学法则。一位从不看好杂交水稻的专家，在杂交水稻还没有表现出增产优势之前，他就转过弯来为杂交水稻说话，也足以表明这是一位只认科学不认人的专家。这位专家是水稻育种方面的权威，他的表态，也影响了军代表和院领导，一个个都点头赞同："是啊，老袁讲得有道理，对杂交水稻，我们应该继续支持！"

这时候，那个一直低着头的罗孝和马上又把腰杆挺了起来，散会后，还没大没小地拍着袁隆平的肩膀说："袁老师，还是你高明一筹啊！"

一次貌似失败的试验，恰好验证了袁隆平多年追寻的一个正果。这也让袁隆平对失败和成功的辩证关系有了更深的理解，透过现象看本质，失败里面往往已包含着成功的因素，很多人只能看到那个表面结果的失败，就灰心丧气了，甚至绝望地后退了，却看不到那失败中已经蕴涵着本质上的成功，发觉不了那表面的失败已经非常接近于成功。如果说他高明一筹，就在于他这种透过现象看本质的洞察力，否则，杂交水稻所表现出来的明显的优势，你也看不见。至此，水稻有没有杂种优势，水稻的杂种优势能否得到利用，都已不是问题，只需要在技术上进行改进。

1974年，袁隆平利用自己此前育成的水稻雄性不育系"二九南1号A"与恢复系IR24配组，育成了我国第一个强优势杂交组合"南优2号"，在安江农校的试验田作为中稻试种，亩产突破六百公斤大关（628公斤），几乎超过了常规水稻的一倍。做双季稻大田种植二十亩，平均亩产突破五百公斤大关（511公斤）。袁隆平的大学同学张本也从他这里拿了"南优2号"种子，在贵州金沙县种植了四亩，亩产竟然超过八百公斤！随后，"南优2号"开始在生产上推广，成为我国第一个大面积生产应用的强优势组合，累计推广超过两百六十多万亩。这是中国杂交水稻的一个重要里程碑，标志着杂交水稻闯过了第二道难关——优势组合关。在袁隆平的指导下，参与协作攻关的科研人员通过改进品种组合，纷纷闯过了优势组合关。

袁隆平又一次笑了。"牛皮还真不是吹的，罗孝和吹牛的三超杂交稻变成了现实！"

三闯制种关

在接下来的协作攻关中，还将突破第三道难关——制种关。

一粒小小的种子，其实是一个系统工程，你育出了好种子，还要制出好种子，更要有人用你的种子来栽培出好稻子，一环一环，环环相扣。杂交水稻若要在生产上大面积推广，就必须大面积制种，这是从育种家的试验田走向寻常百姓家的关键一环，却是一道让许多先行者望而却步的难题。日本、美国和国际水稻研究所（IRRI）在杂交水稻上都曾取得了一度领先的研究成果，却在制种关上被死死卡住了，这让他们的成果仅仅只是试验性的成果，一直没法走向杂交水稻的产业化，其后的研究也因一直无法从根本上突破，也就不得不中断和放弃了。一项科研成果，如果不能从试验田走向老百姓播种耕耘的大田，从田野走向餐桌，也就失去了可推广的实用价值，更不可能成为一粒足以改变世界、改写人类命运的种子。这也让许多国内外科学家再次回到了先前的那个宿命般预言："即使你闯过了三系配套关、优势组合关，也难以闯过制种这一关，无法应用于大规模生产。"此言，几乎是一语成谶。

袁隆平能攻下这最后一道难关吗？这里又得回到原点，从发现"野败"说起。袁隆平首创的中国三系法杂交水稻，是利用"野败"这株野生稻雄性不育株培育出来的，但它的杂种优势只能保持在第一代，若要将杂种优势延续下去，每年都要育种和制种。很多人都把育种和制种混为一谈了，其实根本不是一回事。杂交育种的初级阶段主要是品种间杂交，而回交育种又是杂交育种的一种重要方式，即从杂种一代（F1）起多次用杂种与亲本之一继续杂交，由于一再重复与该亲本杂交故称回交，而这种回交的过程其实也是一种测交，通过反复试验检测其遗传基因的稳定性，最终目的是育成纯合度高的品种，而这个过程并非在实验室里能够完成的，每一次杂交、回交都需要用一季稻子来做试验，只能在试验田里进行。培育出来的种子还不是在大田里推广应用的种子，还必须制种。这么说吧，育种是一个培育品种的过程，制种是一个生产这一品种的过程，对已经培育成功的作物品种在种子田里生产，生产出的种子才是用于大田播种的种子。

在杂交水稻初创时期，从育种到制种都是极为烦琐而细致的劳作，从浸种、催芽、播种育秧、移苗插秧，到之后一系列的田间管理，施肥、中耕、除草、喷药防病防虫、杂交授粉，最后收获种子，一环扣一环，一轮又一轮，如同永无尽头的轮回。想想他们，真不容易，风里来，雨里去，无风无雨的日子，头上便有烈日暴晒。袁隆平几乎整天泡在田里，有时脚趾头都被泡烂了，流脓流血，痛苦不堪，可你怎么劝他歇几天，他也不肯离开稻田。夜深了，他还打着手电，对秧苗进行观察、测量。若把他们比作辛勤的农民，还真是低估了他们，他们比农民还辛苦，还累。一般农民劳作，通常是太阳出来做工，刮风下雨收工，再累，中午也要回家吃饭歇晌，但他们却不管天晴下雨都得往田间地头跑，时时刻刻都检查水位，秧苗水浅了，会被太阳晒死，水深了，又怕被淹死。而他们除了劳作，还要细心观察，做性状观察记录，时刻关注杂交水稻的长势长相，一旦遇到了什么难题或症结，还要绞尽脑汁地解决。几年下来，袁隆平和他的助手们记载的试验材料竟有几麻袋，比陈景润证明哥德巴赫猜想的演算草稿还要多。一些了解情况的农民兄弟说："你们育种人比我们农民还苦啊，我们种田出汗出力，动手不动脑，可你们出力流汗，还要动脑，既是脑力劳动又是体力劳动！"而在整个杂交育种、制种的过程中，袁隆平他们就像水稻的亲生父母，精心呵护自己的孩子，怕它冷了，怕它热了，怕它干了，怕它淹了。这样的细腻、悉心，又是哪一个父母亲可比的，这也难免让许多人感叹，如果杂交水稻能开口说话，一定会叫袁隆平一声"爸爸"，他真是一位名副其实的杂交水稻之父啊！

袁隆平很少提到自己制种有多苦，但通过他的一双手，你也能够想象有多苦。制种的关键就是人工辅助授粉，为了扫除人工授粉的障碍，先要割叶剥苞，还要赶粉。我此前提到过袁隆平先生那双特别大的手，其实很多杂交水稻育种人员都有这样一双手，那是在搞杂交制种授粉时练出来的。你别看这些稻叶一片葱茏，煞是好看，但是特别豁人，稻叶上的毛齿就像锯子一样，而割叶、剥苞、授粉都是特别细致的活儿，你又不能戴手套什么的，只能任其在裸露的手上、臂膀上划开一道道血口子。一条小伤口无所谓，这样的伤口多了，也会让你两只手伤痕密布，严重的，还会化脓，化了脓你也得干，你不给它授粉，它就不给你结实。就这样，袁隆平和许多育种人的一双手在稻叶中经历了一个又一个季节，从被稻叶划伤、到化脓流血再到结出一层层厚皮老茧，一双粗糙的大手就这么练成了。

那时育种、制种不仅极为烦琐，产量也很低。以袁隆平和他的助手为例，袁隆平第一年制了两亩多田的种，每亩仅收获十七斤种子，这在当时已是高产了，而他的一个助手最低的亩产只有两斤种子。可想而知，一亩田只能生产出如此之少的种子，若在大田里推广应用，那投入的人力、物力该有多大，成本该有多高。一个结果根本不用估算，就算杂交水稻能大大提高产量，从制种的成本看，那也是得不偿失！这是一道几乎令人绝望的难关，很多人一直都在死死琢磨这个问题，但一直闯不过制种关，杂交水稻依然是一条死路。袁隆平也在琢磨，开始，他以为问题的关键在于水稻的花粉量不足，于是在制种试验中采取多插父本，让母本紧靠父本种植，他原以为这样就可以增加单位面积的花粉量，让母本接受更多的花粉，但试验的结果恰恰相反，种子的产量更低了。

那么，症结到底在哪里？袁隆平通过对制种田的详细调查和计算，发现水稻单株的花粉量确实比玉米、高粱等异花授粉作物少得多，但就制种田单位面积的花粉量来看，差异并不大，譬如"南优2号"制种田，每天开花二至三小时，平均每平方厘米面积上可散花落粉四百五十粒左右，这个密度相当大，完全可以满足异花传粉的需要。看来，问题不是处在水稻花粉少这一与生俱来的症结上，影响制种产量的根本原因并非花粉不足，而在于要使花粉散布均匀并精准地落在母本柱头上。一个症结解开了，关键是要让父本、母本的花时相遇。于是，袁隆平又重新设计了试验方案，采取一系列针对性措施，终于形成了一套比较完整的制种技术体系。按照这一体系，也并非一蹴而就，袁隆平用了一个形象的比喻，制种产量就像矮子爬楼梯一样，一步一步往上爬。

在攻克制种关时，袁隆平和助手舒呈祥、罗孝和也摸索出了一些独门绝技，如我少年时代曾经见过的赶粉，就是他们摸索出来的一种最简单但很有效的办法：首先将不育系和恢复系的水稻间隔种植，到了扬花期，将用于制种的杂交稻叶片割掉，扫除了花传播的障碍，在晴天中午时分，两人牵着一根绳子，或是一人举着一根细长的竹篙，徐徐扫过父本的稻穗，在风力的作用下，父本雄蕊的花粉就会均匀地飘落到母本颖花的柱头上，细小如尘埃，却也被阳光照得闪亮缤纷。这就是杂交水稻还处于初级阶段的关键技术之一——赶粉。这种"一根竹竿一条绳"的授粉方式，看似原始，却解决了杂交水稻授粉的一道难题，很快就在育种人员中普及了。在不断摸索和试验中，舒呈祥又提出一套切实而有效的高产制种技术，而罗孝和则首先试验在水稻制种的花期喷施"920"，也提高了制种的产量。到1975年，袁隆平和他的科研组制种二十七亩，平均亩产接近六十斤（59.5斤），比一开始高了三倍多，一亩田能够亩产近六十斤种子，那人力物力的成本就大大降低了，这也标志着，他们在1975年就闯过了三系法杂交水稻的最后一关——制种关。

至此，袁隆平于1964年勾画的三系法路线图已经全线打通，而他们摸索出来的"独门绝技"，也像稻田里的花粉一样纷纷传播。但仅靠当时参与协作攻关的南繁育种人员育成的种子，还远远供不应求，随之而来的便是种子告急。

偏居于长沙远郊马坡岭的湖南省农科院，一向很少有人问津，忽然一下火了，一个个干部模样的人争先恐后涌向农科院大门，这些干部还不是一般的干部，很多都是地州和县里的一把手、二把手，无事不登三宝殿，他们来这里没有别的事，就是伸手要种子，你要两百斤，他要三百斤，一个湖南省就有十几个地州，一百多个县，这加起来该要多少种子？在你争我抢的重重包围之中，当时的院长既无法抵挡，又磨不开情面，结果开了不少"空头支票"，而这空头支票只能让袁隆平去填空了。袁隆平和他的科研组刚生产了一茬种子回来，又在院长的催促下赶紧去海南制种。院长还提出了一个硬指标，亩产种子六十斤。这个要求并不过分，袁隆平当时在试验田里的产量也差不多达到了，可这是大面积制种，他还没有这个把握。袁隆平在海南制种时，院长又接二连三地打电报来催，要他们三天汇报一次，到底能有多少产量？可在结果出来之前，还有那么多难以预测的因素，如台风啊、病虫害啊，人算不如天算啊。罗孝和吹了一次小牛皮，结果闹了笑话，袁隆平更是不得不谨慎低调，一开始他只报了亩产二十斤。院长拿着电报，急得连连跳脚。"这怎么得了，这怎么得了？"眼看湖南就到了春播季节，好多地方都在等米下锅呢，堂堂一个院长，他那"空头支票"该怎么兑现啊？于是，一封加急电报又飞到了海南。袁隆平眼看种子田的秧苗长势很旺，感觉可以多报点儿了，便在电报中报出了亩产二十五斤的产量。可院长还是急不可耐，他那空头支票，每亩必须达到六十斤的产量才能兑现。直到种子田的稻子收割了，产量出来了，袁隆平才报出了最后的结果，有六十斤了。院长接到电报，长长地舒了一口气，这口气也够长的，仿佛从长沙一直舒到了海南，袁隆平在海南也长长地舒了一口气。

这一茬种子种下去，到了秋收季节，湖湘大地捷报频传，各地试种的杂交水稻，亩产大多突破了千斤大关（500公斤），比常规品种普遍增产两到三成，有的地方甚至创出了翻番增产的奇迹。此时，几乎没有谁还对杂交水稻的增产效果有什么怀疑，一个共识已在全国上下形成，又变成了一句老百姓的大实话："杂交水稻优势强，产量高，真是了不起！"

这下好了，那实打实的增产效果，让杂交水稻更火了，不光是湖南，全国各地的水稻主产区，从四面八方伸出了手，种子，给我种子！

怎么办？袁隆平提出建议："扩大南繁，尽快获得足够的不育系种子。"

这一建议被时任湖南省农科院副院长、分管科研工作的陈洪新采纳了。他对袁隆平的建议几乎是言听计从。陈洪新也提出，湖南作为全国杂交水稻研究协作组的牵头单位，应该在大发展中继续带好这个头。这一年，湖南率先组成了八千多人的制种队伍，加上全国各地的南繁育种人员，千军万马下海南。又何止千军万马，在那几年里，每年都有近两万人从全国各地奔赴海南制种。在那从前人迹罕至的天涯海角，无处不是人海汹涌、稻浪翻滚的场景。当时，湖南仅有的三百多斤（177公斤）不育系种子，在一年多时间内连续加番繁育（四次扩繁），共收获了十一万公斤种子。用袁隆平的话说，"打好了扩大南繁的第一仗"，目的只有一个，力争 1976 年杂交水稻在全国大面积推广种植。

一边是波澜壮阔的扩繁育种，一边又是频频告急，这么多种子怎么从海南岛运往全国各地？这么多人力、物力、技术力量所必需的经费又从哪里来？一切已经迫在眉睫，如果杂交水稻要向全国推广，必须依靠国家的力量。

1975 年 12 月中旬，陈洪新和袁隆平一起进京，一是向农业部汇报杂交水稻在湖南的增产效果，还有一个更重要的使命，他们将提出向全国推广杂交水稻的具体建议。他们很着急，但农业部的领导都很忙，他们在农业部招待所住了三天，每天等到的答复都是："领导很忙，请等候。"这让陈洪新焦急万分，他苦等三天也见不到农业部领导，什么时候才能见到也不知道，他也只能来个特事特办了，直接给华国锋写了一封满满四页纸的汇报信。后来有人说他这封信是在情急之下逼出来的，却也未必，且不说他和华国锋是一起南下的老战友，又是一起在湖南工作过多年同事，更重要的一点还是华国锋对杂交水稻的关心，这才鼓起了他写这封信的信心。华国锋在这年已被确定为国务院常务副总理，其繁忙的程度可想而知，一封信发出去了，接下来又是极其可虑的等待，他既不知此时已身居高位的华国锋能否收到，又能否在百忙之中接见他们。

这次的等待，结果比他们预期的来得更早。12 月 22 日，也就是那封信寄出的两天后，一个电话打到了陈洪新所在招待所的房间里，他拿起电话一听，是国务院办公厅打来的，通知他们，当天下午三点华副总理要听他们的汇报。陈洪新放下电话，才发现手心里微微发烫。下午两点左右，一辆小车开到招待所，把陈洪新和袁隆平等人接进了中南海。华国锋还专门安排当时分管农业的副总理陈永贵和农业部长沙风等一起听取了他们的汇报。在中南海小会议室，华国锋整整听了两个小时的汇报，他还是在湖南工作时的老习惯，摊开笔记本，手里拿着笔，一边听，一边记，一边提问，没有一点身居高位的架子，就像个认真的小学生。毛泽东一直强调领导干部要放下架子甘当"小学生"，华国锋就是一个典型。听了陈洪新和袁隆平的汇报，华国锋对"杂交水稻通过十多年的艰苦探索，终于取得了突破性的成果"也抑制不住兴奋之情，而科研成果的终极目标就是得到推广应用，转化为生产力。对制种和推广上遇到的困难，华国锋深知农时不等人，必须立马解决。他当即拍板：第一，中央拿出一百五十万元人民币和八百万斤粮食指标支持杂交水稻推广，其中一百二十万元给湖南作为调出种子的补偿，三十万元购买十五辆解放牌汽车，装备一个车队，专门用来运输南繁种子；第二，由农业部主持立即在广州召开南方十三省区杂交水稻生产会议，部署加速推广杂交水稻。

华国锋就是这么实在，这么果断，没有一句多余的空话。

无论是在湖南还是在中央主持工作期间，华国锋对杂交水稻的研究和发展都起到了很重要的历史作用，这在那动乱岁月也是一个难以复制的传奇。看一个人的历史作用也可以假设一下，假设没有华国锋的关注和支持，袁隆平和杂交水稻又将是怎样的命运？一个特定的时代，赋予了华国锋特定的历史使命。而非常年代，如果没有一个非常之人，中国杂交水稻研究及推广，虽不能说就一定无法成功，最起码还要"好事多磨"许多年。换一个更宽广的视角看，华国锋的支持也不是个人行为，他行使的是国家使命，这是他的天职。如果没有国家基于粮食安全的高度重视和支持，杂交水稻也不可能在第一时间就得以在全国范围内推广应用，更不可能有今天的辉煌。

第五大发明

随着一道道难关被攻克，中国终于迈进了杂交水稻的时代，成为世界上第一个在生产上成功利用水稻杂种优势的国家。

1978 年注定是要铭刻在亿万中国人心坎上的一年，被称为中国改革开放的元年，一个依然年轻的共和国迈进了一个黄金时代，而此时已年近知天命之年的袁隆平也进入了春秋鼎盛的岁月。这年早春，那被冬日的阴云长久笼罩的北京，云开日出，而那让人们期待已久的春风，也给在春寒料峭匆匆行走的人们吹来了丝丝暖意。袁隆平也从他南方的稻田里匆匆赶来了，赶来参加他绝对不能缺席的一次划时代的盛会。

1978年3月18日下午，全国科学大会在北京人民大会堂隆重开幕，这是一个伟大时代启航的盛典。这次会议酝酿已久，早在1977年5月末，中国科学院党组负责人方毅等向中央政治局汇报科学院工作时，华国锋就提出"要开一个全国科学大会，把劲鼓起来"。7月，中共十届三中全会决定恢复邓小平党内外一切职务，邓小平复出后就自告奋勇主管科学和教育工作。这自告奋勇，何尝不是一个政治家非凡的战略选择。十年动乱，科学技术领域是重灾区，一大批科学家遭受迫害，绝大多数科研工作陷于停顿。好了伤疤，但疤痕还在，心灵的伤痕更难愈合。痛定思痛，如果一个时代、一个社会将知识或知识分子置于弱势地位，甚至将知识分子推向敌视的境地，势必对知识分子的理性和人格造成强烈的冲击和压迫，那将是一个非常不幸的时代。当知识分子在灵与肉、理想与现实之间陷入人生与精神的困境乃至绝境时，整个社会实际上已经发生了价值危机和精神危机。在坚守与冲击中，袁隆平一度也陷入了价值选择的困境和对自我身份认同的焦虑，这也是那个时代知识分子普遍的人生处境和精神困境。而拨乱反正，就是让一个社会回归到正常的状态，让知识和知识分子回归其应有的价值定位。

　　就在这一年，袁隆平晋升为湖南省农业科学院研究员。在接下来的几年里，他还获得了全国先进科技工作者、全国劳模等荣誉称号，而对于他，对于杂交水稻，他还将获得新中国成立以来的一项崇高的荣誉。

　　那是1981年夏天，袁隆平正在菲律宾的国际水稻研究所（IRRI）进行技术指导与合作研究，一份加急电报传来，要他第二天赶到北京。由于电报里没说是啥事，他的眼神掠过电报时，心里兀自一惊，不知出了什么事，福兮祸兮？他从菲律宾首都马尼拉飞奔北京，一路上心还怦怦跳个不已。这也是那一代知识分子的心病，经历了太多的风云突变，变幻莫测，心有余悸啊。赶到北京，他才知道，"原来是特大好事"！经国家科委发明奖评选委员会评审，一致认为，由袁隆平主持研发的籼型杂交水稻的学术价值、技术难度、经济效益和国际影响等四方面都很突出，在报请国务院批准后，决定对袁隆平领导的全国籼型杂交水稻科研协作组授予国家特等发明奖。——从历史看，这是新中国第一个、也是迄今为止唯一一个国家特等发明奖。6月6日，袁隆平在北京又出席了一次隆重的盛会——颁奖大会，在这次大会上袁隆平成了主角，他代表协作组上台领奖，时任国务院副总理方毅将奖状、奖章和十万元奖金颁发给袁隆平。方毅在讲话中对这项重大发明给予很高也很客观的评价："美国、日本、印度、意大利、苏联等十几个国家的科学家，开展杂交水稻的研究已有十几年的历史，但都还处在试验阶段，而我们是走在前面了，为中国争得了荣誉。"会上，还宣读国务院给全国籼型杂交水稻科研协作组发来的贺电："籼型杂交水稻是一项重大发明，它丰富了水稻育种的理论和实践，育成了优良品种。在有关部门和省、市、自治区的领导下，大力协作，密切配合，业已大面积推广，促进了我国水稻大幅度增产。为此，特向你们并通过你们向参加这项发明、推广这项成果和参与组织领导工作的科技人员、农民、干部致以热烈的祝贺。籼型杂交水稻的育成和推广，有力地表明科学技术成果一旦运用于生产建设，能够产生多么大的经济效益。发展农业生产，一靠政策，二靠科学。殷切期望广大农业科技工作者再接再厉，继续奋进，为发展我国农业生产做出更大的贡献。"

袁隆平代表科研协作组发言，一个实实在在的人，哪怕站在了国家的最高领奖台上，他也是实话实说。杂交水稻虽说已取得根本性突破，并已在全国大面积推广应用，也显示出了大幅度的增产效果，但他一点也不掩饰，目前在水稻的杂种优势利用上还不尽如人意，在制种上还比较烦琐，而尤为重要的是，就是要提高杂交稻的抗病、抗虫、抗自然灾害等强抗逆性。如果不能有效抵抗病虫害和自然灾害，杂交水稻是很难在生产上大规模推广的。他把这些缺点和问题一一挑明了，但他有一种低调的自信，无论有多少缺点和问题，都不能否认水稻杂种优势利用这一大方向的正确性，尽管中国率先成了水稻杂种优势利用的国家，但这项工作还只能说是刚刚开始，杂交水稻还蕴藏着巨大的增产活力，这都需要继续去努力改进和完善，特别是如何选育强优势的早稻、多抗性的晚稻，如何发掘更好的不育细胞资源，提高制种质量和基础理论研究方面，还要下很大的功夫。

他这一番发言不像是获奖感言，更像是为杂交水稻接下来的研究指明方向的一篇宣言。

事实上，袁隆平首创的三系法杂交稻育种系统，通俗地说就是三系法杂交水稻，还只是杂交水稻发展史上的第一阶段，也可以说是初级阶段，这也是袁隆平在杂交水稻研究上的第一个足以用伟大来形容的贡献。在共和国的历史上，第一次授予特等发明奖，就授予了袁隆平领衔的全国籼型杂交水稻科研协作组，就是对这一发明创造的最高认定。此举，不仅在国内引起轰动，也引起了世界的极大关注。尤其是十万元奖金，在当时那可是名副其实的重奖，连袁隆平也说："在那时候是很多的了！"但袁隆平拿到手的其实很少，经各协作单位分配后，他仅得五千元。一个伟大的发明和创造，当然不是奖金和荣誉能够衡量的，而袁隆平主持研发的杂交水稻后来被称为中国继四大发明后的"第五大发明"，又与这个国家特等发明奖有莫大的关系。

那么，这个"第五大发明"又真是中国的发明创造吗？这是不少人一直在质疑的一个问题，不是外国人，而是我们的同胞。若要还原历史真相，必须以科学精神实事求是地正本清源，这就必须把视野扩展到全球，看看世界杂交水稻研究的进程——

在袁隆平之前，印度的克丹姆、马来西亚的布朗、巴基斯坦的艾利姆、日本的冈田宽子等都已相继开始杂交水稻研究了。二十世纪四十年代，世界各国的遗传育种学家就在理论上探索通过雄性不育来实现杂种优势的技术路线，如希尔斯（Sears，E.R）在总结前人研究工作的基础上，于1947年提出了"三型学说"，把雄性不育的遗传划分为细胞核雄性不育、细胞质雄性不育和核质互作型雄性不育三种类型；1956年，爱德华逊（Edwardson，J.R.）将希尔斯"三型学说"中的核质互作型和细胞质合并为一类，称之为"二型学说"。但这些还只是基于"雄性不育遗传"而推论出的一个方向，而一条清晰而具体的"三系法"的技术路线，在中国，早已公认是袁隆平在《水稻的雄性不孕性》一文中首次提出来的，而且几乎是在与世隔绝的状态下提出的。

　　说到国外的情况，就不能不提到我们的东邻日本。日本在水稻育种上是世界上最先进的国家之一，也是开展杂交水稻研究最早的国家之一。据日本后来公开的历史资料显示，1958 年，日本东北大学的胜尾清利用中国红芒野生稻与日本粳稻"腾坂 5 号"杂交，经连续回交后，育成了具有中国红芒野生稻细胞质的"腾坂 5 号"不育系。尔后，日本科学家又陆续育成了多个不育系。这些研究试验一点一点地推进了杂交水稻发展的进程，但这些不育系均未在生产上应用。此外，日本育种专家还提出了一系列的水稻育种新方法，比如"赶粉"等。——这些思路与方法与袁隆平勾画的杂交水稻路线图似乎不谋而合，但在当时的封闭状态下，袁隆平还无从得知日本人在杂交水稻研究上的最新科技成就，日本人也有高度的保密意识，如有相似之处，只能说是"英雄所见略同"吧。又尽管日本的实验设备和科技手段都处于世界领先水平，那是当时中国的一个普通农校老师想都不敢想的，但从后来披露出的事实看，日本杂交水稻育种学家虽说抢在袁隆平之前在 1968 年就实现了三系配套，由于种种原因，至今却无法在生产上推广应用。科学是生产力，尤其是应用科学，其根本出发点就是为了推广应用，其科学的社会功能才能得到充分的体现。从水稻杂种优势利用的根本目标看，日本只能说半步迈进了杂交水稻的门槛，既没有走进去，也没有走出来，后来的研究也因一直无法从根本上突破，也就中断了。——这是事实，却也是我由来已久的一个疑问，同样是三系配套，日本为什么就不能在生产上利用呢？对于这个问题，袁隆平先生可能已经回答过很多遍了，他列举了地理、气候、品种等多种复杂因素和技术难题，由于其三系的亲缘关系太近，没有表现出明显的杂种优势，加之又是高秆品种，日本是台风的重灾区，这种高秆杂交水稻一直过不了倒伏关。

　　而当我追根究底地问，在种种原因中哪个才是根本原因时，袁隆平先生下意识地顿了一下，忽然冒出一句让人心里一抖的话："可能根本原因是，他们没有过像我们那样挨过饿吧。"

看了日本，再看看美国这个世界头号发达大国在杂交水稻研究试验上的进程。1963 年，亨利·比谢尔与他的学生古尔德夫·辛格·胡什博士在印度尼西亚研发出一种高产大米，俗称"神米"，据美国驻华大使馆于 2011 年 8 月公开发布的一篇《解决世界饥饿问题》的文章声称，这一成果"使世界大米产量在三十年内翻了一倍多"，亨利·比谢尔与他的学生古尔德夫·辛格·胡什博士也因此于 1996 年荣膺世界粮食奖。他也因此而成了继"绿色革命之父"诺曼·布劳格之后的又一位为解决世界饥饿问题而贡献卓著的美国科学家。但无论在美国的官方文章中，还是国际杂交水稻界，都没有把亨利·比谢尔研发出的"神米"视为杂交水稻，他也许采用了一些杂交的方式，但就像中国水稻育种专家丁颖、黄耀祥等培育出的高产大米一样，还不是真正意义上的杂交水稻。而国际上公认的事实是，美国在二十世纪七十年代初才开始研究杂交水稻，并获得了不育系，但其不育性不过关。美国加州大学在 1971 年至 1975 年对水稻的杂种优势进行了研究试验，在一百五十多个组合中，有十一个组合显著超过最好的对照品种，增产幅度平均超过四成，但由于他们的三系一直未配套，在生产上一直无法利用。

又看国际水稻研究所（IRRI）的研究情况，该所于 1970 年至 1971 年也曾进行过杂交水稻研究，但由于培育出的杂种优势不强，且一直难过制种关，这一课题不得不中断。

经过这一番正本清源的梳理，杂交水稻作为中国人的"第五大发明"，是一个确凿无疑、当之无愧的事实。这也是国际上早已公认的事实："中国杂交水稻是在脱离了西方这个所谓农业科学源头的情况下，自己创造出来的一项成果。"

还有什么疑问吗？当然有，一个疑问紧接着一个疑问，自从袁隆平被誉为杂交水稻之父后，长期以来一直有人质问，作为杂交水稻之父，袁隆平是中国和世界上第一个提出水稻杂种优势利用的吗？是中国和世界上研究杂交水稻的创始人吗？

作为一个历史追踪者，我有责任向读者做出诚实的报告。

从中国杂交水稻发展史看，一切的一切，归根到底，都离不开袁隆平在《水稻的雄性不孕性》一文中勾画出杂交水稻选育的思路和第一幅实施蓝图，唯其如此，国家科委在授予全国籼型杂交水稻科研协作组特等发明奖时，才把袁隆平摆在首位，这其实也是一种科学的认定，袁隆平是国内最早研究水稻杂种优势理论的学者，袁隆平也是中国杂交水稻最早的、成绩最突出的实践者，无论在理论上还是实践上，他都是当之无愧"中国杂交水稻第一人"。

　　从世界杂交水稻发展史看，袁隆平是世界上成功利用水稻杂交优势的第一人，而这正是杂交水稻或水稻杂种优势利用的关键所在。哥德巴赫提出了哥德巴赫猜想，但他没有证明哥德巴赫猜想，一个猜想没有证明永远只是猜想，而袁隆平不只是最终验证了水稻领域的一个哥德巴赫猜想，还纠正了以前的种种错误猜想，有的甚至是权威的定论。而当世界上最权威的水稻专家都在一个大坎前止步时，是中国的袁隆平和他率领的全国籼型杂交水稻科研协作组，率先突破了这个大坎，攻克了一个人类久攻不下的世界性难题，他迈出的这一步，同别的科学家相比，也许仅仅只超越了一步，乃至是半步，却是一次关键性的、世界性的超越。这里不妨通俗地比喻一下，别的研究者不是胎死腹中，或是孕育已久却一直迟迟没有生出来，杂交水稻这一神奇的婴儿第一个在中国诞生了！

　　这么说吧，他干成了一件全世界的人都没有干成的事。

　　中国杂交水稻是在脱离了西方这个所谓农业科学源头的情况下，自己创造出来的一项成果。——这不是国内的评价，而是国际上的公认，美国普渡大学教授唐·巴来伯格曾经当过四届美国总统农业顾问，在他于1988年出版的《走向丰衣足食的世界》一书中，用一个专章（该书第十六章）来写"袁隆平和杂交水稻"，对袁隆平给予了高度评价："袁隆平赢得了中国可贵的时间，他增产的粮食实质上使人口增长率下降了。他在农业科学上的成就击败了饥饿的威胁，袁隆平领导着人们走向丰衣足食的世界。他把西方国家抛到了后面，成为世界上第一个成功地利用了水稻杂种优势的伟大科学家。"

　　1985年10月，袁隆平又获得了世界知识产权组织（WIPO）颁发的"杰出发明家"金质奖章和荣誉证书，这是他首次获得国际奖。总部设在瑞士日内瓦的世界知识产权组织是联合国组织系统中的十六个专门机构之一，是一个致力于促进使用和保护人类智力作品的国际组织，管理着涉及知识产权保护各个方面的二十多项国际条约。而袁隆平获得这一含金量很高的权威奖项，既是对他本人具有原创性和开创性的智力成果的认定，也标志着，被誉为中国"第五大发明"的杂交水稻，获得了联合国知识产权组织的正式认定。该组织拥有一百八十多个成员国，他们对袁隆平科技成果的认定，也可以说是举世公认。

杂交水稻被誉为中国"第五大发明"，在2007年2月，又被评选为中国当代"新四大发明"之首，这一活动由搜狐网发起，评选标准为"具有原创性、具有世界级影响力、能产生社会效益"，经公众持续三个月的投票评选，最终入选的有杂交水稻、汉字激光照排、人工合成牛胰岛素和复方蒿甲醚。对杂交水稻，主办方给出了这样的评语："1973年，中国的袁隆平向世人捧出了杂交水稻这一震惊世界的答卷。这无疑是史书上值得浓墨重彩的一笔。人口众多、人均耕地面积不多的中国，不仅解决了自己的粮食问题，还为亚洲甚至全世界粮食产业做出了巨大贡献。"对于人类，还有什么比吃饭更大的事，杂交水稻以最高票当选中国"新四大发明"之首，也足以证明这一人类的共识。

节选自《袁隆平的世界》，湖南文艺出版社，2016年12月

国家高速

——京新高速明哈段纪实

哲 夫*

滴水映日，片叶知秋，窥一斑而见全豹。

——题记

1. 这条路上，隐藏着一个宛如丝绸般香艳悱恻的爱情故事

那天，沿着左宗棠的足迹，驰过大泉湾、沁城、骆驼圈子、星星峡、红柳沟、野马泉、梧桐泉、镜儿泉……沿途依次经过河南路桥、中铁一局、中铁七局、山东路桥四个施工单位上下八个标段。从新疆哈密到甘肃明水，被命名为明哈高速。在筑路人眼里，这条路叫勺子或是皮牙子并无二致，重要是这个新生儿能否如同哥哥姐姐那样健康而且快乐地成长。

明哈高速公路项目部总指挥长周岗告诉我：国家高速筑在古丝绸之路上，也就是今天我们所说的"一带一路"。这条古丝绸之路是两汉时期中国古人开创的以洛阳、长安为起点，连接东西方文明的陆上贸易和文化交流通道。西汉时期张骞从长安出发，联络大月氏人，共同夹击匈奴。首开丝绸之路。罗马人也

---

* 哲夫，中国作家协会会员、报告文学协会理事，作品有《中国档案》《黄河追踪》《江河三部曲》等。获"中国图书奖""冰心文学奖""赵树理文学奖"等，2007年被国家环保部授予中国"绿色卫士"称号。

是有功劳的，他们征服叙利亚的塞琉西帝国和埃及的托勒密王朝后，通过安息帝国、贵霜帝国和阿克苏姆帝国，才知道了世界上还有一种东西叫丝绸。西汉末年这条丝绸之路一度断绝。东汉时期的班超，得了皇上的旨意，他从洛阳出使西域并到达了罗马，与罗马进行了交流，此行被称为是东西方文明的第一次对话。接下来，大约也是在东汉年间吧？网上有资料，一个印度的僧人，沿着这条丝绸之路，到达洛阳，将佛教人文传入了中国。唐代玄奘沿丝绸之路历时19年到印度取经，写下了《大唐西域记》。

相关资料也佐证了这一点：丝绸之路是起始于中国，连接亚洲、非洲和欧洲的古代陆上商业贸易路线。从运输方式上分为陆上丝绸之路和海上丝绸之路。丝绸之路是一条东方与西方之间在经济、政治、文化进行交流的主要道路。它最初的作用是运输中国古代出产的丝绸、瓷器等商品。德国地理学家最早在19世纪70年代将之命名为"丝绸之路"。

于是记起头一遭来新疆，日有所思夜有所梦，梦见一位大唐拉骆驼的丝绸客，央我代他讲述当年他在精绝城中遇到尼雅姑娘之后的相思之苦以及因此而生发今日之不幸。言毕唏嘘而殁。醒后一枝一叶，历历在目，感慨于这条丝绸之路的来之不易，故古风记之，如有鬼助，一气呵成，题之为《人鬼殊途大唐丝绸客谒西域呜呼哀哉记》，诗曰：

中原曾经丝如雪，富贵年年茧中结。赫赫千峰驮日月，纤纤十指织时节。牵山摇岳连舟迈，沙卷黄涛浪打碎。头顶霜晨月，足踏残阳血。肥蹄印冷月，响铜跌荒穴。深蒿虎狼爪牙磨，浅草戈壁龈唇裂。渴思饮瀚海，饥欲咬沙舌。上天降尼雅，造化筑精绝。苍苍胡杨地，莽莽红柳野。丰草复迷迷，牛羊不可见，城郭影明灭。长河绕清涟，碧泉凝甘冽。美酒歌咽咽，舞姬情切切。素丽胜雪莲，婀娜赛列缺。客醉白玉脯，驼嚼青稞屑。风尘议嫁娶，到底意难决。食欢三日衰，平明一泪别。相聚日短苦离散，多情恨财帛。昆仑玉，天山雪，心有千千节，依依挥手诀。

返回大唐说尼雅，掩尽风流叹精绝。魂失伊人处，无意纳妻妾。夜夜忆迢遥，此心不能抉。恨不共一穴，泉下亦相悦。相思化水蛭，红泪涟涟，欲吸尼雅血。回首人鬼已殊途，偷驾阴风，欲把巫山云雨阅。和田得白玉，昆仑失日月。沙烟罩四野，于阗生境劣。尼雅子遗多悲烈，民丰曾经拥精绝。河畔红柳稀，城边清泉竭。绿洲千里胡杨灭。迎取新月十万丘，送走春秋三千阕。白沙飘若雪，黑风劲如铁。大唐客，目眦血，汉晋鬼，心欲裂。天地含悲何以慰，河山有泪谁来揠。请君歌一迭，祭尼雅，莫精绝。沙打繁华恨犹在，尘吹风流情空埋，生死人间从此昧。

如今，这个缠绵悱恻甚至有些香艳的古代爱情故事，已随风而逝。

然而，随风而逝的古代丝绸之路上，却古往今来了两条国家级高速公路，蜿蜒上下腾飞若青色的龙蛇。我们一大早从哈密出发，步步登高，顺着积雪的天山山脉，一路驰来，坦直坚实的沥青路面，在亚洲大陆地理中心乌鲁木齐时间的阳光照射下，闪着河流一样漾荡的波光。不知不觉竟然从海拔700米攀高到海拔2200米。天气也随之发生变化，越往上越冷。5点一路下坡回哈密，又从2200米海拔向700米海拔滑落，料峭的风渐次又有了暖意。

周岗一边开车一边介绍情况："施工前这里的所有路段都拉了环保桩，不得突破环保线施工，不得违背环保守则施工。这些守则被印成小册子，施工人员人手一册，进入施工现场前是要先培训的，合格之后，各个标段人员，方可进入施工现场。河南段也就是前一段为戈壁滩的石被，后半段为国家公益林。"从哈密市出来路经几片人工林，还间或有寥落低矮的红柳、骆驼刺、梭梭柴以及一些叫不起名儿的沙生植物，或曰野草，人路边掠过。除此而外，只有黑色的或是灰色的荒漠戈壁，以及白花花的盐碱，几乎看不见一株可以称为树的物什或曰东西，以为会有大片胡杨林或是左宗棠西征时所植榆柳的华彩片段，却似乎些微也无，似乎已经从历史的人工林中被时光无情地剔除。一切似乎都是可疑的。

那些为生命补给水分的大泉湾、沁城、骆驼圈子、星星峡、红柳沟、野马泉、梧桐泉、镜儿泉、明水村……似乎也从时光中被剔除，只剩下了古老湿润的名字。从瓜州到伊吾的莫贺延碛是玄奘西行取经路上唯一独行路段。玄奘五天四夜滴水未进，几乎殒身戈壁。到达玉门关之前，弃他而去的向导盘陀，给玄奘只留识途老马。岑参在诗中描述了玄奘取经的艰难："黄沙碛里客行迷，四望云天直下低。为言地尽天还尽，行到安西更向西。"玄奘绕道西面二百里处的野马泉终得清明。然后继续行程，饮水时一个失手，水袋落到地上，救命的水转眼渗入黄沙。他只好返回已走出十余里的野马泉，重新去取水，这个野马泉的所在便是山东路桥的标段，如今的野马泉、梧桐泉、镜儿泉、明水村还在吗？还有水吗？

"2010 年施工人员刚进来时，这里是无人区，没有路，没有水，没有电信和移动的信号。先是修了一条便道，坑坑洼洼，颠簸得厉害，风沙又大，施工人员常迷路，一天也就走几十公里，一个月不洗澡是常事。你得要带上足够的汽油、水和馕，因为一旦迷路是很危险的，知道罗布泊的那个彭加木吗？他就是迷路死的……这里距离罗布泊没有多远，生死离得也不远……这条路来之不易，它有两个长一个短，长是时间长、跨度长，短是有效施工时间短，修通它只用了一年多的有效工作时间……艰难困苦危险根本不在我们的话下……黑戈壁你知道吧？砾石是黑色的，还有那个黑喇嘛……每一个施工人员都知道他的传说……"

2. 黑戈壁、黑喇嘛、丝绸古道，隐藏着怎样的传说呢？

山东路桥的合同路段全长 50.8 千米，位于野马泉以北，终点是新疆哈密与甘肃明水还有内蒙古的交界处。所经戈壁荒漠以平原微丘为主，局部路段有山丘，地形平坦开阔。属典型的大陆干旱性气候，日照充足，蒸发强烈，夏季炎热，冬季严寒，干燥少雨雪，春夏季多风，降水和融雪为地下水和地表水的主要来源。年均降水量在 34.9—42.7 毫米，一般日降雪量仅 5—7 毫米，最大积雪深度不超过 10 厘米；年蒸发量约 2737—2811 毫米。沿线无长流水河流，均为季节性河流，仅在丰水季节有较小流水。主导风向以东风为主，瞬间最大风速可达 34 米／秒，冻结日期始于十一月中旬，最长连续冻结日数为 100 天，最短冻结日数为 81 天，冻土深度为 1.2—1.5 米。每年只有 5 月到 11 月可以施工，只有 7 个月为有效工期，比其他三个路段少近半日个月的有效工期。工程施工及照明均用自备机组发电。合同价 5.939 亿元，工程内容为路基、路面、防护、排水、桥梁、涵洞、路线交叉、环境保护、交通工程及沿线设施等。设置有互通立交 2 座、分离立交 1 座、中桥 1 座、小桥 12 座、涵洞 100 道、通道 5 处、服务区 1 处。

周岗这样评价说："我们这四个标段，跟中国的国情一样，不光有央企，省企，还有民企。各有各的优势与特点，中铁一局、中铁七局，是央企，标准化管理，虚实并重，各方面都很出色，比较全面。河南路桥是省级国有企业，效益管理不错，项目经理人也聪明还会动脑子。山东路桥是国企转民营的，奉行'兴衰之理，系乎一变；经营之道，贵在诚信；追求更好，与君共赢'的经营理念，是一支能吃苦、善打硬仗的施工队伍。活干得好！"

说来也是机缘巧合，原先四个标段的项目经理，都属兔，可是后来山东路桥属兔的项目经理调走，换上了属羊的张立峰。1991 年毕业于黑龙江交通专科学校道路桥梁系的张立峰是高级工程师，一级建造师，他是 2015 年初到明哈工地任项目经理的。始终不渝坚持八年的是书记张希武，他属虎，是一只憨厚的山东虎，笑起来十分爽朗，他说："我是 2010 年 8 月底来明哈的。进场时找不到路，没有电、没有手机信号，跟外界不能沟通。去哈密采购食品时，综合部长李靖的车子陷在戈壁滩上那叫个绝望，幸亏天气不算很冷，在车上提心吊胆蜷缩了一个晚上，才得以脱困。那时苦，搭几顶帐篷席地而睡；三块石头支一口锅，就算是开火了；只能喝牛羊喝过的泉水，一股羊粪味，纯天然无公害。双井子海拔 1800 米，9 月 1 日就下雪了，我们是穿着夏装进场去的，冻得瑟瑟发抖，用凄凉形容不为过。50公里线路复测，全靠一双腿，每天下来，腿都肿了，脚起泡了，累得人饭都吃不下。场站建设寒风中一干就是一天，几天下来，手上、嘴上都是血口子。嗓子干得难受，还淌鼻血，睡不着觉。家人问起都不敢和家人细说，怕家人担心。不喊苦，不退缩，我们是沂蒙铁军！"

"我们扎营的地方名叫双井子，海拔高度1800多米，到明水那边就上2200米海拔了。这里是纯粹的戈壁滩，每年9月份就下雪，来年4月底才解冻，有效施工期只有6个多月，施工期比其他几个标段少一个半月以上。标段与甘肃省接壤，距离哈密市260多公里，沿途基本没有人烟，所有工程材料以及生活物资全部要从哈密购买。为了保证物资供应，项目部购买了服务车，每天往返哈密一个来回，前两年外出至G30的90公里大部分还是土路，去一次哈密要4个小时，每次车都装得像小山一样。一年下来，要跑十几万公里，驾驶员承受不了这么大的劳动强度，换了一拨又一拨，7年来，服务车就换了2辆。你说苦不苦？"

"我们承建的合同段是全线工程量最大的，尤其是二期，接近于其他每个标段的两倍，在2016年的施工任务中，我们标段完成了5.3个亿，是公司有史以来单个项目完成工程量最大的一次。为了按期完成自治区和交通厅下达的目标任务，提出'大干180天，力争完成5个亿'劳动竞赛。每天早上5点钟吃饭，中午在戈壁滩上的地，就着风沙吃顿午餐，晚上10:30吃饭，每天吃三、睡五、干十六个小时活，劳动强度之大可想而知，这是我们工作的真实写照，许多外地工人纷纷放弃，拔腿走人。但我们沂蒙铁军没有一个人离开！"

"除了风沙，戈壁滩上什么都没有，枯燥、单调，根本没有业余生活。进场以后工人没特殊情况不敢出工地，怕迷路走丢了自己。跟坐监狱劳动改造没什么两样，不同的是大家都是自愿的。大部分人是从山东过来的，离家3000多公里，八年时间，不能对父母尽孝，对孩子关爱，担子全交给妻子，心痛啊！这还能忍，不能忍的是没有单身女职工，刚毕业的大学生，八年找不着女朋友，宁愿拿低工资死活要走人。就像当年兵团来新疆，你再沂蒙铁军也不能让年轻人八年下来还打光棍吧？得跟人家王震将军学，为解决这一难题，我们项目部让小伙子带上女朋友一起到工地工作。不光我们山东这样，其他几个标段他们也这样。"

3. 荷尔蒙使上帝头疼，亚当和夏娃，就是因为它，才偷吃禁果的

从乌鲁木齐乘飞机，向东爬升，还没有来得及享受平飞的乐趣，飞机便一头扎下去，在哈密机场降落。属中温带半干旱大陆性气候的乌鲁木齐是世界上离大海最远的城市。早在沙俄强占新疆巴尔喀什湖以东以南广大地区后，乌鲁木齐便取代伊犁成为西域上著名的"耕凿弦育之乡，歌舞游冶之地"。哈密2016 年成立地级市。人口 58 万、地域面积 138919 平方公里。东与甘肃省酒泉市相邻，南与巴音郭楞蒙古自治州相连，西与吐鲁番市、昌吉回族自治州毗邻，北与蒙古国接壤，设有国家一类季节性开放口岸——老爷庙口岸，是新疆与蒙古国发展边贸的重要开放口岸之一。素有"西域襟喉，中华拱卫"和"新疆门户"之称。是第几次来亚洲大陆地理中心乌鲁木齐，我已经记不大清楚，但到哈密市，却是头一次。

"哈密瓜的原产地就是我们哈密。"周岗不无自豪地告诉我，"当年小毛驴驮上哈密瓜从哈密出发给康熙进贡，路程太远，去了北京瓜都熟得快烂了，康熙吃了熟透的瓜，觉得像蜜一样甜，恰好产地是我们哈密，所以就把这瓜叫哈密瓜了。"

清《新疆回部志》云："自康熙初，哈密投诚，此瓜始入贡，谓之哈密瓜。"有诗曰："龙碛漠漠风抟沙，胡驼万里朝京华，金箱丝绳慎包甄，使臣入献伊州瓜，上林珍果靡不有，得之绝域何其遐，金盘进御天颜喜，龙章凤藻为褒嘉。"清朝驿站设有马拨。驿骑身背公文或贡品，沿站换马换人，昼夜不停地驰送。也有骆驼驮运，马车运送。哈密回王进贡哈密瓜，先将瓜包好，再用"金箱丝绳"装好，一站一站，驮送至北京。一路累死马匹不计其数。小毛驴只是阿凡

提的排场。颇类似于贵妃啖荔枝，一骑红尘康熙笑，宫人知是哈密来。

细想，那时的皇帝贵妃也委实有些可怜，连个荔枝哈密瓜也吃不上，想吃便得如上那般劳师动众。如今，原本为甜瓜之变种的哈密瓜，还有岭南荔枝，已经为庸常水果，纵令小小百姓，也个个吃得有，莫不是个个都是皇亲国戚？细想，这都得拜路所赐。若没有路，有蹄子和轮子也跑不了多快。何况这是高速路。也即是说拜筑路人所赐。休要说各行各业天生有分工，是该着的。水涨船高，率土之滨，都是得益者。只便宜得习惯也就不以为意了。

资料称，哈密，古称西漠（西膜）、古戎地、昆莫，汉称伊吾或伊吾卢，唐称伊州，元称哈密力，明以后称哈密。史前时期从三道岭，七角井发现大量的磨制石器可证明，距今 7000 年前的原始社会新石器时代，哈密人的祖先已在这里繁衍生息了。从公元前 20 世纪开始，先后有多种民族在这块绿洲上生活过。北魏置伊吾郡。这是哈密最早的行政建置。清康熙三十七年（1698 年），清廷派员到哈密按蒙古王公例编制旗队，划为蒙古镶红回旗，委任官佐。清康熙五十六年（1717 年），修哈密回城，号镇远城。雍正五年（1727 年）修哈密汉城（今老城）。雍正七年（1729 年）至九年（1731 年），修巴尔库尔汉城。乾隆三十七年（1772 年），修巴尔库尔满城，号会宁城。同治八年（1869 年），修哈密新城。

1864 年太平天国运动和同治陕甘回变波及新疆，出现了割据纷争。同治十一年，清廷左宗棠认为"既事关君国，兼涉中外，不能将就了局，且索性干去而已"，率师兰州准备收复新疆。他采用"缓进速决"战略，"缓进"是大力治军于未进之时，他用一年多时间秣马厉兵，湘军子弟兵也剔除空额，汰弱留强。凡不愿西征者一律给资遣送回籍，不加勉强。"速决"是紧缩军费，速战速决，尽早全胜收兵。估算出军费开支共需白银八百万两。为留有余地共向朝廷申报一千万两。财政大臣沈葆桢见西征军费甚巨，欲摊派给各省。左宗棠不得不亲自向皇帝和西太后陈述利害。终得御批："宗棠乃社稷大臣，此次西征以国事而自任，只要边地安宁，朝廷何惜千万金，可从国库拨款五百万，并敕令允其自借外国债五百万。"

同时，左宗棠设立"兰州制造局"修造枪炮。并由广州、浙江调来专家在兰州造出大量武器，还仿造了德国的螺丝炮和后膛七响枪，改造了中国的劈山炮和广东无壳抬枪。左宗棠同时又建"甘肃织呢总局"，这是中国第一个机器纺织厂。光绪皇帝和摄政的西太后下诏授左宗棠为钦差大臣，全权节制三军，以将军金顺为副帅，择机出塞平叛新疆。左宗棠收复新疆的战略是先安定新疆回部，他认为"不在先索伊犁，而在急取乌鲁木齐"。左宗棠建立了三条运输路线：一是从甘肃河西采购军粮，出嘉峪关，过玉门，运至新疆的哈密；二是由包头、归化经蒙古草原运至新疆巴里坤或古城（今奇台）；三是从宁夏经蒙古草原运至巴里坤。

左宗棠1876年4月出兵时，指挥有西征军刘锦棠所部湘军25个营，张曜所部14个营和徐占彪所部蜀军5个营，包括原在新疆各个据点的清军，共有马、步、炮军一百五十余营，兵力总数近八万人。但真正开往前线作战的只有五十余营，二万多人。因行军期间要经过著名的流沙数百里的莫贺延碛大沙漠，"惟水泉缺乏，虽多方疏浚，不能供千人百骑一日之需，非分期续进不可。"大部队只有分批分期行进。故把大军分作千人一队，隔日进发一队，刘锦棠走北路，金顺走南路，到哈密会齐。刘锦棠率领西征军主力自肃州入新，至哈密行程约1700里，很顺利地进入哈密。部队各营到达哈密后，把从肃州等地陆续运往哈密的军粮再辗转搬运，翻过东天山九曲险道，分运至巴里坤和古城（今奇台）。9月攻下乌鲁木齐。仅一年多时间就指挥西征军，攻克了被外寇侵占的南疆八城，收复了除伊犁以外的新疆领土。

左宗棠西征所到之处，号令三军，沿途种植榆杨柳树。大军过后，不出几年，从兰州到肃州，从河西到哈密，从吐鲁番到乌鲁木齐，所植道柳路榆，除戈壁而外，皆连绵不断，枝拂云霄，蔚为后人所称道的"左公柳"。当时左宗棠乡党杨昌浚，应景王之涣之边塞诗《凉州词》"黄河远上白云间，一片孤城万仞山。羌笛何须怨杨柳，春风不度玉门关"句，七绝赞之曰：大相筹边未肯还，湖湘子弟满天山。新栽杨柳三千里，引得春风渡玉关。

举凡生命都得进食，故而上帝赐给乌鸦一片乳酪。出于同一原因，上天赐给戈壁大漠以几叶生命的绿洲，供人解决燃嚼。左宗棠深知绿色之于大漠戈壁的重要，才让带着三点水的湖湘子弟大植榆柳，使自己成了名垂青史的植树模范。当然还有对左宗棠十分欣赏，对吐鲁番坎儿井水利工程做出过贡献的林则徐。据说左宗棠布衣时林就知其名。道光二十九年途经湖南，想见左却遍寻不得。左也早慕林则徐大名，知之后急煎煎湖上相见，不料一个不留神，竟然落入水中。湿淋淋爬上船后，还心心念念不忘行拜谒之礼，林则徐劝住了他："落汤鸡了，还做什么礼节？快去更衣！"两人相见恨晚。临别时林则徐叹道："他日竟吾志者，其唯君乎！"并手书一联赠左："此地有崇山峻岭，茂林修竹；是能读三坟五典，八索九丘。"左宗棠晚年犹悬此联于斋壁。不期而然，都未负平生，均成了名垂千古的援疆人物。

4. 我问周岗："左宗棠当年植的那些榆柳，如今还剩得有多少？"

回溯由头得从去年说起。去年我应《中国作家》杂志和水利部水保司之邀，撰写相关水土安全的长篇报告文学《五色共和》，恰好国家发改委分管循环经济的郭启民先生在新疆生产兵团援疆，所以经他介绍认识了一些人，其中一位便是此行始作俑者——源调文化传媒有限公司的董事长王芳。王芳是四川人，大学毕业，当过记者，写过颇多很是不俗的诗。不甘于随波逐流被他人安排自己的命运，便毅然辞职下海，来在新疆，充当编外援疆人员。倏忽间已历20余个年头。从事与文化八竿子也打不在一起的事业，且得心应手，风生水起。偏就不安于现状，禁不住缪斯勾引，终于还是回归老本行，转型做起了文化传媒。

这个姿容华丽看似纤弱的四川女子，却天生有大男人的性格，总喜欢戴一顶西部牛仔帽，大脑气象万千，不时会突发奇想或灵感，围绕助力新疆文化事业的发展，纷繁离披出许多奇思怪想。大多是些寻常人不以然，看似也赚不得什么钱的事，她却情有独钟。诸如与央视合拍近年来新疆发展变化的纪录片之类，邀我采写京新高速明哈段，还有别的，都出自她的张罗安排。商机似乎很小，所费心力却是颇大，似乎有些不值。她却毫不动摇莞尔一笑，我行我素。她笑着说：不信你看，迟早，你会爱上新疆！她似乎是对的。行为和动机，在这个不断创新字词的泛娱乐时代，还有一个字词，虽然被弃之如敝屣，但它依旧存在。

随行还有新结识的何贵明和高参谋长。何贵明是福建人，属于追星一族，说起话来像个大小孩，其实骨子里十分精明，在新疆有自己的公司。高参谋长原本日理万机，却是个重情谊的人，纯属友情出行。我们的人生轨道就此有了交叉。也幸亏有曾经在哈密工作过的高参谋长，所以晚饭后，高参谋长特意带我们，踏着迷离的夜色，走进芳菲的园林，在昏暗的灯光下，去哈密公园看望硕果仅存的几株左公柳。左公柳的残部，公举一株只剩粗壮躯干的老柳做植物界的援疆代表。这是哈密公园的镇园之宝。这株被岁月截肢的老柳，证实了拂天的曾经，残疾的躯干上，布满纷纷扬扬的细嫩枝条。这些枝条婆娑出一片沧桑的声音。讲述远去的从前，不仅有左宗棠，还有晚清民国的杨增新和新中国的王震将军，和那个黑喇嘛。

高参谋长是地道的兵团二代，这个样貌已经趋同于维吾尔族人特征的兵团二代，乍然一看与维人已难分伯仲。类似者还有明哈高速总指挥长周岗，祖辈山西，已不知其为几代，以及其他许多汉族人。早在唐朝开成五年，回鹘西迁时便有部分回鹘人来在哈密，融合其他民族形成维吾尔族。同样如此，汉代即有汉人迁居哈密。隋唐汉族大批迁入哈密并在伊州下属三县建有道观 4 座。五代到明朝也不断有汉族迁来哈密。清代之后更有大批汉族迁居。素有马背上的民族之称的哈萨克，在 19 世纪末，逐步迁入哈密地区，现有人口 4 万多，多属克烈、乃蛮、瓦克三个部落。主要分布在天山山区，多从事畜牧业。约 1.5 万人的回族，多为清代迁入。除此而外还有蒙古族，满族，藏族，苗族，彝族，壮族，布依族，朝鲜族，侗族，瑶族，白族，畲族，东乡族，柯尔克孜族，土族，达斡尔族，仡佬族，锡伯族，乌孜别克族，俄罗斯族，裕固族，塔塔尔族等20多个少数民族，但人数较少，除蒙古族有2000多人、满族1500多人外，其他民族人数均在千人以下。

我发现了一个有趣现象，古往今来，除了官方派遣的援疆人员，更有大量志愿者，古代毋庸细说，近代不胜枚举。举凡新疆建筑、铁路、公路、桥梁等等工程项目，以明哈这条国家高速公路建设为例，几乎都是或陕西，或河南，或山东的清一色的汉人。可见为护新疆稳定和周全，中央各地无不为之殚精竭虑，力度不可谓不大。这让我想起19世纪70年代中期清政府对新疆的一番龃龉。李鸿章借口海防太过重要、塞防又无力兼顾，公然主张放弃新疆，"移西饷以助海防"。认为"新疆不复，于肢体之元气无伤；海疆不防，则心腹之大患愈棘"。左宗棠则拍案而起，认为海防、塞防两者并重，不可偏废。李鸿章和左宗棠在后期洋务运动中观点相似，都出自曾国藩的湘军。清朝提拔重用汉人保江山，却对其并不放心，李鸿章与左宗棠作为两个汉族官僚的代表，惟对立方可自保，方可让老佛爷放心。

但是非还是自有公论。被胡林翼赞之为"横览九州，更无才出其右者"的左宗棠，1880年力排李鸿章等海防派重臣之议，抬棺西行，收复新疆。若当年清朝采纳李鸿章的主张弃新疆，也就不会有今天的"一带一路"，也不会有京新高速公路的修筑，更不会有这么多编外援疆人员，也就不会有这段唏嘘清叹的议论了。史谓"宗棠有霸才，而治民则以王道行之"。翰林院侍读学士潘祖荫评价左宗棠："天下不可一日无湖南，湖南不可一日无左宗棠。"梁启超评论左宗棠是"五百年以来的第一伟人"。王震曾对左宗棠的曾孙左景伊说："左宗棠在帝国主义瓜分中国的历史情况下，立排投降派的非议，毅然率部西征，收复新疆，符合中华民族的长远利益，是爱国主义的表现，左公的爱国主义精神，是值得我们后人发扬的。""解放初，我进军新疆的路线，就是当年左公西征走过的路线。在那条路上，我还看到当年种的'左公柳'。走那条路非常艰苦，可以想象，左公走那条路就更艰苦了。左宗棠西征是有功的，否则，祖国西北大好河山很难设想。""阿古柏是从新疆外部打进来的，其实他是沙俄、英帝的走狗，左公带兵出关，消灭阿古柏、白彦虎，收复失地，得到了新疆各族人民的支持，这是抗御外侮，是值得赞扬的。""我们是历史唯物主义者，对历史人物要一分为二，左宗棠一生有功有过，收复新疆的功劳不可泯灭。"

5. 周岗告诉我：京新高速公路是目前中国里程最长的一条高速公路

　　春秋战国时期东起渤海西出伊犁至中亚地区的丝绸之路就已经形成，京新高速选址就在过去的丝绸古道。民国初年孙中山在《建国方略》也曾规划了东起北平、西至乌鲁木齐的第二条进疆大通道。因民国时，连年战乱、国力不济，一直未能实施。我从民国七年十二月三十日孙文《建国方略》第二部分找到一段话，是讲修铁路的："第三线，以一干线向西北，转正西，又转西南，沿沙漠北境，以至国境西端之迪化城，长约一千六百咪。地皆平坦，无崇山峻岭。第四线，由迪化迤西以达伊犁，约四百咪。第五线，由迪化东南，超出天山山峡，以入戈壁边境，转而西南走，经天山以南沼地与戈壁沙漠北偏之间一带腴沃之地，以至喀什噶尔；由是更转而东南走，经帕米尔高原以东，昆仑以北，与沙漠南边之间一带沃土，以至于阗，即克里雅河岸。延长约一千二百咪，地亦平坦。第六线，于多伦诺尔、迪化间干线，开一支线，由甲接合点出发，经库伦，以至恰克图，约长三百五十咪。第七线，由干线乙接合点出发，经乌里雅苏台，倾北偏西北走，以至边境，约六百咪。第八线，由干线丙接合点出发，西北走，达边境，约四百咪……"中山先生文中屡屡提及的迪化系乌鲁木齐旧称，文中所述几乎都是围绕乌鲁木齐修铁路的事情。荀子曰：假舆马者，非利足也，而致千里；假舟楫者，非能水也，而绝江河，君子生非异也，善假于物也。假于铁路，假于蒸汽，假于电，假于舰艇，假于喷射，假于高速公路，朝食汉堡，晚吃炸酱面，世界忽然变小。

科技所限，那时还没有高速公路，只知轮子在铁轨上跑比陆路快捷。美国也是从 1937 年才开始修建第一条高速公路的。目前美国的高速公路总长度为 8.8 万公里，连接了所有 5 万人以上的城镇。横贯美国大陆东西的干线，从纽约到旧金山或从华盛顿到洛杉矶，相距都在 4500 公里左右，纽约至洛杉矶高速公路全程 4556 公里，是世界最长的高速公路。到了 2014 年，全世界已有 80 多个国家和地区拥有高速公路，通车总里程超过了 23 万公里。中国是在 1988 年开始修筑高速公路，从上海至嘉定 18.5 公里高速公路建成通车，使中国高速公路从无到有。此后突飞猛进：1999 年突破 1 万公里，跃居世界第四位；2000 年达到 1.6 万公里，跃居世界第三；2001 年达到 1.9 万公里，跃居世界第二；2004 年 8 月底突破了 3 万公里，比世界第三的加拿大多出近一倍。从二十世纪末开始，尽快开工建设京新高速公路的呼声，便不绝于各种相关会议、提案、议案等。2004 年底终于得到国务院批准。横贯东北、华北、西北，全长约 2739 公里的 G7 京新高速公路，正式成为《国家高速公路网规划》中 7 条北京辐射线之一。它不仅是西北新疆和河西走廊连接首都北京、华北、东北及其他东部地区最为便捷的公路通道，也是一条新的出疆陆路大通道，它建成之后将使新疆至北京公路里程缩短 1300 多公里，对节约全国各地运输成本提升各项时空效率和拉动地方沿线经济起到不可估量的作用。

周岗在红柳沟大桥停车，远望积雪的天山和荒旷的戈壁告诉我："戈壁滩没有水，可是经常会发洪水，修红柳沟大桥时，天上太阳红红的，天空蓝蓝的，云彩白白的，可是轰隆一声山洪就下来了，卷着乱七八糟的东西倾泻而来，把工地一下就淹了个干干净净，各种设备和车辆都被埋掉或推翻，连那么大的挖掘机都被完全埋掉，汪洋般的洪水中，只露出挖掘机的大臂，举着个斗儿，在那儿摇晃……所幸没有人员伤亡……只好疏浚、排水、清理泥沙，然后再施工。红柳沟大桥修好后，河道通畅了，虽然还是经常晴天万里平地发洪水，但是再没有淹过工地和路基，都顺着河道排走了。发洪水的时候，往往上游天山那边在下雨，有时是雪山融水，戈壁滩不渗水，哗一下全流下来了，相当于泥石流……"

还是一个水土流失的问题。水土就是国土，流到蒙古国就成了蒙古国的国土，涉及一个国土安全的问题。故调寄贺圣朝押平水韵填写了六迭《国土安全》，其一，如花水土香千古，把江山修补。堰秦塞楚填夷胡，堵匈奴倭虏。梁唐朝野，宋元京扈。费犁锄刀斧。当前风月也猪羊，唯斜阳无主。其二，匆匆逐日追夸父，渴亡途之午。九溪淙淙百峦吞，更万川争乳。泽湖三八，邓林二五。杀蚕抽丝缕。缤纷若矢射流光，兽禽终穷弩。其三，云雷雨电多情执，吊红尘呼吸。星移物换识时机，改苦甜酸涩。清冤捡拾，荒仇搜集。报枯荣危急。左倾右洒且休休，细润随春入。其四，夏筝汤瑟周公抚，水韵诸方土。樵弦渔管伴耕读，猎炎黄龙虎。凿雕文武，户枢不腐。演尧虞歌舞。朵家树国草民昂，曲让天人谱。其五，墙头马上披蓑笠，怕繁华淋湿。汉宫秋色戏妆开，净伴狂而泣。老生惆替，青衫世袭。未廉能升级。粉南墨北紫东西，尽托孤篇什。其六，往来之宙今之宇，弹丸银河府。散罗七十亿芸芸，海陆丰毛羽。眼波碧横，耳峰翠竖。自然知羞辱。欲于太空正迷航，纠舵桅樯橹。

我在《五色共和》一书中这样写道：江山是什么？不就是水土吗？地球是什么元素构成的，构成地球的最大最多的元素，不就是水土吗？路，穿行于水土之上，没有好的水土也就不会有安全的路？所以，保护我们的水土，也就是保护我们的路，保护我们的行走。

6. 欲说黑喇嘛，得先话黑戈壁，提起黑戈壁，不能不先叙大海道

明哈高速的中间路经吐鲁番。吐鲁番往敦煌去约500公里，过去有大海道相通。据说当时的大海道是开通于汉代最近的一条古道，大海道实为大沙海的简称。《西州图经》记载："右道出柳中县界，东南向沙洲（今敦煌）一千三百六十里。常流沙，人行迷误，有泉井咸苦，无草。行旅负水担粮，履践沙石，往来困弊。"《魏略·西戎传》："从敦煌玉门关入西域，前有二道，今

有三道。""从玉门关西出，发都护井，回三陇沙北头，经居庐仓，从沙西井转西北，过龙堆，到故楼兰，转西到龟兹，到葱岭，为中道。从玉门关西北出，经横坑，壁三陇沙及沙堆，出五船北，到车师界戊己校尉所治高昌，转西与中道合龟兹，为新道。"

龟兹即库车，葱岭帕米尔高原，戊己校尉治所高昌，即唐西州城，吐鲁番高昌故城如今犹存。北朝、隋代，大海道渐废，为稳妥计，商旅往来多有绕经哈密而至敦煌者。《周书·高昌传》："自敦煌向其国，多沙碛，道里不可准记，唯以人畜骸骨及驼马粪为验。又有魑魅怪异，故商旅来往多取伊吾路。"《西域图记》云："自高昌东南去瓜州一千三百里，并沙碛，乏水草，人难行。四面茫茫，道路不可准记，惟以六畜骇骨及驼马粪为标，检以知道路。若大雪即不得行，兼有魑魅，以是商贾往来多取伊吾路。"《隋书·高昌传》云："从武威西北有捷路，度沙碛千余里，四面茫然，无有蹊径，欲往者寻有人畜骸骨而去。路中或闻歌苦之声，行人寻之，多致亡失，盖魑魅魍魉也。故商客往来，多取伊吾路。"

文中所说瀚海中的魑魅魍魉每每会发出歌苦之声来迷惑行人，与希腊神话传说中会以歌声和美色诱惑水手的海上女妖塞壬相仿佛，当她们看到船只经过就会唱出凄美的歌，听到她们的歌声水手就会迷狂，跳入海中去追寻塞壬的身影。瀚海中的魑魅魍魉也精通此技。人类共性决定了人类文化的相通。现在看来当是燥热的幻听与光影幻化的屚楼海市所为。

《西域图记序》云："发自敦煌至于西海，凡为三道，各有襟带。北道从伊吾经蒲类海……其中道从高昌、焉耆……其南道从鄯善、于阗……故知伊吾、高昌、鄯善并西域之门户也。总凑敦煌，是其咽喉之地。"北宋后大海道淡出。但因从大海道行走可以节省将近一半里程，故仍有军队、僧侣、商队取道于此。大海道属无人区，降水量极少，地表水和地下水非常缺乏，且含盐量高，气候极为干旱，到处呈现荒漠景象。龟裂处处可见！连生命异常坚韧的芨芨草和红柳也难以寻觅，且道路不明，几乎没有印迹可循。这是很无奈的事。

谭朗昌导演 2008 年拍摄的电影《大海道之喋血狂沙》讲述了盛唐时期这条连接西域和关内的丝绸之路的故事，由于恶劣气候和匪盗劫掠，盛极一时的大海道逐渐退出它在丝绸之路上的特殊地位。专以劫掠丝绸客为生的盗匪已经出没无常，这里便有黑喇嘛，而明哈高速所修之路，便要穿过这样的大沙海和无人区。仅从如上所述便可想见筑路人之艰难。

随着经济快速发展对能源需求急剧增加。常规能源消耗导致全球生态环境恶化。风能作为一种无害清洁能源脱颖而出。但风能有局限，所以在大草原、戈壁、海洋之上，方可发挥作用。我在新疆达坂城见到过上百个风车，而在明哈高速沿途两旁，在河南路桥营地，在中铁一局营地，在通往丝绸之路的沿途，我见到了成百上千不止的风车之林，擎天而立，在天山脚下的戈壁滩，在旷达萧森荒漠中，她们亭亭玉立，风叶旋转成舞女的裙，清奇俊秀的身形，如同天鹅湖中的群舞。天地风雅颂，万物赋比兴。无数伊人也似的洁白的风车，在天荒地老的自然环境之下，相映成趣，在供应电力之余，成为一道耀眼的荒芜中的风景线。

天山苍苍，戈壁茫茫，星辰齿列，日月眸双。白云为裙，蓝天丝光，沙海旖旎，殊胜徜徉。大美明哈，丘陵山冈，雪锁玉门，盐碱为霜。所谓伊人，不在水之方，却在大漠中央。

天地之间奥妙无穷，造化之神奇便在于连戈壁滩大漠也乃水土之一种。野旷了水少了沙漠大了，肥了阳光富了风力，一样可养活物我。万类不可轻弃，万物不可轻废，故填词《离亭燕》新韵记之，一《水土养物我》："日月经营朝暮，寒暑收放花木。风物无边活李杜，造化穷生八股。诗已大唐赢，输了江山歌舞。墨里色香修补，地上画图谁主？另类烟波出庆父，水土盛衰今古。金粉旧渔樵，新了社戏鸦鼓。"二《王道非乐土》："天干地支双福，太极两仪同禄。八节每逢悲喜诉，气象万千歌哭。十几亿耕读，养一二头麋鹿。三十四畦群竹，五十六丛花簇。半就半推生死顾，爱屋及乌忙碌。合什七星谋，坐观买珠还椟。"三《相对论友敌》："起落降升开闭，红绿东西差齐。相对论侵天道壁，洞破还须功计。神貌不依依，离散碧娥青羿。美丑疵磋瑕替，善恶砥消兵砺。好坏是非皆友敌，尽入自然门第。形意若悠悠，和合乾夫坤妻。"这个世界上什么最大，不是高山大海也不是戈壁大漠，最大的是人类心智，是人类观念。观念也是一种水土，无水土则无万物，水土荣则生气旺，天造地设的戈壁大漠也有自然功用。没有永远的繁荣，永远的戈壁，永远的荒漠，永远的敌人，一切都是相对的，随人类观念之更新而渐变。佛家说，人心即佛。相随心生，命由心变。戈壁大漠也可随人心变而成无害化的能源场。这不是夸说主观唯心，也非赞扬人定胜天，而是说如若人心契合了自然的拍子，洞悉了自然的真谛，前程高速公路也似，随人类观念的转变而无量。

满脸挂满阳光釉的周岗，一边开车一边拿目光指点着沿途的风车，告诉我："这些风能的发电机，和那些电线，还有那些新盖的厂房，以前是全然没有的。"它们是经济动物，路是一块大肉，在带动它们前进。它们是一些路的尾随者，路修到那里，它们就会出现在那里。周岗说："它们几乎都是筑路工人帮助地方建立起来的，也同时救了他们的急，没有这些额外的活额外的收入，他们恐怕也撑不到现在，所以，这些大风车是有大功德的。"

利弊总是相随。左宗棠西征时种下榆柳被时空剔除了，而筑路人一路西去，勾引来的这些尾随者，这些经济动物，这些大风车，却填补了树的位置。这些三叶草也似的风车被科学放大了，成了巨硕无比的树。这些钢铁罗布的森林，在风中有条不紊地转动，呼唤着地老天荒的风，让风变成电光声色。它们引诱异想天开的堂吉诃德与它们大战三百个回合。这是一个现代化的套路。我知道，它们现在只是一个军，未来还会在路的两旁继续向瀚海深处生长和扩张，未来的京新高速戈壁和荒漠，将会布满它们，成为风车森林，成为伊人王国。

7. 遗憾的是，戈壁滩上，荒漠之中，除钢铁伊人而外，难得一见女性

这里是男人的世界，阴阳比例严重失调，女人在这里是稀罕物。四个工区，偶尔会闪过一张女人的面容，大多是随队家属，大半在厨房帮炊，也极少有未婚女子，也当不起伊人这诗意的称谓。不过也有例外。这个例外发生在几年前的一天，一位肤色白皙面容姣好身穿白色连衣裙的亭亭玉立的女子，来到荒芜单调的戈壁。大漠为之一振，戈壁屏住了呼吸。她被明哈人称之为，沙漠中的白百合。我从张涛编写的简报中认识了她。她的名字叫周静，四川南充人，90后，17岁参加工作，是学测量的。从2008年参加工作始，干测量工作已有5年多时间。已经有了果霍、库库、明哈高速公路项目测量的多年工作经历。我过后见到她时，她已经是中铁一局三公司明哈项目的测量主管。她的测量班承担着全线40.2公里的测量任务，她也是三公司20多个在建项目中唯一的女测量主管。明哈项目四个标段四家施工单位，不乏女生，多从事室内工作。从事野外作业、跑工地、搞测量的，唯独她一人。

　　简报中提供了这样的描述：周静爱笑、特别爱笑，单纯透明。以至于让人无法理解，这样一个纤弱娴雅的女子，怎么会在这个男人的世界里成了主角？竟然还领导一帮男人。在野茫茫的戈壁滩上测量放线很乏味，所以她和她的男子汉队伍，看见黄羊和野骆驼都会很兴奋，她会远远看，并用手机记下这些美好瞬间。工余时，她会带着男孩们在戈壁滩上捡各种各样的石头，为能捡到一块漂亮的有形有色的石头而喜悦。她喜欢把自己的徒弟叫搭档、帅哥，她的徒弟都叫她美女。她是女"当家"的，既要管好他们，还要教会他们技能，也并不是一件容易的事。这些年她先后带过的五六个徒弟都成长了起来，能够独立完成测量工作了。

　　偶尔，施工队会因一些测量放线的事刁难周静，每当这个时候徒弟们会挺身而出，当她的护花使者，工地上就她一个女生，难免会遇到上厕所的尴尬，这些徒弟、搭档就会想出各种办法，让她解决内需。女性的纤细和女性的细心还有责任心使她的测量工作从未出过任何偏差，赢得了领导满意大家钦佩。2011年6月，项目来了一批实习生，给她分了两个。其中一个特别奇怪，每次跟去工地搞测量，包里总带一把伞，这让周静摸不着头脑。女生都不怕被晒黑，难道一个大小伙子，就这么娇气？直到实习结束，人走了，伞却留在周静的工具包里。实习生在信中告诉周静，这把伞是留给她的，希望她保护好自己。周静收下了这份情意，也收藏自己的感动。每次说起她都会激动，因为，这里有对她工作的肯定，有徒弟对师傅的纯净如水的爱，有雄性对雌性的尊重，或曰男生对美眉的呵护，是沉甸甸的。

2012 年 6 月 27 日午饭时间，气温 37℃，茫茫的戈壁滩、长长的路基上坐着两个年轻人。周静满脸喜悦，看着不停给她往饭盒里夹菜的男朋友祁玉贵，筹划着他们的婚礼。他们计划在当年年底放冬假的时候结婚。晚饭前，周静把自己关在宿舍，换上了一件白色的纱质的长裙，又拿来一顶心爱的漂亮的女式礼帽在镜子前比画了几下，脸上流露出了单纯可爱的微笑。

她有许多女性的梦想。她说在所有的花朵中，她最喜欢百合花。她要拍两套婚纱照，一套在明哈工地拍，穿淡蓝色和粉色的婚纱；一套在巴里坤草原拍，穿她最心仪的工装。如果可能，她还想去普罗旺斯度蜜月。如果去不了，就去海南，那里也很美。我还要到新疆的好多旅游景点去玩，在新疆五年了，都没去过什么地方，太可惜了。我还要……

她的男朋友祁玉贵和她同在一个项目，分管不同工作。祁玉贵说：每天看着周静早出晚归，特别是看她每天从工地灰头土脸地回来，心里有针扎的感觉，我唯一能做的是，帮她打好饭，洗洗衣服，分担一些家务活。她喜欢的东西也是我喜欢的，比如普罗旺斯，虽然我根本不知道普罗旺斯在哪里，有多么好，能不能去得成，但我要帮她圆梦，给她幸福……

我只见过她短促的一面，说过几句话，并没有深谈，但我被她娴雅的气质、从容不迫的举手投足以及思想的洁白无瑕所打动。她的确是戈壁滩上一朵雪白芬芳的百合，她以自己的美丽，给荒芜带来生机，给单调添上华彩，而她牺牲的却是自己的青春和美丽。

我见她的时候，她已经是孩子的妈妈。只是孩子寄养在父母家中。为人妻为人母的她仍然没有失去与生俱来的爱美的天性，在忙完一天工作后，她仍然会把自己关在宿舍里，换上长裙，披上婚纱，照照镜子，做几个漂亮的姿势，回想一下消逝戈壁荒漠大风中的少女的美丽时光。但她很快就会把曾经的青春脱下，把旖旎的心情打包。想今天的测量，明天的工作，想胡服骑射的武灵王，想英姿飒爽的花木兰，想孩子想到泪流满面。但为了工作，为了丈夫、徒弟，她不得不割爱孩子、父母、花朵、胭脂、女红、梦想……洗干净已经有些发白的蓝汪汪的工装，这是她唯一能做到的，穿干净的工装。

工装是她的戎衣，野外是她的战场……

节选自 2017 年 7 月《中国作家·纪实》

尼西村的"童话"与"变化"

丁　燕[*]

透过车窗看，从贡嘎机场到拉萨的那条路，没有树木，没有飞鸟，只是些连绵起伏的黑青山峦。拉萨是干燥的。拉萨留给我异常荒芜和粗糙的感觉。事实上，这座高原城市并没有太多可去的地方——除了那些寺庙。在剧烈的高原反应中，我喘着粗气，恍惚地走过那些形态各异的庙宇后，头脑昏聩，瞳孔扩散，呼吸无力。一双尖锐的锤子猛烈地敲打我的头皮，那轮番打磨，让我耗损得像个木头人。

最难忘的是那个瞬间——掀起门帘，跨过门槛，突然进入一座硕大寺庙的内部，眼前陡然降落下一片黑暗，如同自己根本是个盲人。那最初失明的一刻是惊悚的：什么都看不清。等待瞳孔亮起来的那一刻，完全断了任何关于时间和空间的细微丝线，整个人漂浮在弥蒙的昏暗中。终于，我看清自己置身于一个立满柱子的空间。璀璨的阳光几乎全部被抵挡在门外，而门内的世界，是暮色中的洞窟。

虽然我努力地对着焦，努力地让自己记住那些影像，然而事实上，留在脑海里的只是些浮光掠影的残片。我努力刻录下那些雕塑、壁画和唐卡的模样，但在穿行过一个套一个的迷宫房间后，又被一个连一个的迂回走廊弄得混乱迷

---

*　丁燕，诗人、作家。20 世纪 70 年代生于新疆哈密。著有诗集《午夜葡萄园》《母亲书》，诗论集《我的自由写作》，长篇小说《木兰》，纪实文学《工厂女孩》《工厂男孩》《双重生活》《沙孜湖》等。现居广东东莞。

糊，像进入了一艘被海水覆盖的沉船。有那么一个瞬间，整个空间只剩下我一个人，像酥油灯的蕊光在微微跃动。那感觉真是古怪：我像个来做客的人，进屋后却发现主人不在家。我努力环顾四周，是的，没有主人。那些使用过这些空间和器具的人，不知为何遁去了。

在我的内心深处，好像有一个奇怪的房间，其四壁是用毛玻璃做的，任何来自外部的情感，都要被这层玻璃打个折——如果在新疆，会不会是这样（那样）呢？任何进入到我内心的情感，都会因为那层玻璃的厚度、密度而发生变异。也许任何人都无法轻松地旅行，因为每个人都携带着自己无法摆脱的影子过往。同样的人、花或者山，在不同的瞳孔里，或者熠熠闪光，或者黯淡凄凉。

我努力地瞪大眼睛，巨细靡遗地捕捉着每一个画面，盯视着我认为重要的细节。在笔记本上，我一笔一画地记下那些景象，以期将那变易不居、一再更新的外部形态凝固下来。我发现，大多数人把旅行只视为是空间的转换，而在西藏，旅行还是时间和社会阶层结构的转变。也许任何瞳孔所捕捉到的印象，只有同时和这三个坐标联系起来，才能彰显其意义。旅行不应只是表面距离的变迁，更应是一种深入的探究：一段一闪而逝的插曲，一个无厘头的细节，一句偶尔慨叹的词语，或一个不可控的联想，都可能成为解释这个地区的关键所在。

当我不再为不断想起新疆而自责后，我很快便发现了这两个地区的差别——西藏因其宗教和地理上的单纯性，显得明朗而清晰，而新疆却因其特殊的民族构成和历史脉络，显得更隐秘而难辨。但在通常的旅游宣传片中，西藏显得极为神秘，而新疆则表现得更为明朗。

新疆是我的母体，我从那里脱胎变形，但我对新疆的感情绝不会像开水般泛滥，我会将那感情折叠成手帕藏在衣服里。此时此刻，我是一名到达西藏的旅行者，带着一副茫然的、不明就里的表情，被动地挪移着脚步。我当然喜欢这片雪域高原，但我深知，这种爱恋是一种淡淡的、模糊的情感。即便进入了心中，也会很快就溜走，因为它匮乏空间的过滤和时间的沉淀。

从拉萨到林芝：四百二十多公里，近八个小时车程。

不，从拉萨到林芝，绝不仅仅是海拔一点点下降，景色一点点翠绿，空气一点点湿润，这段旅程更意味着高原反应逐渐减弱，可怕的头疼终于消失。可是当汽车开始颠簸，非常权威、精确地丈量着公路上的每一寸水泥时，我根本不知道林芝是那样一个地方。

我发现总有另一条路伴随着我们的行程：那是条正在施工的柏油路，尘土飞扬，穿工装干活的人灰扑扑的。天气已经变得很炎热，来往汽车排出的废气更令空气火上浇油。我们的车一会儿顺畅地滑行，一会儿又被阻塞在拐弯处。无论何种情况，姜师傅总是气定神闲地坐在方向盘后面，不急不躁。

姜师傅四十岁左右，个高肤黑，行动敏捷，四方脸上挂着宽容的微笑。从口音可轻松判断他来自山东。显然，他对这条道路早已烂熟于心。他介绍那"另一条道路"——那可是即将通车的拉林（从拉萨到林芝）高速公路啊！所以，即便我们遭遇着种种颠簸、灰尘和岔路，他都毫无怨言。因为这一切的煎熬，都将在几个月后消失殆尽。

伟大的西藏继续呈现它伟大的面貌：在我目光所及之处都是山。山峰座座相连，顶部的积雪像一块块银色三角巾。哦，眼前之景虽已逾越千年，但依然具有一种古怪的魔力。这些山像是英雄的胴体，有着强大的黏着力，能吸引所有目睹到它的人，并令其心脏跳动得更为激烈。我从未那样痴迷地盯视过雪峰，从不知那戴着白帽的山体会放射出无形闪电，会让观者收获到一种强烈的挫败感。千真万确。从那山体里散发出一种慵懒的、隐隐约约的威严。你只需瞥上一眼，便会深刻地察觉到自己那样微弱渺小。

在新疆，我曾目睹过昆仑山、天山、阿尔泰山，但我不得不痛心地承认：西藏的山和新疆的完全不同。如果说新疆的山是壮丽的，那西藏的山便是壮阔的；如果说新疆的山高耸入云，那西藏的山则本身就携带着云朵。所以，新疆的山让人心生愉悦，而西藏的山让人心生畏惧。

山体一座接一座向后退却，河谷渐次展开，道路两侧出现了一畦畦农田，路边民居是一座座缩微版布达拉宫（白墙、红门、黑窗、经幡）。随着海拔高度的变化，植物生态亦发生了明显变迁：从寸草不生的白雪冰层，到单薄的地衣，再到矮小的灌木丛，直至目睹到苍翠的树林。虽然只是短短的几小时，却好像已走过了四季。

陡然间拐入条小街，两边皆为餐厅，每家门口都挂着花哨亮丽的招牌。词语在这里变得异常喧嚣，简直是"你涂鸦过来，我涂鸦过去"：德格饭馆、日多正宗丁肉饭馆、奔布仓假日饭馆、梅里雪山欢聚藏餐招待所、帮达丰富商店、康松扎西商店、四川阿坝竹批发超市、日多鲁固饭馆……词语像打翻了的调色盘，有种涨潮的泛滥感。我发现自己在此根本是个半瞎盲人——我看得懂那些汉字，但却无法领会词语背后的深意。这些词语并不住在它们表述的事物表面，所有的名称和事物之间都不那么贴切契合，而有了错位。然而，这种间里后的隔膜感既让我挫败，又让我轻松。既然我积累的全部经验在这里都不作数，那么，索性做个什么都不懂的旅人，瞪大眼睛吧。

到达米拉山口，意味着到达海拔5013米！黑色的牦牛雕塑上，挂着白色哈达；戴头盔的骑行者像机器人，三五成群，双臂抱在胸前地威武拍照；卖珠宝玉石的小贩们，套着厚实且长及脚背的羽绒服，头戴棉帽，窝在旧沙发里一动不动。站在山顶向下俯瞰，群峰皆在低处的感觉，非但没有让我有得意之感，反而后背阵阵发紧。山风浩荡，手臂有丝丝寒凉。

就在愣神的当儿，突然感觉胸口发闷，像半空中移来一块灰色巨石。我变得紧张起来：因为一切都太过美好，所以要出现悲伤了。这真是悲欣交集的一瞬。从这个绝然的高处俯瞰群山，对一个刚刚抵达高原的人来说，像喝了一杯太过浓醇的烈酒，一下子就有了醉感。我丧失了拍照的欲念，赶忙转身朝车走去。即便没有小跑，但头皮已开始发紧，那演奏《疼痛交响曲》的锤子就要舞动起来了。不，不能跑。当我蹒跚至车门口时，整个身子都在轻微颤抖，喘着粗气。

车子盘旋而下时，我一直闭着眼，如惶惶之丧家犬。也许，我此刻的状态，就是所有外来者在西藏的常态——在这里，人们总能强烈地感受到肉身的存在。而在都市的水泥森林里，人们却像是着了魔，关心最多的是货物，而不是自身。在西藏的雪峰面前，都市的咖啡馆情调显得太过柔软。都市人虽工于心计，耽溺奢华，但他们同时也变得异常纤细，丧失掉对自身的感知力。

西藏是另一种风格：更粗粝、更本真、更原在。人们总是能更强烈地感受到自身的存在，故而，人们在此地会自动砍削掉一些欲望指数。在这里，别说买什么奢侈品，甚至都不能随意地奔跑和大笑，因为一旦僭越，身体便会拉响警报。只有置身于这样的天地间，才会明白神何以存在。在这片充满信仰的大地上，人们心心念念的，不外乎是身体健康。因为雪灾、狂风和冰雹，能瞬间毁掉房屋、田地和牲畜。一眨眼，人们就会面临没有住处和食物的艰难境地。没有人能预测自己的未来。这种焦虑感那样强烈，虽深埋心底，但却让心尖持续疼痛。

下山的感觉实在美妙：脖颈上的绳索开始松弛，头皮上的敲打逐渐柔软。终于能睁开眼睛了。山下的街道比此前所见还要宽阔，但两侧商铺看上去弱不禁风，非常粗糙，像是急就章的建筑。这里的招牌比此前那条街更大更俗丽，名称亦是另一种风格：四川长流茶馆、如意川菜馆、天府食坊、三里香快餐店、川渝饭店、川味居饭店……好像这些饭馆专为汉族人而开。

姜师傅选择了家其貌不扬的兰州拉面馆。看到玻璃窗上贴着"兰州拉面、各种面食、藏香鸡、手抓羊肉"等字样，我的脚步犹豫起来。这样一个破败小店，能一下子供应出这些风格根本不搭的食物？正在犹豫，有人向我热情招手。"看一看啊！买一买啊！"脸蛋黑红的女子站在手推车前，推销着手镯和项链。我瞥了一眼，一言不发。这是拉萨的朋友交代的：不要和卖手链的女人搭讪，否则会没完没了。见我一声不吭，她将推销的话又重复了一遍。然后，讪讪作罢。

餐厅内部非常凌乱：四五张圆桌随意放置，黄桌布上又铺了层塑料布，落满灰尘。店内墙角杂乱无章，堆放着塑料袋、水桶、纸箱、灭火器。黑色生铁炉旁，是个破旧大铝锅，装着一堆碎煤。靠墙角的货架上，放着红牛等饮料，还吊挂着营业执照。货架旁是张单人床，铺着酱红毛毯，姜黄被子折成长条，床头搭着块发黑的蓝毛巾。虽然墙上挂着幅巨大的招贴画，展示着各类吃食，但我还是无法安心地坐下：我疑心这里根本没有服务员，也没有厨师。但是，门帘一闪，出来个矮壮男子，三十多岁，手拿菜单。他怎样看也不像服务员啊？也许因为食客少，老板就亲自服务？

终于——面片端了上来！

姜师傅介绍：这里的沸点很低，面片要在高压锅里煮才能熟。我赶忙低头，仔细盯视属于我的那一碗。这可是扎扎实实的一碗面——厚厚的四方形面片呈乳白色，加上西红柿、葫芦、青椒和肉片，组合成奇妙的黄绿红棕。我小心翼翼地吃了一口：还行。面片有些凝滞，但配上蔬菜，滋味还不错。吸溜吸溜间，我已吞咽大半。抬头一看，姜师傅已吃得碗底空荡。

视界收缩，林芝幽然显现。

没想到，林芝充满仙气！林芝的街道实在神奇——每一条放射状的道路尽头，都是一座被云雾缭绕的山峰。云雾如此执拗而强大，一阵风根本吹不走。有时，那云雾甚至在视线之下——当车子盘旋在半山时。林芝市的规模不大，但却如园林般耐看。这座小城有种童话格调，像新疆北部，靠近喀纳斯景区的小城布尔津，让人不得不由衷赞赏。街道虽然不宽，但街面干净；金黄色的路灯杆上，顶部垂着灯泡，中部挂着国旗，底部吊着广告牌。也许是因为靠近印度，这里的街名充满军事味：双拥西路、八一大街。

我检讨自己为何看林芝这么顺眼，大约是拉萨的气息太过阳刚粗粝，而那夜半突发的头疼又实在惊悚。拉萨和林芝反差极大。如果说拉萨是西藏的心脏，那林芝应该算是肺叶吧。林芝特殊的地理风貌，让它简直像一座幻想出来的城市。"这里太适合写作了！"我一迭声赞叹，幻想有朝一日能在这里住上几个月，不知能写出多少奇妙文字。昏昏沉沉后，头脑变得清爽多么难得！林芝的气温虽然低，但却并不让人感觉冷飕飕；空气里饱含着湿润清新的负氧离子，但又异常干爽，不像岭南的黏稠空气，永远都裹挟着海水的潮润。

虽然抬头就是山，山已多得随处可见，但这里的人还是恭敬地称山为"神山"。刚一进城，当地朋友就建议我去公园"爬爬神山"。我虽然心向往之，但却因各种原因，没能成行，终成憾事。然而，在姜师傅的眼中，山多并非是优点，简直就是缺点。每年十一月下旬到来年六月，山路都要被白雪覆盖。而在春夏时分，雨季滂沱，塌方和滑坡又会造成道路险阻，让峡谷中的山间小路陡然消失。所以，从林芝到达墨脱的路程非常难走，致使墨脱曾是中国唯一一个没有通电的地方。

但我的目的地不是墨脱，而是尼西村。

小村距林芝市十八公里。一路行驶，路边可见正在修建的房屋和卡车、推土机、戴着红色头盔的工人。广告牌是天蓝底色加白色文字（汉文加藏文）。路边小店多为四川人所开，名字是"川阆特色饭庄""四川人家"之类。然而，在竖立着"尼西村"牌子的侧旁，还竖着另一个牌子："封山管辖区域严禁私自入山。"

寻找村支部委员会的办公点，颇费了点周折。环绕着山路上上下下，感觉四处都格外相似。不是这里！不是这里！一路盘旋，居然总是找不到办公点。忽然，有个扛木梯的老人正穿过小路。他抬起左手一指，说从挂横幅那里一拐就到了。果然，看到了挂在白色围墙上的横幅："开展农村土地确权登记颁证，深化农村集体产权制度改革。"这条横幅像一条分界线——此前出现在我眼前的，是旅行册上推荐的林芝；而现在出现的，是另一个林芝，真正的林芝。

半人高的围墙里，是一片修整平坦的草地，分别安装着篮球架、乒乓球台。银色金属杆的顶端张扬着红旗，但杆子上扯拽着根铁丝，晾晒着紫红带帽运动服。迎面是栋两层楼，从底层到二楼的台阶旁，挂着"农家书屋"的牌子。

底层左侧是间厨房：白色大理石地面、木质沙发、铺黑白格桌布的茶几。靠墙的台子上是煤气单灶、高压锅。自来水龙头上搭着抹布，消毒柜里摆着碗筷；中间是间淋浴房：狭长逼仄，顶棚吊着浴霸，吊杆上挂着毛巾；最右侧是卫生间：门板上贴着"男""女"。推开木门进入，发现门根本合不拢，无法反锁，才明白角落处那水桶的意义：将它往前一推，可挡住门板。卫生间是旱厕，有股难掩的屎尿味。

这里呈现出一种古怪的杂糅状态：既不像惯常所见的办公场所，但和居家又是两码事；既不是完全的现代化，又时时显露出某些都市生活的迹象。好像一切都卡在半道上。如果能再向前迈一步（有水冲式厕所之类），也许这里就是另一个世界。

上了二楼，进入小会议室后我才明白：这屋子刚刚被打扫过。地面湿漉漉的，桌面上没有灰尘。灰尘在西藏随处可见。到达拉萨的第一天，看到西藏宾馆房间的桌面上覆盖着一层灰时，我非常震惊。但后来，我的眼睛好像发生了改变，已经能逐渐适应那些无处不在的灰尘了。桌子上放着红牛。为什么总是红牛？难道红牛在这里不单是功能性饮料，而成为文明生活的象征？我想起从新疆迁至广东，目睹到街上"猪脚饭"的招牌时，所感受到的那种不适。

土登主任坐在我对面。他的模样让我想起了一个词：酋长。并不是他那近一米八的个子，而是他的腰围比一般人更厚实浑圆，简直像根大柱子。他虽然挺着大肚腩，但动作并不笨拙，反而有种"功夫熊猫"般的敏捷。土登的五官非常标致：圆眼、浓眉、厚唇。显然，他很懂"穿衣经"：蓝衬衫外套酱红V领毛衣，西装是褐色的，但袖子、领子和口袋部位都嵌着黑色。我非常讶异：这样一个偏僻之地，怎么会有这种时尚装扮？

这个出生于1971年的藏族男人，担任尼西村村主任已有二十六年。村里的那些事对他来说已烂熟于心：这个村是巴宜镇十一个行政村中人口最多的（有95户，400多人）；森林和草场面积最大；同时，从来没有过上访的记录。村民每人有六亩地，以种青稞、麦子、土豆、玉米为主。村民绝大多数为藏族人，但也有四五户汉族和门巴族。2016年，全村人均收入一万六，现金收入一万二。

土登一开口，立刻让我刮目相看，不是因为他声音洪亮，也不是他的面部表情夸张生动，而是他对汉语驾轻就熟的能力。在土登看来，"没有语言，一切都瘫痪了"。旁边村子的人这样惊叹："尼西村的老太婆，头发都白了还会说汉语。"但土登却不认识汉字！那他是通过什么方式学习汉语的呢？原来，全靠耳朵——别人怎么说，他就怎么说。也许正因为土登的汉语不是在学校里学成，所以他不仅咬字精确，而且在使用俚语俗语时，非常精到。一些平常词语从他的嘴里说出后，显得惟妙惟肖。譬如，当他在强调发展和环保的关系时，这样说："不能让山清水秀变成山穷水尽。"

1962年对尼西村是重要的。首先，作为"西藏第一个通电村"，这个村从这一年有了电。因为村子旁边驻扎的部队修了个小电站，便让村子也连带地亮了起来；其次，从这一年开始，村里人学会了使用镰刀。此前，村里人收割是用两根竹竿夹住麦穗往上拔，将穗子丢进箩筐，而麦根全都留在了地上。1962年秋季，当部队的战士亮出镰刀帮村人抢收时，大家被那个小小的工具给迷住了。咔嚓！咔嚓！真是又省力又迅疾。

尼西村的孩子虽然每天面对的都是美景，但日子却并不好过。到镇上去之前，要到邻居家借衣服才能成行。土登是个聪明的男孩，常跑到部队食堂里混饭吃。他就是在不知不觉中，练就了一口流利的汉语。现在回想起来，他还忘不了橘子罐头的甜美滋味。那是"部队的叔叔"回老家探亲时带给孩子们的礼物。

长大后的土登显现了他卓越的沟通才华。他精通人情世故，善于跟人打交道。他还懂得集腋成裘的道理，不仅自己想办法致富，还领着大家一起找挣钱的门路。他鼓励村民多想办法，甚至劝那些没有技能的妇女，到市区藏医院和学校门口卖饼子。一个饼子两块钱，一天也能收入两百元。他还提议：做藏式包子（土豆做的馅），一样能卖好价钱。

他说以前村里的矛盾集中在一个字：穷。村民的房子挨在一起，不是吵我家的鸡把蛋下在了你家，就是吵你家的狗咬了我家的孩子。现在，每家每户都有单独的房子，用院墙隔开，矛盾少了许多。让村民发生矛盾的另一件事是"打猪"。因为猪是放养的，到了打猪的时候，大家总是乱成一团，不是我的猪耳朵是白色的，就是你的猪尾巴是白色的。现在，将村子分为东西南北四大片区，每户人家只在固定的方位打。

别看尼西村是个小村，但村里也有村里的"流行趋势"。有一段时间，旁边村里建了个无公害蔬菜大棚，拉到市场上卖的蔬菜价格很贵，但还总是被一抢而空。听说"一筐小白菜能卖到四十"，大家都来了劲，开始种起蔬菜。一年后，热情陡然下降：种菜不仅需要技术，更还需要耐心。等到卖菜时，还要搭车去林芝市，来回车费二十元，中午再吃一碗面。忙活一天，一筐小白菜的钱就全没了，根本划不来。后来，很多人家便宁可让地荒着也不种菜。

我随口问：现在村里流行什么？

土登苦笑：钱。

现在，人人都意识到了钱的重要性，都想挣钱。但土登却不同意。致富是为了过得更好，而更好的生活并不意味着只是有钱。"人要会挣钱，但人不能做钱的奴隶啊。"他冷冷地嘲讽，"当你控制不了钱的时候，钱就会玩你，让你的生活没有乐趣。"

当土登侃侃而谈时，我感到一种难言的生涩——我的大脑里空空荡荡，没有任何参照物。这种状态和我深入新疆乡村时完全不同。从二十世纪九十年代初，我便以媒体工作者的身份，到东疆、北疆或南疆各地采访，走遍了新疆八十多个县市。每一次，我都能敏锐地发现那些村庄里的小变化，因为我的脑海里储存着一定的历史资料和发展数据。然而现在，面对西藏林芝市的尼西村，我需要完完全全地重新了解。我站起了身，提出想要访问田野和村民。我知道，坐在办公室是远远不够的。

尼西村确实是四面环山——有真正的四座山挺立于东西南北！四座山各有各的名字，各有各的传说。乍看之下，群山环绕的小村就像个婴儿，躺在幽静的襁褓中。山顶那缭绕的白雾，平添了几分田园诗的氛围。村内民居多为砖块建造，有的是一院平房，有的是两层小楼，但都干净整洁。

小村被一条狭窄的柏油路串联了起来，车子穿行其间，畅通无阻。土登的车外形像个装甲车，显然是经过改装的，车内异常宽敞。当他握着方向盘时，那种"酋长"的感觉再次造访了我。进入小村内部后，他不再像坐在办公桌前那样紧绷，言谈举止间有了某种放松。此前的他像正儿八经地摆好姿势准备拍照，但等快门咔嚓一响后，他的自我天性又被彻底恢复。当然，这里属于他，他应该如鱼得水。然而，和他的自如形成反比的，是我的拘谨。

穿行在小村中，我一直难以摆脱这样的错觉：我是个游民，擅自闯入别人的地盘，而且还赖着不走。为什么在林芝市，我一点都没感到自己是个局外人？难道是因为小村的状态太过圆满——这个由群山、白云和农田组成的世界，根本无须外人来窥探？也许问题的症结就在这里——作为市区的林芝，可以轻易地掩藏起一个外人；而作为乡村的尼西，任何一个外人都显得突兀扎眼。

村民的房屋零散地镶嵌在路边，既没有乱糟糟地挤成一团，也不是整齐划一地横平竖直。街道上虽然偶见小石块碎木板，但却没有明显的垃圾。有的院墙门外，停放着火红色的摩托车。村民在院墙旁架起木屋放饲料，还用石块垒砌起牲畜棚。从半人高的院墙内，传出阵阵浓烈的腥臭。村民们的脚步不急不缓，衣着极为相似：女人多是粉（紫）色拉链运动服加褐色长裙（或在腰间绑个衬衫）；男人以湖蓝拉链运动衫加牛仔裤、运动鞋为主。无论男女，皮肤皆异常黧黑，眼神皆异常明亮。当那些眼神盯上我时，既没有特别的惊慌，也没有意外的惊喜。

尼西村不是旅游区，我在这里看到的景象，不是短时间内刻意营造出来的，而是由时间、空间和人群共同塑造出来的。旅游区总是弥漫着一股怯懦和奉承的味道，总有种刻意巴结的亲昵，但尼西村却有着一种难得的笃定。这个地方接着地气，透着活泛，完全靠自己的坚强意志存活了下来。

仅仅活下来还不够，还要活得好。随着"种菜风潮"的消失，另一个挣钱的门道出现了：种草莓。通过蔬菜大棚种草莓，果实多得摘不完，一茬接着一茬；还不用为销路发愁，顾客都是自己找上门来。但是，土登叮嘱那几户种草莓的人家，"农药一定要少放"。土登苦笑："有些草莓吃不得，吃了第二天头疼得厉害。"

很快，我便看到一棵大树下立着个牌子：草莓。三十多岁的央金站在路边等待，褐色长袖运动衫上印着白色英文字母，褐色长裙，腰间裹着个黑衬衣。央金将一头黑发梳在脑后，露出的脖颈又细又长。除了皮肤略显粗糙，这个嘴角挂着笑，眼睛又大又圆的女子，显得异常端庄和娴雅。

央金拉开铁门后，露出一片长着青色麦子的田地。但我们要参观的，是麦地旁的塑料大棚。没想到种草莓的大棚这样现代——将大棚底部的塑料缠在铁杆上，再用力摇动把手，可将整个塑料布撩起来透气。我在新疆农村所见的大棚，是手工操作的。农民在早晨用手将泥土掀开，将塑料布揭起，到太阳快落山时，再用手将塑料布放下，重新压上泥土。

央金联合了周围的几户邻居，从2014年开始种植草莓。头两年的效益非常好，果实很密，经常多得卖不过来。但是今年的苗子染了传染病，果实很稀疏。果然，进入大棚内，八条田垄上的草莓叶呈黄绿色，显得蔫头耷脑。虽然有的枝丫上也吊挂着红色果实，但稀稀拉拉，不成样子。央金强忍着郁闷叹息道，准备马上换苗子。

央金后悔在发现第一株病苗时没有果断处理，致使疾病瞬间流行开，导致几个大棚都被祸害。唉！她叹息的时候，明亮的眼神像天空蒙上了一层雾气。她后悔自己匮乏经验——当她的腿扫过那株病苗后，便携带着病菌来到了另一个大棚。可恨啊可恨，自己居然成了疾病的传播者！可不知为什么，当土登用藏语和央金对话时，那女人的眼睛陡然间亮了起来。她不断地点头再点头，面部表情逐渐松弛，嘴角还堆出一朵花。我虽听不懂土登在说什么，但却可以揣测，他一定提供了些具体可行的办法。

同样的一个词"草莓"，现在却有着两种截然不同的含义：当草莓作为果实时，它的滋味是甜美的；当草莓作为商品时，那甜美的滋味里便出现了一丝苦涩。虽然尼西村是个近乎天然的自然村落，然而，当这里的村民面对市场的挑战时，同样要经历各种压力和挫折。虽然这种压力和挫折已是城市生活的主题，但对于边疆地区的小村来说，传统的自给自足的圈子被打破后，人们还是倍感不适。

饲养藏香猪是尼西村人致富的另一个办法。

穿行在西藏大地，总能见到浑身黝黑、个头不大的藏香猪。乍一看，这种被称为"人参猪"的家伙，比常见的家猪更野。这种猪皮香肉嫩，主要产于林芝。尼西村的村民们发现，藏香猪更喜欢住在河滩上。于是，我参观的这个猪场分为左右两部分——左侧为四方形沙土地，散落着大小不等的石子，模拟出河滩的模样；右侧的水泥地坪也是四方形的，底部修出一条长长的凹槽。平时，猪们躺在河滩客厅上休憩，到了饭点，便踱进水泥食堂进餐。

和种草莓相比，饲养藏香猪的技术含量要低些，但是，等我推开那扇门，试图去看看小猪时，才发现干什么都不那么简单。那座屋子的外貌和普通民居差不多，也是木门、三角形屋顶和水泥墙，然而，等我进入后，整个人都呆住了。

一股浓烈的猪粪味扑面而来，像堵厚厚的墙即刻堵住鼻孔，让呼吸变得困难。好像这里是一个秘密的核试验基地，其一次次的魔力光焰发射后，那些可怕的灼烫因子还飘浮在半空，还在持续地扑哧扑哧。那种味道不是猫的爪子，不是丝丝缕缕的尖锐，而是一根根棍子，铁质的、铜制的、钢制的，裹挟着霸道的狂暴。我屏住呼吸往前走，手臂上立刻起了一层鸡皮疙瘩。将脑袋探向那些水泥墙砌成的栏圈，看到蠕蠕而动的小猪仔后，我便返身而出。

一对夫妻管理这个猪场：妻子穿碎花衬衣、灰布长裙；丈夫穿湖蓝长袖运动衫、黑裤。虽性别不同，但他俩的肤色却极为相似：都是经过阳光炙烤后的焦褐色。这对夫妻由外乡来此打工，便找到了这份差事。他们的卧室凌乱不堪地摆着床、茶几、桌子，家具上满是灰尘；客厅里是破旧沙发、生铁炉子、旧款电视，顶棚的灯泡像个悬挂的感叹号；杂物室里码着成垛的木柴，房梁上吊挂着腊肉。

对尼西村的探究——即便仅仅是短时间的探究——都能明显地感觉到，"变化"无处不在。这些日子以来，小村变得熙来攘往。除了本村村民外出打工外，也有别处的人来村里找工作。某种封闭的状态被打破了，好像一个圆圈上出现了豁口。虽然有时候，人们更喜欢谈论那个古老的、永恒的、如诗如画的乡村，似乎那乡村就这么几百年如一日地延续着。但像童话般自得其乐的尼西村，根本不可能远离"变化"："变化"总是不请自到。

土登带我去看河滩。河滩有什么好看的？嗨！村民们一直有"靠山吃山"的想法，所以这里经常会发生盗伐林木的事。甚至，还出现了五户人家非法乱挖河道。乱挖乱堆，不仅破坏草场，还会令河流改道。时间长了，一定会让尼西村从"山清水秀"变得"山穷水尽"。

怎么办？土登嘿嘿一笑："我才不会把人集中起来开会！开会——那是最笨的办法！"他的办法是"谈话"。一户户登门，和男主人聊天。对方的第一个反应是——"你嫉妒我啊"。男人们统一地拉下面孔："砍树不让砍，挖石不让挖，你来养我一家老小啊！"可土登不着急，慢慢地谈政策，细细地讲道理，末了还笃定地许诺："这环保的政策对大家都是一样的。"

去往河滩的路上，群山不断地重复着自身：青色山体一簇一簇，白色云雾一团一团，绿色田地一块一块。越靠近山脚的道路越难走。土登将车开得很猛，遇到浅滩时根本不犹豫，一脚油门就冲了过去。车身颠簸着，不仅左右摇晃，还上下抖动。及至河滩深处，车终于被迫停歇。他旋转方向盘，从河流中央绕回到河岸。

跟着土登顺着河滩往前走时，他豪情万丈地一指："从这里到那里，全是我们村的山林，开一天车都出不去！"如果说塑料大棚和猪场让小村有了市场化的气息，那么此时此刻，展现在我眼前的，则是个原生态的小村庄。远处是连绵起伏的山峦，山上植被郁郁葱葱，小小的银色三角形是高压电线；近处是木栅栏围起的草场，黄色的马儿正悠闲吃草，但却看不见牧马人。这个画面中的一切都是古老而和谐的，有种稳稳当当的舒适感。

然而，另一幅景象却异常扎眼。靠近河滩的某一侧，草坪被挖掉，裸出泥沙，散碎的石子大大小小，让这里像块癞头疤。那个用来淘石子的筛网被丢弃在河滩，孤零零地，铁丝网在阳光的照射下，反射着尖锐的银光。那铁丝网显得奇怪极了——在一座植被茂密的大山脚下，是一条蜿蜒流淌的河流，而在这两个庞然大物之间，是一个由木杆和铁丝组成筛网。虽然使用它的人退却了，但它却被遗落在了这里。

"变化"再次不请自到。

我的心头一动——旅游画册上一定不会有这样的场面。旅游画册总携带着某种遮蔽性，指引游客几月份到什么地方能见到什么景，但同时，它也遮蔽了那个地方的真实性。被挑选出来的景色是程式化的，是像橱窗模特般的一些死东西，没什么特别的感觉。真实也许就是这样：得病草莓那发黄的叶片，藏香猪那可怕的臭味，河滩上那扎眼的筛网。

土登苦口婆心地规劝——沙石是建筑不可缺少的材料，没有是不行的，但是，用乱挖河滩来淘沙石，只会让河流改道。如果遇到涨水季，河水漫溢失控，后果则不堪设想。所以，他瞪大眼睛，提高嗓门——沙石并非不能挖，而要经过科学勘测，在能挖的地方挖。

午饭是在路边的一家四川餐厅吃的。四盘炒菜皆配以青红辣椒，蛋花汤里的西红柿块头硕大，米饭疏松粗糙，纸杯里是茉莉花茶。因为不吃辣，所以我只是吃了几口饭，喝了几口汤。一抬头，发现从内里蹒跚出个中年妇女，穿粉色碎花家居服，头发蓬乱，脸色姜黄。我猜不出她的身份：既不像食客，也不像主妇。当看到家居服外还套着件围裙，腰部位置油黑发亮时，我突然明白了：她是厨师。原本就稀薄的食欲，在那个瞬间更是消失得一干二净。

到达西藏后，在各种句式里都能听到"四川人"这三个字。"四川人"像空气，无处不在。可是，等我见到这个活生生的"四川人"时，整个人变得忧郁起来，我想立刻离开这里。但我还是努力地说服自己：坐下。我知道，这一刻的不适只单独地属于我，而不属于土登。他对这个四川餐厅甚为熟悉，他对小店的一切都全盘接纳，他一定不会为厨师的围裙感到惊诧。

在这个小村，流传着一个甜蜜的故事：藏族女孩卓玛嫁给了汉族男人小赵。

卓玛家是一栋小二楼，左侧另外加盖了一间厨房。如果单看那青灰色的墙砖、钢化玻璃的窗户，带着护栏的阳台，实在没有什么特别之处。推门进入，从半人高的院墙望出去，视线环绕三百六十度，看到的全都是起伏的山峦！云朵就飘浮在山顶，那直射下来的阳光，异常清亮璀璨，这栋房子恍如仙阁琼楼。看起来，这里阴阳交汇，灵气犹存。在栖居地的选择上，人类的经验比较稳定，也许因为这直接关系到身体，所以不必变来变去。所以无论是华北的农民，西北的牧民，或者岭南的渔民，都会选择住在靠山靠水的地方。

一楼的客厅是个大房间。靠墙的雕花木柜上，电视机放在最中心的位置。茶几上不仅摆着奶疙瘩和酥油茶，还有红牛（总是红牛！）。我在柜子上发现了个黑色杯子，大约有半米高，杯口有手腕般粗细，完全不知它是做什么用的，因为它实在又粗陋又庞大。喝茶？喝酒？喝粥？原来，这是个竹杯，专门用来装酥油茶的。

卓玛妈妈骨架宽大，穿紫色拉链运动衫和酱色长裙，一头黑发梳成辫子。她的牙齿洁白，脸色黝黑，五官立体而深刻，脸上总浮动着诚恳的笑容。她感叹：这种传统杯子已很少有人使用，现在大家更喜欢搪瓷杯或玻璃杯。以前，厨房里只有烧煤的炉子，现在，煤气灶、电热水器、高压锅，一个都不能少。

说起女儿的婚事，妈妈嘿嘿笑了起来。原来，她开的便利小店，是女儿和女婿的红娘。女婿是个军官，常来店里买东西，便认识了女儿。两个年轻人日久生情后，女儿向母亲坦白。可当妈的当即表示反对：不行！不行！没有别的理由，单他是汉族就不行！但后来，看到两个人是当真要在一起，并不是心血来潮，也就同意了。

卓玛妈妈邀我到楼上去看看。我以为上面是间普通的屋子，但进入后，却惊诧极了：不是那异常干净的酱红色地板，也不是那靠墙摆放的一整排彩绘柜子，而是那些成垛的经书、琳琅满目的五彩壁画、绣着佛像的唐卡！这个屋子里虽然没有人，但却有种格外充盈的感觉，好像这里是个自成一体的小宇宙，跟整个外部世界都无关。

妈妈介绍，这是儿子的房间。停顿了一下，她的声音有些颤抖，但却尽量地保持平静："儿子有病，已经去世了。"我的身子陡然僵硬了起来，想说点安慰的话，却又找不到合适的词。妈妈轻声地说："这间儿子住过的屋子，一直都保持着原样。"哦。那摆放在沙发上的衣服，好像还等着主人来穿；那立在墙角的圆形大鼓，好像还等着主人来敲。

在这个世界上，儿子和母亲只相处了非常短暂的时光，但就是在这段时间内，孩子让母亲发生了巨大改变。现在，母亲和儿子间的生理维系已断绝，但他们并没有分开。母亲对儿子的想念从未褪色，一直隐藏在内心深处。每天每天，母亲都到这屋里来打扫卫生，回忆和儿子相处的种种甜美。母亲讲述儿子时口气那么平淡，但眼神里却隐藏着无限的深情和痛苦。爱有多深，痛苦便有多深。然而，这个软弱的母亲一旦下楼，整个人又变得坚定起来。

当卓玛出现在我面前时，微笑着，露出满嘴白牙。我从卓玛的五官和身形里，看到了她妈妈的影子。母女俩的相似，不仅在外表上，还在举手投足间。卓玛坦言：自己的恋爱故事和别人的差不多，并没有太多的曲折和惊悚，除了小赵是个汉族人。可是，她最终还是选择了嫁。因为她认定这个男人最大的品质是："人好"。她瞪大眼睛，言之凿凿："人好就没必要分民族！如果嫁给本民族的人，对方人不好，该离婚还得离婚！"

卓玛上高中时，便见过小赵——他常来店里买东西，而她则常帮妈妈看店。

卓玛考上大学后，小赵从藏族朋友处搞到了卓玛的手机号，打来电话后，磨磨唧唧地表白心迹。卓玛说自己当时像被电击般吓了一跳。一想到那个皮肤黝黑，有着一张瘦削面庞的男人是汉族人时，她即刻摇头："不行！不行！"可小赵却不死心，不断地发短信、打电话，使出浑身解数说服女孩，自己是认真的。

卓玛回忆起当时的拉锯战时，嘿嘿笑个不停的样子很像妈妈。

"你转业后要回老家，我不可能跟着你回去！"

"我不回去。"

"我的工资不仅要养我和妈妈，还要养爸爸和弟弟！"

"我们一起养。"

"我弟弟有病，要花很多钱！"

"我不怕。"

女孩不知男人的爱情火焰是什么时候烧起来的，只知平日不善言辞的他，现在不断地表白着、承诺着。女孩的头脑里掀起阵阵风暴——他是当真的吗？周围那些充满质疑的眼神要怎么应对？如果过不好，这段逾矩的感情岂不成了一出闹剧？是要充分享受爱的激越，还是要加以克制？女孩试探地询问妈妈："小赵怎么样？"妈妈激烈地摆手："不行！绝对不行！"有病的弟弟已让家里负重前行，若姐姐再嫁给汉族人，邻居会怎么说？即便执意嫁过去，对方家庭能接受一个藏族儿媳妇吗？饮食、风俗都不一样，能过到一起吗？看到妈妈那样决绝，女儿便把感情深藏于心，断绝了和小赵的一切联系。

可是，当听说小赵跑步时摔断了腿骨，女孩的心便尖锐地痛了起来。蜷缩在白色被单中的小赵，一反平常如悍马般的英武，瘦得不成人形，让卓玛几乎掉泪。病床催化了两个人的情感，让他们从"熟人"变成了"恋人"。

卓玛无微不至地照顾着小赵，还对他的家人也给予了慷慨帮助。听说小赵父母建房子缺钱，便一拍胸脯应承了下来：没问题！每月从六千元的工资中，拿出四千寄给男孩父母，一直坚持了一年多。周围邻居们大为惊叹：这样的女孩哪里找！所以那一天，在婚礼现场，当人们目睹到一对身穿藏袍的年轻人出场后，都由衷地笑了起来。

离开这个群山环绕的普通之家时，我的感觉和进入时完全不同。虽然我知道，我在这里了解的故事是些简单的轮廓，但即便如此，我也被深深地感动了。卓玛妈妈在丧子后是如何挺过来的？卓玛是如何承受住那些无形的压力的？然而，这一对母女笑起来是那样爽朗，黝黑的皮肤泛着亮光，圆而凸起的前额像瓷器般滑溜，像没有遇到任何难事。

路过一栋小二楼时，土登刹住了车。没想到，那楼顶插着红旗的屋子，就是他的家。他建议去喝点茶。他说老婆孩子都不在家，所以家里乱乱的。我一直期待能和土登聊得更深些——我期待进入他的内心世界，从他的角度来探查他眼中的世界究竟是个什么样貌。

进入大门，他并不带我进入两层楼的正厅，而是拐入侧旁的厨房。在正厅和厨房之间，有几个工人正在叮叮当当地盖房子。原来是要修个浴室。浴室！墙面上贴着雪白瓷砖的浴室！在浴室里洗澡，对都市人来说稀松平常，可对高原深处的尼西村来说，不啻为一场卫生革命。原来在尼西村，因为有国家项目的资助，每户人家都安装上了太阳能热水器，但建造一间浴室，却是土登的狂想。

在西藏，游客们很容易看到不卫生的场景：脏兮兮的坐垫、马路边的动物粪便、桌面上的灰尘、散发浓郁味道的旱厕……即便心里有所准备，但当那些细节凸现而出时，瞳孔还是会觉得格外刺痛。随着时间的推移，我越来越明显地感觉到，有两个西藏的存在：一个是旅游画册上的、被装修过的"大美西藏"；另一面是真实的、没有被刻意美化的西藏。为了凸显第一个，后一个总是被忽视或遮蔽起来。事实上，真实的西藏反而更蕴含着难得的活力。虽然其表面显得不修边幅，但"变化"也许就隐藏在那些不经意的细节中——塑料大棚的机械把手、养猪场的水泥地坪、一间镶嵌着瓷砖的浴室。

厨房不仅仅只是做饭的地方——这是我到达西藏后，越来越明确的认识。

一进门，那排酱红色的整体橱柜让屋子里充满现代感。屋内并不像主人宣布的那样"乱糟糟"，看起来整洁清爽，只是没有刻意地打扫而已。在这里，炉子和煤气灶同时存在，且相安无事。茶几上不仅有木质杯盘，还有笔记本电脑和打印机。

烧水时，土登猛然一拍脑袋："干吗要开煤气灶？用电水壶就行了啊！"很快，木碗里倒上了酥油茶。土登的话题转到了儿子身上。孩子不愿学习，父亲便买了辆车让他跑运输。很快，儿子便厌倦了。父亲劝儿子去当兵。可是当兵后，儿子跺着脚说太苦了，不想干了。父亲劝儿子忍耐再忍耐。终于，儿子在军营里磨砺成熟了起来，成长为一名军官，还谈了个女朋友，生活已步入正轨。

土登虽然不认识汉字，但却喜欢看藏文版的《格萨尔王》，熟知其中的种种细节。他叹息自己上学时，没能好好地掌握汉语。也许土登想错了。如果他是个书呆子，也许他便只会仰仗书本而生活，就像那些仰仗导航仪的司机，那么，他对生活的敏锐度也许就会降低。当话题转到仓央嘉措后，他变得亢奋起来，坦言自己不仅喜欢仓央嘉措的诗歌，还喜欢他这个人。突然之间，这个屋子里的一切都发生了改变。虽然土登穿着充满现代感的西装，但实际上，他已变成了一个穿藏袍的男人。他瞪大眼睛地笃定补充："所有的藏族群众都喜欢他。"

如果此前，我没有进入到布达拉宫、大昭寺、哲蚌寺、色拉寺和甘丹寺的内部，我便很难理解土登此刻的激越。然而，反复进入那些寺庙后，我慢慢地意识到，虽然仓央嘉措的身体陷入政治漩涡而不能自拔，但他的诗歌却赢得了普遍的同情。他对政治感到恐惧，厌倦锦衣玉食的生活，希望过普通人的生活，渴念真正的爱情……这一切，让人们更加热爱他。所以，仓央嘉措一直活着，活在各种传说里，也活在土登的内心深处。

土登认为，不要讲"我今天要去拜佛""我去了大昭寺、五台山"，而要看你都做了些什么。并不是磕了头就能积德，而要心里装着慈悲。他说，某次在国内其他地方，一位女导游对游客讲佛的故事，可他分明感觉女导游什么都不懂。本来他只是个听众，后来忍不住插话："你知道怎么磕头吗？"在对方迷茫的目光里，他认真地讲起了磕头的程序：先……然后……再……他的讲述令女导游满脸通红。

可不知道为什么，我的脸也变得通红起来。

和土登聊天总让我感到一种强烈的惊诧——这是一种非常奇特的交谈，我不知该如何形容。也许因为我积攒的都是"新疆经验"，所以我没有任何参照物来比照土登。到达西藏的我，像流星似的坠入而下，匮乏必要的知识储备和经验积累。所以，当土登开始讲述时，就像演员来到了舞台中央，四周是黑漆漆的一片。虽然我尝试着努力去理解他，但还是强烈地感受到了我们之间的差距。也许正因为这个差距，才让我的脸像女导游般涨红了起来。

离开尼西村之前，我不断按动相机的快门，试图拍下更多的美图。

从逻辑思维的角度来看，我的行为非常愚蠢，因为我带不走任何一朵云彩和任何一缕阳光，但我还是一个劲地咔嚓、咔嚓。

我知道，事实上，这个古朴、宁静和富于浪漫色彩的小村，并不像第一眼看上去那样简单。像平静的河流底部充满着潜流，尼西村也有它自己的冲突和危机，困境和疑问，然而，它却一直努力地奔腾着，饱有热气腾腾的活力。这是个永远都处于流淌状态的村子——在我到达之前，它已蜿蜒了很多年；在我到达之后，它依然会接着流淌下去。

在这里，不同民族、不同肤色、不容信仰的人和平共处，努力消除彼此间的差异，建立起一个新家庭。这个家虽然充满了"变化"，但又顽固地保留下了某些传统：让白云缭绕在峰顶而不闻不问，让河流蜿蜒过草滩而不闻不问，让阳光照耀着每一株青稞而不闻不问，让猪、狗、牛闲逛在路上而不闻不问。

让一切都保持着世界原初的模样，人们对此不闻不问。

原载于 2017 年 10 月《中国作家·纪实》

青稞谣

谢宗玉[*]

葱茏碧绿，柔弱纤嫩。如果不是亲眼所见，无论如何，我们都不相信，青稞这种植物，能够在青藏高原存活下来。

青藏高原意味什么？

意味万年的寒冰、峭峻的山岩、粗粝的戈壁；意味彻骨的极寒、绝望的干旱、难耐的贫瘠；意味突如其来的大风、没头没脑的雪雹、防不胜防的泥石流；意味荒芜、苍凉、满目疮痍；意味生存环境异常艰难！

那些秃顶的怪鸟、懵莽的牦牛、瘦骨嶙峋的山羊、张牙舞爪的虬枝、奄奄一息的枯蓬，才是青藏高原的标配。你迎面撞上它们，一点都不会感到奇怪，在这样的荒蛮之地，一切本该如此。

唯一违和的事物，反倒是青稞了。特别是当海拔越来越高时，它竟成了绝无仅有的绿色。在别的植物都够不着的高度，它轻轻松松、娉娉婷婷、漫不经心地生活。如果来了风，它还要千娇百媚的样子；如果抽了穗，它更是要美成伤人心的妖精。

都说兵来将挡，水来土掩，它什么都没准备。面对所有该来的苦难，它笑意盈盈地就把生根、发芽、分蘖、扬花、结穗的事情一一了了。就算在镰刀来临的最后，它仍然保持一身清爽的素美，风轻云淡的模样，一点都看不出一生

* 谢宗玉，中国作协会员。一级作家。湖南省作家协会副主席。

中曾有过怎样变幻莫测的遭遇。

很显然，是青稞这种植物，暗暗改变了青藏高原的气质。如果你觉得青藏高原是苦寒之地，因为青稞，它就有了一些温慈的因子。如果你觉得青藏高原是雄性的世界，因为青稞，它就有了女性或者说母性的气息。如果你觉得青藏高原是生命绝地，因为青稞，它便是一块生机盎然的绝地。

好神奇的对立，好合宜的矛盾呵。

青稞，一年一年的青稞，它还让青藏高原多了些丰厚、多了些梦幻、多了些浪漫、多了些摇曳生姿的往事和激情四射的民俗。自它与藏族人们开始结缘，青稞不但是藏族聚居区的第一大粮食作物，还成了藏族文化的重要载体。

庆喜、过节、破难、祈福、施法、拜山、礼佛、敬神、祭天，都少不了它。它是礼物、是媒引、是供品、是圣器、是结连上方念族、山岭赞族、山脚人族、地下鲁族的一缕芬芳气息。

多少年过去了，青稞，这株长在天上的庄稼，成了藏族同胞的母性象征、血脉象征、精神象征、生命力的象征，甚至带着某种神性。如今，很多庙宇、宾馆、酒店及大型公共场所，在重要位置都会供奉一大束穗长籽饱的青稞。过年的时候，人们还会买上一小盆青稞苗供在佛龛前，祈愿新年诸事顺意。

经受一连串生命极限下的不适反应后，我突然对这株神奇植物有了浓厚的兴趣。我想知道，在我觉得呼吸都困难的环境中，它为什么能像藏族同胞一样活得自在逍遥？它的前世今生，它的生长秘密，它的发展脉络，它与这个民族的历史纠葛，以及围绕它形成的一系列神秘风俗文化，我都想探个究竟。

来，青稞，江南书生要与你这位高原精灵握个手。

一、众说纷纭的前世

假如我是一粒青稞

于所到之处，秉持与众不同

成为族人路途的一个标签

祖先留下的沃土，是我生长的地方

——阿顿·华多太

神话是一个民族历史的开始。只要是与本民族生活息息相关的事物，总会演绎一些神话故事。

一到西藏，就有这么一个故事，听得我感慨万千。青稞最先竟是一条狗用它的尾巴带来的。作为酬劳和感恩，或者说作为一种情感依凭，现在很多藏族群众在收割完后，都要用新割的青稞磨成面粉，拌一碗香喷喷的糌粑喂狗，让它先"尝新"后，劳作的人们才可以大快朵颐。

那条祖狗本来全身都沾满了青稞，无奈的是，它回来时，必须要经过九十九条急流汹涌的大河，其他种子都被大水冲走了，只有高高翘起的尾巴上留下了弥足珍贵的一粒。可以想象，最初的培育，付出了当事人多少日日夜夜的小心翼翼和胆战心惊。还好，它终于一生百，百生万，最后覆盖了整个青藏高原。

有这种能耐和毅力，当然不是一条普通的狗。它是由一个英俊的王子变的。那时青藏高原属于一个叫拉布的国家。这个国家什么都好，就是只有乳奶畜肉，没有庄稼粮食。这个名叫阿初的王子决定要从蛇王洞中取一些种子回来，以改变这个国家的生存方式。

跋山涉水，经历了千难万苦，阿初终于来到蛇王洞前。洞前的累累白骨，证实了蛇王的凶残和狠毒。但聪明、勇敢的阿初不怕，他偷偷进了蛇王昏暗的山洞，好家伙，各色各样的种子都有，黄澄澄的。阿初大喜，摸出粮袋准备开工。但蛇王阴毒的眼睛这时病态般地睁开了，只见它懒洋洋地一抬手指，王子就变成了一只黄狗。想必食肉的蛇王把植物种子放在洞里就是一个诱饵呀。阿初当机立断，就地一滚，沾了一身种子就朝外狂奔。蛇王扭着臃肿变态的身子，终是追赶不及。

后面的故事，大家都知道了。富有牺牲精神的王子以无心算有心，盗回来的，正是适宜高原地理环境的青稞，而不是稷黍、稻谷什么的，这真是让人欢欣鼓舞。唯一伤心的是，阿初再不能从狗变回王子了。

我之所以会感慨万千，是我想起了孩提时在外婆身边的日子。我清楚地记得，当时外婆就给我讲过一个类似的神话。只不过这条劳苦功高的狗，沾回来的，正好是一些适宜在南方耕作的稻谷。所以，狗也是汉族人民的英雄。

经民俗学家统计，类似的传说，存在于很多地方，很多民族。中央民族大学、年轻的民俗专家林继富教授大胆地做出了这样的假设：既然畜牧业先于农业，那么是不是驯化的猎狗在野外捕猎时，身上沾回了一些野生植物种子，这些种子撒落在部落周围，发芽结籽，然后才被人们大面积推广呢？

远古的事情，没文字，没录像，自然没有活性证据链，而这种行为传承关系，自然在遗址化石里也找不到证据链。但仔细想想，林教授的这个假设其实具有很强的科学逻辑性，完全可以作为某些农作物起源的因由之一。

不过藏族很多佛教徒更愿意相信，青稞的种子是文成公主带给他们的。文成公主是唐朝的，进藏时间为公元641年，距今才一千四百年。史料记载，文成公主携带了大量天文历法、五行医药、雕刻造纸、酿造纺织等方面的书籍和技术人员进藏，还携有大量种子，但具体有没有青稞，却说不清楚。藏族百姓之所以宁信其有，不信其无，大约是出于对文成公主的怀念和崇敬。

文成公主在藏四十年，广布德泽，她善良仁爱的故事流传至今。据《西藏王统记》中所述，今存于大昭寺释迦牟尼12岁等身铜质镀金佛像就是文成公主的随嫁品。西藏原本是苯教的天下。吐蕃之王松赞干布是因为文成公主信佛，才大力推行佛教的。但史学家更倾向于，他推行佛教是出于政治和文化的考量。

松赞干布根本不会料到，后来佛教在西藏会有这么大的影响力。它完全渗透进了整个藏族聚居区的社会生活，与藏族人们的血肉紧紧相缠，甚至与他们的灵魂都完全融在了一起。佛教最兴旺的历史时期，僧户的人口占了藏族聚居区人口的一半以上。这实在是太夸张了。

如果我说，佛教的推行与青稞的种植有很大关联。你一定认为我是胡说八道。但历史却偏偏留下了一道可以佐证我这一说法的模糊轨迹。

没深查历史的人，当然不知道吐蕃王朝和唐朝其实是一对难兄难弟。差不多同一时代建立，又差不多同一时代瓦解。唐朝不但派了文成公主和亲，六十年后，又有金城公主进藏和亲，但这一切都改变不了吐蕃和唐朝战多和少的局面。也是的，如果不是因为战争，又何必去和亲？打打谈谈，恩恩怨怨，两百多年。居然是吐蕃胜多输少。最让人瞠目结舌的是，公元763年，唐朝刚经历安史之乱，吐蕃军乘虚而入，竟一举攻陷大唐首都。并在长安另立儿皇，盘踞十五天之久，才扬长而去。

吐蕃人为什么这么狂野剽悍，能长驱直入，横扫千军如卷席？史学家给出的答案是，这与他们的奴隶制社会性质有关！与他们以畜牧业为主的生活方式有关！与他们以战争掠夺为经济增长点的思维方式有关！是人口的压力和畜牧业的流动性，决定了吐蕃王朝需要更大地盘，更多财富，从而促成了吐蕃人的尚武精神。

在我看来，这跟生存地理环境也密不可分。高高在上的王朝没有大后方要守，低海拔军队想要偷袭，绝对是有去无回。而吐蕃人却能全军出动，从高原往下冲，可以完虐别人。我现在仿佛仍能听到吐蕃军队狂野的笑声回荡在唐蕃古道。

截止到目前，还没有史学家认为吐蕃最后的分裂，与佛教的传播有直接的关联。但有一个确凿的史实是，大约在10世纪前半期，一个名叫拉德的人，自称是吐蕃赞普朗达玛的后代，他把自己辖区内布让一带协尔等三个地方，作为"却谿"，封赐给了翻译佛教经典有功的仁钦桑布译师。

"却"是佛教的意思，"却谿"是寺庙庄园的意思，也就是供养庄园之意。从此之后，各种被称为"谿卡"的封建庄园遍布了西藏各地，一直到新中国建立。

绝大多数史学家认为，"豁卡"的出现，标志着西藏地区从奴隶制发展为封建农奴制。无数的豁卡自成王国，把农奴缚绑在土地之上，农业的地位随之抬升，畜牧业的重要性因之下降。再加上佛教对一个民族性格的塑造，庄园里的后人再不像他们的吐蕃先人那样以掠劫作为生命的志趣。正因为这样，青稞及其他农作物才得以在青藏高原大范围推广。青稞也与佛教结下了不解之缘。这些庄园在后来，有一半以上是寺庙的产业。日喀则的联乡后来还被指定为历代班禅贡品青稞基地，而雅鲁藏布江中游的尼木被指定为历代达赖贡品青稞基地。

当人们普遍认为青稞的种植，在青藏高原不过一千多年的历史时，考古发掘很快就将这一结论推翻了。1994年，雅鲁藏布江河谷附近的昌果沟遗址，被发现了有粟、小麦，还有青稞！昌果沟遗址最后被划定在3500年前。

这意味什么？意味青藏高原的青稞种植史得上推到新石器时代。2014年，日喀则地区拉孜县廓雄遗址再次出土了青稞碳化物遗迹，这又意味什么？意味在新石器时代藏族先民就可以在海拔4000米以上的高原种植青稞了！

真是太振奋人心了。现在昌果遗址那颗古青稞炭化粒，用一个密不透风的玻璃瓶装着，存放在西藏博物馆，供人们瞻仰。我注意到了，几乎每一个参观者浏览到这里，都会下意识地停顿一下，同时眼睛里闪烁一种梦幻般的光芒。那一刻，不知有多少人会进入某种思维上的或心绪上的神游境界？藏族作家尼玛潘多就表达过她当时的感觉："我的眼睛完全被这黑乎乎的东西吸引住了，进而幻化成一个少妇饱满的乳房，我仿佛看到她用滴滴奶水，滋润冰雪高原，从此高原大地炊烟袅袅，弥漫开浓浓的烟火气息。"

或许可以一鼓作气，证明青稞根本就不是外来物，而是青藏高原土生土长的？这真是一个令人血脉偾张的设想。因为那样就更能表达藏族人们对青稞那种血肉相连的感情，青稞真正成了藏族人们的标配，它就是为了受苦受难的藏族同胞而下凡到高原的，它的神性会被进一步彰显。

但，1977年在西藏昌都发现的卡若遗址，是一个阻碍。为什么？因为卡若遗址被划定为4000—5000年前。卡若遗址除了发掘了大面积建筑遗迹和大批石器陶器外，还发现了大量粮食朽谷和炭化谷粒。不幸的是，考古学家翻遍了这些谷粒，除了粟之外，没有半粒青稞。那是不是说明，这个时期的藏族群众还没有种青稞呢？

这个发掘，对很多有意于青稞本土化的专家是一个打击，但打击不了徐廷文先生。在卡若遗址还没发现之前，他就已经行动了。

徐廷文，大麦遗传育种学家，中国大麦学科的主要开拓者。青稞是大麦的一种，差不多也可以等同于大麦，被称作裸大麦。出生于1919年的徐廷文，1942年毕业于国立西康技艺专科学校农林科。1950年被任命为西康省康区农事试验场场长。从那时起，他就已经在寻找大麦起源于中国的证据。

他这不是头脑发热，也不是空穴来风。因为早在1938年，瑞典植物分类学家奥贝里就在西康发现了野生的六棱大麦。奥贝里当即提出，这种野生六棱大麦才是栽培大麦的祖先，中国才是大麦的真正发源地，这个说法一度轰动国际学界。

20世纪50年代之后，徐廷文和其他中国学者又陆续在青藏高原的多个地方发现了野生二棱大麦以及它和野生六棱大麦之间的各种过渡类型大麦。"大麦起源于中国"的说法，似乎开始得到认同。

真正构成威胁的证据，不是卡若遗址，而是奥哈罗遗址。1999年，在以色列东北和叙利亚交界的地方，一个叫太巴列湖的水位突然下降，露出奥哈罗史前遗址。里面发现了大量植物遗存。经鉴定，其中的谷物籽粒绝大多数都是野大麦。遗址中还发现了石磨，石磨表面甚至还黏附一些淀粉颗粒，说明它至少有一个用途是把野生谷物磨成粉。奥哈罗遗址最后鉴定为一万九千年前的往事。

这说明什么？说明大多数人类还是狩猎采撷时期，中东那块被称为"新月沃地"的人们已把野大麦作为主要的粮食了。这对中国的学者又是一个巨大的打击。

但中国学者并没有放弃。会不会有这种可能，大麦的起源不在一个地方？新月沃地发现了一万九千年前的野大麦又如何，并不说明它一定就是藏族聚居区青稞的祖先。卡若遗址没发现的谷物不是青稞又如何，海拔 3100 米的卡若地区种植粟显然比种植青稞要丰产一些，也许就是这个原因，致使该地区全部种了产量较高、口感较好的粟呢？

新的拐点出现在 2014 年。那年 9 月，农学博士、浙江大学教授张国平在美国《国家科学院学报》发表文章声称：他与以色列等国同行利用全基因组覆盖尺度的分子标记，对 75 个中东和 95 个西藏野生大麦材料以及世界各地的栽培大麦代表性品种进行系统的比较分析。结果表明，中东和西藏野生大麦分别归属于两个大的类群，它们大约在 276 万年前开始分化。

这个研究团队还进一步比较了东亚和地中海周边地区栽培大麦与中东和西藏野生大麦的亲缘关系，结果表明，青藏高原及其周边地区广泛种植的青稞与中东野生大麦及其他地区的栽培大麦品种遗传关系较远，而与西藏野生大麦具有较强的遗传相似性，这证明中国的青稞直接起源于西藏野生大麦。

什么都敌不过科学、什么都敌不过高端仪器、什么都敌不过传遗分子的 DNA 分析啊。没有文字、音像、活性证据链和谷物遗迹，又如何？种子就把它的家族史藏在生命的深处啊。

然而，科技太发达、仪器太尖端，有时也挺可怕的。让人忍俊不禁的是，随着更深层次的研究，张国平他们发现，现代的栽培大麦基因组同时源于中东的新月沃地和青藏高原的野生大麦，两地野生大麦基因组对栽培大麦基因组的贡献相当。

这又意味什么？

意味大麦曾沿着史前的青铜之路和远古的丝绸之路，不仅从西向东传播过，又从东向西传播过。这样才会让现代栽培大麦的基因既有西亚野大麦的因子，又有青藏高原野大麦的因子。

说来说去，现在青藏高原的青稞还是被"污染"过了！

可其实，这又有什么关系？博采众长，融合东西方优良基因，形成自己独特风格，这是一件很了不起的事情啊。

通过与环境长期艰难的磨合，现在，藏族聚居区青稞具有如下显著特征：抗旱抗风、耐寒耐瘠，能适应海拔1500米到4800米的地区。气温0摄氏度到30摄氏度间都可萌发。育苗可抵抗零下6摄氏度的极寒。一般一年一熟，在海拔3200米以下，水分阳光充足，可一年两熟。生育期比小麦、大豆都短，最短百天便可收割。

我不知道，这跟藏族群众的繁衍有没有某种关联？事实上，藏族群众独一无二的表征，也并非是他们自始至终都保持了种族纯粹性的原因。同青稞一样，藏民族也是经过不断交融，才成为今天的模样。这一点，藏族人自己并不避讳。在藏族民间有一个流传很广的神话，说是岩罗刹女向一心修行的公猕猴求爱，罗刹是恶魔的代称。猕猴以道不同不相为"媒"的理由拒绝她，岩罗刹女就威胁猕猴说：你若不接受我，我就将整个青藏高原搅得天翻地覆、生灵涂炭，之后我再殉情自杀。猕猴无奈向观世音菩萨求助。观世音菩萨促成了这桩姻缘。她说，能够以爱化解罗刹身上的戾气，也是一种修行。猕猴当即醒悟，两人于是结为夫妻，并生了六只小猴。这便是藏人的祖先。有藏族学者认为，这则神话喻示藏族可能是由山地部族（猕猴）与森林部落（岩罗刹女）混合繁衍的。

经科学研究，大约5万年前，人类进入晚期智人阶段，这时期世界上有三大人种。即东亚和北美的蒙古人种，欧洲与西亚的欧罗巴人种，非洲的尼格罗人种。迄今为止，中国境内的人骨化石都属于原始蒙古人种。而中国不同民族的出现则是三四千年前的事情，在美国著名汉学家拉铁摩尔看来，中国民族的形成只是因为地理环境的不同而造成进化速度的不相同、风俗文化的不相同而已。

在大约2万年前，一小支蒙古人种队伍从甘陕上了青藏高原，并且越攀越高，在其他族群视为畏途的地方意气风发地生存下来了。而后，大约5000年前，另一支族群带着粟、黍、小麦、大麦和先进的农业技术再次从黄土高原西麓攀上青藏高原，与前一支混杂交融在一起。这也是为什么考古发现，藏族聚居区新石器文化与甘青地区的新石器文化有不少相似之处。

再后来，一部分羌族人又上青藏高原，与原先的土著融合，为藏族定型。到一千多年前，一边是文成公主携众入藏，一边是强大的吐蕃军队四处抢掠财富和人口，使得藏族不断融合，不断衍生，凤凰涅槃，蛟龙蜕变，最后变成现在的模样。

同藏族一样，绝大多数民族，包括汉族，也都是经过不断融合和对地理环境的不断适应，成就了独一无二的自己。

同青稞一样，绝大多数庄稼，也是经过不断杂交和对地理环境的不断适应，成就了独一无二的自己。不管青稞是怎么来的，但在海拔4000米以上的高原，还能生长得如此蓬勃旺盛，全世界，仅此一种，再无分属。

二、在民族的血脉里生长

> 发芽、生长、灌浆，用一生
>
> 把七彩的阳光编织成青稞穗
>
> 她们是村里最美的姑娘
>
> 当闪亮的镰刀划过美丽的胴体
>
> 她们躺倒在大地上，开始又一次流浪
>
> ——陈跃军

第一次去青藏高原，我是被彻头彻尾地震住了。每一座山岭都是一个密不可分的整体。那些沟壑坳野，或而是零乱惊心的巨石，或而是荒芜死寂的戈壁，或而是混杂不堪的泥沙，或而是质腻色黑的野土。这种翻江倒海般的地质构造，真让人百思不得其解。直到后来翻阅了《海陆的起源》和《西藏地方史》，我才知道"岭岭都一样、坳坳各不同"的青藏高原为什么会神奇如斯。

这一切，原来竟是古印度大陆北漂，撞击欧亚大陆的结果！

那些浑然一体的山岭就是由地底被挤压上来的岩浆形成的。在千万年高温、乍寒、雨淋、冰冻的轮番"轰炸"下，不同矿物的山岩，由于热胀冷缩的程度不同，缓慢开裂，逐渐脱离山体，滚入深谷，这便是巨石的来由。巨石再被分化，变成砾石，形成戈壁滩。砾石再被侵蚀，产生沙粒和粉尘，这时如果再发生化学反应，加上微生物暗暗给力，又有一年四季的风不断摩擦，沙尘越来越细，最后变成野土。而在古印度大陆撞击欧亚大陆之前，它们之间还存在一个古地中海，那些夹着大量古海洋生物化石的泥沙便是从海底拱上来的。

好，千百年来，青藏高原的沟沟壑壑，那些可以被开垦的土地，都被勤劳勇敢的藏族人们给整理出来了。当雄鹰的翅膀剪开冬季的寒冷，温暖的阳光融化山岭的冰雪，锋利的犁铧撩起沃土的芬芳，一年一度的春耕季节就开始了。

人间四月芳菲尽，山寺桃花始盛开。对这句诗，我今年是有特别的感触。当四月江南春尽，我北上青岛崂山，赶上一个花团锦簇的旺春。到了五月，我西上高原，再度迎来一个花叶正春风的灿烂季节。一年之内，我拥有了三个春天。这份福报，真让我对人世种种充满了感激。

五月日喀则的白朗县，万里无云，天蓝得无比深邃，阳光如明亮的绸缎，一匹匹从上空倾泻而下，把被一丛丛蓬勃藏柳围护的田野渲染得特别温馨洁净。

白朗县是西藏青稞种植的示范县。在嘎东镇巴雪村，采访完西藏农科院农业研究所白朗实验站站长禹代林先生后，我特意提出，要趁此大好时机，看看藏族群众是怎样播种青稞的。不知为何，一直困扰我的高原反应，那天也缓解了很多，这使我对一切都兴致盎然。走在乡间的小路上，我微笑着向来往的藏族群众问好，向疾步的牦牛问好，向奔跑的机耕车问好，向旋转的水磨问好，我还向葱绿的藏柳、平整的土地、明亮的天空问好。因为这一切，真的都那么美好。

跟崭新的原野一样，藏族群众的衣装也是新的，牦牛们的披挂也是新的，原野中的人们，不像劳作，而像是在举行一个散点式的庆典。我走向田垄边围地而坐的藏族群众，吃了平生第一捧糌粑，喝了平生第一口青稞酒。那滋味，我能记一辈子。

交谈中，禹代林站长自然成了我的翻译。我这才知道，这一天还真的跟过节差不多。原来每年开耕，巴雪村都要根据藏历择好吉日，挑选开耕司仪。开耕第一天，藏族群众会把自己和牦牛都打扮得漂漂亮亮，把平时舍不得穿的好衣裳、舍不得戴的珍贵"吉达"（项链）和"嘎乌"（胸饰），都从箱底拿出来穿戴上。牦牛的犄角、阔耳、脊背要披上红黄蓝绿白等颜色的彩条符布。牛背的横杠，手中的鞭梢，也要扎上色彩鲜艳的缨子。大家聚在一起，进行开犁前的煨桑仪式，向田神和域神祈求赐予庄稼丰收，同时向犁铧诵经吹气，为翻耕过程中即将蒙难的小生命进行超度。

在这个仪式中，男司仪要开第一圈犁铧，女司仪要撒一把种子或肥料。男女司仪一般是先由喇嘛根据藏历和属相验算好，再从中挑选家世好、长相好的人来担任。未婚姣俊青年被选中的概率往往很高。第一把肥料是从寺院或神山上带来的"圣土"，传说它能让土地获得加持力。当入犁、施肥、播种仪式朝四方演示完后，一家接着一家，按验算好的不同开犁方向，依次破土。一边还要念诵"六字真言"，唵嘛呢叭咪吽，以祈求今年风调雨顺，五谷丰登。

可惜的是，这种风俗背后那些令人兴致盎然的生动日常及烟火味，我一个异乡客无法经历和体验，只能从藏族作家尼玛潘多的长篇小说《紫青稞》中品味了：

被选中的男司仪"小骏马"，因为刚退伍复员回来，农活还比较生疏。他左支右绌，满头大汗，却始终摆不平眼前的耕牛，惹得围观的村民不住哄笑。女司仪达吉看不过他的窘态，抢着帮他给牛套上犁，却让"小骏马"的父亲暗暗不爽，最后甩了"小骏马"一记耳光，还与达吉的叔叔次仁冲撞起来了。推搡中，把上前劝架的达吉的项链弄断了，珊瑚珍珠撒落一地。大家慌忙帮着寻捡，但最贵重那颗始终都没找到。而这串项链又是次仁亡妻的陪嫁品，次仁大病一场，差点一命呜呼，最后是对达吉心生慕意的"小骏马"移花接木，巧妙还上了一颗珊瑚，事情才有圆满结局……其中种种曲折，种种微妙，种种暧昧，被尼玛潘多写得淋漓尽致。

我是体验不了这种甜酸苦辣，我只能祝福藏族朋友们在这种小忧小乐中岁月安好。

热情地请我喝酒吃糌粑的这户人家，显然是一个大家庭。六头牦牛扛着三架犁铧依次来来往往，把土地翻得像削面。如果细看，还会发现这两两成对的牦牛居然是同一颜色，或纯白，或纯黑，或花色，花斑竟然一模一样。很显然，没有庞大的牦牛群，是选不出这不分彼此的三对来。除了掌犁的三个青壮年劳力，田垄上还坐了四个人，在享用青稞酒拌糌粑的田间午餐。我隐约听说，其中长得好看一点的那个女人，是三个犁手的妻子。我没想到我能这么近距离接触一妻多夫制。习俗是生存环境的产物，不必横向比较是非对错。但纵向去看，随着时代的发展，据说藏族年轻人已越来越不接受这种习俗了。这是后来我返回拉萨，向公务员玉珠多吉求证过的。这个英俊的藏族后生，打扮得很潮很时尚，白净的脸上也没有那种常见的高原红了。

我侧过头，看见相邻的田地，一男子正矫健地站在简陋的耙具上，吆喝牦牛疾奔而来，疾奔而去，浅浅的耙子恰到好处地划碎泥巴，磕平土地，一遍又一遍。

站在耙上，被牦牛带着疾走的男子见我看他，更是一脸的豪气勃发。很显然，能如此平稳地立在奔耙上，他定然是一个干农活的好手。只是我不明白，为什么这一切，显然那么轻松自如，状若表演？年轻时，我在故乡也干过犁耙活，那可是一种沉重的记忆。

我把困惑抛给禹站长，禹站长呵呵笑了。"你没发现，这土地本来就已经很平整、很酥松了？"原来日喀则这边的土地在播种之前，都要先犁翻三次，头年青稞收割完，翻第一次，叫"坡积"。那时板结的土地才让人畜吃力呢。到了藏历年前后，又翻一次，叫"露结"。现在这次，已经是第三次了，叫"加依"。很多藏族聚居区还会在"加依"之前再翻一遍，叫"消露结"。末了，禹站长叹一口气，说道："要想粮食丰产，可不是一件容易的事呢。"

确实，青稞生长的过程，就是藏族群众不厌其烦、吃苦受罪的过程。

土地平整后，便是点播。把一块木板削成双刃状，安装在一个五寸长的木柄上，汉语叫搅棍，藏语叫"搅播"。再用羊毛织成一个小板凳宽的氆氇袋，用带子拴在腰上，藏语叫"搅贝"。点播青稞时，右手拿搅播，往地里戳个洞，左手从搅贝里抓一把青稞，往洞里撒上七八粒，再用脚扫一下。

这不是一个力气活，但要专注，否则种子要么撒多了，要么撒少了。再或者就是忘了填平。如果你只是尝试一下，会觉得这种劳动跟玩耍差不多。但事实上，这种弯腰驼背、一直像鸡啄米似的农活，一天下来，会让你腰痛似折，背酸似裂，神经完全麻木，不知自己是谁，究竟活在哪里。你几乎忘了，青稞袋里还有早晨掩藏的一颗石子，这时需要拣出来，偷偷埋进地里，这样丰收的福运才能顾及自己。你甚至都忘了，在这一片天空下，一切皆有因果，一切充满佛性，一切关乎福报。

当青稞钻出土地，一家人就会宝贝似的去探查。这时某些熊娃子脸上就会露出赧然之色。为什么？因为父母点播的青稞，均匀分布，一蔸蔸像训练有序的小兵。而自己点播的青稞，则像一个巨大的癞痢头，或是密密麻麻一大蓬，或是稀稀疏疏一二根；有的聚在一起，热闹得像开会，有的像隔着河汉的牛郎织女。父母自然要骂，那只能敛着头由着他们骂了。骂完后一家人再次下地，忙着查漏补缺，使株植尽量均匀。

然后就到了灌水施肥的时候。跟别的庄稼比起来，青稞特别耐旱耐瘠。但耐旱，并不意味青稞就不要喝水。耐瘠，并不意味青稞就不要营养。青稞要水要肥有两个重要阶段，一是分蘖抽穗期，一是扬花灌浆期。

肥料的问题好解决，无机肥，氮、磷、钾都好。有机肥嘛，山上到处都是牛粪。可因为高山气温低、微生物少，牛粪难以发酵腐化，青稞的肠胃太柔嫩，消化不了它。所以有机肥在播种前作为底肥埋下去好些，追肥时节如果没有足够耐心，不如就用无机肥好了。但藏族聚居区人们对工厂生产出来的东西，有一种天然的排斥感，一些上了年纪的老百姓，宁愿庄稼的产量少些，自始至终都不用无机肥。

水，是个大问题。整个夏天，从皑皑雪山流下来的溪水都差不多。可所有的青稞却是一齐口渴，分蘖抽穗和扬花灌浆期，用水量特大。每年夏天，几乎每个村庄都会因截水灌溉的事引发矛盾纠葛，当然，更多的是互让互爱。恩恩怨怨的人世情分，就这么演绎着。

能够引雪水灌溉的田地，其实已经很幸运了。山坡上的很多田地，雪水引不来，只能靠天收。什么是靠天收？就是天若下雨，今年就有收成。天若不下，那就颗粒无收。也有勤劳的藏族群众，从很远的溪沟里担水浇灌，但杯水车薪，只能是给青稞续一口活气。

天天都是烈日蓝天，举目望去，连一朵水瓢大的云都没有。汉人这时会去求雨，藏族群众则叫"招云"。照例要由喇嘛选日择时，一村百姓，在太阳升起来之前，携带柏枝杉枝，纷纷赶往自家田地，将杉柏点燃，让浓浓桑烟弥漫四野。

招云的心要虔诚，嘴里要不停地向天神祷告。招云的步骤要记牢，最关键的是不能见到明火，这或许是对炎炎太阳的避讳吧？一出现燃火，就要立刻洒上凉水，化火为烟。当所有桑烟升空而起时，就有慈云的模样了。如果这时，山岭那边真的飘过来一朵曼妙的云彩，全村人都会为之雀跃欢呼，这意味着"招云"成功，大家忙催促意念，命令自己一定要相信雨百分之百会来，青稞很快就会得救，今年又有一个丰收季节。老人们甚至会流下欣慰的眼泪。

但是，雨真的会来吗？

雨有时来，有时不来，无论人们怎么祈求，上苍都不会以人的意念为转移，它只能塞给人类一个希望与失望相伴的模糊宿命。雨若不来，人们会检讨自己的信仰高度和人品纯度。雨若来了，那是神灵们对土地的无量慈悲和对蚁民们的无上恩德。

"草盛豆苗稀。"这是陶渊明笔下的南山一景。青稞地里的杂草虽然不会反客为主，但依然不容忽视。旱时杂草不及青稞顽强，但只要雨水充足，它们就会疯狂生长。所以两次灌水后，农人又要下地拔草了。拔完草，抬眼看见围在四周的石墙又被牛羊拱塌了，便再去搬来石块，重新垒好。然后就这么坐在围墙上，静静看着青稞一边抽穗一边开花，从青涩的模样，一点点变得妩媚起来。

惬意了，还会绕着田边披挂风马旗的白石垛，高声喊上几声，告诉山神或田神，自己从未懈怠对土地的伺候，神看在眼里，就该记在心上，应许他一个丰收季节。这么想着高兴，藏歌就从喉咙里滚滚而出，这时四野的生灵，都氤氲在这种充满磁性和慈性的歌声之中。

但是，吸浆虫、蚜虫、麦红蜘蛛已尾随而来，还有条锈病、根腐病、纹枯病、白粉病、黑穗病虎视眈眈，严重威胁青稞的生命和孕育，千万大意不得呀。要时刻关注，杀虫抗病，防患于未然，才能保证青稞的健康成长。要不然，青稞哪能活成异乡客眼中风轻云淡、逍遥自在的模样呀？

总算好了，经过雪水的滋润、天雨的浇淋、阳光的打磨、季风的轻拂，躲过洪泥的冲洗、虫病的侵蚀、冰雹的袭击、飓飙的撕扫，待藏历的"噶玛仁客"日来临，便到了收割的时期。

"噶玛仁客"是标准的青稞成熟日。当然，有经验的老农不会那么按章办事。因为雨水充沛的地方，青稞会熟得早些，而干旱时间过长的地方，青稞会长得慢些。闭上眼睛，翕动鼻翼，深深一吸，从空气中的涩味和香气，就可定出一个开镰的日子。

让人惊奇的是，越是青稞的主产地，越是女人当家主事。从祖母、母亲、姑姑、婶婶到大姐，一个个阴气炽盛，且都是侍弄青稞的好手。青稞就像她们的闺女，从出生到出嫁的全过程，她们心里都敞亮得很。

而现在，就是青稞集体出嫁的日子，把弯月似的镰刀拿出来吧，把收藏妥当的磨刀石也拿出来吧，嚯嚯嚯嚯，镰刀在打磨声中，慢慢变得比雪山上的清水还要冰亮。

去吧去吧，走向那一大片一大片的金光，走向那一公顷一公顷满怀恩慈的丰收，开镰曲唱起来，镰刀出手，血在奔涌。司仪啊，我们弯腰割青稞的时候，你就帮我们把新磨的糌粑撒上天空吧，大声向佛、法、僧三宝表达谢意，祷告人世岁月静好，众生平安。

在藏期间，我采访的所有对象，讲起收割季节，都充满了激动和向往的神色。那些场景，已在他们头脑里根深蒂固了：高高的艳阳蓝蓝的天，叶梢上珍珠般的露水和鬓发间闪亮的汗颗彼此辉映，镰刀声、狗吠牛哞声、娃唤娘应声、运秸秆的车轱辘声，青壮年男女嘹亮的斗歌声，混杂成一片。还有就是冲天的香气、耀眼的金黄，以及咋呼而来、咋呼而去的雀群。

望果节自会如期举行，僧人们念着经文、吹着佛号走在前面，大人们抬着佛像围绕一垄垄田地转着圈，孩子们举着青稞穗叫喊着跟在后边。这些穗秸有些是他们自己在田野拾的，有些是父母塞给他们的，当然是穗最长粒最壮的青稞。还有的农人，干脆挑选一些饱满的连秆青稞，扎成一小捆，挂在神舍的柱子上，表达对神佛的感恩之心和祈祷之意。

是的了，脱粒和扬场也是一件热闹事。等青稞干透，从高高的架子上把它们小心取下来，一家人聚在禾坪里，我使连枷，起起落落，噼里啪啦，金黄的青稞粒籽在寸寸短碎的秸秆中跳跃；你用农叉，飘飘扬扬，细风吹走浮尘，吹走碎芒，吹走秕粒，留下一腔满足的喜悦归仓。

……

可惜的是，给我讲述这些的人，都已远离了自己的故乡，所以此时此刻，他们是一脸地域性乡愁。而此时此刻，他们也回不到童年了，因此又有一脸时间性乡愁。两类乡愁一齐涌上，刚才眉飞色舞的神情一下子就黯淡下去了。我想，心应该也在浅浅地泛着疼吧？

三、是肉身也是灵魂

痛饮这杯我们的前世

在佛的掌心里蒸发若隐若现

十万青稞点头你笑而不语

十万青稞跪下你闭上慧眼

——思心雨

青稞进仓了。青稞把牛毛编织的袋子塞得满满，青稞把柳条编织的圆形粮囤塞得满满。青稞是藏家的"定海神针"，望着青稞堆，前面吃过所有的苦，受过所有的难，都可忘却；后面所有的日子，所有的念想，都可期待。人家屋顶上的炊烟浓了，人家屋子里的欢笑多了，人家睡乡中的酣梦香了。

青稞，它几乎代表藏族百姓的所有。它既是世俗的，也是灵魂的。既是肉身的，也是精神的。它穿越过往、现今和未来，它贯彻神佛以及念族、赞族和鲁族的各种精灵。五颜六色的青稞，有七七八八的用途。它就是个魔法师，家里什么短缺，只要用背斗背上一斗青稞去集市，就什么都有了。

走亲戚，倘若没有更好的礼物，那么送青稞便是最温馨的选择。生青稞送给城里人酿酒，男人见了眼睛会冒亮光，仿佛酒劲已贯上脑门。熟青稞送给孩子们作零食，藏族人叫"零嘴"，孩子们会激动如雀。怀里揣几把爆开花的青稞，想吃几颗就吃几颗，嚼得一路飘香，特别是炒后还过了油的，颗颗闪亮，再伴上些蓖麻、碎奶渣，那可真是要了人命，旁边的小伙伴会一直咽唾液，肚子咕咕叫得像藏了青蛙，而且还不止一只。这时好朋友就给一小把，不是好朋友就靠边站，哼哼，谁让你们平时对我不理不睬的？西藏文联的编辑拉央罗布回忆起小时候的事情，嘴角有一丝甜蜜的微笑荡漾。他说青稞带给童年的欢乐，如满天繁星，根本就数不完。

仓里的青稞有两种主要用途。一是磨糌粑，二是酿青稞酒。很多地方会选在藏历头年的七月和来年的二月各磨一次糌粑。据说这两个月磨的糌粑，味道更香甜。与汉人炒面不同的是，炒面是先磨后炒，糌粑则是先炒后磨。

藏族聚居区的农家有很多灶，炒青稞一般放在长形多口灶上。要两口锅，一口炒锅，一口筛锅。先把洗净的细沙放在炒锅里烧烫，然后把过水的青稞撒在沙上，用一柄 T 形木夹卡住锅沿，双手紧握，不停晃动，等油亮的青稞噼里啪啦爆个不停时，便把它倒入筛锅，筛掉细沙，剩下就是一锅白花花的"胖笑娃"了。我在中央电视台国际频道，侥幸见过炒青稞的全过程。那既是一项力气活，又是一项技术活。电视台的小美女握着木夹，没炒两下，就落得个锅摔沙翻的窘局。而那个有经验的藏族老人，却能把炒青稞玩成一项炉火纯青的艺术，他晃动的哪是一锅沙子呀，分明是一锅波涛荡荡漾漾！一锅火焰明明灭灭！一锅旋风起起伏伏！一锅幸福腾腾跃跃！特写镜头下，那张饱经风霜的红脸庞，既有淳朴的羞涩，又有不羁的自豪。那会儿，我都看呆了。

据说更厉害的高手，能同时翻炒五口锅。一个火门连着五个锅眼，灶中是火力旺足的荆棘柴，五口锅在五个火眼上依次翻动，从外往里变换位置，时机得把握非常准确，才能既将青稞全部炒熟，又不至于烧糊。

现在虽然有电磨坊，但很多村庄仍保留着传统的水磨坊，引山上雪水，冲击木叶，带动石磨旋转。炒熟的青稞沉沉地挂在磨上方的帆布漏斗里，一线金黄直泻磨心，咕噜咕噜，然后变成雪白的粉末从磨沿纷纷而下。我在白朗县的乡村，亲眼见过这种磨坊。我站在古朴的门沿，把头伸进那个封闭的"白色世界"，吸一口气，弥天香味，充满了我的肺腑，也洞穿了我与童年阻隔已久的通道。我仿佛回到故乡那个由外公主持的水磨油榨坊。那个油榨坊连同老外公虽然已消失了几十年，但抹去世尘，那些事物在我的记忆中仍鲜活如初。

糌粑作为藏族群众的主食，一般会配上青稞酒或酥油茶。倒在碗里，直接用手指搅拌均匀，捏成小团便可入嘴。这叫拌食。一般藏族群众都这么吃。

除了拌食，还有汤食、舔食什么的。在农耕地区，为了节省时间，会将糌粑冲成稀汤后同饼子一起食用。这就是汤食。我在白朗县乡村的耕地旁喝的那碗青稞酒，就冲了糌粑。只是我没好意思用手指搅匀，结果喝完浊酒，碗底的糌粑还是干的。我强行把它们吃下去，它们却粘在我上腭，迟迟不下咽喉，弄得好一段时间，我都在用舌头不停地抵刮上腭。呵呵，还是没经验哪！

游牧地区则一般用舔食法，这是一种节奏舒缓的吃法。先用四指把糌粑压在碗内一侧，再放上酥油，倒入奶茶，然后慢条斯理地喝，细细腻腻地舔，这样就不会有粘腭之困。

糌粑既然是藏族群众的主食，自然会参与到藏族群众的各种日常庆典和祭祀活动中去，并顺理成章地成为藏文化的一个符号象征。

"雪山上升起的金太阳，雪山下萦绕的江河水。"民间古老的谜语把碗中的糌粑和青稞酒捧到天上去了。每年藏历十一月左右，很多藏族聚居区都要举行糌粑节。这时的糌粑除了作为待客主食，还要用来煨馃祭祖，还要在显眼的墙壁上用糌粑绘出种种吉祥图案。

到了藏历年底二十九日，很多藏族聚居区有吃"格突"的风俗。"格突"是由肉片、素菜和糌粑混合而成的疙瘩汤。某些疙瘩中还会包有石子、辣椒、羊毛、木炭、硬币等物。不同的东西有不同的说法。届时谁吃到了什么，来年就会遇上什么样的运气。因为是过年，东西大多数象征着美好，也有象征不好脾性的，但都无伤大雅，只会逗人一乐，以助节日气氛。

当青稞磨成粉时，人们往往会先分出一些，特别珍藏，以作供品之用。藏历新年到了，藏族群众会拿这些糌粑做成"切玛"。切玛是一种食祭品，既祭神祇，又待来客。用一只雕纹精美的长盒装着，切玛上饰以各种酥油花图案。也有很多藏族聚居区，将切玛用于婚礼。新郎新娘双双捧上一只盛满切玛的圆钵，由刚结束诵祷法事的僧人们先尝，然后从家里的长辈到小辈，逐一品尝。一边吃，一边夸赞切玛的味道，并说些类似白头偕老的吉祥话。显然，这个仪式具有象征寓意和语言巫术的双重功能，家中的长辈会把它当作新人新生活的一种吉兆而倍感欣慰。那一张张老脸上，开满了菊花般的笑容。

有些藏族聚居区在新娘子嫁过来下马或下车的第一脚，还要准确地踩在一个用糌粑或青稞画出来的"卍"形图案上。在众僧讼经祈福的佛堂，新郎也要跪在画有法轮图案的白毡上，新娘要跪在画有"卍"形图案的白毡上。"卍"形图案在这里意味着"男女同生""阴阳交合"，象征新家庭"永固长青"的吉祥道路。在佛教中，"卍"则象征佛的无量智慧和无限慈悲。如果不仔细分辨，你会把它与纳粹党的"卐"形图标混为一谈。其实此类大同小异的图标，此前都有意义宽泛的美好象征，只是被纳粹党给玩坏了。他们残暴的行事风格，让后来的人们一看到"卐"，就有一种不寒而栗的阴森感觉。

除了切玛，更多珍藏的糌粑用于"垛玛"。垛玛在藏语中是指一种驱邪禳灾的巫术道具。用糌粑做的垛玛，其实就是奉献神鬼的食物，也叫"食子"。垛玛在藏族聚居区由来已久，据考证，它起源于古老的苯教时代。除了作为供神佛、施鬼魅的食物外，也用作驱邪魔的媒介，甚至可以当作象征性武器，掷向虚拟的妖魔。

糌粑也是日常烟供"桑"和"馓"的主要成分之一。煨桑敬神，各种神。煨馓施鬼，各类鬼。这些，相当于汉人的焚香。只有在缥缈得近乎虚无的烟雾中，那些看不见的神鬼才能享受人们的供施。"桑"中柏枝的成分多于糌粑，刚猛的神灵更喜欢柏枝浓烈的烟味。"馓"中糌粑的成分多于柏枝，柔弱的魅鬼更喜欢糌粑温软的烟味。

向天空扬撒糌粑，则是藏族聚居区很多大型庆祭活动的必备礼仪。每年藏历六月，在哲蚌寺雪顿节上，糌粑会被万众信徒尽情地抛向天空，纷飞如雪。藏历八月，在扎什伦布寺夏季法会的羌姆舞会上，十几名盛装僧人又要在法台上扬撒糌粑，台下信众会疯狂高呼："善神胜利了！"藏历新年初三，日喀则人会登高拜祭山神，站在高高的山巅，朝着天空扬撒糌粑，风会把香味带向远方，也把祝福带向远方。

在拉萨，我们看大型实景音乐剧《文成公主》的时候，也有一个美丽的女孩端着一盆糌粑从我们面前一一走过，示意我们每个人抓一小撮，撒向天空。我虽然这么做了，但我至今都不知道，这是不是对松赞干布和文成公主爱情的礼赞？由此倒也可以看出，糌粑的供奉范围之广泛和供奉内容之丰富。

处处扬撒，处处烧煨，处处涂画，不是糌粑低贱，而是糌粑珍重；不是藏族群众爱浪费，而是藏族群众懂敬畏、懂感恩、懂慈悲。在藏族古老的三分世界观里，天上归赞族之神，山上归念族之神，地下归鲁族之神。而人和大地上的其他生灵则是后来者，整个自然界根本就没有了我们的位置，我们只能依附各界神灵。我们是寄居的过客，是时空中的蜉蝣。所以要匍匐大地，敬祭各类神灵鬼魅。

有一个流传很久的故事：乡下老妪千里迢迢来到大昭寺，只为在佛前供奉一盏酥油灯。这盏简陋的灯是用一小块糌粑捏窝而成，里面的酥油也只是浅浅一汪，想必撑不过一个晚上，它就会熄灭。但老妇人已心满意足，因为她已倾尽所有。佛祖感念其行，遂将这盏灯燃成了永恒之光，灯光中还隐约闪烁着"觉仁波切"的无限笑意。

很显然，在藏人心中，供奉是不计数量多寡的，尽心尽意便好。一年内，该祭拜的神灵都已祭拜到了，所有的供奉都是按照最虔诚的步骤去做的，那么来年所遭遇的一切，都是神谕：春雪飘过山岭，那是神灵的大慈无言；春雨滋润大地，那是佛祖的大悲无量。青藏高原上生机盎然的种种，都是上天慷慨的赐予。我们只要在自己的命格中安心劳作就可以了，任何悲欣交集的体验，都是神佛安排的意蕴深长的妙触……

再来说青稞酒。

青稞水酒的酿法同汉人酿米酒大同小异。把青稞煮熟，摊开在白毡上，拌好酒曲，再放进缸里，加清水，让它发酵。在十一世纪开始流传的藏族英雄史诗《格萨尔王》中，就有青稞酒的酿造技艺，并把要酿一年的酒称为甘露黄，酿一月的酒称为甘露凉，酿一日的酒称为甘露旋。能将青稞只酿一日就能出酒，能将青稞酿上一年而不发酸，可见当时的酿酒技艺已非常发达。

同米酒不同的是，青稞的效力似乎更强，一缸青稞能出四五道酒水。将第一道酒水滗出来，再往青稞糟里添水，加少量酒曲。隔些日子，又可以滗出第二道酒水来。如此反复，竟可达四五道之多。而我知道，故乡的米糟再次加水，就变得又酸又淡，酒味稀薄了。

也有蒸馏成酒的。待青稞煮熟，拌上酒曲稍稍发酵，再置入锅内加水蒸煮。锅内放一小盆，锅上再倒扣一平底高盆。扣盆上不断放冰块，锅内水蒸气遇到冰冷的扣盆，立刻液化成水，滴滴落进锅内小盆，便是青稞酒了。头一盆叫头曲，酒劲尤为浓烈。随后再次蒸取，如此反复，便成了二曲、三曲、四曲……这其实是传统藏白酒的酿法，只是工艺较为原始。所以浓度稍不如后来大工厂里出品的青稞白酒。喝起来，类似于日本的清酒。

在漫长的历史岁月中，藏族人就没有一天缺过青稞酒。糌粑和青稞酒这一食一饮赠予了藏族人健壮的体魄和豁达的性情。青稞酒简直成了藏族百姓无须供奉的第三类神灵。

藏族作家平措扎西直言不讳地说，青稞酒就是他的最初记忆。小时候母亲要去开会，见背上的平措扎西哭闹得厉害，就塞给他一个装着甜淡青稞酒的奶瓶，平措扎西吮吸一会儿，就进入了甜美梦乡。平措扎西还记得他第一次大醉时的情景，那是威猛的头道青稞酒，他懵懵懂懂地喝完一大瓢，就觉得天旋旋，地摇摇，万物皆在变。他自己则像个踉踉跄跄、手舞足蹈的小酒疯……正是童年种种不可磨灭的记忆，让平措扎西后来写出了令人惊喜的民俗随笔集《世俗西藏》。在写作过程中，估计他也是美酒不离左右。

民间传说，最初造酒的配方是仙人托梦给一位行者的。其中有一味配料，就是要智者、勇者、疯子三人各割一滴鲜血入缸。所以青稞酒刚开始喝时，每个人都是智者，上能言宇宙之妙，下能察山川之机，思如涌泉，口灿莲花。及至再喝，便有勇者英气，怒敢拉皇帝下马，猛能追饿虎上山，慷慨激昂，气贯山河。喝到最后，就成了疯子，言悖伦理飞涕泪，行逆道德尽丑态，袒胸将天当盖被，露脐将地作眠床。路人为之侧目，纷纷退避三舍。

《茶酒仙女对言》中，酒作为德典甘露，更是自卖自夸："我是高层喇嘛、本尊、空行母诸位的供品；我是中层国王、王妃结缘的胶；我是低层官僚、百姓世间取乐的药引；我是勾引姑娘的套绳，引吭高歌的声援，手舞足蹈的助力，痛苦伤心的安慰；哑巴开口的钥匙，智慧者的脑浆；英雄歼敌的胆量，怯者夜行的陪伴，曝光虚伪的明灯……"

在藏族聚居区，年节、聚会、郊游、婚嫁、喜庆等场合，人们都会把酒言欢，凭酒祝福，借酒抒情，饮酒歌舞。劝酒礼、进酒词、赞酒歌，一套一套的，歌中一波一波的热情搞得远方的来客应接不暇，非得酩酊大醉，才会罢休。当然，也有借酒浇愁的，比如某家亲人刚逝，邻里乡亲就会一人提着一壶酒来安慰，这种悲酒藏族群众称为"都羌"，劝人节哀顺变。

酒可以智勇，也可以疯魔，算是毁誉参半。但在藏族聚居区还是会用酒来敬神敬鬼敬佛。日喀则的藏族群众在祭祀自己出生地的地神时，也要带上一瓶青稞酒。在古老的苯教中，还有专门用来招魂的招魂酒，以召唤亡者的灵魂降临在其躯体上。藏传佛教的护法神、地祇都是嗜酒如命的人间神。连降妖伏魔的莲花生大师也是嗜酒者。所以某些寺庙的神像经堂前，时常酒香扑鼻，那都是信徒进奉的青稞酒散发出来的。

但奇怪的是，僧人喇嘛们却又信奉戒酒令，甚至把酒看作是万恶之源，要求颇为严苛。青藏高原流传这么一则民间故事，当然也可以把它看作一则寓言。说是很久以前，一个美妇赖上了一个僧人。提着一壶青稞酒、牵着一只黑山羊，来到僧人面前，说："你要么与我交好，要么杀了这只羊，要么喝了这壶酒，如若不然，我就自刎，死于你的面前。"僧人一想，美妇若因他而死，自己就间接犯了杀戒。如果杀羊，就直接犯了杀戒。如果与她欢好，就犯了淫戒，最轻的罪孽，倒便是犯酒戒了。沉吟一会，他便仰头把一壶酒给饮尽了。谁知一饮就醉，不但与那美妇媾和，犯了淫戒，又把羊给杀了煮肉吃，犯了杀戒。酒的恶名就这么给定下来了。而因酒误事、因酒丧志、因酒作恶、因酒家破人亡的故事，在青藏高原也是要有尽有。目的只有一个，就是劝诫人们饮酒不可狂醉。只是一遇到远方来客，热情的藏族群众们又把这劝诫抛到了九霄云外，有些人甚至先于客人醉倒。

众所周知，藏族人饮酒有沾酒敬弹的习俗。弹酒一般为三次，用无名指沾酒，将大拇指的指尖抵及无名指的第一个关节处，然后翻手朝天，用大拇指的指尖向上弹送酒滴。为什么要用无名指呢？一般的解释是，因为无名指在日常中用得最少，所以最干净。藏医名著《四部医典》则认为，当胚胎成形后，胎儿会将无名指尖塞在自己的鼻子里。这就是说，胎儿全身上下都被羊水浸泡过，唯独无名指尖最干净，这也是用无名指沾酒的原因。

种种附会，不过是谦卑的藏族群众要向自然、神灵、佛祖表达一种同音共律的心念，希望以上大能们感念其精益求精的仪式，能及时给予他们所求以灵验和回赐。

除了浩繁的民俗，在漫长的劳动生活中，藏族聚居区的人们还演绎了蔚为大观的青稞文学艺术品，涌现出了一批又一批以青稞为创作主题的画家、作家、工艺师、雕塑家，我耳熟能详的藏族作家就有扎西达娃、阿来、次仁罗布、罗布次仁，等等。

在历代班禅贡品青稞基地联乡，还正在打造首家世界青稞自然博物馆。届时，青稞的前世今生及它所蕴含的所有文化内涵，都将得以集中展现。岁月无边，青稞长存。

四、千万次的轮回

> 深褐色的土地一开口
> 一粒青稞就找到了自己的家
> 把手掌松开
> 让慢慢醒来的高原开始行走
>
> ——周占林

慧根深种的藏族群众可以酣睡在重重叠叠的民俗中不醒来，而我不行。作为一个异乡客，我得继续赶路，将青稞的命运图表画完整。

自元代以来，经明、清、民国，到新中国成立初，中国藏族人口一直徘徊在100万左右。可到2016年，中国藏族人口数量已高达700万。短短几十年，足足增加了7倍！而这个时期中国的总人口才翻了一番。有人开玩笑说，这是青稞的胜利。

有多少粮食养多少人口，这没错。但把这个完全归功于青稞，就有些一厢情愿。因为藏族群众的食物不仅仅只有青稞。而生命的养育也不仅仅只靠食物。

其实这组撼人心魂的数字，让我首先想到的还不是食物，而是替藏族同胞感到由衷的欣慰。在中国传统的观念中，一直都以开枝散叶、儿孙满堂为最高幸福准则。这么去看，在过去一千多年的历史长河中，最近几十年，藏族群众才是最幸福的。

历史可以作证，全国人民都希望藏族同胞有一个美好未来，并为此付出了诸多艰辛。以西藏为例。1951 年西藏得以和平解放，藏族群众的生活翻开了新的美好的一页。跋山涉水的十八军接到的命令是："进军西藏，不吃地方。"广大饥肠辘辘的解放军指战员只能"向荒野进军、向土地要粮、向沙滩要菜"。

西藏大学校长纪建洲现在说起那一代人的军垦往事，依然一脸的敬意和感慨。进藏伊始，十八军是如何委曲求全，用高价从西藏上层手中购得乱石横陈、荆棘丛生的荒地；战士们又是如何勒紧裤带，冒着纷飞的大雪，在看起来毫无希望的拉萨河畔展开充满希望的垦荒大战……纪建洲校长如数家珍。第二年夏天，拉萨河水突然暴涨，眼看新垦的土地就要被淹没，谭冠三这个老井冈，竟不顾年高多病，纵身跳进急流堵缺。这年秋天，农场大获丰收。一个重达三十斤的萝卜，竟引得布达拉宫一个年逾古稀的老喇嘛都按捺不住，让一个小喇嘛搀扶下山，来看稀奇。

与此同时，新政府还派出农业科学组随军进藏，一起创办农场，推广新技术。西藏农科院就是由众多军垦农场中的一座——七一农场演变出来的。

1959 年 3 月，西藏地方政府多数噶伦和上层反动集团发动了武装叛乱。解放军依靠广大底层藏族群众，以秋风扫落叶之势平息了叛乱，并迅速开展土地改革。到 1960 年，80 万农村藏族群众挣脱了农奴制的枷锁，分得了土地，世世代代的梦想得以实现，这极大地激发了藏族群众的耕种热情，山野沟谷出现了继部队进藏后第二波垦荒热潮。

现在西藏可耕种的土地达到 500 多万亩。与解放初期相比，几乎扩大了一倍以上。这些耕地当然不可能全种青稞，但总耕地面积的扩大，青稞的种植面积自然会水涨船高。

据不完全统计，全国青稞的耕作面积已达 400 多万亩，其中西藏达 200 余万亩，青海达 70 余万亩，另外在四川的阿坝、甘孜，云南的迪庆，甘肃的甘南等地也有大面积的种植。西藏青稞的年产量是 60 余万吨。全国青稞的年产量则是 110 万吨。

青稞迎来了有史以来的黄金期。

携带科学组进藏的十八军，几十年来不仅仅是拓垦了 30 余万亩荒地，八一、易贡、雪巴、米林、山南等这些军垦农场还从国内其他地方成功引进了蔬菜、水果、牧草等一百多个西藏自古以来从未有过的新品种，并对牲畜、蔬菜、瓜果进行一系列的杂交改良，大大丰富了藏族同胞的饮食生活。

最重要的是，他们还在西藏构建了一个公有制产业体系，对改变西藏落后的面貌，起到了不可磨灭的贡献。

随着部队的开进，国内其他地方的各类人才也一拨一拨，投身到边疆现代化事业的建设中来。半个世纪过去了，国家也已形成了完备的对口扶持政策。现在，你若来到拉萨、日喀则等城市，美丽的高楼大厦所散发出青春活力和现代气息，让你恍若是行走在国内其他都市。把某句诗改一下便成了："不望高原山顶雪，错把拉萨当江南。"

而青稞的选种和培育，在七一农场时期就已经开始了。新中国成立初期，西藏的青稞平均亩产只有 100 斤，根本无法跟小麦和其他蔬菜相比。加上进藏部队吃不惯青稞，所以一开始他们也没打算种青稞。但青稞是藏族同胞的命数和精神象征呀，要想在西藏扎下根，就得接受青稞，熟悉青稞，喜爱青稞。军区领导看得清这一切，所以第二年农场就开辟了青稞种植区，并且还从苏北带来了国内其他地方的青稞种子进行培育。

西藏农科院农业研究所白朗实验站站长禹代林的父亲就是雪巴农场的转业

军人，从小看惯了父辈对青稞的精心培育，禹代林对这种自花授粉的植物发生了浓厚兴趣，高中毕业后毅然报考了西北农学院农学系，也就是现在的西北农林科技大学，从此几十年就一直从事着青稞的良种选育推广工作。

目前，有一个新品种，叫藏青2000，正在以洪流席卷大地的速度覆盖青藏高原：2013年种植面积为10.6万亩，2016年就突破100万亩。占了西藏青稞主产区种植面积的50%以上。并且还在四川甘孜、阿坝，甘肃甘南等地漫延。这种覆盖速度和覆盖广度，在青稞的历史上，从未有过。

不明就里的人看数据也许会感到疑惑，不就是百分之五十吗？但这个百分之五十却涵盖了这个品种所适应的全部土地！也就是说，在西藏海拔3800米到4400米的地方，几乎都是藏青2000的天下。而这个品种，就是禹代林他们团队花了19年时间精心选育出来的。

值得大书一笔的是，这个青稞选育团队的带头人——尼玛扎西。现年51岁的尼玛扎西是西藏农科院院长，也是西藏青稞领域的首席专家，被藏族聚居区的人称为"青稞博士"。从名字就可得知，尼玛扎西是土生土长的藏族人。他家乡扎囊县扎玉村，自古田少地贫，常年干旱。他小时候，也就是20世纪70年代，那儿青稞亩产也只有150多斤。每年饥荒来临，他爸他叔就翻山越岭，跑到遥远的琼结县，用自制的土陶去换回粮食。正是自小食不果腹的艰难境遇，让尼玛扎西很早就萌生了一个愿望：一定要让父老乡亲吃饱饭。他开始焚膏继晷，发奋读书，多年后终于考进了西北农学院。

是的，那正是禹代林所在的大学，他成了禹代林的同学。土生土长的农二代和隔着千山万水辗转进藏的军二代，从此结成了一个几十年都不曾分开的科研同盟。这应该是青稞发展史的某种喻示，也是西藏发展史的某种喻示。

几十年来，这个团队根据藏族聚居区不同的气候土壤条件，精心选育了几十种与之相适应的青稞良种。而藏青690，正适合每年雨水姗姗来迟的扎囊县扎玉村。可以想象，当秋天来临，站在自家田垄，捧着那籽饱粒壮的青稞穗时，尼玛扎西的父老乡亲有一种怎样激动而自豪的心情。

藏青 2000 目前亩产 700 斤左右,与解放初期的亩产 100 斤,足足提高了 7 倍!但这还不是西藏亩产最高的青稞品种。

冬青 18 才是!它亩产已高达 800 多斤。而且耕作这个品种的田地,在七月收割完后,还可以抢种一季芜根、箭舌豌豆或早熟油菜什么的。冬青 18,也是尼玛扎西他们团队的杰作。

现在,估计大家也有像我一样的困惑了:既然冬青 18 这么好,那为什么不遍地开花,还要藏青 2000 干什么?

这是因为,冬青 18 是冬播品种,藏青 2000 是春播品种。它们适应的海拔高度根本就不相同。冬青 18 只能在海拔 3800 米以下栽培。超过这个高度,冬天太冷,种子播下去也发不了芽。就算发了芽,也抗不住接下来的倒春寒。正因为这样,统领了西藏 50% 以上耕种面积的藏青 2000 算得上是绝代风华。

与绝代风华的藏青 2000 相比,岗巴青稞则是"一枝独秀"。这个神奇的品种,能够并且只能生长在岗巴县孔马乡海拔高达 4750 米的雪山之间。它籽饱粒满,口感良佳,因胚芽和表皮面积大,还含丰富的 β - 葡聚糖,简直就是大自然的恩赐。科学家以为发现了至宝,想在其他海拔相同、气候相似的地方进行推广,却始终无法移栽成功,离开神秘的原产地,岗巴青稞就会迅速变异衰败成一堆稗草。

岗巴青稞算是一个不食人间烟火的精灵,藏青 2000 才是能走进千家万户的天使。而冬青 18 呢,则是青稞家族的前沿战士,它一直在守卫着青稞的荣耀!

为什么这么说?因为随着海拔的降低,青稞不再是高原唯一的庄稼,玉米、油菜、瓜果、大豆以及叶茎类蔬菜,都会与青稞抢占地盘。尤其是小麦系列,在海拔 3000 米以下,它是青稞家族穷凶极恶的敌手。小麦亩产平均在 1100 斤以上。这个产量是青稞给不了的。

好在青稞自古就是藏族群众的珍爱,他们已经习惯与这个老伙计相伴,习惯了糌粑和青稞酒,有些年纪大的藏族群众宁可产量低些,也要种青稞。年轻人若是反驳,他们会找出一堆非理性的理由来。

但是，大时代的潮流滚滚向前，同国内其他地方一样，青藏高原也在经受现代文明的熏陶和全球化的洗礼。为了去看看外面的缤纷世界，为了山那边传说的遍地财富，很多藏族青年逃离了土地，告别祖辈的生活方式，背起行囊，去了远方。与此同时，四通八达的交通，也拉近了高原与世界的距离。越来越多的人来高原朝圣寻梦，越来越多的物品来高原流通竞争；五花八门的观念在高原碰撞、演变，甜酸麻辣的味道被高原品尝、容纳。

随着传统的生活方式渐行渐远，糌粑、青稞酒、肉干、酥油茶等不可能再一统高原天下。我们在拉萨的那些天，吃的喝的，跟国内其他地方已没有多大区别。糌粑是什么样子，我是在西藏文联专门安排的一次藏餐上才真正见识。因为看相不好，有点灰黑，我当时并没有吃。一直到白朗县，在田间采访，我想增加一点感性认识，才吃了一把糌粑。

有心人想把青稞和藏文化绑在一起，类似"是藏族人就吃糌粑"这类口号一度曾非常流行，许多年轻人跟着喊得震天响，但厨房的高压锅中蒸着的却还是香米香面。事实上，藏文化也已不再是"铜墙铁壁"，它同其他民族的文化一样，随着全球化的大潮，慢慢趋于大同。

正因很多场景已成为不可逆转的往事，西藏文联才打算编一套书，记录藏族聚居区正在消逝的农耕文明。日常往事一本，世俗礼仪一本，劳作方式一本，传统农具家什一本，都附照片。编辑拉央罗布告诉我们，他们这代人对祖辈的生存方式还有深刻记忆，但他们的下一代就茫然无知了。拉央罗布略带天真地说道："现代文明看起来都对，可是不是真对就不知道了，这种生活如果有一天我们的后人过不下去了，那他们还可以按照我们的记录，返回到祖先们种青稞、吃糌粑的那个时代去。"

显然，在商品经济时代，想用传统、用民俗、用文化留住一项事物，真的很难，即便留住了，也如僵尸魅影般，根本没有活力可言。一切都得遵循商品经济规律，能够带来看得见、摸得着实惠的事物，老百姓自然趋之若鹜，反之，就会弃之不顾。

白朗县洛江镇扎林村采访村支书普琼家的致富路，就是一个典型的例子。我们恍惚坐在普琼家城堡一样的别墅里，长廊内各色花盆里茂盛葱茏的植物给人一种梦幻般不真实的感觉。普琼书记告诉我们，他家平均年收入可达五六十万元，好的年景高达一百万元。他家有90多亩土地，既种青稞，也种大棚，因为藏族聚居区田地肥力太弱，需要轮休，青稞和大棚的年收入加起来只有十来万元，他家的主要收入还是靠经营沙石厂、跑运输、出租挖土机等赚来的。

正是认清了严峻形势，从20世纪90年代中期开始，西藏自治区政府就提出走农牧业产业化的路子。一方面降低青稞种植成本，提高青稞产能效益；另一方面，围绕青稞的转化增值，大力扶持龙头加工企业。

青稞博士尼玛扎西对这个问题也看得很清，早早就在为青稞的未来谋求出路。尼玛扎西心想：既然大量外来商品可以涌入高原，高原产品也可凭借它们独特的魅力去冲击国内市场，走向五湖四海嘛。早在1992年，从加拿大萨斯科春恩大学农学院深造回国时，尼玛扎西就提出青稞加工要猛打"β－葡聚糖含量最高"这张王牌。β－葡聚糖已被科学证明，具有清肠、降低胆固醇、调节血糖、提高免疫力等一系列作用，除此之外，青稞还具有如下特色：高蛋白、高纤维、高维生素，低脂肪、低糖，且富含硒等多种微量元素，等等。青稞俨然成了医治现代都市人种种流行疾病的良药，而且并不苦口。

"青稞是藏民族对世界的独特贡献，把青稞推向全世界是我的目标。"说这话时，尼玛扎西眼镜下的眸子炯炯有神，秀挺鼻梁下的一字胡也显得意气风发。阳光中有凉风掠过，农科院试验田内的一畦碧绿青稞，欣欣然做欢跃状。

酒香不怕巷子深，那是个误区，在商品过剩的时代，越好的东西越要加大宣传。或许正是由于得到了恰如其分的宣传，近年来，青稞的各种加工品逐渐在国内外市场占有了一席之地，而且大有流行之势。"就算现在我们不怎么吃青稞了，我们也一定要让世界人民吃，青稞是不会消亡的。"我鲁迅文学院的同学尼玛潘多的这番话同尼玛扎西院长的思路如出一辙。让尼玛潘多惊讶的是，随着世界范围内"青稞热"的出现，拉萨等城市藏族群众的早餐从糌粑过渡到米饭、面包后，又悄然地回到了糌粑，一切就像梦幻一般在轮回。

除糌粑、青稞酥、青稞醋、青稞麦片、青稞饼干、青稞方便面等等加工品之外，人们还发现，青稞是最适合酿酒的四大谷物之一。除了藏家人自酿的青稞米酒外，各类大规模酿造的啤酒、白酒、红曲酒等等，基本都可以用青稞做原料。新世纪以来，以青稞为原料的酒厂也正在中国多地兴建。

最重要的是，高原肉类作为健康食品也正在全世界范围内流行。我们知道，青稞不但出产粮食，秸秆也可作为饲料，在海拔4000米以上的高原，遇上干旱季节，草料的价格甚至比粮食还贵。在有些高海拔的地方，人们种青稞仅仅只是为了收获草料。在酷寒、贫瘠、干旱的高原上，别的植物活下来都很艰难，瘦怜怜地匍匐在地，牛羊啃半天，也啃不下几片叶子。青稞却长得恣肆妖娆，镰刀一割，大捆大捆，全是肉食，全是财富。

在文化青稞向经济青稞转型后，这个高原骄子又迎来了涅槃式的新生。而只要青稞不死，文化自然会好好依附在它的万千苗叶之上。

2004年，一个叫邝老五的行为艺术家，从成都天府广场出发，带着100粒珍贵的青稞种子，开始了他以"骑行与异想"为主题的行为艺术创作。他事先从全国各地挑选了100人作为目标，然后单骑闯川藏，每到一个可以找到邮局的地方，他就寄出去一颗青稞。并附信一封，告诉收信人他的用意，以及播栽青稞的方法。12年来，他一直关注这些人的动态，尽可能收集他们的信息资料。2016年，在一个叫"岩巢"的工作室，他对这个行为艺术进行了总结展览，场面异常震撼。他相信念念不忘，必有回响。在轮回之境中，这不同地方、不同行业的百位世人相当于人类世界隐喻之显现。他们在十二因缘中产生了各种"行"，不同的行又产生不同的业力。而正是由于业力的存在，才会对无始无终的轮回提供源源不断的动力，从而使五彩纷呈的世界永葆青春。

读完这个消息，我不由笑了，眼睛里却有热泪流淌。邝老五所展示的，不正是青稞和藏民族的命运图谱吗？高原特有的青稞，现在已飞向千山万水，走进千家万户。而整个藏民族也开始有意识地融入更广阔的天地中去。现在，中国几乎没有哪个城市，没有藏族群众居住。

是的，因为来自高原的"业力"，世界正在悄然发生改变。

是该告别了，车过米拉山口，我回过头来，一大片风马旗正在风中猎猎作响，有嘹亮悠长的歌谣自对面山坡传来：白幡自在莲，蓝幡风雨和，青幡后裔长；黄幡插在草坪上，如鹿角光耀眼；红幡插在屋顶上，如红火永兴旺……

原载于 2017 年 10 月《中国作家·纪实》

图书在版编目（CIP）数据

2017 中国年度报告文学 / 何建明主编 .—桂林：漓江出版社，2018.2
ISBN 978-7-5407-8405-8

Ⅰ. ① 2… Ⅱ. ①何… Ⅲ. ①报告文学—作品集—中国—当代 Ⅳ. ① I25

中国版本图书馆 CIP 数据核字（2018）第 013746 号

2017 ZHONGGUO NIANDU BAOGAO WENXUE

2017 中国年度报告文学

主编：何建明　副主编：丁晓平　纪红建

责任编辑：张　谦
助理编辑：刘红果
书籍设计：石绍康
责任监印：杨　东

出版人：刘迪才
漓江出版社有限公司出版发行
广西桂林市南环路 22 号　邮政编码：541002
网址：http://www.lijiangbook.com
全国新华书店经销
发行电话：0773-2583322　010-85893190
北京大运河印刷有限责任公司印刷
［北京市通州区潞城镇大营工业区　邮政编码：101117］
开本：690mm×1000mm　1/16
印张：19.5　字数：270 千字
2018 年 2 月第 1 版　2018 年 2 月第 1 次印刷
定价：45.00 元

如发现印装质量问题，影响阅读，请与承印单位联系调换
［电话：010-80584262］